クロニクル・アラウンド・ザ・クロック

津原泰水

[YASUMI TSUHARA]

chronicle around the clock

河出書房新社

Chronicle around the Clock

Indice

カバー立体作品・装幀 = 北見　隆
目次・扉・本文デザイン = 松木美紀

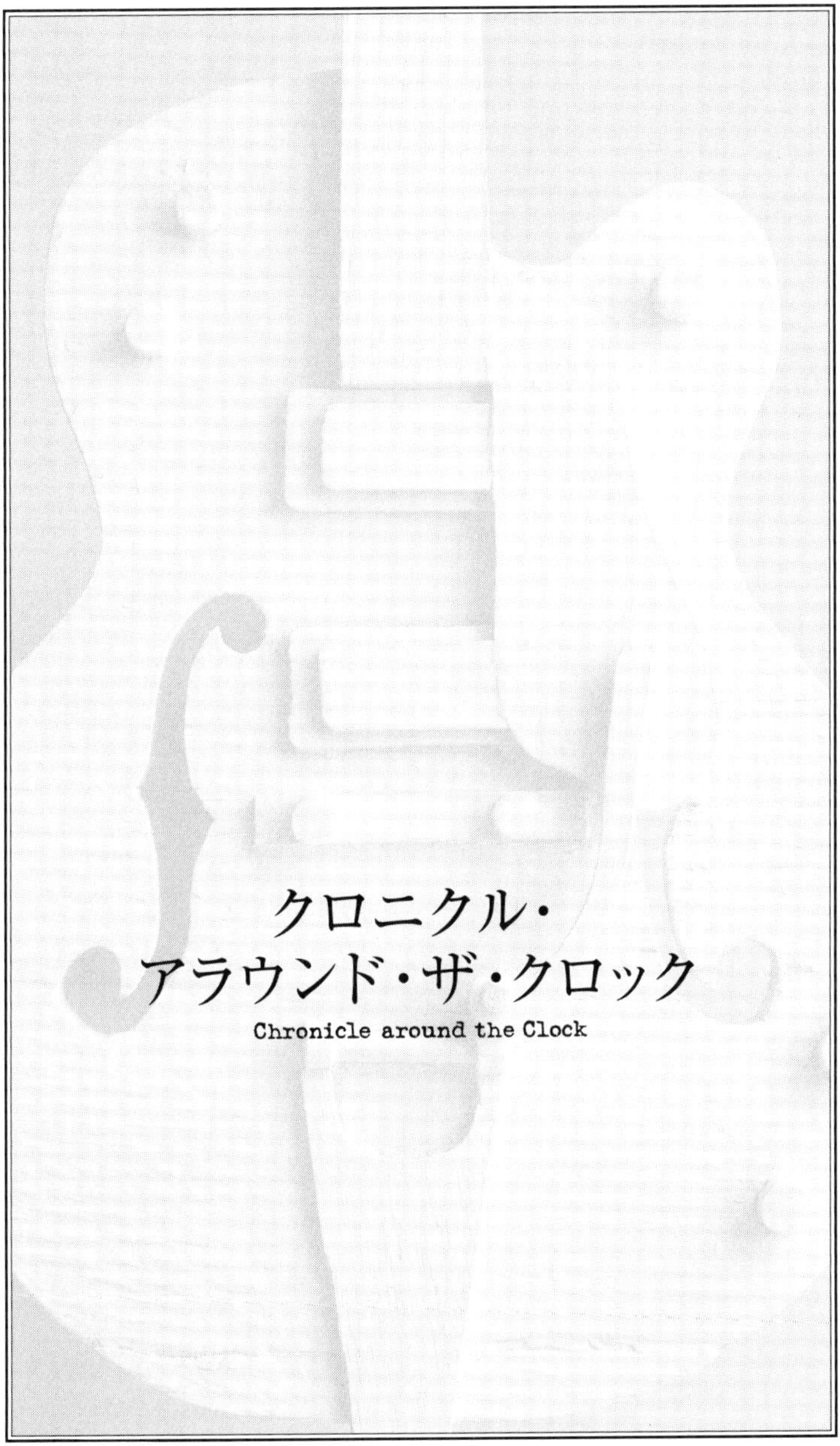

クロニクル・アラウンド・ザ・クロック

Chronicle around the Clock

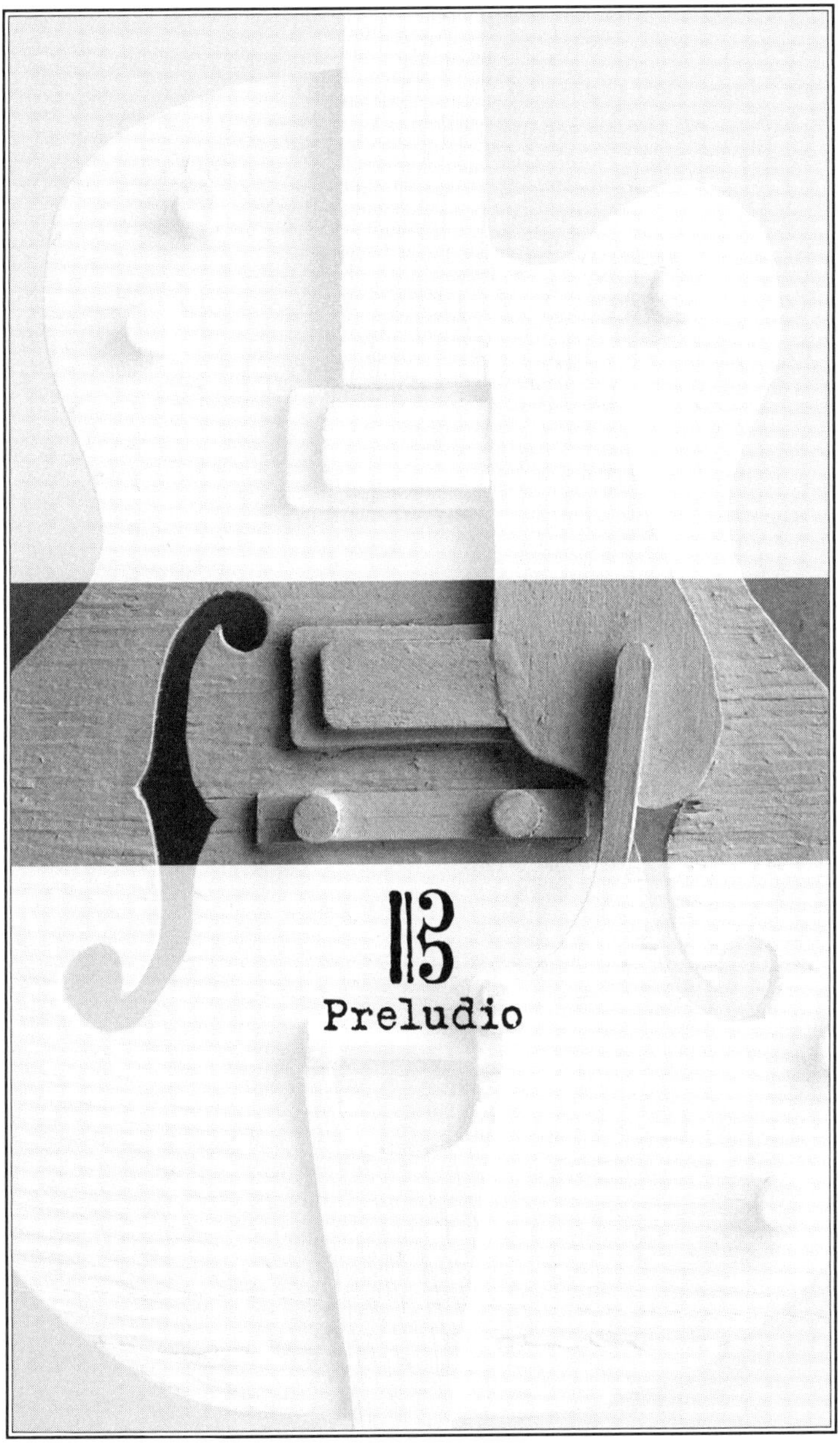
Preludio

私の親友はピアノと犬だけだったが、なにしろ人間の親友を知らないものだから、そんな自分を惨めとも淋しいとも感じていなかった。ピアノは叩けば必ず応じてくれるし、犬に至っては視線を投げかけただけで応じてくれる。

雑種犬は、祖父母からクロと名付けられていた。といっても全身真っ黒ではなく、頭の天辺、胸、左前肢など、ところどころが白かった。

祖母が餌皿を出すまえに彼にかける「お手」という言葉がなんとなく嫌だった私は、クロと新しいゲームを創造した。

「白い方」と言いながら左の前肢を握る。「黒い方」と言いながら右を握る。それをしつこく繰り返すうち、ちゃんと白い方と黒い方を認識してくれるようになった。はっし、と片手を出す。でもときどき間違う。私は笑いこける。

間違っていたのではなく、あれはクロなりのジョークだったのかもしれない。

三歳のときからピアノの英才教育を受けさせられていた私には、相変わらず絶対音感がある。でもそれが特殊な能力だということすら、長らく知らずにいたのだ。誰にでも、世の中の音はピアノの鍵盤に置き換えられるのだと思っていた。この白い方、隣の黒い方。

クロは悪性リンパ腫で死んだが、最期の一日までゲームを続けてくれた。もうほとんど歩けず立っているのがやっとの状態で——白い方——黒い方。

彼を見送った私は順調にねじ曲がり、皮肉しか口にしない子に育ってしまった。自分を囲む世界が、ほぼモノクロにしか見えなくなっていた。白い方、黒い方と、いずれどちらかの正体を現すその中間。自分の名前が「くれない」だというのに、その色すらまともに認識できずにいた。

ようやっと世界がモノクロではないと気付きはじめたのは、十七のときだ。

つらい想い、せつない想いもたいそう味わったけれど、ようよう二十代に達した私の世界は、いま虹のように輝きながら、騒《ざわ》めいている。

その美しさに、ただ平凡な街を歩いていても、しばしば呆然として立ちすくむ。

なんてカラフル。

これから再現を試みる十七歳の私の呟きは、きっととても幼稚で、痛々しい。でも過去は変えられない。私は孤立しきった、ただ意地っ張りなだけの少女だった。

この記録《クロニクル》は、そんな時代から始まる——たくさんの音楽とともに。

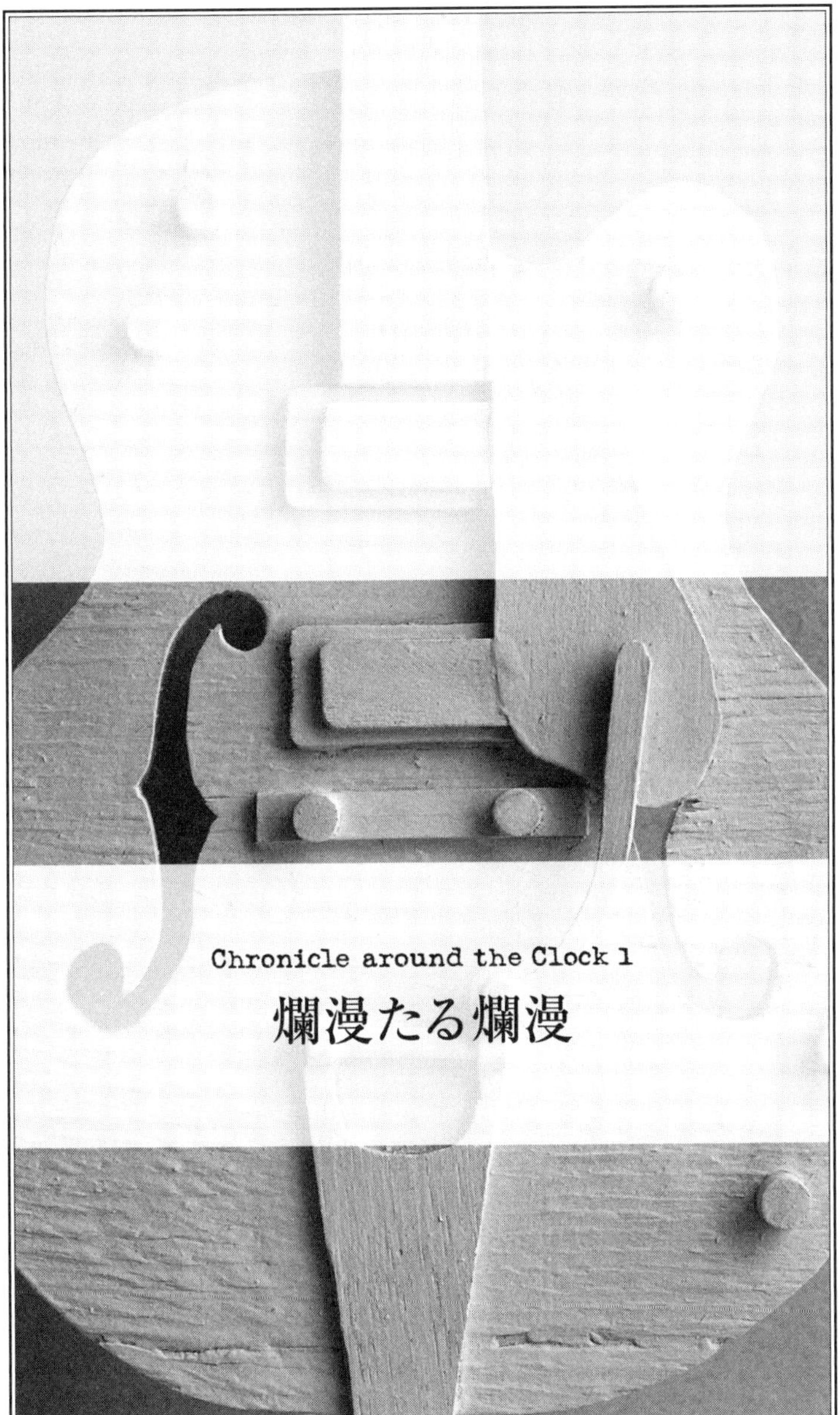

Chronicle around the Clock 1

爛漫たる爛漫

A

1

ドラムの乱打。

ベーシストと、新たにステージに登場したギタリストが、ぴったり同時にそこに斬り込んで、複雑なリズムがじつはカウントとして機能していたのだと知れる。

さっきまでウィスキーをラッパ飲みしていたもう一人のギタリストが、淡褐色の長髪を振り乱し、ステージの前方に躍り出てくる。エンジンの唸りにも似た低音から、転調に転調を重ねながら、耳鳴りのような高音にまで駆け上がっていく。逆にもう一本のギターはいつしか下降し、気が付けば哀愁に満ちたコード進行を、低く淡々と刻みはじめている。

ドラムが、ベースが、リードギターがそれに絡みついて、あのイントロを成していく。

録音物では聴き慣れてきたメロディだが、生で聴くと、体感時間が異様に長い。転んでしまったのに身がいつまで経っても地面に達さない、夢の一場面のようだ。

リズムを刻んでいたギタリストが、ステージ中央のマイクロフォンに近付いていく。

そして歌が――。

2

かつて赤羽根《あかばね》菊子《きくこ》先生が、私たち生徒に向かって云った。「人生は予想外の冒険に満ちています。そしてそれらは、必ずしも愉快な体験とは限りません」

自分が爛漫《らんまん》に関わってしまったことを、後悔したことは一度もない。多くの人は、それを幸運と呼ぶようでもある。

しかし周囲が想像するほど、愉快なことばかりではなかったのも確かだ。

爛漫のことを思うとき、私は今でも物悲しい気持ちにおそわれる。その音楽を積極的に聴くこともない。古株のファンが「本当の爛漫」「真の爛漫」と呼ぶ、デビューから二年の間の彼らの音も、その後の、変わり果ててしまった爛漫も。

そもそも私は、ロック好きではない。クラシカルな旋律や技法が引用された曲なら、それなりに面白くもあるけれど、だったらバッハを聴けばいい、とも同時に思う。

爛漫で最も好きだった「雨の日曜日」に対してさえ、今はそう感じる。

3

「ロックはぜんぜん解らないんです」和気泉《わけいずみ》さんに対しても、私はそう正直に告げたのだった。場所が場所だけに、なんと生意気な小娘かと思われたかもしれない。でも知ったかぶってあとで恥をかくよりはましだと考えていた。

プロフェッショナルバンドの音響スタッフをやっているくらいだから、たいそう年上の、大人の女性という気がしていたのだが、話し込んでみると私と五つしか違わなかった。若く見える人だと思っていたら、なんのことはない、見た目どおりだったわけだ。

裏方には勿体ないくらい綺麗な、でもどこかぼんやりした風情の、淋しげな雰囲気の人だった。高校を出て専門学校でまなび、最初は地方のライヴハウスのＰ Ａ《パブリックアドレス》係、そのうち出演していたバンドがメジャーデビューしたりで人脈がひろがり、東京に出てきて大舞台での仕事も担うようになったという。

「それはそれで、凄いですね」私はなんの他意もなく云ったのだが、

「これはこれで」と和気さんは頷きながら苦笑した。

私は人付合いが苦手なうえ基本的に皮肉屋なので、この種の失敗をよくやらかす。そしてうまく謝ることができない。赤羽根先生にも、そういう教師らしからぬところがあった。彼女から感染したのかもしれない。

当時、とりたてて好きな先生というわけでもなかったが、今となって思い返して、はらわたの煮

えくり返らない教師は彼女だけだ。中学生の目にも大人げなく映るほど、しょっちゅう感情を露《あら》わにする人だった。それだけに欺瞞《ぎまん》とは無縁に見えた。

「基本的に肉体労働だから、若いと、それだけで重宝されるの」

「もともと、そういうお仕事に就きたかったんですか」

「どういう？」

「裏方」店員の手違いでかBGMが一時的に大きくなったので、私は短く大声で答えた。音量はすぐさま落とされた。

「はっきり裏方と云う人って珍しい。裏方ですけど」

「裏方を差別している人は、逆に言葉を選ぶかも」

「裏でも表でも、とにかく舞台に関わりたかったというか、子供のころ児童劇団に入ってたし」

「なに演《や》りました？」

「マルシャークの『魔法の品売ります』とか」

「わ、その本持ってた」

「内容、憶えてる？」

「なんとなくは」

「私、出演したくせにほとんど憶えてない。不思議じゃない？」

「なんの役でした？」

「誰かの娘だったと思う。仕立屋？　笛吹き役の男の子のこと、すごく好きだったのは憶えてる。それくらい」

「たとえば自分でバンドを演ったりして、また舞台に立ちたいとは？」

「弟はやってるけど、私のほうは、今はもう思わない。凄いバンドを見るたびに、自分にはぜったい無理だと感じちゃう。くれないさん、今日はどのバンドを目当てに？」

「だから、ロックはぜんぜん解らないんです。チューニングがいちばん合ってたのは最後のバンド。感想はそのくらい」

「なにか楽器を？」

「ピアノを少々。純然たるクラシック教育です」

「でもライヴハウスに来て、こんな深夜まで居残ってる。うるさいこと云う気はないけど、高校生でしょう？　家の人への言い訳、大丈夫？」

「誰も私の心配なんかしないから。あと、学校は行ってないです」

「そうなの」和気さんはハイボールのグラスを傾けながら、ちらちらと私を観察した。そういう子にしちゃ平凡、とでも思っているのだろうか。

　精神的にはともかく表層は、不良にも引きこもりにも見えまいと思う。近いのは後者だが、表面上は社交的なところもある。私が耐えられないのはあくまでも学校であって、社会全体を敵にまわしているわけではない。

「バンドの話じゃなかったら、なんだろ――あ、ここで演奏したいの？　だったら録音したものをブッキングの担当に」

「今夜の目当ては、和気さん」

　彼女は眉をひそめて私を見返し、「初対面ですよね？　本当はどこかで会ってる？」

「たぶん初対面です。ニッチの葬儀に行かれてなかったら」

「爛漫《らんまん》の」

私は頷いた。彼女はグラスの氷を見つめた。やがてかぶりを振って、

「葬儀には行ってない。交流がなかったから」

「でも三か月後の追悼コンサートでは、爛漫のステージ機材を担当」

別のスタッフがテーブルに寄ってきて、彼女になにか耳打ちした。

「あとで行く。こっち、すぐに終わるから」という和気さんの返事だけ聞えた。彼女は向き直って、

「あれは雑誌の『音楽生活』が中心の企画だったから。爛漫はもうばらばらで、田舎に帰ってたメンバーもいたくらいだけど、一回きりってことで音楽生活社の武《たけ》ノ内《うち》さんが呼び掛けて、なんとか実現した。私、『音楽生活』には気に入られてて、あそこが主催のフェスにはよく呼んでもらえるの。なんでスタッフの分担まで知ってるんですか」

「ちょっとしたコネが。そのライヴで、ニッチの代わりに舞台に立った新渡戸《にとべ》鋭夫《えつお》が感電。意識を失って救急車で病院に運ばれた。滅多にない事故だそうですが、もしギターアンプに細工をしたなら、意図的に起こすことも可能なんでしょうか」

和気さんは激しく眼を瞬《しばた》かせた。「もう一度」

「ギターアンプに細工をしたら、人が気を失うほどの感電を引き起こせますか」

「うん。可能だと思う」

「和気さんにも？」

「真空管式のアンプだったら内部に高圧電流が生じるから、それを意図的に漏電させてギタリスト

に流れるようには、ちょっとした知識さえあれば出来ます。もともと紘アースといって、アンプ回路の一部とギタリストやベーシストの身体《からだ》は、電気的に繋がるように設計されている。でも感電というのはそれだけでは起きないの。電線にとまった鳥は間違いなく帯電しているけれど、それだけで感電して落下したりはしないでしょう？　それと同じこと。別のグラウンドと接触してそこに電位差が生じなければ、電気の流れが生じることはない。地面に高低差がなかったら、水の流れが生じないように」

「低い場所と接触すれば」

「感電します。たとえばマイクロフォンのシステム。あれはギターとは別のグラウンドだから」

「対策はないんですか」

「あらかじめ各システムを連結して、電位差を無くしておけば、感電は起きませんね」

「それが普通なんですか」

「そこまで気を払っている会場は滅多にないと思う」

「なぜ？　なんでこれまで、そういう根本的な対策がとられてこなかったんでしょう」

「滅多に起きないことだから、としか」

「ということは、誰かが狙わないとなかなか起きない事故」

インターネットでさんざん予習したことに対する無知を、私は装っていた。和気さんの認識の度合いを確かめたかったのだ。

あのコンサートは、なにもかも奇妙だった。ばらばらになっていた爛漫をわざわざ掻き集めておいて、ニッチ抜きのこのバンドはもう駄目だと、ことさら世間に示すような演出がなされていたとしか思えない。主催者に顔のきくミュージシャンの嫌がらせか、より上層からの圧力か——。

ほかの出演者たちの長ったらしい演奏やニッチへの弔辞、対照的にイヴェントのおまけのような爛漫の扱い。他バンドとのセッションを固辞したという爛漫は、黙々と、ニッチの映像を背に伴奏だけを披露した。ときに会場から歌声が湧き上がったが、爛漫の売りの一つだった複雑な曲構成のせいもあって、大合唱にいたることはなかった。

挙句、最大のサプライズとなる予定だった鋭夫くんは、一曲も歌うことなくスタッフに担がれて退場。彼は紹介すら受けられなかった。

「一般論としてはそうなります。でもなにが云いたいの？　誰かの感電事故に私が一枚嚙んでいたとでも？」

「だから、新渡戸鋭夫の感電事故のとき、その機材を担当していたのは——」

「ねえ、ちょっと」と和気さんは私の言葉を遮った。「さっきからなんだけど、ニトベエツオって誰？　爛漫のボーカルは新渡戸利夫《としお》。彼が亡くなって、追悼コンサートでの爛漫は、残ったメンバーとニッチの生前の映像との組み合わせだった。誰が感電したの？　エツオって誰？」

「だからそれは、終盤で出てきたニッチのお兄——」私は熱弁をふるいかけ、彼女のまっすぐな視線に気付いて、口をつぐんだ。嘘や冗談をふくんだ眼差しではなかったのだ。私は怖気《おぞけ》立っていた。

また別なスタッフが和気さんを呼びにきて、私はテーブルに放置された。煙草の一本もふかして気を落ち着けたいところだったが、生憎《あいにく》と持ち合わせがない。

コートを着込み、ずだ袋、とよくむらさきさんからからかわれる大きなメッセンジャーバッグに頭をくぐらせ、私はセヴンスヘヴンをあとにした。

エレヴェータで地上に降り、路上から鋭夫くんに電話をかける。鋭夫くんは出てきた。実在していた。

　私は和気さんという人物について説明し、彼女の奇妙な反応を伝えて、「鋭夫くん、ちゃんと追悼コンサートのステージに立ったよね？　私の記憶が変なんじゃないよね」

（立ったよ、イントロを弾いただけで、ひと節も歌えなかったけど。唇がマイクに触れた瞬間、ぶっ飛ばされて、気が付いたら救急車の中）

「和気さん、鋭夫くんの存在自体を忘れてた」

（ほんと？）

「忘れてる。そうじゃなかったら演技の天才」

（すうっとどこかに吸い込まれて、消えちゃいそうだとは云われたことはあるが）

「和気さんから？」

（ベースの史朗《しろう》にだよ。それにしてもくれないが、なんでそんなことに首を突っ込んでる？）

「趣味」と私は笑いながら去《い》なして、「和気さん、一時的な現象にしても異常だよね。でも本当の本当、嘘をついてる顔じゃなかった。だいいち、いくら一人で主張してみたところで、他人の存在なんて消せるわけじゃなし。どういうことだと思う？」

（そうだな——逆行性の健忘かもしれない。一時的にでも俺を殺してしまったと感じて、そのストレスから俺の存在を想起できなくなっている）

「それって要するに記憶喪失？　そう簡単に起きるかな」

（記憶喪失の一種だね。でも利夫なんか凄かったよ。女にこっぴどくふられた翌週にはもう、彼女を抱えてるって変じゃない？」

「ふうん。でも和気さんは、事故が大事に至らなかったことも知らされているはず。未《いま》だストレス
（俺は、いずれ結婚するんだろうと思ってたけど）

「その程度の相手だったからでは」

の名前も顔もきれいに忘れていた）

（じゃあ、さっき俺が云ったのとは逆なのかも。俺をうまく殺せなかったからこそ、半端じゃないストレスが生じた）

初めて鋭夫くんと電話で話したとき、この人とはうまくやっていけそうだと感じ、相手もそう感じていることを望んだものだ。この人、私と同じ傾き方をしていると思った。

傾けているのではなく、生来の傾き。

すなわち私にとって彼はきわめて普通で、発せられる言葉も染み入るように理解しやすい。そのぶん彼と一緒にいると、まわりの景色全体が傾いて感じられてしまうのだが。

「鋭夫くん、殺されるほど恨まれるようなこと、彼女にした？」

（和気さんって――名前も、さっきくれないから教えられて初めて認識したんだが――顔も憶えてないや。リハーサルのとき、いたのかな）

「彼女と関わりのある、別の誰かには？」

（たぶん、してない。というか、俺という人間が存在すること自体、あまり多くの人は――）彼はそのまま黙り込んでしまった。

「もしもし？」

返事はなかった。電波がわるいのかもしれないと思い、一度切ってかけなおそうとしていたら、向こうからかかってきた。

（なぜ切る）

「無言になったからかけなおそうとしてた」

（ちょっと考えてた。俺を本気で殺そうとしたにせよ、隠遁《いんとん》生活に追い返すための脅しだったにせよ、俺という利夫の兄の存在を知って、切羽詰まった行動に出ざるをえなかったのは、きっと利夫を殺した奴だろう）

「事故じゃなかったと？」

（利夫は酒飲みだったが、薬はいっさいやっていなかった。十代のころバンド仲間の醜態を目にして以来、毛嫌いしていた。それが独りでＯＤ《オーヴァードース》だなんて——なあ、くれない）

「ん？」

（弟を失ったショックから、俺もこの半年、一種の健忘に陥っていたようだよ。いまやっと回路が繋がりはじめた。利夫は誰かに殺されたんだよ。少なくともあの晩、あいつのマンションには別の誰かがいて、死にかけている利夫を、そいつは見捨てた。そいつがいた証拠は、丁寧に隠滅されたことだろう。ところが瓜二つの俺が現れて、犯人は恐怖した。利夫と、その死の寸前まで親密に連絡をとり合っていて、意外な証拠を握っている可能性がある、と）

「アンプはニッチの私物？　会場の備品？」

（私物。というか俺との共有物）

「少しでも細工の痕跡《こんせき》が残ってないかしら」

（会場からそのまま代理店に送ってもらったんだが、まったく異常なしとしてうちに送り返されてきた。今にして、本番ではスペアのアンプと入れ替えられていて、細工されていたのはそっちじゃないかという気がする。どこかに記録映像が残ってると思うけど、イントロのあいだ、俺、しきりにアンプのほうを振り返っていた。音がリハーサルとぜんぜん違ったんだ。真空管アンプってのは個体差が大きくて、見た目も年式も同じなのに、別のメイカーかと思うほど違う音だったりする）

「スペアのアンプを用意したのは？」

（わからない。ステージの奥に置いてあるのを見て、気が利くなあと思ったけど。イヴェント側だとは思うが、爛漫の誰かかもしれない）

「史朗くんにでも確認すれば」

（うん——ただなあ）鋭夫くんの声は次第に小さくなっていった。（今となっては、誰の言葉も信用できない）

爛漫のメンバーが一枚嚙んでいた可能性もあるのだと、私はそのとき初めて気付いた。

4

新渡戸鋭夫は、ニッチこと新渡戸利夫の、年子の兄だ。

現物同士はそれなりに違ったのだろうが、私のように生きているニッチに会ったことがない者には、髪型を変えたニッチとしか認識できない。それほどよく似ている。

ニッチの楽曲とされてきたものが、じつのところ兄弟の合作だったにも拘わらず、鋭夫くんの役割は、爛漫のファンどころかメンバーにさえ周知されていなかった。

弟とは対照的に、家のパソコンでできる仕事をほそぼそとやりつつ、隠者のように暮らしてきた人だ。そういう兄を、世間に対してやや恥じていたふしがニッチにはある。

詞も曲も、本当は六、七割、鋭夫くんが担っていたという。ギターも、私が聴いたところニッチより遥かに鋭夫くんのほうが巧《うま》い。

でも鋭夫くんに、人前に出て自分の曲を演奏しようという気はさらさらなかった。中学のとき真《しん》珠腫性《じゅしゅせい》中耳炎にかかったせいで、右耳がまったく聞えないから。

5

白い息を吐きながら深夜の道玄坂を下る。終電の時刻はとうに過ぎている。

その晩は渋谷のインターネットカフェに泊まった。すでに会員だったチェーンの一店だからか、年齢を問われたりといった面倒事はなかった。

隣室とは身長程度のパーティションで、通路とはカーテンで隔てられた、リクライニングチェアとパソコンデスクだけの小部屋。周囲の客の鼾《いびき》や歯軋りがうるさいので、リストかバルトークで遮断すべく、ずだ袋からヘッドフォンを取り出す。

この巨大なリスニング用ヘッドフォンは、むらさきさんからの拝借物だ。彼女はスピーカーでしか音楽を聴かないため、長らく誰にも使われず埃もぐれになっていた。店で同じ型の物を見つけて値段を確かめたら、十二万円もした。

ふと思い直して、目の前のパソコンを立ち上げる。ユーチューブで爛漫を検索してみると、出てくる出てくる。

ＰＶ《プロモーションヴィデオ》やライヴＤＶＤからのコピーであれ、会場にビデオカメラを持ち込んで撮影したものであれ、勝手にアップロードするのは違法に違いなく、ときどき事務所やレコード会社が削除を依頼するのか、いっさい検出されないときもある。

その晩はずいぶん長いリストが出てきた。しかし、都合よく追悼コンサートを撮影したものは見当らなかった。

ヘッドフォンの端子をパソコンに挿して、「雨の日曜日」のＰＶを再生する。

情緒的な曲想とは裏腹に、演奏はのっけから激しい。這いまわるようなリードギターの音色、動きの多いベース、嬉々として変拍子風のフィルインを決めるドラム。

唄に入るといったんそれらは遠ざかり、ニッチが弾いているのであろうリズムギターと、彼の年齢に似合わぬ寂声《さびごえ》が曲を覆う。

すこしリズムがよろめいている。表拍《おもてはく》が前のめりで裏拍《うらはく》が遅いのが、ニッチのギターの癖のようだ。今のテクノロジーをもってすれば簡単に修正できるだろうに、敢えて温存したものと思《おぼ》しい。

　またぞろ君の影を求めている　濡れた帽子の下から
　答はいつも視界すれすれに　羽搏《はばた》いては遠ざかる

映像はさまざまな角度からの、雨のスクランブル交差点を往き交う人々、その傘の群れ。

「ハチ公前じゃないな。どこだろう」と私は呟く。

ちょっと奇妙なタイミングで、再びベースが入ってくる。次の小節で辻褄が合い、三連符の頭が省略されていたのだと分かる。やがて明瞭になる耳鳴りのような超高音は、リードギターによるトリックだろう。指にはめた薬の小鬢《こびん》を絃《げん》に滑らせる奏法を、レオから間近に見せてもらったことがある。あれかもしれない。

フラッシュバックするニッチの横顔。一瞬なのでどういう状況で録《と》られたものかは定かじゃない。濡れたブーツ——は、たぶんニッチのものではない。

降りしきる雨が溢れて　街を溺れさせる
捨てられたごみを浮かべて　過去を甦らせる

6

颱風《たいふう》がおとずれていた。

駅から歩いているあいだに私たちの傘は何度も裏返り、ジッパーから水が浸み入ったレインブーツは重たくなっていた。途中、路《みち》がすっかり冠水している場所があったのだ。

「替えの靴を持ってくればよかった」斎場の階段で手摺にもたれ、ブーツに溜まった水を捨てながら、むらさきさんがぼやく。

「もうちょっと早く出てれば、ここまで直撃じゃなかったよ」

「仕方ないじゃない。編集部からの返事待ちだったんだから。ほい」同じくブーツをひっくり返している私に、彼女はタオルを投げつけてきた。「足も靴の中も拭いときなさい」

どこからどう見ても思い出しても母親らしからぬこの人から、たまにこう母親然として命令されると、無条件に反発したくなる。しかし私の肩にいつものずだ袋はなく、借り物のハンドバッグはヘッドフォンとアイポッドと、ハンカチ代わりの小さなタオルだけでいっぱいだった。

むらさきさんのコートの下は黒い礼服、私は箪笥《たんす》から掻き集めた黒いジャケットや綿ニットやパンツという出立《いでた》ちだったが、ブーツだけはお揃いだった。足のサイズが同じなものだから、彼女はときどき同じ靴を二足買ってくる。このブーツのように結局は役立ってしまう場合が多いから、そのこと自体に文句はない。ただ彼女が私に与えた物も自分の物も区別せず、きれいな状態のほうを履いて出掛けてしまうのには我慢がならなかった。

いま彼女が履きなおしたブーツだって、本当は私が履かずに温存していたほうの一足だ。それをなんの悪意もなく、まだ履いていなかった靴を発見したと思い込み、箱から出してさっさと履いてしまった。そう私が指摘しても、

「じゃあ帰りに替えよう」の一言で済まされた。

いかに仕事が出来ようとも、人間としては欠陥品だと、私はこの女性のことを思っている。もちろん親とも感じていない。私の親は祖父母。

音楽ライター　向田《むこうだ》むらさき

くれない

すでに灯りが落とされた受付で、むらさきさんは芳名帳にそう記した。自分の肩書きを最も大きく、そして私の名前を最も小さく。

ロビーは閑散としていた。密葬とは名目上のこと、きっと関係者やファンでごった返しているのだろうと想像していた私には、意外で且《か》つ心淋《うらさび》しい光景だった。

「もう皆さん、精進落しのお席に」一人だけ居残っていた制服姿の女性が、私たちに告げる。

「お焼香はできますか」

インカムで呼ばれた男性スタッフが、私たちを葬儀の間へと導いてくれた――役目を終えてなお整列したままの折畳み椅子が、祭壇の照明を浴びて輝いているだけの、からっぽな空間へと。

「いま明るくしますので」いつしか私たちの傍を離れていたスタッフが、遠くから呼びかけてきた。消されていた灯りが点《つ》いた。祭壇中央の大きなモノクロ写真に、私は息をのんだ。

そのまましばらく、呼吸するのを忘れていた。ニッチのその遺影は、私の知っているいかなる男性の姿よりも、愛らしく、神々《こうごう》しかったのだ。眉目秀麗《びもくしゅうれい》という言葉の意味が、初めて分かったような気がした。

気がおけない仲間か家族に、不意に撮られたのだろう。驚いているような目許。でも笑っている。無防備な笑顔だ。むらさきさんが記事を寄せている雑誌に見てきた、仏頂面《ぶっちょうづら》とはまるで違う。

むらさきさんに続いて焼香し、あらためてニッチの笑顔を見上げながら、なぜこの人はたった二十四歳で、死と戯《たわむ》れるような真似《まね》をしてしまったのだろうと想像をめぐらせた。ただの好奇心から？　それともなにかに絶望して？

遺影の真下に、愛用のエレキギターが立て掛けられていた。青緑色の地に空色のストライプの入ったそのギターが、一九六九年製のフェンダー・ムスタングだったことを、今の私は知っている。大昔は菫色《すみれいろ》だったものが、経年によってそう、渋い色に変化したのだということや、その色と音色に惚れ込んだ高校生のニッチが、夏休み、泊まり込みのアルバイトをして手に入れた物だということも。

振り返ると、むらさきさんは目を潤《うる》ませていた。

「気さくで明るい、いい子だったのよ。ステージやマスコミの前でのとっぽさはぜんぶ嘘。私の記事もぜんぶ嘘」そう彼女は云って、笑いながら涙をこぼした。

ほかの弔問客たちがいるという地階に案内されながら、私は彼女に聞えるように呟いた。「いっぺんでも、本当のことを書いてあげればよかったのに」

ややあって、彼女はこう答えた。「彼は望んでいなかった」

さすがに通常よりは参列者の多い葬儀だったらしく、三つの座敷が人で埋まっていた。むらさきさんは迷わず人々がカラフルな座敷を選び、ブーツを脱いで上がった。むらさきさん、と呼びかけてくる人も、頷いたり手を上げて自分の存在を示す人もいた。さまざまな色の長髪、あるいは極度な短髪。

「ニッチのお父さん、あっちの座敷だよ」その場には珍しく礼服姿の壮年男性が、彼女に近寄ってきて教えた。

服装こそおとなしいが、よく見れば時代劇の主役でも張りそうな、精悍《せいかん》な容貌《ようぼう》だ。「音楽生活」の発行人にして音楽生活社の社長、武ノ内氏だとやがて分かった。

「帰りぎわに簡単にご挨拶しときます。ライターですなんて云ってもきっと、何者？　としか思われないし」

「お原稿、ありがとう。完璧なものが入ったと連絡が来ています」

「いつもぎりぎりですみません」

「むらさきさんはそのぶん直しがないから、こちらとしては同じだよ。もちろん余裕をもって入稿してくださるに越したことはないけれど。噂のくれないさんだね。よく似ていらっしゃる」

氏は私に笑顔を近付けた。私は小さく一礼した。

「見た目は一卵性って、よく云われるんですけど」

媚びているようなむらさきさんの口調が、私には気持ち悪かった。

「音楽好きも遺伝しているのかな。高校生？　最近の日本のロックはどうですか？」

彼に悪意がないのは分かっていた。しかし半ばの一言が、私の反抗心を煽《あお》った。むらさきさんの見栄っ張りぶりをみごとに反映していたから。

私は愛想よく笑みを返して、「聴く価値などないかと」

武ノ内氏は顔色を失ったまま、自分の席へと戻っていった。

「もう連れてこないから」むらさきさんが私を睨みつける。

「次は誰が死ぬの」

「いい？　今夜、これだけは守りなさい。せめて爛漫は悪く云わない。なにか訊かれたら、あんたの好きな『地下鉄にて』の話しかしない」

べつにそれが好きなわけではなかった。この曲はまだしも聴けるかと思い、そのあいだだけ彼女のPV鑑賞に付き合ったのを、気に入ったものと誤解されたのだ。

私はだらだらと頷き、むらさきさんが武ノ内氏を追っていくのを確認してから、片隅の、まるきり別な空席に腰を落ち着けた。長テーブルの反対の端で、比較的地味な風体の若者たちがビールを注ぎ合っているだけで、そこならば誰からも話しかけられずに時間を潰せそうだった。

バッグからヘッドフォンを取り出し、アイポッドのドビュッシーを聴きはじめた。人がたくさんいる場所は嫌いだが、こうして聴覚を切り離していると、視界に入るすべてが水槽の中の出来事のように感じられ、水族館にでもいるようで、それなりに面白い。

すうっと目の前に料理を取り分けた小皿が押し出されたとき、私は武ノ内氏との話を終えたむらさきさんがやって来たものだと思った。顔を上げると、テーブルの向こうにいた若者の一人だった。なかではいちばん目立つ、浅い色の長髪の青年が、ビールの罎を手に私になにか話しかけている。

私はヘッドフォンを外した。

「高校生？　大学生？」

彼の問い方には腹が立たなかった。「未成年かって意味ですか」

彼は頷いて、「よく追い返されなかったね。タイミングがよかったんだな。ビールでいい？　オレンジジュース？」

「ジュースを」

「どこにあるかな」青年はよろけ気味に立ち上がった。

離れた席で心配そうにしているむらさきさんと目が合う。彼女のその表情から、卒然と気付いた。この人たち、爛漫のメンバーだ。そして私のことを、紛れ込んできたファンだと思っている。

テーブルに置いたはずのヘッドフォンが消えていた。見回すと、別の一人が勝手に取り上げて、今しも耳にくっつけようとしていた。黒縁眼鏡に黒い短髪、最も地味に見えた一人だ。

私に頰笑《ほほえ》みかけて、「なに聴いてたの」

自分たちの曲だと思ったのだろう。私はわざと黙っていた。

え？　という表情ののち、彼は呟いた。「ベルガマスクか」

私は目を瞬かせた。正解だった。ドビュッシーの「ベルガマスク組曲」。無名曲とは云えないから、そんな場でなければ驚かなかったかもしれない。しかし続いての、ヘッドフォンを外しながらの彼の一言には、たとえ音楽大学の教授でもぽかんと唇を開いたと思う。

「弾いているの、パスカル・ロジェだよね」

思わずバッグをまさぐって、ディスプレイの表記が彼の目に触れていないことを確認した。そして訊いた。「ピアノ、弾かれるんですか」

かぶりを振ったこの眼鏡の青年が、ベースの板垣《いたがき》史朗だ。

ちなみに彼の反応が消極的な嘘だったことを、私はのちに知った。ベース、ギター、チェロ、マンドリンといった弦楽器のみならず、ピアノやアコーディオンも弾きこなすマルチプレイヤー。ただしいずれも独学で、かぶりを振ったのは、正式な教育は受けていない、という意味だった。

「そいつ、一度聴いた音楽は忘れないんだ」三人めの髭面《ひげづら》の青年もまた寄ってきて、痩身《そうしん》に似合わぬバリトン歌手のような声で云った。

ドラムの福澤圭吾《ふくざわけいご》。爛漫のコーラスでは最低音を担当。唯一の妻帯者でもある。

「そんなことはない。けっこう忘れてるよ」

「ほい」長髪が戻ってきて、テーブルに空のグラスとオレンジジュースの罎を置く。

爛漫の最年長メンバー、リードギターのレオこと二宮獅子雄《にのみやししお》。本名やニックネームを意識していることと明白な髪型だが、さすがにこの晩はカチューシャでボリュームを抑えていた。

ステージでウィスキーの罎を空にしてしまうほどの酒豪ぶりでも有名。その晩もビールだけでは物足りないらしく、スキットルで持参したウィスキーかなにかと交互に飲んでいた。そんなことをする人は初めて見たのでびっくりした。

スキットルから唇を離した彼は、吐息まじりに、「藤原《ふじわら》さんが自分を爛漫に入れろってさ」

ほかの二人は、暗く口許でだけ笑った。

やがて圭吾くんが、「今夜する話じゃねえな」

「だな」

「じっくり考えよう、事務所の意見も聞きながら」

レオがテーブルに肘を突き、もじゃもじゃ頭を抱えて、「鵜飼《うかい》さんはさっき、樋口《ひぐち》しかいないだろうって」

圭吾くんとのあいだに生じた、ありえねえ、とか、藤原さんよりまし、といったやりとりに、

「どうあれ、ふたりとも頑張ってくれ。俺は北海道に帰る」と史朗くんが冷水を浴びせた。

爛漫がじつは二つの才能を同時に失ったことに、この時点ではっきり気付いていたのは、史朗くんだけだった。

稀有《けう》なパフォーマーであるニッチが、さらに鋭夫くんというブレーンを擁していたからこそ、爛漫には、若手バンドとしては抽《ぬき》んでた楽曲や、表現上のアイデアが溢れていた。その内実が知られ

ていないものだから、ほかのメンバーの才気が過大評価される――とりわけマルチプレイヤーの史朗くんが。

過大評価だということは本人がいちばん分かっている。かりに自分が鋭夫くんと作曲チームを組んだとしても、同じ奇蹟は起きないだろうと予見していたし。そもそも鋭夫くんにその気がないことも知っていた。なのに表面的なニッチだけを想定し、この穴ならば自分にも埋められる、あるいは誰かに埋めさせられると誤解する人々が、当時、わらわらと生じつつあった。

三人の語気が荒くなりはじめたので、私はまたドビュッシー空間へと戻ったが、それも束の間、今度こそ本当に、むらさきさんがテーブルにやって来た。私が爛漫の面々に失礼をはたらいていないか、気が気ではなかったのだろう。

私は敢えてヘッドフォンを外さずにいた。爛漫の三人が一斉にこちらを向いた。むらさきさんが私の正体を教えてしまったらしい。彼女の、顔の両側で手をばたつかせるジェスチュアが、ヘッドフォンを外して挨拶を、という意味なのは分かった。

無視していたが、やがて同じテーブルにむらさきさんと同年輩のもう一人が加わってきて、このときはさすがにヘッドフォンを外さざるをえなかった。ギタリストの岩倉理《いわくらおさむ》だったからだ。私がむらさきさんに葬儀への同行を強請《ねだ》ったのは、この瞬間のためだった。

7

携帯電話のヴァイブレータで目が覚めた。まだ午前中だったし知らない番号からだったので、出なかった。いま起き出したら、時間の潰し方に困ってしまう。
七、八回コールが続いてからいったん切れ、すぐまたかかってきた。そのせわしない間《ま》に、私への親密さを感じた。出てみた。鋭夫くんからだった。
(どこにいる?)

「渋谷のネットカフェ。東急ハンズの近く。なんで番号が違うの」

(あとで話す。だったらちょっとウェブで、新渡戸鋭夫で検索してみて。なにか出てくる)

「ニッチじゃなくて?」

(鋭夫で)

「——待ってて。電話置くよ」

パソコンをスリープから戻して検索する。

ニュースサイトに、名前はなかったものの鋭夫くんのことはたしかに載っていた。鋭夫が利夫の入力違いとして処理され、上がってきた記事の一つだった。

爛漫のボーカル変死　重要参考人浮上
昨年8月末、人気ロックバンド爛漫のボーカル、ニッチこと新渡戸利夫さん(24)=ポルトガル出身=が、都内の自宅で合成麻薬の過剰摂取で亡《な》くなっていた事件について、警視庁は利夫さんの実兄(25)を重要参考人とし、所在の確認を進めていることを明らかにした。

彼に読み聞かせた。

（やっぱり）

「ニッチってポルトガル出身だったの。鋭夫くんも？」

（最初に反応するポイントがそこか）

「脳味噌で動けたのがそこだけだった」

（十二歳くらいまでヨーロッパじゅうを転々としてた。それよりくれない、俺は正真正銘の逆行性健忘に陥っていた。過度のストレスからか、肉体が受けたショックからかは分からない。コンサートの感電でぶっ飛ばされるまでは、ちゃんと憶えていたんだよ）

「なにを？」

（忘れもしなかった）

「だからなにを」

（利夫が死んだ晩、俺は自転車で利夫のマンションに行ってる）

「——なんで黙ってたの、私にさえ」

（インターフォンを押しても反応がなかったから合鍵で中に入って、リビングでちょっと作業して、一向に利夫が寝室から出てくる気配がないから、疲れてるんだろうと思って、そこまでのデータをUSBメモリに落して自分の家に帰った。よくあることなんだ。でも寝室のドアをノックして、どうしているか確認することもある。あの晩はしなかった。してれば、利夫は死ななかったかもしれない。だから誰にも云えなかった）独白めいた、淡々たる喋《しゃべ》り方をする人だ。そのときもそう。表面上、彼はとても冷静だった。

「どのくらいの時間、マンションにいた？　憶えてる？」

（レコーダーで利夫の作業の進捗を確認して、使いたい言葉のメモがないか探して――たっぷり一時間はいた）

「今はぜんぶ思い出せるのね」

（今朝、腹が減って、でも冷蔵庫に何もなかったから自転車でコンビニに行ってさ、戻ってきたら路《みち》のそここに警察官が立ってるんだ。近所で変な事件が起きたのかなあ、厭《いや》だなあ、と思いながら走ってたら、自分のアパートの前に刑事コロンボみたいな人たちが見えて、その瞬間に記憶の隙間が埋まった。スピードを緩めずにそのまま二駅先の、ほら、例の忘れ去られていた利夫の元彼女の家に行って、形見として渡してあった利夫の携帯を借りてきた。ちゃんと使えたんで、それからかけてる）

「よく私の番号憶えてたね」

（登録の仕方がよく分からないから、これまでも記憶で番号押してた）

「なんと。ていうか、なんで逃げたの。悪いことしてないんでしょう？」

（また罠を仕掛けられていると感じた。くれないが推理したとおり和気さんはアンプに細工をし、俺を感電させたんだ。それをくれないに指摘され、やがて記憶が甦って、たぶん黒幕に相談した。いっそのこと俺が利夫を殺したことにすべく、黒幕が動いた）

「考えすぎのような気も」

（でも利夫は死んだ。薬を嫌悪《けんお》していた弟が、違法薬物のＯＤで）

「そうだった。いまどこにいるの。その電話も危なくない？」

（居場所は教えない。くれないのために教えない。でもちょっと頼みがある。あとでセヴンスヘヴンに行って、和気さんがいるかどうか確認してくれ。いたなら、うまく外に誘い出してほしい。頃合をみてこっちから電話するから、くれないからはかけるな）

「誘い出してどうするの」

（まだ決めてない。一緒に警察に出頭させるか、こっちに協力するよう頼み込むか――）

「感電事故とニッチの死が、本当に関係しているとは限らないのに」

（でもほかの突破口を思い付かない）

「分かった、セヴンスヘヴンには行く」

（三時か四時には誰かがいるはずだから）

「ごめん、あの」

正直に云っていいものかどうか迷いながら、

「その時間、私――ちょっと約束が。鋭夫くんが焦っているところ申し訳ないんだけど、そのあとでいい？　早くて五時くらい」

彼は噴き出して笑い、（かえって気が楽になった。焦らずに夕方を待つよ）

8

ネットカフェのシャワーを使い、ずだ袋に常備してある予備の下着に替える。過剰な暖房にさらされていたせいか、セーターがすこし汗臭かったが、そういう私のためにちゃんと衣類用の消臭スプレーが受付に備えられていて、心憎いったらない。

ドネルケバブの露店でピタサンドウィッチを買って路上で食べたあと、東急デパートを上から順に丁寧に散策して、それでも時間を潰しきれずに、Ｂｕｎｋａｍｕｒａの入口のベンチでまた音楽を聴いて過ごした。

祖父母と暮らしていた地方都市のデパートには楽器売場があり、ギターやドラムの売場より、ピアノやヴァイオリン属や管楽器の売場が大きく、ちょうどデジタルピアノがピアノの主流になりはじめた頃で、行けば、ヘッドフォンをあてがわれて心行くまで試し弾きさせてもらえた。

渋谷に楽器店は多いけれど、鍵盤《けんばん》にピアノっぽい質感があるキイボードには滅多に出会わない。会えたとしても、まともに弾けると見るやすぐ店員のセールストークが始まってしまうので、のんびりと弾いてなどいられない。

むらさきさんと暮らしている世田谷のマンションにも、デジタルピアノがあるにはある。私のために買ってくれたものだが、なにぶん私がなるべく家に居たくないものだから、触れる機会は少ない。もう長いこと、真剣にピアノを練習していない。ずいぶん弾けなくなっているような気がする。

ホルヘ・ボレットが弾く「ラ・カンパネラ」をヘッドフォンに流しながら、膝の上の架空の鍵盤に指を走らせてみた。左手の指が、やっぱり動きにくくなっている。現実の鍵盤だともっとひどいだろう。

鋭夫くんと初めて会ったときも、私の頭のなかには「ラ・カンパネラ」が流れていた。好きな曲だし、自分の技術を確認するのに丁度で暗譜してもいるから、意図して「ラ・カンパネラ」スウィッチを入れるのは簡単だ。でもあのときは勝手にスウィッチが入った。気が付いたら入っていた。

あの颱風《たいふう》の晩の、斎場だ。岩倉理との短いやりとりと名刺を貰えたことに満足した私は、座敷を抜け出し、独りで地上階の葬儀場に舞い戻ったのだ——もう一度、ニッチの遺影を眺められないものかと思い。

祭壇の、蠟燭《ろうそく》を模したちまちました灯りは思いのほか暗く、遺影は遠目に男か女かも分からないほどだったが、最前列の椅子に、静かに冥福《めいふく》を祈っているらしいご同類の背中を見出《みいだ》すことができた。それだけでも上がってきてよかったと思えた。

私の靴音に、その人物は——まさかほかに人が入ってくるとは思っていなかったのだろう——逃げ出そうとするかのように立ち上がった。私は一礼しながら祭壇へと歩み寄り、頭を上げて——

「ラ・カンパネラ」スウィッチが勝手に入ったのはその瞬間だ。

うすぼんやりとした遺影と、まったく同じ顔が私を見返していた。

「——生きてたんですか」と私は彼に訊いた。

彼はかぶりを振った。それで私はてっきり幽霊と対面しているものと思い込み、矢継ぎ早に彼に質問したのだ。どうして死のうと思ったの？　あれは事故だったの？　いま天国から戻ってきてるの？　これから行くの？　私のお祖父さんとお祖母さんへの伝言頼んでいい？

「あとで電話するよ。番号教えて」

私は携帯の番号を云った。彼は頷いてその場から立ち去った。

後日、本当にかかってきた。背後で犬の声がした。

「犬がいる」

（うん、近所のが吠えてる。うるさいけど可愛い奴だよ。犬は好き？）

「大好き」

ニッチの幽霊からなのか、別な生者からなのかよく分からないままに、私は彼と犬の話をし続けた。祖父母と暮らしていた家に飼われていた、黒い雑犬とのささやかなゲーム。彼も、中高生のころ家に黒犬が居たと云った。どうしたことか私たちは、長々と犬の話ばかりしていた――。

目の前にサングラスを掛けた岩倉理の顔が生じた。しゃがみこんで私を見上げ、なにか問い掛けている。私はヘッドフォンを外した。

「なに弾いてたの」

「――リスト」

「ピアノ歴はどのくらい？」

「三歳から、十五歳までは辛うじて。ここ二年間はろくに練習してません」

「予定を変えて、どこかのスタジオでセッションするか」

「譜面どおりにしか弾けないから、きっと面白くもなんともないですよ」

「爛漫の連中とは、あのあと意気投合してスタジオで遊んだって聞いたよ」

「あれは、リハーサルを見学させてもらってたら、たまたまベースの史朗くんがスコット・ジョプリンの楽譜集を持ってきてたんです。で、弾いてみてって云われて、そしたらみんなが合わせてくれて――」

「ラグタイムのジョプリン？　その譜面をたまたま？　君のために用意してたんだろう」

「そうかも」

本当は、彼と一緒にスタジオに入りたかった。外のノイズをいっさい遮蔽《しゃへい》した空間で、ふたりになりたかった。でも彼の前でピアノを弾くのは怖かった。こんなものか、と落胆されそうで。

「鋭夫くんが即席の歌をうたったりして、楽しかったけれど」

「誰？」

「新渡戸鋭夫。ニッチのお兄さんで——追悼コンサートで共演なさいましたよね？」

「そんな人が出たんだ。俺、自分のリハと本番以外は、ラジオ番組や雑誌の取材で外にいたから」

鋭夫くんがまた遠ざかった。

岩倉氏のプロフィールはすっかり頭に入っている。むらさきさんと同い年で、長崎の出身。いちおうギターも弾ける、という感じのアイドル歌手として十代でデビューしたが、鳴かず飛ばずで、いったん芸能界から退いて、渡米。現地でギターの腕を磨き、メンフィスのローカルバンドの一員として、米国各地で賞賛を浴びる。評判は日本にも届き、やがて海外のアーティストとして来日するようになった。現在は日本を活動拠点としているが、ＣＤのリリースは未《いま》だアメリカから。

そしてたぶん、私の父親。

具体的な根拠はない。むらさきさんと渡米期間が重なっていること、彼女の膨大なロックＣＤコレクションになぜか岩倉理は一枚もないこと、そのわりに彼の音楽活動にも私生活にも詳しいこと——。なにより、私はこの人に似ている、と自分で思うのだ。

テレビで初めて見たとき、なんとも奇異な感じがした。顔立ちや体型のそこかしこ、声の質や動作。むらさきさんとより、祖父母とより、岩倉氏とのほうが私は似ている。

「じゃあ予定どおりエッシャー展にしよう。なんで向田むらさきの娘が俺とエッシャーを観たいんだか、未だに分からないんだけど」

「どこでもよかったんです。会ってくださるなら」

「へえ」と彼は満更でもない顔をした。

そうして地階のミュージアムで、岩倉氏とふたり、M・C・エッシャーの版画を眺めた。しかし私の意識はひたすら岩倉氏の横顔と言葉に集中していたので、なにが飾られていたのか思い出そうにも、買ってもらってあとから眺めた目録の記憶とごちゃ混ぜだ。

売店での彼はほかにも、エッシャーの画に出てくる蜥蜴《とかげ》を立体化した携帯ストラップも買ってくれた。自分は同じ蜥蜴がプリントされたネクタイを買って、

「お揃いだ」と喜んでいた。

やっぱり、とその瞬間は思ったのだが、それ以外、彼がいかにもな父親っぽさを覗かせた瞬間はなかった。あくまで私は、音楽ライターの娘、もしくは若いファンの女の子扱いされ続けた。

ミュージアムを出て地上にあがると、エントランスの向こうはすっかり暗くなっていた。鋭夫くんから電話がかかってきた。

「ごめん、もうちょっとだけかかる」

(分かった。おとなしく待ってる)

「鋭夫くん、いまどこにいるの」

(わりとくれないの近く。またこっちからかける)

私は辺りを見回して、「そっちから見えてるの?」

電話はすでに切れていた。

「ニッチのお兄さんが彼氏か」

「——え?」

「いまエッオくんと」

「ただの友達ですよ」

さらりと否定できず、妙に力が入ってしまい、ばつが悪かった。

「まだ時間があるから一緒に飯でもと思ってたけど、次の予定があるなら俺はここで消えるよ。空気の読めないおっさんだと思われたくない」

「どこ？」

思わずかぶりを振った。「近くのライヴハウスに、ちょっと用事があるだけで」

「セヴンスヘヴン」

「じゃあすぐそこだ。道玄坂じゃなくてあっちの路地を抜けると早いんだよ」

9

岩倉氏に先導されてセヴンスヘヴンに向かうという、予想外の展開となった。坂の途中で氏はふと立ち止まり、後ろを振り返った。

「どうしたんですか」

「いや──君のようなそういう髪型、流行ってんの？」

「私のはただの伸ばしっ放しですが。ときどき前髪は自分で切りますけど。同じような子がいました？」

「うん、まあ」

「下を向いてたから気付きませんでした」

氏はふたたび歩きはじめた。「遊ぶといったら渋谷？」

「遊ぶというより退屈しのぎですけど、だいたい渋谷か新宿ですね。電車の都合で」

「六本木は？」

「右も左も分かりません。交通の便が悪いじゃないですか」

「確かに」やがてまた立ち止まって、「つかぬことを伺うようだけど、ニッチはどんな人だった？君に対して」

「遺影でした」

氏はきょとんとした顔で、「どういうこと？」

「私、鋭夫くんのほうしか知らないんです」

「そうなのか」

エレヴェータから姿を現した岩倉理を、受付の女性ははじめ本物とは思わなかったようだ。どちらのバンドの——と訊きかけて、はっと目を瞠《みは》り、口を噤《つぐ》んだ。

「店長を」と岩倉氏が命じる。

店長が呼ばれて出てきた。岩倉氏を視認するや、軍人のように直立不動になった。

氏は私を振り返って、「なんだっけ。なんの用事？」

「PAの和気さんは、今日は——？」

「和気ですか。今日も予定は入ってたんですが、田舎のお父さんの具合が悪いとかで、しばらくのあいだ欠勤したいと云ってきまして」

「田舎ってどちらですか」

「ええと、島根か鳥取か、岡山か、広島の――どれかだったと」

「ちゃんと知りたい？」岩倉氏が私に問う。頷くと、彼は店長に向かって、「調べて」

店長は店内に飛び込んでいった。しばらくして顔を出し、

「緊急時の連絡先がこれなんで、ここが実家だと思います」と岩倉氏に電話番号のメモを差し出してきた。

氏はそれを私に渡し、「これで用事、済んだ？　なら一緒に飯でも。渋谷を離れても大丈夫？」

私は迷った。鋭夫くんが近くで待ち構えているに違いないからだ。「もうすこしここで、連絡を待ちたいんですが」

岩倉氏は頷き、店長に、「中、いい？　リハーサル中？」

「リハはもう終わって、客入れの準備中ですけど、どうぞ。お飲み物は出せますんで」

カウンター席に案内されたが、岩倉氏はすぐさまステージ前へと向かい、スタンドに準備されているギターを物珍しげに眺めはじめた。

おずおずと傍へ寄ってきた若者に、気さくな調子で、「君の？　これ本物？　チャーリー・クリスチャンと同じじゃないか。最近の子はいいの持ってるなあ。俺の若い頃なんて、ギブソンって口に出すだけでどきどきしてたのに」

「あの、どうぞ、触ってください」

「いいの？　ちょっと遊ばせてもらおうか。店長、客入れまでにまだ時間ある？」

スタッフとその夜の出演者たち、総勢二十名ほどが店内にいた。岩倉氏がステージに上がるや、

みな色めき立ってその周囲に押し寄せた。

氏はアンプを調整し、椅子に掛け、ギターの弾き心地やチューニングを確かめた。マイクロフォンを引き寄せて、「いいギターだ」

カウンター席の私に手を振る。やがて歌いはじめたのは、爛漫の「地下鉄にて」だった。「雨の日曜日」以前の、彼らの最大のヒット曲。

私へのサーヴィスのつもりなのだろう。嬉しくも、居心地悪くもあった。運動会で張り切る父親に対して、恥ずかしい、と連呼していた同級生を思い出した。これが、あの気持ちか。

しかし曲が佳境に入り、氏が原曲よりずっと長く激しいギターソロを披露するに至って、幸運な観客たちは沸きに沸き、私の胸中は誇らしさで満ちていった。

爛漫のレオもテクニシャンとして通っているが、表現力の格が違う。しかもこちらはバンドではなく、借り物のギターを抱えたたった一人なのだ。

ごりごりと低音を乱打していたかと思うや、低音を残してハーモニー進行を示しつつ、ネックの半ばで情緒豊かなメロディを奏ではじめる。不意に、よく指が届くものだというほどの高音へと跳んで、でも低音は鳴り続けている。いったいどうやってるんだか、皆目見当がつかない。

「二番の詞は憶えてないんだ」岩倉氏はソロを止めることなくマイク越しに笑い、洒落《しゃれ》た転調を重ねて自分の持ち歌に繋げ、そちらは最後まで歌いきって、喝采《かっさい》のなか、ステージを降りた。

ギターを貸してくれた若者と握手を交わす。

「なんでも弾けるんですね」カウンター席に戻ってきた氏に云うと、

「ちゃんと練習したんだよ。爛漫に入れてもらおうと思って」との返事。

「冗談でしょう?」

「必ずしも出鱈目《でたらめ》じゃない。残ったメンバーが困っているようなら、俺のバックに引き入れてもいいかなと。とりわけベースの板垣史朗。彼は伸びるよ。デビューしたときから目を付けていた。こいつと一緒にだったら、物凄い音楽を創れるかもしれないって」

電話がかかってきた。すっかり熱っぽくなった店内の騒音を避けるため、いったん外に出る。

通話中、私はドアの硝子《ガラス》越しに、何度も岩倉氏を振り返っていた。ギターを貸した若者がサインを求めている最中で、こちらと視線は合わなかった。

やはり岩倉氏にとっても、ニッチや鋭夫くんは邪魔者だった。精進落しの座敷での彼の口調には、メンバーに自分を売り込んでいる気配がはっきりとあった。私がむらさきさんに追悼コンサートのスタッフを調べてもらい、和気さんを訪ね、岩倉氏にも思い切って面会を申し込んだのは、その記憶ゆえだ。

鋭夫くんの感電事故によって生じた、胸中のわだかまりをなんとかしたかった。しかし行動の結果、それはより大きな暗雲と化していた。

10

鋭夫くんにメモの電話番号を伝えると、

(なるほど、中国地方の田舎って感じの番号だな。今から場所を確認して、行ってくる)と云いだした。

私はびっくりして、「お金あるの？　下手にクレジットカードとか使ったら——」

（そこから足が付くだろうね。ヒッチハイクでもするか）

「本気？」

（けっこう本気。くれないの話しぶりから、和気さんってのは根っからの悪人じゃないような気がするんだよ。だとしたら突破口になってくれる）

「とにかく気をつけて——」

岩倉氏と一緒にいることはなんとなく云えぬまま、通話を終えてしまった。

それからまる三日間、私はじりじりと彼からの連絡を待ち続ける羽目となった。命じられたとおり、自分からは決して連絡しなかった。どんな状況にいるか知れない彼の電話をうっかり鳴らして、彼を窮地に陥らせるのが怖かったのだ。

セヴンスヘヴンから出てきた岩倉氏は、私をタクシーで原宿のチュニジア料理店に連れていってくれた。常連らしく、チュニジア人の接客係が、

「岩倉さんはいろんな美女を連れてきてくれる」と皮肉を云う。この人物は店主でもあることを、やがて知った。岩倉氏と私とを見比べて、「娘さん？」

「違うよ」と氏は笑った。

壁の青いタイルは目に麗《うるわ》しいものの、店内に流れる平均律《へいきんりつ》に収まりきらない現地の音楽には、どうにも違和感を拭えなかった。これは私の側の問題だ。

絶対音感——。

むらさきさんは幼い私に音楽の英才教育を施さんとして、考えつくかぎりのあれこれを試みた。

ピアノは一流の先生の許《もと》でのスパルタ式、音感トレーニング教室とかいうのにも親子して通ったし、買い与えられたのは絵本より漫画よりまず楽譜。日本語の読み書きよりおたまじゃくしの読み書きを覚えるほうが早かったくらいだ。

ところがむらさきさんの音楽ルポルタージュがベストセラーになり、雑誌にラジオに引っ張りだことなるや、彼女の教育への情熱は急速に冷めた。自分自身のプロデュースに忙しくなったのだ。私は祖父母の許に預けられっぱなしになった――アップライトピアノ、および大量の楽譜と一緒に。

そういった事情からいつしか身に付いていた絶対音感は、しかし、ドレミファソラシに五つの半音を加えた、西洋十二平均律の音感に過ぎない。ピアノ音感、と云い換えてもいい。

エレキギター奏者が絃を捻るようにして音程を上げる、いわゆるチョーキングだったら、そのうち耳触りのいい音程に落ち着くと分かっているから安心して聴けるが、どの鍵盤にも当て嵌《は》まらない微妙な音程を平然と引き延ばす、インドやイスラム圏の伝統音楽、尺八の音楽などは、ひたすら調子が狂いっぱなし、としか認識できない。

店主は、もちろん未成年だと見て取っているだろうに、岩倉氏が注文したロゼワインをこちらのグラスにも注《つ》ごうとした。咄嗟に氏の表情を窺う。

「むらさきさんとこ、世田谷だっけ。飲めるんだったら、いいよ、飲んで。俺が家まで送って、無理やり飲ませたと言い訳してあげるから」

「そのときは納得して見せても、あとで私が総攻撃を受けます。ネットカフェででも酔いを醒《さ》まします」

「そういう生活送ってんの？　だったらせめてうちに泊まりなさい。娘みたいな子に手を出したりはしないから、安心していい」

「ていうか、娘ですが」

氏はきょとんとして私を見つめた。「――そう思ってたのか。ありえない話だ」

「なぜですか」

「注いであげて」と彼は店主に云い、私に視線を戻して、「幾つ？　正直に云って大丈夫。この人、日本語分からないから」

「ゼンゼンワカリマセン」

「十七になりました」

「ということは約十八年前だ――俺は日本に居なかったよ」

「向田むらさきも渡米していました」

「そうなの？　でも出会ってない。知り合ったのは、俺がこっちに戻ってきてからだ」

「今にして思えば、若い頃の向田むらさきだったかもしれないという女、いませんでしたか」

彼は肩を竦《すく》めて、「いなかったね。ともあれ、俺が君に手を出しえないって点で、すでにふたりは合意しているわけだ。だったら今はワインと食事を楽しもう。家には帰りたくない、俺の家も嫌だってんなら、その辺にホテルをとってあげる。もちろん君だけが泊まるんだ」

私は下手なタイミングで口を滑らせたことを悔やみ、捨て鉢な気分で、酸味のきいたワインをごくごくと飲みはじめた。

すこしでも量が減ると、すぐさま店主が注ぎにくる。店の客は私たちだけだった。閑《ひま》なのだ。

アルコールはもちろんのこと、物珍しい料理と、調子が狂っているとしか感じられない音楽にも、やがて私はすっかり酔ってしまい、一時間後には、ずだ袋を岩倉氏に預けたままタクシーに連れ込まれていた。

「もしなにかしたら、近親相姦《きんしんそうかん》ですよ」と、思い返せば顔から火が出るほどの勢いと言葉遣いで、氏に主張した辺りまでは、かろうじて憶えている――。

頭痛に耐えかねて目を覚ますと、そこは見たことのない清潔な小部屋の、ベッドの上。窓は外の光で明るく、私は昨夜の衣服のままだった。

起き上がるや頭痛は激しさを増した。舌といい咽《のど》といいすっかり水気を失っていて、口を開くのも難儀だった。

水を求めて室内を見回す。テレビの下に小さな冷蔵庫があり、扉を開くとミネラルウォーターのペットボトルが入っていた。蓋《ふた》を捩じ開け、ラッパ飲みする。

すこしはましな気分になった――ような気がした。

さらに室内を探索する。コートとずだ袋はクローゼットに収められていた。ライティングデスクの上には口をテープで留めた大きな紙袋と、レストランの朝食券。

袋を開いた。中身は真新しいカシミアのカーディガンと、同じブランドのジーンズだった。私のサイズだ。酩酊《めいてい》状態で岩倉氏に強請《ねだ》ってしまったのだろうか。まったく憶えていない。それとも抱えた私のあまりの汗臭さに、慈善の心が芽生えた?

強請ったほうが、まだしもに思えた。

11

二日ぶりに自宅に戻った私だったが、

「お帰り。おなかが空いてるならラーメンでも食べてて」と部屋から出てきたむらさきさんに云われただけで、お説教もなければ、どこに居たのかという詰問《きつもん》もなし。コートの下が新品の衣服だということにさえ、彼女、気付かず。

彼女はダイニングを泥棒のように漁り、ウィスキーの罎を発見するとそれを胸に抱え、何日も入浴していないこと定かなぼさぼさ頭を掻きむしりながら、巨鳥の巣のような自室に戻っていった。締め切り前らしい。

やがて漏れ出してくる大音量のロック。私への嫌がらせならまだしもだが、なんの悪意もないのだから取り付く島がない。自分の筆が世界を変えると本気で信じ、周囲はその活動の犠牲となって当然、むしろ喜んでいるはずだと考えている。

彼女が使わなくなってリビングに移動させられた、古めかしいデスクトップ・パソコンを立ち上げる。ニッチの実兄に関する情報を漁ろうとするも、これといった続報、見つからず。鋭夫くんに読み聞かせたあの記事を見つけて眺めながら、ニッチにはちゃんと兄がいるのだ、鋭夫くんは幻じゃないのだ、と自分に云い聞かせる。

云い聞かせすぎて不安になってしまい、むらさきさんのドアを叩いた。

返事はない。というか返事していたとしても音楽で聞えないので、勝手にドアを開けて中に入り、床に散乱している郵便物や衣類を避けながらオーディオセットの前まで進んで、スイッチを切った。

「爛漫のニッチにはお兄さんがいた。私はその人を知っている」

むらさきさんはノートパソコンの画面を凝視したまま、「鋭夫くんと喧嘩でもしたの？　仲裁とか頼まれても御免だから」

私は彼女の背中を見つめた。「ありがとう」

「皮肉？　とにかく仲裁なんて御免だから。部屋を出ていく前にちゃんと電源入れてプレイボタン押して」

「――ついでに教えて。私の父親っていまどこで何してるの？」

「何度も教えてきた」

「ちゃんと答えて」

「天国でギター弾いてる」

「ヘヴンで？」

「そう、ヘヴンで」

12

「ごめんごめん、お待たせ。すぐまた学校に戻るけど、でも三十分くらいは大丈夫」

赤羽根先生が駆け込んでくると同時に、爛漫の「雨の日曜日」が流れはじめ、どこかで鋭夫くんがBGMを操作しているんじゃないかと思った。

喫茶店の中をぐるりと見回したが、先生以外、こちらを向いている視線はない。

先生は相変わらず、なぜそこまで頑張るのかというくらいにお洒落だった。その日は、エルメスかそれ風の臙脂色の上下に、目が覚めるほど鮮やかな緑色のコート。私の在学中から痩せたり太ったりが激しい人だったが、今はだいぶほっそりしている。もともと顔かたちの整った人なので、もし身長が高かったなら、撮影現場から抜け出してきたモデルと思われること請け合いだ。

「どうしたの、突然。訪ねてきてくれて嬉しいけど」

先生のコートの色や無邪気な表情に、気分を昂揚させられた私は、つい上を指差し、「この曲、先生、知ってます?」

彼女は脱いだコートを畳みながら、「爛漫でしょ? CD持ってる」

「意外」

「この曲をじっくり聴きたくてベスト盤を買ったの」

自分のことのように——いや、自分のことよりも嬉しかった。「私の説得でこのリリースが決まったって云ったら、先生、信じてくれますか」

先生は水を運んできたウェイトレスにココアを注文したあと、あっさりした口調で、「信じる。向田さんは強情だけど嘘はつかない子だったから」

「よかった」

「そういえばお母さんが音楽関係だものね。メンバーと知り合いなの? この曲を仕上げたあと、ボーカルの子、亡くなっちゃったんでしょう?」

「逆なんです。ニッチが亡くなったときこの曲は、彼が小さなレコーダーで録った、メモみたいな録音でしかなかった。それを残された人たちが、切り貼りしたり伴奏を付けたりして、ここまで仕上げたの」

先生は目を見開いた。「そんなこと出来るの？　とてもそうは聞えない」

「技術の進歩のお蔭もあるけど、残されたメンバーの演奏が完璧に歌に寄り添っているし、どうしても使えなかった部分や足りなかった部分は、じつはニッチのお兄さんが歌い足しているの。そっくりな声なんです」

「それを、こうして私が普通に聴いてるんだ。奇蹟みたいな話ね」

「でも今は、完成させてあげなよって勧めたこと、ちょっと後悔してもいます」

「なぜ？　すごくいい曲じゃない」

「ファンを騙してるみたいで。それにあれ以来、いろんなことに現実感をいだけなくなってて。私の現実も、この曲みたく頭のなかで編集されたものなんじゃないかって――ニッチのお兄さんも、実在してるのかどうか、ときどき分からなくなる」

先生は、あれ？　となにかに気付いたような表情をし、それからくすくすと独り笑いした。

「――ごめんなさい、向田さんを笑ってるんじゃないの」

また笑いだす。私は次の言葉を待った。

「向田さん、その人のこと好きなんでしょう。ニッチのお兄さん」

うまく答えられなかった。

「声や顔、いい感じに思い出せる？」

「顔は――」つい首をかしげてしまった。なんだか確信がいだけなかったのだ。

鋭夫くんとまえ直接に顔を合わせたのは、いつだったろう？　私たちは電話で話してばかりで、同じ空間に身を置いてきた時間は、案外と短い。鋭夫くんの顔を思い浮かべようとすると、どうしてもニッチの遺影がさきに現れてしまう。

「でも、喋り声ははっきりと思い出せます。たぶん——大好きなんだと思います」

「じゃあ充分じゃない。なにを不安がってるの。自分は無駄のない現実的な人生を送ってるっていう確証でも欲しいの？　私なんてあなたの年頃には、宇宙人に恋していたっていうのに」

「アニメとかですか」

「リアルにリアルに、身も世もなく。そういう記憶が、断片的にだけど確かにあって、荒唐無稽《こうとうむけい》としか云いようがないんだけど、でもね——いまそのことで笑ってしまったの——私、今でもその人のことが好きなの」

どう切り返せばいいか分からなかった。

そんな私を先生はきっと睨みつけ、「どうぞ呆れててちょうだい。向田さんだっていずれおばさんになるのよ」

「年齢の話は関係ないような。どんな感じの宇宙人だったんですか。『マーズ・アタック』みたいな？」

「なんか思い出を汚された感じ。超絶にかっこよかったってば——たぶん」

「たぶん？」

「たぶん」と、先生はなぜか自信たっぷりに云った。「人間の記憶って不思議ね。今もときどき閃《ひらめ》くみたいにその頃の感情が甦ってきて、うわって泣き笑いしちゃうの。楽しくて悲しいの。もし人生のフィルムを巻き戻して観察できたとして、そして科学者やお医者さんから、赤羽根さん、これは映画の記憶ですよとか読書した記憶ですよと指摘されたとしても、だから？　としか私は思わない。だってこの感情は本物だから。本物の勇気だから」

「勇気ですか」

「シュトゥルム・ウント・ドランク。人を好きになることも芸術を好きになることも、疾風怒濤《しっぷうどとう》の勇気の証《あかし》だと思わない？　高校生の私は勇敢だった。だから今だって勇敢でいられる。有閑マダムの有閑じゃなくて」

「分かってます」

「やっぱり高校に行ってみる気はないの？　学校は嫌？」

「登校拒否の苦しさって、登校できる人には分からないと思います。我儘《わがまま》なんじゃなくて、実際に肉体が苦しいんです。登校中に、なんとかうまく自動車に轢《ひ》かれたいと願うくらい」

彼女はこくり、やがてまたこくりと頷いて、「じゃあ無理に勧めたりはしません。だいいち向田さんは、学校を出るまでもなく、すでにじゅうぶん世の中の役に立ってるし」

「たとえば？」

「『雨の日曜日』」そこに先生のココアが来た。彼女は一口啜《すす》って、「熱すぎ。なにこれ」

「お忙しいのに、今日はどうもありがとうございました」

「本題に入りましょうか。なにか相談があったんじゃないの」

「なんとなく、もう、すっきりしました」

彼女は目を瞬《しばたた》かせたが、やがて破顔し、「じゃあ良かった。私も、久しぶりに向田さんの顔を見られて嬉しかった。これを飲み終えるくらいまでは時間があるから、雑談でもしましょうか。最近興味のあることとか」

「相変わらず音楽のことしか知らないです」

「じゃあ爛漫の話を、もっと」

B

13

ニッチがこの世に残した「雨の日曜日」のデモ録音は、あくまで鋭夫《えつお》くんに聴かせるためだけのものだった。携帯電話くらいのサイズの簡易レコーダーで録《と》られていて、音の品位自体が低く、ノイズも多く、テンポも揺れていた。とてもじゃないが、そのまま商品化できるような代物《しろもの》ではなかった。

初めて待ち合わせた公園で、鋭夫くんが片手に握り締めていたのが、そのレコーダーだ。いつも持ち歩いて、聴力のある左の耳で弟の声をきいては、彼の生前には云えなかったことを囁《ささや》き返していたのだ。

誰かと電話で話しているのだと思った。用事が終わってから話しかけようと、すこし離れた場所に立ち止まっていた。

彼はこちらに気付くや、慌てて通話を切った——というふうに私には見えた。

「ゆっくりかけてて。待ってるから」

「電話じゃないんだ」彼はレコーダーを私の耳に近付けた。歌だとは分かったが、音が小さくて詞も音程もよく聴き取れない。

私はずだ袋からヘッドフォンを出して、「繋げられる？」

「そんなでっかいの、いつも持ち歩いてるの？」

端子をレコーダーに繋げてもらい、私はその短い曲を最初から最後まで聴いた。正直なところ、変な歌、としか思わなかった。でも魅力的な声だった。

ヘッドフォンを外して、「これ弟さん？　ニッチ？」

鋭夫くんは頷いた。「こういうのを渡してきて、俺が足りない部分を作って——そういう繰り返しでやってきたんだ」

「私、ごめん、爛漫《らんまん》ってちゃんと聴いたことないの。なんて曲？」

「メモからすると、たぶん『雨の日曜日』って付けるつもりだったんだと思う。まだ世に出ていない曲だよ」

「完成させるの？」

「させない」

「なぜ」

「最後に歌を入れる奴が、もういない」

「そのニッチの歌は残せないの？」

彼ははっきりした返答を避けた――。

でも、次に同じ場所で会ったとき、

「あのヘッドフォン、今日も持ってる?」と彼のほうから訊いてきた。

「うん、持ってる」

簡易レコーダーとヘッドフォンが再び繋がる。このあいだとは別の既存曲――かと思いきや、歌が始まってみれば、それは「雨の日曜日」に他ならなかった。でもイントロも伴奏も付いている。

私は曲の途中でヘッドフォンを浮かせ、「どうやったの?」

「いつもの手順だよ。パソコンに取り込んで、リズムを付けて、ギターを弾いて、ベースを弾いて――ずっとやってきたこと」

「魔法みたい」私はすっかり興奮してしまい、「これ発表しようよ。ニッチもファンも喜ぶよ」

「とてもじゃないが、そういうクオリティじゃないな。伴奏は適当だし、歌もノイズだらけだし」

「またちゃんと爛漫が集まって演奏したらどうなの? 専門のエンジニアだったらノイズも取ってくれない?」

「もう利夫《としお》はいないのに、そんなことしてなんになるのかって――」

「私が喜ぶ」

鋭夫くんはぽかんとしていたが、こちらも意地になりはじめていた。

「どうだ。私が喜ぶ」

「たった一人のために、また爛漫を集めろと? 正気なのかな、この子」彼は笑いだした。

私は二度頷いて、「きっといかれてるんだよ」

それはどんより曇った日のことで、やがて本当に雨が降りはじめて、私は有頂天になった。

「今日は何曜日？」と何度も鋭夫くんに訊いたものだ。

「日曜日」と彼は何度も嘘を云ってくれた。

14

（死んでたよ）やっと電話してきた鋭夫くんが、溜め息まじりに云う。

私は自宅に通じる夜道を歩いていた。「誰が」

（和気さん）

「和気さんのお父さん？」

（和気泉さん本人）

思わず立ち止まって、前後左右を見回し、自分が現実の景色のなかにいることを確認する。

（彼女の地元の駅――単線のとても小さい駅だよ――そこに着いたら、「和気家」っていう矢印付きの立て看板が出てた。そういうのを辿っていったら、自宅で葬式をやってた。お父さんは元気そうだった）

幾つもの思いが頭のなかでこんがらがって、どういう順番で口に出せばいいのか分からない。

「あの――次に電話があったら訊こうと思ってたこと、いまいい？」

（どうぞ）

「鋭夫くんって、ニッチのお兄さんなんだよね？　天国から戻ってきたニッチじゃないよね？」

（別人だよ。向こうは死んだけど俺は生きてる）

「火星人とかでもないよね？」

（火星人だったことはないな）

「そのうち、とつぜんいなくなったりしない？」

（不死身じゃないから保証はできないけど、特にそういう予定はないよ。これまでどおりの暮しを続けるために、こんな田舎までやって来たんだし）

「鋭夫くん、嘘つきなほう？」

（まったくつかないわけじゃないけど、積極的に人を騙すことはないな）

「木曜日なのに日曜日って、いっぱい云ったことあるよ」

（くれないを喜ばせたかった。もし傷つけたんだったら、謝って訂正するよ）

「しなくていい。じゃあ――和気さんが亡くなったってのは、現実の出来事なんだね」

（現実。呆然と家の前に立ってたら、家族に東京から駆けつけた友達だと思われて、遺体を拝ませてくれた。見覚えのある若い女性だった。綺麗な子だった）

「どうして急に」

セヴンスヘヴンで目にした淋しげな美貌が、まざまざと脳裡《のうり》に甦ってきた。淋しげではあったものの――当り前のことだけど――あのとき彼女はしっかりと生きていた。

もうこの世にいない？　セヴンスヘヴンへのエレヴェータを上がっていっても、二度と会うことはない？　相手の歳が近いから、それにニッチとは違って直接喋ったことがあるからだろう、なんとも云えず奇妙な感じがした。祖母が病死したとき、その跡を追うようにしてやはり病を抱えていた祖父が死んだときよりも、ずっと奇妙で、不思議だった。

（薬）と鋭夫くんは吐き捨てるように云って、長々と吐息し、（自室の床に、赤い錠剤と、細長い薬の罎が転がってたって。利夫の部屋の絨緞《じゅうたん》から見つかったのも、警察に持ってかれて俺は見てないんだけど、やっぱり赤い錠剤だったと聞いた）

「本当？　それって偶然にしては――」

（もちろん偶然なんかじゃないさ。利夫の死に関係しているのが露見するまえに、和気さんはみずから命を絶ったんだ）

「ニッチに薬を教えて、死にかけている彼を見捨てたのは――彼女？　そんな人にはとても見えなかった」

（親も愕然としてたよ、そんな物に手を出すような子じゃなかったと。でも事実、彼女はそれを呑んで死んだんだし、追悼コンサートのアンプに細工できる立場でもあった）

「和気さんとニッチは付き合ってたのかしら」

（さあね、もうふたりともこの世にいない以上――）

「知りようがないか」

（利夫は誰と付き合ってるとかを隠せない奴だったけど、薬のことを俺に咎《とが》められたくなくて、彼女との関係だけは必死に隠してたのかもしれない。あるいは、知り合ったばかりの彼女をマンションに引きずり込んで、薬を貰って――どうあれ、情けない。莫迦《ばか》な奴だ）鋭夫くんは洟《はな》を啜りあげた。泣いてる。

「もしもし？」

（ん、聞いてるよ）

「びっくりすることが多すぎて、いま頭の中がぐちゃぐちゃなんだけど」

（俺もだ）

「とにかく、これで鋭夫くんの潔白は証明されるんだから、安心して東京に――」

自分の言葉を遮るように、違う！　と叫んだら、鋭夫くんの叫びとぴったり重なった。

「違うよ。ニッチの事件に関係してるの、ばれるのが怖いんだったら、同じ薬で死ぬわけがない」

（俺もそう気付いた。しかも実家でそうやって死ぬなんて、わざわざ家族に迷惑をかけに帰ったことになる。この家の娘は殺人犯ですよと喧伝して死ぬようなもんだ）

「和気さんは自殺したんじゃなくて――他殺」

（きっと口封じだ。彼女は黒幕に口を封じられたんだ）

「いったい誰が、そんな」

（見当もつかないが、利夫の死の真相を和気さんに見られたか、悟られた人間だ。違法の合成麻薬を手に入れられる、しかも彼女にアンプの細工を命じられる立場の人物。俺がなんで重要参考人になったか、いまやっと分かった。きっと売人に偽証させたんだよ、俺に薬を売ったと）

「だとしたら、かなり権力のある――」最後まで云えなかった。ふと岩倉氏の顔が思い浮かんでいたから。

（俺に対する脅し、もしくは殺害計画の発想から察するに、ミュージシャンである可能性が高い。しかもギター弾きかベース弾き。くれない、ちょっと頼みがある。絶対音感、あるって云ってたよね？）

「ある」

（ちょっと利夫の部屋に行ってくれないか、基本的に生前のまま残してあるから。犯人が楽器弾きだとしたら、証拠が出てくる可能性がある）

「鍵は？」

（俺も持ってるけど、利夫は史朗にも持たせてたと思う。部屋の機材を自由に使わせるために）

「彼、北海道じゃないの」

（けっきょく圭吾に引き留められて、その新しいバンドの立ち上げに付き合うと云ってた。今は東京に居るはずだよ）

鋭夫くんはベースの史朗くんの電話番号を諳《そら》んじた。ぜんぶ暗記しているらしい。

15

むらさきさんが私に付き合ってくれたのは、意外だった。「私は真相を見届けたいだけ。あんたや鋭夫くんのために動いてるんじゃないから」

自慢のプリウスを駆って六本木に向かいながら、幾度となくそう繰り返す。他人のために行動したら天罰がくだるとでも思っているらしい。

史朗くんに電話してみたところ、彼らの新しいバンド風月《ふげつ》は、その晩、六本木の老舗《しにせ》キング・ビーでライヴとのこと。

誰と会うにしろ必ず信頼できる大人と行動を共にすること、というのが、鋭夫くんからの指示だ。

最初に浮かんだ顔はやっぱり岩倉氏で、直後に、いやいや彼は――と思いなおした。多忙な赤羽根先生を引っぱり回すのも無理だろう。あとはむらさきさんしか思い付かなかった。信頼できる大人とは云いかねるが、少なくとも一連の事件とは無関係に違いない。

ただ史朗くんと顔を合わせ、ニッチの部屋の鍵を受け取れればよかったのだが、ちょうど風月の演奏が始まったところで、ついでにというか已《や》むなくというか、むらさきさんとふたりで彼らの演奏を鑑賞した。

圭吾くん史朗くんの爛漫組に、女性ボーカルと男性ギタリストを加えた四人編成。始まったばかりのバンドだから比較するのは酷だが、完成度はとうてい爛漫に及ばない。

ドラマー主導のバンドということで、リズムやテンポがころころと変わる。それを売りにしたいのは分かる。しかし効果が上がっているとは云いがたい。変奏が生じるたびに、まだこの曲が続くのか、と閉口してしまう。三、四分のなかに過不足ない展開を封じ込めていた爛漫の曲が、いかに練り込まれたものだったかを思い知らされた。

曲によってマンドリンを弾いたりキイボードを操ったりと、史朗くんは八面六臂《はちめんろっぴ》の活躍だった。でもやっぱり、いちばん巧いのはベースだ。存在感に満ちているのに、決して曲を邪魔しない。時々、ぎくっとするような音遣いをする。でもすぐにボーカルのメロディと辻褄が合って、それが必然だったことが分かる。愛器は黒いリッケンバッカーだ。改造に改造が重ねられ、どこに腕や指を置くのかと心配になるほど、スイッチやノブやピックアップ・マイクだらけになった代物。

最後の曲が終わると、史朗くんはすぐさまステージから飛び降りて、私たちの前にやって来た。

「鍵？　だったら今もキイホルダーに付いてるけど、ニッチの部屋に行くの」

私は黙って頷いた。

「鋭夫がそうしろと？　鋭夫と連絡がとれるの？」

私は反応できず、そのこと自体が肯定になってしまった。

「俺も一緒に行っていい？」

むらさきさんと顔を見合わせる。

「いいわよ」とむらさきさんが答えた。

鋭夫くんは、爛漫のメンバーも黒幕の候補から外していない。外したいが、私の身に万一のことが起きないよう、外せずにいる。

「明日も演《や》るから、楽器は店に置いとけばいいから」史朗くんは再びステージに上がり、楽器を片付けはじめた。

「彼が黒幕の可能性はない、と私は思う」むらさきさんが云う。

私も頷いて、「メリットがどこにもない――私に想像できる範囲では」

「同感。たとえばニッチをうっかり死なせてしまったんだとしても、彼はもともと鋭夫くんを知っていて仲もいいんだから、三か月後の追悼コンサートまで待ってから、なにかを仕掛ける意味ってないのよ」

存外論理的な思考に感心した。伊達《だて》に原稿を書いて暮らしているわけではなかった。

「ありがとう！　来てくれるとは思わなかった」圭吾くんが満面の笑みをたたえ駆け寄ってきた。

私にとっての彼の最大の美点は、この笑顔だ。ドラムの良し悪しなんて、素人にはなかなか分からない。でも楽しそうに叩いているかどうかは分かる。ことさら仏頂面のニッチ、烈火を発するがごときレオ、楽器にしか興味がなさそうな史朗くんの後ろに、いつも圭吾くんの笑顔が覗いていることは、在りし日の爛漫の、大きな魅力の一つだったに違いない。

「むらさきさん、どうもどうも。今日はじつは失敗だらけで、恥ずかしいところをお見せしました」などと頭をさげながら、でもなんとも楽しげに笑っている。

「なかなかの船出じゃない？」むらさきさんも釣られて無意味に笑っている。幾つか当たり障《さわ》りのない感想を述べたあと、「ところでレオはどうしてるの」

「樋口陽介《ひぐちようすけ》のツアーに参加してます」

「アイドル歌謡かって、あんなに莫迦にしてたのに」

「まあ、背に腹は代えられないってやつで。樋口のほうはレオのギターにぞっこんですから」

史朗くんが戻ってきた。「くれないさん、忘れないうちにこれ。こんど会ったら渡そうと思って、ベースのケースに入れっぱなしにしてた。圭吾、ちょっと出てくる。また戻ってくるかも」

史朗くんが私に手渡したのは、不織布《ふしょくふ》の袋に入った白いディスクだった。表面に日付だけが手書きされていた。この日付――。

「そのままCDプレイヤーに入れれば再生できるから」

頷いて、ずだ袋に入れる。

16

鋭夫くんが未《ま》だニッチの部屋を温存しているのは、弟が生きていた痕跡を消す気にならないという心情以前に、大量の楽器や立派なオーディオセットを、どこにどう引き取ればいいのか分からないからだと聞いた。彼自身は築三十年超えの2DKで慎ましく暮らしている。一方ニッチが暮らしていたのは、公園を借景にした白亜のマンション。

「ミュージシャン専用の防音マンションなんですよ。さすがにドラムは禁止らしいけど」

「家賃、どのくらいなんだろ」

「わりと普通だって云ってましたから、十何万じゃないですか。自宅にスタジオがあるというより、スタジオに寝泊まりしてる感じで」

エレヴェータのなかで史朗くんがむらさきさんに教えていたとおり、二重のドアを開けて中に入ってみると、そこは音楽スタジオそのもの。アンプやキイボードやミキサーや、複雑な配線をまとったパソコンデスクが並び、一角にはスタンドに立てられた十数本のギターが林立していた。小さなキッチンや書棚の存在が、かろうじてそこが生活空間だったことを示している。

私は鋭夫くんに指示されたとおり、ギターのチューニングを確かめていった。スタンドに立てたままで、低いほうから順に絃をはじいて、「ミ、ラ、レ、ソ、ド、ファ」

むらさきさんが書き留める。「それ、グレッチよね」

「ホワイトファルコンですね」史朗くんが教える。

「ミ、ラ、レ、ソ、ド、ファ——私、ギタリストだからABCじゃないとぴんとこないわ」

「ギター弾かれるんですか」

「ちょっとね」

そういえば彼女の部屋の片隅には、かつてギターだった物、としか呼びようのない残骸《ざんがい》が。

「ええと――E、A、D、G、C、Fか。えっ、ギターのチューニングって、いちばん太い絃といちばん細い絃が同じ音じゃなかった？」

「新渡戸《にとべ》兄弟は、全部が四度幅の変則チューニングなんです。細い二本の絃が、本来より半音ずつ高い。父親がなんだかの伝道師で、子供の頃はヨーロッパの田舎を転々としていた。周囲と言葉が通じない状況で鋭夫が最初のギターを手に入れて、それが元々狂ってたとか。でも狂ってることに鋭夫は気付かず、その状態のギターでラジオから流れてくる曲を辿って、音楽を学んだ。ニッチも鋭夫からギターを習ったから、そういうことに」

「そうか、それでチューニングを確かめろと」

「鋭夫はいまどこに？」

「よく分からないのよ、本当に。で、そういうチューニングのギタリストって多いのかしら」

「見たことも聞いたこともないですね。世界で二人だけじゃないですか――今は一人か。すごく器用な押さえ方をするんです。指が長くて自由に曲がるから、かろうじて成立している」

　レスポール・ジュニア、テレキャスター・デラックス、ストラトキャスター、ファイアバード――史朗くんにモデル名を教わりながら、チューニングを確かめ続ける。いずれも、すべて四度の幅。どれもピアノのように正確であることに私は驚いて、「ギターのチューニングってこんなに狂わないもの？　でもライヴハウスに出てる人たちはけっこう狂ってる」

「アマチュアが使ってるような楽器だと、なかなかこうは行かないだろうね。俺たちのは、野口さんっていうローディが偏執狂的に調整しまくってたから、ヘッドが圧迫されるようなケースに入れて持ち歩かないかぎり、簡単には狂わない。ステージでライトを浴びて楽器が熱せられた時の、僅かな上下くらい。ニッチがいちばん気に入ってたムスタングを斎場に運んだのは俺なんだけど、あれすらまったく狂ってなかったよ。ムスタングって狂いやすいのが個性みたいなギターなのに」
七、八本めで、初めて音の並びが違う楽器に遭遇した。f穴のある、茶色いギターだった。
「エピフォンのカジノ。ただそれは――」

「史朗くん、これだけ音が違う」違う部分をはじきなおして聞かせる。「ドとファじゃなくて、シとミだ」

「普通のチューニングだ」

「しかも全体に低いの」

史朗くんがそのギターに手を伸ばそうとするのを、

「駄目！」むらさきさんと私、同時に押し止める。

「――そうか。新渡戸兄弟じゃない誰かが、ここでこれを弾いた証拠か」

史朗くんは顔を上げ、私たちを見回して、

「俺じゃないよ」

「私もそう思ってるから安心して。史朗くんやレオが弾いたんだったら、変則チューニングに直しておくでしょ」

むらさきさんから云われ、彼はほっと息をついた。

残りのギターも確かめる。すべて四度幅。チューニングが違う――というか一般的なのは、カジノだけだった。史朗くんがその前に立って、「あのさ、さっきこれ、全体に低いと云ったよね」

「うん、ピアノ弾きにとってはかなり気持ち悪い感じに。二つのキイの中間くらいまで」

「いま考えてたんだけど、ここでこのカジノを弾いた人物は、ダウン系の別な変則チューニングの人じゃないだろうか。スライド奏法でよく使われる、オープンDチューニングだとか。あれだと、低いほうからD、A、D、F#、A、Dと、四本もの絃がレギュラーより低い。そこまでチューニングを弛《ゆる》めれば、ネックは一時的に、絃とは反対側に反り返る」自分の腕をネックに見立てて、手首を反らす。「この状態でしばらく弾いて、レギュラーチューニングに戻したとする。その瞬間は正しい音程でも、絃のテンションによってネックが元の状態に戻るにつれ、またチューニングは下がってしまう」と手首を真っ直ぐに戻す。「すべて四度幅にチューニングされたギターだったと気付かず、レギュラーに戻してしまったのも、ギターを手にとるやすぐさま絃巻きに触れて、自分用のチューニングに落とす癖があるからじゃないだろうか」

「そういうもの？」

むらさきさんの曖昧《あいまい》な問い掛けを、史朗くんは巧みに汲んで、「もちろん確信とまでは行きませんが、たとえば俺がオープンDに合わせるとしたら、まず四絃に合わせて六絃と一絃を落とし、五絃に合わせて二絃を落とし、四絃との響きで三絃をF#に――やっぱり、元のチューニングが特殊だったことには気付きにくいですね」

「ね、たとえばだけど、追悼コンサートの出演者で、そういうチューニングだったギタリストっている？」

史朗くんは指を折って出演者を数えた。「いないです。変則チューニングは鋭夫だけだ。レオも、スライドのときもレギュラーのまんまのデュアン・オールマン式だし」

「岩倉理も？」と思わず尋ねた。

それにもかぶりを振って、「彼もレギュラーチューニングだよ」

17

「ニッチの代わりに鋭夫くんが入って、もう一度、爛漫って出来ないのかな」風月のメンバーの許《もと》に史朗くんを送っていく車の中、私はそう、長らく思っていたことを口にした。

彼は溜め息まじりに、「くれないさんがそう願う気持ちは分かるし、誇らしくもあるよ」

「実際、追悼コンサートのステージには立ってくれたんだし」

「あれは『雨の日曜日』と、ぜんぜん売れなかったデビュー曲の、二曲きりって条件だったから。片方の耳しか聞えない状態で、ロックバンドの大音量に身を浸しているストレスって、きっと凄まじいんじゃないかな。それにあの作曲チーム——新渡戸兄弟のマジックを、ほかの組み合わせで再現するなんて、不可能だ」

「でも史朗くんも作曲できる。『地下鉄にて』って、史朗くんの作詞作曲だよね?」

「じつは、鋭夫がそうとう手伝ってくれてる。俺にもバランスよく印税が入るよう、兄弟で相談して、あの曲については俺の単独名義にしてくれたんだよ。レオや圭吾に対しても、色々とそんなふうに配慮してた。もっともあのふたりは、ニッチと俺が作詞作曲チームを組んでると思ってたんだけどね」

「今も?」

「いや、『雨の日曜日』のための最初のリハーサルで、ぜんぶ分かったみたい。それまではふたりとも、鋭夫と会ったことなかったんだ。驚いてたな——驚くよね、ニッチとそっくりの声やギターで、ニッチより巧いんだから」

「なぜ史朗くんだけは鋭夫くんをよく知ってたの」

「それはまあ——耳がいいからとしか。あるときデモ録音を聞いてて、これはニッチの歌い回しじゃないと思った。ニッチを問い詰めた。そしたら、騙すつもりはなかったと、ふたり揃って謝罪にやって来た」

「顔がそっくりで、区別がつかなかったんじゃない？」

するとと史朗くんは静かに笑って、「鋭夫ってほら、あんな感じであまり髪型に気を遣わないし、服装も地味だし——それ以前に表情がまったく違うんだ。正直、陰気なニッチだと思った」

「鋭夫くんが陰気とは思わないけど」

「あくまで比較。ニッチはすごく人懐《ひとなつ》っこかったから。どっちがどこまで担ってきたんだろうと思って、そのとき作ってた曲について鋭夫に相談してみた。そしたら、ちょっとスタジオに入ろうかって、近所の練習スタジオでね、レンタルのギターをあの不思議なチューニングにして、ぽろぽろ奏でながら、ぱぱっと中間部を作っちゃった。同時進行でニッチが詞を考えてメモって、歌いはじめたら、いや違うよそこは頭韻《とういん》を踏んだほうがいいとか——この兄弟には永久に太刀打ちできないと思ったな」彼はいったん言葉を切り、やがて溜め息をついて、「爛漫の実体は新渡戸兄弟だよ。そしてそれは、もうこの世には無い」

むらさきさんは無言で車を運転し続けていた。

18

私はプレゼントされたカシミアのカーディガン、そして真新しいジーンズを身に付けていた――最低限の礼儀かと思い。

岩倉氏はとても喜んでくれた。「よく似合ってる」

「あの――正直なところ、まったく記憶していないんですが、これらを買ってほしいと、私が強請《ねだ》ったんでしょうか」

「その店の名前を連呼していたから、買物があるのかと思って連れていったんだよ。どうせ表参道ヒルズに入ってるだろうと」

「なぜ連呼したんでしょう」

「それはこっちの質問」

「――たぶん、雑誌で素敵な写真を見て、印象に残ってたんだと思います」

「じゃあ女の子らしい感性と言動だ。出費が無駄にならなくてよかった」

「私、買ってほしいと強請りました？」

「いや、店員に父娘《おやこ》と間違えられてさ。お嬢さまにはこちらがお似合いかと、とか勧められて、なんとなく断れず。君、本当に憶えていないのか。ちゃんと歩いて店員とも喋って、この色、とまで指定してたよ」

カーディガンは、たしかに私好みの空色だった。

「すみませんでした。もしこんどそういう醜態《しゅうたい》をさらしたら、いっそ射殺してください」

「ワインを勧めたのは俺だから、俺の責任だよ」と彼は笑ってくれた。「またああいうことがあったら、また買ってあげるよ。さすがに宝石店や不動産屋には付き合えないが」

夜の新宿だった。

駅からだいぶ離れた裏通りだが、遠い祭り囃子《ばやし》のような不思議な音が響いている。ビルの一つの落書きだらけの重たげなドアを、氏が躊躇することなく引き開ける。凄まじい低音に耳を襲われた。この音楽が漏れていたのか。

中では、奇抜な出立ちの若者たちが、芋を洗うようにして踊っていた。岩倉氏がドア越しになにか話しかけてきたが、音楽が大きすぎてまったく聞えない。そのうち氏のほうでも諦めて、外を指し示した。私は路上に出て、次に起きるなにかを待った。

岩倉氏は二、三分で外に出てきた。稲妻形に毛を剃り落とした坊主頭をし、大きなサングラスを掛けた若者を伴っていた。中ではまったく話せなかったらしく、

「お久しぶりっす」

「元気そうだね。お母さんはどう?」と改めて挨拶し合っている。

坊主頭が私に気付いて、「お嬢さんっすか」

岩倉氏は私のほうをちらりと振り返り、「――らしいよ。よって、手を出したりしたら射殺する」

「しませんって」坊主頭は両手を挙げて云い、それから私に向かって二度三度と会釈した。

「本題。このところ若い連中に人気の、赤いやつがあるじゃないか。錠剤の。爛漫のニッチが死んだやつ」

「クリムゾンキングっすか」

「そう呼ぶの？　ひどい名前を付けるな。中高年ミュージシャンに喧嘩売ってんのか」

「俺が付けたわけじゃないんで。都合しときます？　一見同じ錠剤でも、バリエーションがあるんすよ。ニッチが死んだのは、たぶんぎりぎりの成分の奴です。そのぶん三分くらいであっさり飛べますけど」

「俺が欲しいっていうより、どこに話付けたら、俺にも扱えるかなと思って」

「えっ、岩倉さんが売りをやるんすか」

「文句あるか」

「いや俺はないっすけど、けっこう独占らしいんで、たとえ岩倉さんでも、これまで捌《さば》いてきた奴らに締められる可能性が」

「どこ？　いいから教えて」

「俺から聞いたって、誰にも云わないでくださいよ」

「云わない。俺がこれまでに君を一度でも裏切ったか」

「ないっす。岩倉さんには感謝して、心から信頼してます――よくレイヴ系のイヴェントを仕切ってるＴＹＯってアパレル会社が、どっか外国から入れてるらしいっす。噂ですよ。あくまで噂ですからね」

　岩倉氏は私を振り返った。それからふたたび坊主頭のほうを向いて、尻ポケットから財布を出し、

「ありがとう。まえも話したが俺のおふくろもパーキンソンだった。だから介護のしんどさ、よく分かるんだ。俺はもう親孝行に間に合わないからさ、君のおふくろさんに、これでなにか美味《うま》いも

のを」と彼に何枚もの紙幣を握らせた。「おふくろさんにだ。自分のために使うなよ」

坊主頭は感極まった声音で、「ありがとうございます。河豚《ふぐ》——俺、河豚を食わせてやります。たぶん食ったことないから」

「じゃあそれじゃ足りない」岩倉氏はさらに紙幣を足して、彼に握らせた。「東銀座のふく禄寿《ろくじゅ》にしとけ。あそこなら仲居がヘルパーなみに面倒を見てくれるだろう。下手にけちって安いとこに行くなよ」

坊主頭は腰骨が外れるんじゃないかと思うほど深々とお辞儀をし、店内へと戻っていった。

「こんな所にも人脈があるんですね」

「蛇《じゃ》の道は蛇《へび》ってね。いやいや、こういう店で踊ったりはしない。オウナーと知合いなだけ。今の小僧、俺のギターを置き引きしたんだよ。追いかけて引っ捕まえたら、お母さんが病気で治療費が欲しくてって泣くからさ」

「信じたんですか」

「信じたよ。今も信じてる。だから警察に突き出すよりもこっちに連れてきて、仕事を斡旋《あっせん》するほうを選んだ。といっても、こっちのオウナーのほうが警察よりよっぽど怖いんだけどね。ともかく、これで繋がった」岩倉氏は歩き出し、私はそれを追う。「ＴＹＯはあの追悼コンサートに協賛している。これで全部が繋がった。ニッチは業界の薬物汚染の犠牲者。和気というＰＡさんも然り。『雨の日曜日』まで隠者のように暮らしていたという新渡戸鋭夫くんは、まず間違いなく潔白で、刑務所には入りえない。よって俺の失恋は確定した」

「誰へのですか」

「君への。下心もなく俺がここまで動いたと思ってた？　いままた幾ら使った？」

「父娘ですよ」

「そう思ってるのは君だけだ。お母さんに確かめてごらん」

「そんなこと云って、私を悲しませて、本当はやっぱり私のお父さんだったら――射殺しますからね」急に感情が昂ぶってしまい、うっすらと涙が出てきた。

　彼は私の肩に手を置き、「泣くな――泣きなさんな。女に我儘を云われるのも暴れられるのも平気だが、泣かれるのだけは苦手なんだ」

「女じゃなくて娘です」

「じゃあ分かった。そう思ってくれていい。いつか本当のお父さんが見つかるまで、俺がそうふるまってあげよう。一度も会ったことないの？」

「むらさきさん――母は、妊娠した状態で独りで帰国してますから、たぶん赤ん坊の時から一度も。父親に関するちゃんとした話も、されたことは一度も。ギター弾きだってことだけ」

「別れ方か亡くなり方が悲惨というか極端で、君にはまだ云えないのかもしれないな」ふと、彼は私の背中を、歩いてきたのとは別方向に押して、「もうちょっと付き合ってくれ。近くにしばらく顔を出してないバーがある。そこに行った後で家まで送るよ」

　路地、また路地――。

　さっきの店よりずっと小さな、木製のドアの向こうに集っていたのは、私の祖父母を想起させる老人たち。多くが、ギターやマンドリンといった楽器を抱えて、坐っている。床も壁もログハウスのように内装された、アメリカの田舎町にでもありそうな酒場だった。

「あらあら、理ちゃん」迫ってきた店主らしき老女と、岩倉氏は抱擁《ほうよう》をかわして、

「娘を連れてきたよ」

「あらまあ」老女は私を眺め回した。「理ちゃんの娘が、こんな美人なわけがないじゃない」

「ちょうど退屈してたんだよ」とテンガロンハットを被った男性が椅子から立ち上がり、岩倉氏にぼろぼろのアコースティックギターを押し付け、「挨拶は抜き。代わりに理ちゃんの渋いＣＣＲ、久々に聴かせてもらおうか」

「いきなりですか」

「こっちにとっては、やっと、だよ」

「分かりました。先輩たちに比べたら、雛《ひよ》っこもいいとこですが」岩倉氏は空いたスツールに腰掛け、カウンターに出されたウィスキーのロックで唇を湿らせた。「ご挨拶代わりに一曲」

それまで私の前で覗かせたことのない、緊張した面持ちだった。ジーンズのポケットからピックを取り出す。いつもそうして持ち歩いているのだろう。じゃらん、と最初の和音が奏でられたとき、私はつい、あ、と声をあげてしまった。

彼はびくっとこちらを向いて、「どうした」

私は、告げるべきかどうか、すこし迷ったあと、「チューニングが全体に——たぶん低いです。音程差は合ってるんだと思いますけど」

まじまじと顔を見つめられた。

「絶対音感？」私が小さく頷くと、岩倉氏はいちばん太い絃をはじいて、「これは？」

「レに近いです」

「Dに？」

「はい。普通はミ――Eですよね」

氏は右手で絃をはじきながら、ヘッドのつまみを僅かずつ廻した。

「もっと――もうすこし――あ、いま合いました」

「チューニングメーターを連れ歩いてたの」と、さっきの老女に大笑いされた。

ほかの楽器も岩倉氏の音に合わせはじめたので、なんだか責任を感じてしまい、私は周りに頭を下げた。「すみません――すみません」

テンガロンハットの人が傍らに来て、「いやいや、たまにはこうしてちゃんと合わせとかないと。私らは普段、楽器同士で適当に合わせてるだけだから」

岩倉氏はチューニングを続行した。一本の絃が定まればあとは合わせられるだろうに、ことさら私に、どう？　と問い掛けてくる。

チューニングを完了してからも、じゃらんとコードを弾いては、「どうかな」

「聴音《ちょうおん》のテストですか」

「なんの和音に聞える？」

「ハ長調。ド、ミ、ソ、シ、ミ」

そんなやり取りが続いた。彼は老女のほうを向いて、「どう？　俺の娘」

「蛙の子は蛙って云ってほしいの？　本当に娘だとしたら、鳶《とんび》が生んだ鷹」

氏はなんとも嬉しそうに笑い、それからようよう歌いはじめたのは、私でも知っているC《クリーデンス・》C《クリアウオーター・》R《リヴァイヴァル》の有名曲だった。

ギターの腕前、豊かな声量もさることながら、特筆すべきはその発音の素晴らしさ。アメリカ暮しが長かっただけのことはある。もし店の外で聞きつけたなら、きっとCDがかかっているとしか思わなかったろう。

私の位置からは彼のピックが六本の絃を弾き下ろしたり弾き上げたり、絃と絃とを飛び交ったりするさまがよく観察できた。歌いながらそう、両手を自在に動かせるというのが私には不思議で、ジャグリングでも見せられているような気がした。

店内の老人たちが、呟きのように静かに、そして易々《やすやす》と、見事な伴奏を始める。岩倉氏の歌声が、さらに熱を帯びてくる。

私は叫びたかった。お父さん、素敵。

19

レオの白いES335が唸りをあげる。

爛漫での彼よりのびのび弾いているように思える瞬間が、多々あった。たぶん爛漫の複雑な曲構成は、一面、プレイヤー泣かせでもあったのだ。曲が緻密に構築されているということは、自由に弾けるスペースが少ないということでもある。

残念ながら樋口陽介の歌が始まってしまうと、途端にアンサンブルが貧相になる。彼を立てざるをえないので、バックがみな遠慮がちになってしまう。下手な歌というわけではないが、声が弱い。自覚はあるらしく、それを装飾音で補おうとする。こちらはイントロや間奏での、レオのまさしく吠えるような演奏を聴いてしまっているから、相対的に、なんだか酔っ払っているみたい、としか感じない。

もっともファンたちにとって、そんなことは二の次らしい。陽介くんがポーズを決めたり会場を指差したりするたび、黄色い歓声があがる、曲が聞えなくなるほどの——。

ステージが始まる前、レオが楽屋に入れてくれた。ステージ衣装に着替えたばかりだった陽介くんを間近にして、これは女の子たちが騒ぐはずだと思った。男臭さをまったく感じさせないすっきりした容姿で、やたらと手足が長いうえ、ウェストなんて私より細そうなのだ。更に、「精一杯務めますので、最後まで愉しんでいってください」と抜群に礼儀正しい。いっぺんに好感をいだいた。「レオさんのギターに少しでも追い付こうと思って、今も必死にボイストレーニングしてるんです。こんな凄い人と一緒に演れるなんて、まさにミュージシャンの夢ですから」

「俺なんか駆け出しもいいとこだよ」

「レオさんは天才です。僕みたいな凡才は、せめてこつこつ努力を重ねるしか——」

PVの印象は芳しくなかった歌手だが、来てあげてよかった、とそのときは思った。それだけに生で聴く彼の歌は、残念きわまりなかった。もう、いかに熱心にレオから誘われようと、会場に足を運ぶことはないだろうとさえ。

時間的にステージの折り返しであろう辺りで、メンバーは袖に引っ込み、陽介くん単独によるギター弾き語りが始まった。嫌でも岩倉氏と比較してしまう。耐えきれなくなってロビーに出た。

弾き語りを休憩時間と見做《みな》して出てきたお客は、ほかにもけっこういた。多くが若い男性だ。おそらくレオ目当てでやって来た爛漫ファンだろうと想像していたら、本当に、

「レオ、やっぱ凄えな」

「ずっと間奏だけ演ってってくんないかな」

といった会話が聞えてきた。

「樋口はちょっと曲がな」

「レオが爛漫みたいな曲作ってやればいいのに」

「逆に樋口の下手が目立つんじゃね？」

その日はさいわい煙草《たばこ》を持っていた。喫煙所のベンチに坐り、火を点ける。

携帯電話を眺め、いっそこちらから鋭夫くんに連絡してみようかと考える。ニッチの部屋のギターを確認し、かかってきた電話に私はその結果を伝え、以来、もう一週間、まったく連絡がない。このボタンを押せば、繋がる。押してしまおうか、もうすこし我慢しようか、と逡巡していた時、「くれないさん」と後ろから声をかけられた。

振り返る。「音楽生活」の武ノ内氏だった。私は慌てて煙草を捨てようとした。

「いい、いい。うるさいことは申しません」氏も煙草に火を点けた。「こんな所でまたお会いできるとは」

「レオからチケットが送られてきたので」

「お母さん、今日は？」

「会場で待ち合わせてたんですけど、来てなくて」

「そう」氏は苦笑ぎみに、「クラシックに鍛えられた耳に、陽介くんの弾き語りは過酷かな」

「いえ――今夜はあくまでレオが目当てだったから」

「彼はいい。スライド奏法がとりわけ素晴しい。今日はまだ披露していませんが」

「薬の鑵で弾くやつですよね」

「薬の鑵か、切断したボトルか、金属のパイプか、そういうのはギタリストそれぞれですが。鑵だったらデュアン・オールマン、ボトルだったらライ・クーダー、パイプだったらジョニー・ウィンターが代表格でしょうか」

「詳しいんですね」

「そりゃあ、音楽雑誌の発行人ですから」

好機と感じた私は、思い切って、「あの、最近活躍している日本のギタリストで、まずオープンDのチューニングにして弾きはじめる人って誰でしょう?」

私が口にした語彙《ごい》に、武ノ内氏はとても驚いたようだった。「ずいぶんギターにお詳しい」

「いいえ、ろくに知りませんけど」

「どこでそういう知識を? お母さんから?」

「爛漫にいた板垣史朗くんから、ちょっと教えてもらって」

「ああ、なるほど。スライドギターに興味が?」

「ええ、最近」

「咄嗟には思い付かないですね。ときどきオープンチューニングという人だったらたくさんいるんでしょうけど、オープンDが基本という人は、日本人では、滅多にいない」

言い切りに近い口調に、ちょっと違和感をおぼえた。いくら音楽雑誌のトップだからといって日本中のギタリストのチューニングを把握できるわけもなく、むしろ心当たりがあるからこそ、その人物が珍しがられている事実を知るからこそ、そんなふうに言えるのではないのかと感じた。

「ほかのダウン系のチューニングも？」

「全体を下げている人は多いけれど」

「全体を、半音ずつとかですか」

「あるいは一音とか。六絃だけを一音下げてDにする人もいます」

違う。そういう人たちだったら、全部が四度幅の変則チューニングだと気付いたはずだ。「たとえば、四絃のレや五絃のラに合わせて残りの絃を下げてから、弾きはじめるような人です」

氏は勢いよく煙を吐いて、「まあ、ブルースやハワイ音楽や、ニューエイジ系のソロが専門の人なら——なんだったら調べてリストアップしといてあげましょう」

私はお礼を述べ、煙草を灰皿に捨てて、化粧室の表示を探した。女子トイレに至る細い通路に入った時、大きな足音がして、振り返るまえに後ろから何者かに抱きつかれた。

剛力だった。頭を動かすこともできない。ワイシャツの袖口しか見えない。私が叫び出す前に、暴漢はなぜか私の鼻を強くつまんだ。息をしようと開いた口に、なにかざらざらした物を放り込んできた。口も手で塞《ふさ》がれた。舌が勝手に動いて、口の中の物を咽へと押しやる。

呑んでしまった。

たぶん何十秒かして、ようやっと鼻と口を解放されたかと思うや、強く背中を蹴られた。私は壁に頭をしたたかぶつけた。床に崩れ落ちた。視界の端に、床にこぼれた赤い錠剤があった。後ろを向いたが、もはや暴漢の影は見えなかった。

起き上がると、立ち眩《くら》みに襲われた。しばらく壁に凭《もた》れて我慢していた。動悸がする。その音がくっきりと、耳に聞えはじめた。視界は暗い。なのに、ところどころ変に眩《まぶ》しい。立っていられなくなって、床にお尻を突いた。すこし楽になった。

ここで聞こえるはずもない陽介くんに弾き語りが明瞭に聞え、視界の上下左右が凄まじい勢いで入れ替わる。立ち上がろうにも、どっちが上だか分からない。

陽介くんの単調なハミング。電話のヴァイブレータが、ずだ袋を共振させているのだと気付く。袋を手探る。電話は確かに中で震えている。ファスナーの——つまみがどこだか分からない。いつしか私は、ずだ袋の上に倒れ込んでいた。ナイロンクロス越しに電話機を掴んで、ここいらがたしか通話ボタン——という辺りを拇《おやゆび》で押す。

(くれない?)とても遠くから、鋭夫くんの声が響いてきた。

「もしもし」私は冷静に応じたつもりだったが、よほど変な声だったのだろう。

(どうした?　どうした?　いまどうしてる?)と連呼された。

「——私、誰かに襲われて、たぶんクリムゾンキング」

(呑まされたのか?　どこにいる)

「なんか女子トイレの前」

(どこの)

「レオがね——」ただ喋るのがこんなにも苦痛なのは初めてだ。

(水を飲め。そして胃の中の物を吐け。咽に指を突っ込んで吐け)

「あとでいい?」

(駄目だ。いますぐ水を飲んで薬を吐け。くれないまで俺を置き去りにするな)

「分かった――分かったよ」

エッシャーの版画よろしく上下左右が滅茶苦茶《めちゃくちゃ》になった通路を、たぶんこちらがトイレだろうと思う方向へと、私は這いずりはじめた。

20

三歳か四歳での初めてのピアノの発表会と、伴奏をやらされた中学の学内合唱コンクールが、ごちゃ混ぜになった夢をみていた。

発表会での私は、緊張のあまり、課題のバイエルを本来の倍ものスピードで弾いてしまった。家での練習メニューをさっさとこなしてしまうための、むらさきさんの目を盗んでの遊びを、うっかり再現してしまったのだ。

椅子からおりて一礼して、観衆の表情を見渡し、そこで私は初めて自分の失敗に気付いた。先生もむらさきさんも、私を観るために上京してきた祖父母も、唖然《あぜん》としている。ぱらぱらと拍手が生じるまで、本当は僅か数秒だったのだと思う。しかし幼児の私には、永遠の静けさにも感じられた。

これを合唱コンクールでやらかした夢をみていた。いっそそうしてしまえという捨て鉢な想いが、あの時の私には確かにあった。

ちょっとした特技の有る無し、家庭環境の差異が、執拗《しつよう》な揶揄《やゆ》の対象となるのが、教室という場所だ。変わった名前、著名人の娘、父親の不在、ピアノが得意であること――致命傷は絶対音感で、それを持っているのは卑怯なことであるかのように、大勢から云われ続けた。音楽教師でさえ嫌味を云う。

野蛮な集団に混じって偽善的な詞を歌わされるくらいなら、指揮棒と楽譜と鍵盤にだけ集中しているほうがよっぽどましだったが、今度は指揮を任された生徒が嬉々として私を酷使する。命令一つで再生も停止も強弱の変化も自在な、自動ピアノを手に入れたとでも思っている。ならばいつ壊れてやろうかと、私は虎視《こし》眈々《たんたん》としていた。

とつぜん二倍のテンポで鳴り始める自動ピアノ。指揮棒も必死でそれに追従する。もともと私に合わせて振っていただけなのだ。三十人の濁声《だみごえ》がテープの速回しになる。これですこしは聴けるテンポ以外には一音も間違えることなく、私はその曲芸を終え、椅子をおりて観衆に一礼する。

永遠の静寂につつまれる――。

21

目が覚めたとき、私は鋭夫くんに手を握られていた。「私、死んだ?」

「生きてる。世田谷ホールの女子トイレに倒れていた。よく頑張って薬を吐いたね。そのお蔭で生きてる」

「いま何時代の何時くらい?」

「くれないがげろまみれで発見された、まだ同じ一日だよ。深夜だけど」

「私、そんなとこみんなに見られたの」

「俺とむらさきさんが駆け付けた時は、もう綺麗にしてもらってた。幸いにして」

「鋭夫くん、今までどこに居たの?」

「ヒッチハイクで東京まで戻ってきて、利夫の部屋に身を潜めてた。誰にとっても盲点だろうと思って」

「――盲点だった」

身を起こそうとしたが、目がまわってしまい、また枕に頭を沈めた。むらさきさんがベッドの機構を操作して、上半身をすこし起こしてくれた。

病室だった。看護師さんのほかに史朗くんもいて、私は点滴を受けていた。

「意識を回復されたと先生に伝えてきますね」

看護師さんが外に出ていく。入れ替わりに、レオと武ノ内氏が入ってきた。

「意識が戻ったって? ああ、よかった」レオは可哀相なほどしょぼくれていた。「俺がコンサートに呼んだりしなきゃ――ごめんな、くれないちゃん」

「レオのギター、良かったよ」

「非道《ひど》いことをする奴がいたもんですね。犯人の目星は?」

医師が部屋に入ってきた。私の顔色を見たり脈拍を測ったりし、

「大丈夫。今の治療を続けましょう」と云って、また出ていった。

あっさりした検診だった。私は本当に大丈夫らしい。

武ノ内氏はちらちらと鋭夫くんを見ている。そういえば彼は警察から追われているのだ。こんなタイミングで出てきたら更に疑われること請け合いなのに、なぜ出てきてしまったのだろう。

視線に気付いた鋭夫くんは、静かだが思い切りのいい口調で、「あのね武ノ内さん、それからレ

オも聞いてくれ。くれないも目を覚ましたし、俺はこれから警察に出頭します」

「それがいいですよ」と武ノ内氏が深く頷いた。「重要参考人は容疑者じゃないんだから、出るところに出てちゃんと自分の主張をしたほうがいい」

「主張します。まずこう主張するつもりだ――『音楽生活』の武ノ内幹夫《みきお》を、決して向田くれないに近付けないでくれと」

氏は目を白黒させて、「それはまた――どういう?」

「余りにも疑わしいからですよ。俺には、あなたがくれないを襲った暴漢その人だとしか思えない。違法薬物を扱ってきたとされるTYOと繋がっているし、その薬物で亡くなった和気泉さんとも繋がっていた。そしてなにより、同じ薬物で死んだ俺の弟、新渡戸利夫の部屋を、あなたはあの夜訪れている」

「なにかそういう、映像記録でも?」

「残念ながら、無い。でもあなたはあの部屋でギターを弾いている。利夫と交流のあるギタリストギタリストとばかり考えていて、これという人物に思い当たらず、手詰まりかと諦めるところだった。でもそこの史朗が見つけてくれたんです。三十年前にアルバム一枚で消えたバンド、ドクター・ロバート&ミスター・ジョンソンでギターを弾いていたミッキー武ノ内は、あなただ。引退したギタリストとは考えつかなかった。復刻CDを史朗が入手してくれて、俺も聴きました。オープンDチューニングによる、見事なスライド奏法だった、音色からして恐らく硝子――薬の罎を使った。今もどこかにお持ちじゃないんですか。赤い錠剤の入った、細長い薬の罎」

武ノ内氏は啞然とした面持ちで、「いかにも――いかにも私には、プロミュージシャンだった過去があります。音楽雑誌の発行人として、べつに特異な経歴じゃないでしょう。音楽業界が薬物に汚染されていないと、ここで強弁する気もない。ところでワケ――さんとかおっしゃるのは？」

「あなたの愛人。違いますか？」

氏は、ただ首をかしげた。

「そうやって惚《とぼ》けられるんだったら、ストレートに云いましょう。俺は自分が遭遇した感電事故の真相を追って、彼女の郷里へ行った。そこで彼女の葬儀に出くわし、俺を親友と勘違いしたご両親から、この番号は誰だろう、と彼女の携帯電話にびっしりと残っていた、固定電話の番号を見せられました。かけても、現在使用されていない、と自動音声に云われるばかりだと。その場で暗記しました。電話番号の暗記は特技なんだ。でもそこからなにをどう辿ればいいのか分からなかった。そしてたまさか今日だ、隠れているのに疲れ、出頭するかどうか相談しようとこの向田むらさきさんを訪ね、その番号を思い出して告げてみると、なんとそれは彼女のパソコンに登録されていた。音楽生活社の昔の番号だった。たぶんあなたはそれを、転送サーヴィスを利用してのダミー番号として、愛人との連絡や後ろ暗い交際用に使っていたんだ。そして彼女の死を確信するや、そのサーヴィスを解約した」

武ノ内氏は病室の人々を眺めまわした。「新渡戸鋭夫くん、百歩譲って、その女性が私の愛人であったとしましょう。公序良俗には反します。しかし必ずしも悪事とは云いかねる。さっき、彼女は郷里で亡くなったとかなんとか――」

「郷里での葬儀に出くわしたとしか云っていませんが、たしかに息を引き取られたのも郷里に於《お》いてです」

「では私は無関係だ。このところ東京から離れたためしがない。私は一体全体、どういう廉《かど》で君から糾弾《きゅうだん》を受けているんでしょうか」

「だからその一連の通話記録ですよ――アンプの細工がばれた？　彼女を呼び出して、田舎に身を潜めておけと命じ、クリムゾンキングを渡す。田舎に帰ったら呑め、落ち着くから。しかしあなたは、それで彼女が死ぬことを予期していた。クリムゾンキングは、見た目は同じでも成分にずいぶんバリエーションがあるとか。いつもの分量でＯ　Ｄ《オーヴァードース》に至らしめるのは簡単だ。罎の中身を、それまで彼女が服用していたのより強いものに入れ替えておけばいい」

「どこにどういう証拠が？　あなたには殺せたから、あなたが殺したのだ、という無茶苦茶な論法にしか聞えないんですが」

「和気さんについては、たしかにそうだ。でも弟の利夫については、少なくともあなたが部屋にいて、あいつを見殺しにした証拠があります。あなたの指紋やＤＮＡがたっぷりと付いたギターです。古いエピフォンのカジノ。普通のチューニングにされていること、そしてそれが狂っていることで分かった。僕ら兄弟は普通のチューニングでは弾けません。武ノ内さん、あなたはあれを利夫の部屋で弾きましたね？」

「利夫くんのカジノ――は憶えているな。たしか撮影に持参してきたかなにかで、そのとき弾かせてもらったと思います。私の指紋が付いているとしたら、その時のものですよ」

「本当？」

「ええ。撮影に使ったかどうかは定かではありませんが」

「史朗、ちゃんと録《と》ってるか」

鋭夫くんに呼び掛けられた史朗くんは、右手を上げた。あの携帯電話みたいなレコーダーが握られていた。

「利夫のカジノを憶えている。不思議な話だ。あれはあの晩まで俺の部屋にあった、俺のギターですよ。利夫はカジノなんて持っていなかった」

武ノ内氏の表情に奇妙な変化が生じた。口許《くちもと》でだけ笑ったのだ。しかし視線は、しきりにドアのほうを確認している。レオが立ち位置を変え、彼の退路を塞ぐ。

「いや、あの撮影では似た感じの別のギターだったか」

「だったらホワイトファルコンだ。利夫が持っていた箱物はそれだけだから。音楽雑誌の編集長で元ギタリストのあなたが、スティーヴン・スティルスやニール・ヤングのギターと、ビートルズのギターを区別できなかった？　冗談でしょう？　色からして違う。音楽に無縁な小学生にだって区別が付く。俺はあの晩――利夫が死んだ晩、あいつの部屋に行ってるんです。一つには、作業データのやり取りのため。もう一つは、あいつにカジノを貸すためです。俺はずっと、あのとき自分が寝室を覗いていれば、利夫は死なずに済んだと思って悔やんでいた。違ったんだ。俺が部屋を立ち去ったあと、利夫はあなたを伴って帰ってきて、一緒にギターを弾き、あなたは利夫に薬を与えた。世話になってきたあなたの勧めを、あいつは断れなかった」

「まったく、その」と武ノ内氏は云いかけて、しばらく考え、それから、「穴だらけの推理ですね。可能だったことが、イコール事実だという論法には変わりない」

「どこが穴だらけなんでしょう。俺がギターを持っていってから、翌朝マネージャーの鵜飼さんが利夫の遺体を発見するまでの間に、あなたはあの部屋で俺のギターを弾いているんです」

「実際に私の指紋が出てるんですか？　そのカジノから」

「それを調べるのは警察の仕事だ。利夫の部屋にそのまま置いてあるから、出頭したとき鑑識を要請します」

「本当はもっと以前から、ニッチが君から借りていた可能性だってある。それを彼が持ち出し、私がなんらかの機会に触って――」

「その可能性はありません。たっての頼み、兄貴の宝物のカジノを貸してほしい、という利夫からのメールが俺のパソコンに残ってる。あの当日のメールです。そして現在のチューニング。もしカジノから指紋が出てくれれば、あなたはあれを弾いた最後の人間だ」

「――だから殺人犯？　そんな理屈が通用する裁判が、法治国家である日本に存在しますかね」

「強引な追悼コンサート。あれ自体が擬装だったんだ。その主催者が、追悼されている者の死を招いたとは、なかなか人は思わない。俺も思い付きませんでした」

「武ノ内さん」むらさきさんも声をあげた。「これまであなたには、本当にお世話になった。だからこう宣言するのは苦しい。でもねえ武ノ内さん、娘のこの状態を見て、そして鋭夫くんの推理を聞いて、私はあなたは黒だと思っています」

「そうですか。ではそう、裁判ででもどこででも主張なさればいいのでは」

「きょう岩倉理が電話をかけてきました。彼も独自に色々と調べてくれていた。あなたとＴＹＯは、間違いなく薬で繋がっている」

「――だとして？　だから私がニッチを殺したと？」

「私はそう書きます。どこで主張するか？　もちろん著書に於いてですよ。ジャーナリストの端くれとして、自分が見たまま信じえたままを書いて発表します。ピューリッツァ賞を獲りますからね、本気で」

「そんな出鱈目を本にしてみなさい。名誉毀損《めいよきそん》もいいところですよ」

「そう思われるなら、ぜひそちらから訴訟を起こしてもらいましょう。恰好のＰＲだわ」

22

鋭夫くんはむらさきさんに付き添われて、病院近くの警察署に出頭したと聞いた。あるていど名前の通った人物が身元を引き受けるということで、鋭夫くんは早々に自宅へ帰るのを許された。しかし監視の刑事が常にアパートの近くにいて、じつに辟易《へきえき》したという。

（本当に刑事コロンボみたいなばればれの恰好で、ずっと電柱の陰に立ってるんだよ。さっとカーテン開けたら、牛乳パック片手に菓子パン食べててさ、気の毒になっちゃって、中にどうぞ、と大声で云ったら、駄目駄目、引っ込め、ってジェスチュアするんだ。刑事ごっこを楽しんでるとしか思えない）

むらさきさんは私の退院までは病室に泊まり込んで、退院後は自宅で、ニッチの死とその後の物語『爛漫たる爛漫』を書き上げた。執筆期間、僅か一か月という凄絶な速度だった。脱稿直後、今度は自分が過労で倒れてしばらく入院した。

『爛漫たる爛漫』は、音楽生活社のライヴァルである音譜社《おんぷしゃ》から緊急出版された。山《やま》っ気《け》の強い出版社という風評から、それまでむらさきさんは手を組んだことがなかったのだが、いざ交渉してみるとずいぶん気が合ったようだ――山師同士。

同書が店頭に並ぶ前夜、武ノ内氏はオフィスで遺書をしたため同報メールとして各所に送り、多量のクリムゾンキングを呑んだ。

しかし死ねなかった。瀕死ではあったが、まだ息のある状態で警備員に発見され、救急搬送されて一命を取り留めた。常用によって耐性ができていたようだ。もしくは、自分でそうなるように加減したか。

武ノ内氏の遺書は、むらさきさんのパソコンにも送られていた。私も読ませてもらえた。

「なにこれ。嘘っぱちだ。私、あの薬吐いてなかったら死んでたんでしょう？」

「もし若さと体力がなかったら、けっこう危なかったかも」

「微量だって」

「和気さんについても嘘つけ糞親爺《くそおやじ》って感じだけど、でも、ちょっとだけ本音かなと思える箇所もある。自分が爛漫を終わらせたかった、せめてそうやって彼らの伝説に関わりたかったってとこ」

「たかがロックバンドなのに」

「云うわね。されどロックバンドなのよ。この遺書が真の内実か、それとも裁判員の酌量《しやくりよう》を狙っての作文かは、いずれ警察が解明するでしょ。少なくとも私の『爛漫たる爛漫』が、大筋で真相を云い当てていたことは、これで立証された」

「ほとんど鋭夫くんと史朗くんの推理なんですけど」

「これでもかってほど謝辞を入れてるじゃない。ミリオンセラーになったら印税も分けるわよ。いずれどこかの文庫に入るとき、この作文も新情報として加えて、また本が売れれば私は満足。ピューリッツァ賞にさえ近付ければ」

「死にかけた私の立場は」

「印税でなんか買ってあげるから。靴でいい？」

「――自分が欲しいんじゃん」

23

各位

向田むらさき氏によるルポルタージュ『爛漫たる爛漫』が、明日にも都内の書店に並ぶ運びであると伝え聞きました。

恐らく私は同書に於いて、極悪人として描かれていることでしょう。それは一面、真実であり、また一面、的外れなご指摘でもあることをここに記し、皆様にお送りしましたのち、私、武ノ内幹夫は、ニッチこと新渡戸利夫くんに謝罪するための旅路へと赴く所存です。

意図の程はともかく、起きてしまった事実として、確かに私はニッチを見殺しにしました。合成麻薬、通称クリムゾンキングを、私の勧めによって自宅リビングで服用した彼は、その直後より、服用量からは考えにくい強い反応を示して、苦痛を訴えました。

私はその時になって初めて、通常成分のつもりで彼に渡した錠剤が、有害不純物を多く含み、それゆえに即効性、持続性があるとされる、通称ザ・コートであることに気付きました。やはり同程度の分量を服用した私自身の状態からも、それは間違いなく思われました。

取り違えがどこで起きたのかは、未《いま》だに分かりません。購入した際、既に取り違えられていたのかもしれませんし、私自身が他の罎と取り違えたのかもしれません。

ニッチにクリムゾンキングを渡し、服用を勧めましたのは、一つには、それが彼の音楽にプラスとなるのではないかという期待感があったからです。音楽雑誌の発行人として、彼の傑出した才能に、どんな形でもいいから貢献したかったのです。勿論《もちろん》のこと今の私は、それが貢献どころか貴重な生命まで奪う愚行であったと認め、このうえなく恥じ入っております。

服用を勧めましたもう一つの動機として、秘密を共有することによって、ニッチとの絆《きずな》を堅固にしたいという、エゴイスティックな欲求がありました。断じて同性愛的な想いなどではなく、まるで一人の音楽少年のように、私は爛漫とそのフロントマンであるニッチに、強い憧れを抱いておりました。

人生の折返し地点を遥かに過ぎた男が何を言っているのかと、お笑いになる方もおいででしょう。しかし私は一人のミュージシャン崩れとして、常に爛漫というバンドに嫉妬を覚えていました。同時に、その伝説を彩る一員となることを夢想していました。

決して私が望んでいた形でではありませんが、実際、爛漫は伝説となりました。ニッチこと新渡戸利夫くんと爛漫の音楽が、人々から忘れ去られることはないでしょう。

時間の感覚が曖昧なのですが、クリムゾンキングの服用から恐らく五分ほどで、ニッチは意識不明に陥り、ソファの上でぐったりと動かなくなりました。

私は、彼が翌日には恢復《かいふく》していることを願いながら、彼の身を寝室へと運び、そっとそのマンションを後にしました。これもまた今となっては、愚劣きわまりない行為であったと認めざるをえません。気を喪《うしな》うほどの状態に陥りながら、翌日にはけろりとしている若者を何人も見てきましたから、このたびもまたそうなるはずだという、希望的観測を私はいだいてしまったのです。

ニッチの死を知りましたのは、翌日のニュースに於いてです。

私の誤った判断の重なりが、ニッチを死に至らしめたのは事実であり、御親族とファンの皆様に、心よりお詫び申し上げます。


どうか信じていただきたいのですが、同件につきまして、私はずっと自首を考えていました。しかしとある恐怖が、私の心を金縛りにしたのです。私を恐怖させましたのは、「雨の日曜日」での爛漫の復活です。

ニッチの兄、新渡戸鋭夫さんの存在を、私はそれまで全く知りませんでした。一時とはいえ、彼の力によって爛漫が息を吹き返した時、私は自らの徹底的な無力を悟りました。バンドマンとして生きることを、かつて運命から拒絶された私です。なおかつ私には、一つの若いバンドを支える力も、逆に終わらせる力さえも無かったのです。

ジョン・レノンを射殺したマーク・チャップマンではありませんが、私はその時、自らのちっぽけなプライドが、自分は少なくとも爛漫を終わらせた人間である、という意識に支えられはじめていたことを思い知りました。

「雨の日曜日」は名曲です。爛漫の、そしてニッチの最高傑作と断じて過言ではないでしょう。

ニッチの死後、私は残されたメンバーの業界での生き延び方を、様々にシミュレーションしていました。しかしその全《すべ》ての予想を裏切り、爛漫はあくまで爛漫として、素晴しい仕事をものしたのです。

業界のフィクサーを自任するに至っていた私を、ああも完膚無きまでに傷付けたリリースは、他にありません。本当に美しい曲です。ニッチの声と共に刻まれた微《かす》かなノイズまでもが、ロックの歴史のなかで永遠に輝き続けることでしょう。

私は友人の和気泉さんに、ニッチの部屋でなにが起きたかを正直に語り、またこれまで綴ってきたような複雑な心中を吐露しました。

彼女は私への同情からでしょう、「では私が、新しい爛漫を終わらせてあげましょう」と言いました。そして追悼コンサートを企画し、そのステージで鋭夫さんを感電させ、音楽業界への意欲を喪失させるという提案をなさいました。

勿論のこと私たちは、鋭夫さんがステージを怖がるようになってくださったなら、それでよかったのです。救急車で運ばれるほどの危害を与える気は、和気さんにも私にもありませんでした。しかし鋭夫さんには深くお詫び申し上げます。

向田むらさき氏の娘、くれないさんに対する暴行についても、同様に、脅し以上の意図はありませんでした。彼女に呑ませたクリムゾンキングは、ごく微量です。

彼女とギターにまつわる会話を交わした私は、彼女がどこかしら事の真相に触れつつあることに気付きました。その当事者は私でもあり、より広大な裏社会でもあります。

若い好奇心というのは、無鉄砲なものです。私の立場からこう申し上げるのもおかしな話ですが、その赴くままに生きていると、いったいどんな危険に晒《さら》されるか分かったものではありません。私は彼女に、あれ以上、爛漫に関わってほしくなかったのです。

恐らく『爛漫たる爛漫』にて最も誤解されているだろうと、いま私が想像いたしますのが、和気さんのことです。そもそも私がクリムゾンキングの売買に手を染めるようになったのは、情緒不安定だった彼女から、薬局で貰うよりも強い薬を切望されたからなのです。

もし同書に於いて、彼女の死に私が直接関与しているとの記述が為されていましたら、それは全くの誤解です。彼女はクリムゾンキングの常用者であり、服用量は日を追って増えていました。その副作用か、亡くなる前の数か月は記憶力が曖昧で、しばらく前の出来事をすっぽりと忘れているほどでした。

彼女は、自分がすでにクリムゾンキングを服用していることを忘れ、さらなる服用を重ねたのだと私は考えております。

記すべきことは記しました。長きに亙《わた》る皆様の御厚情に、改めて感謝申し上げます。

私はこれからニッチに会いに行きます。

「音楽生活」武ノ内幹大拝

24

入院中の私は退屈に襲われるたび、むらさきさんがアイポッドに移してくれた、史朗くんから渡された音源に心を浸していた。それは「雨の日曜日」を本格的にレコーディングするため改めて集結した、史朗くん、圭吾くん、レオ、そして鋭夫くんから成る爛漫のリハーサルに、私が招かれた時の録音だった。

スタジオには鵜飼《うかい》さんという強面《こわもて》のマネージャーや、レコード会社の人が出たり入ったりしていた。企画の立案者ということで、鋭夫くんが私を特別扱いで招いてくれた次第だが、本来はシリアスなリハーサルだから、ずっとレコーダーが動いていたのだろう。

ニッチの葬儀ですでに顔を合わせていた爛漫の面々は、私の来訪を喜び、面白がって、しきりにピアノを弾かせたがった。グランドピアノでもアップライトでもなく、フェンダーのローズピアノという電気式のピアノしかスタジオにはなかったが、このキイの感触は悪くなかった。

「なにか暗譜しているもの」と鋭夫くんから云われ、「幻想即興曲」のさわりをちょっと弾いたら、まるで珍獣のようにもて囃《はや》されてしまった。

史朗くんがスコット・ジョプリンの楽譜集を持っていた。岩倉氏が云ったように、これはピアノを弾く女の子がやって来るというので、用意してくれていたのだと思う。私が短めの曲を選んで初《しょ》見《けん》で弾きはじめると、史朗くんは私の手の動きを見ながら、すぐさまベースを合わせてくれた。圭吾くんもユーモラスなリズムを重ねた。

「もう一度、もう一度、最初から」

二度めには、それまで音を拾っていたレオがペダルを踏みながら愉快な音色で参戦し、鋭夫くんは即興の詞を歌いはじめた。

俺たちの城に今日
ピアノ弾きがやって来たよ
痩せた赤毛の女の子だよ
緊張のあまり青ざめながら
ラグタイム王の曲を弾いている
失敗したら首が飛ぶ
失敗したらそこでおしまい
赤毛の女の子の青い顔
黒いベースに白いギター
出鱈目につくった花束みたい
恋は優しのべつ幕無し
そのうちみんな音楽に飽きたら
銀色の車で海へと向かおう
海は広いな眩しいな

円や四角のサングラス
歪んだ頭に帽子をかぶせ
金色の船の帆をあげろ
金色の船で夢の果てまで

鋭夫くんがマイクロフォンから離れ、スタンドに立ててあった変な形のギターを抱え、ストラップに頭を通す。このギターのことも、今は詳しく知っている。テスコという日本のメイカーの、とても古いギターだ。「正直に云って、あれ、あまりかっこいいとは思わない」と後日私が云うと、鋭夫くんは申し訳なさそうに、

「俺もそう思う」と笑った。

「なのになんで使ってるの？　弾きやすいの」

「すごく弾きにくい。でも音が綺麗なんだ。いつもじゃないけど、たまに夢みたいな音がする」

テスコを構えた鋭夫くんは、急に「雨の日曜日」の間奏を弾きはじめた。戸惑いながら、なんとかその音を追おうとする私に、

「そのまま、そのまま、楽譜どおりに」と彼はマイク越しに指示した。

彼の音に引きずられないよう、譜面を直視する。史朗くんも「雨の日曜日」になってる。

やがて、鋭夫くんがいかなるインスピレーションを得たのかを、私は悟った。まるで違う和声進行なのに、低音のぶつかりさえ避ければ、なぜか合うのだ。複雑なハーモニーだけど、ストラヴィンスキーほど複調的ではない。慣れてしまえば、単純に心地いい。「雨の日曜日」がお菓子だとし

たら、私のピアノはその上の粉砂糖だった。

一笑に付されてしまうに違いないから、むらさきさんはもちろん岩倉氏にさえ云えないが、私はあの時——あの短いあいだ、爛漫の一員だった。

25

史朗くんが岩倉理のバンドに加入したと耳にして、それはさすがにむらさきさんを質に入れてでも聴きにいかねばと思った。

本当は、岩倉氏からチケットが送られてきていて、当のむらさきさんから、

「二枚来てるけど、この日、私は用事があるから、あんた友達とでも」と手渡されたのだ。

友達——。

私はとても遠慮がちに、鋭夫くんを誘った。片方の耳しか聞えないのにコンサートは厳しいのではないかと想像しつつ、でも史朗くんの動向は気になるだろうとも思い。

（行く行く。というか、もともと行くつもりだった）と彼は軽快に答えた。（史朗から招待されてるんだよ）

「だったら一枚余った。レオにでも——」

（レオも圭吾も招待されてるに決まってる）

「そうなの？　圭吾くん、複雑じゃないかな。史朗くんを岩倉理に取られちゃって」

（誇らしいだろ、友達なんだから。それに史朗は、当面は風月にも居残ると云ってた。ボーカルの

女性だけメジャーレーベルに引き抜かれちゃって、自分まで抜けるに抜けられなくなったとか)

「ややこしいね」

(何年も同じメンバーで活動できるバンドのほうが珍しいんだよ)

「あのボーカルがそんなにいいとは、私は思わなかった。価値観の違いかな」

(ルックスは良かったらしいじゃないか。そういう価値基準もあるのさ。見た目が好きだからこの人の音楽を聴いてみよう、というリスナーを否定はできない。利夫だってそういう部分には気を配ってた)

「でもルックス重視で歌が空っぽじゃ仕方がない」

(そりゃそうだ。ま、メジャーのプロデューサーがその人から何を引き出すか、遠くから見物させてもらうさ。風月は仕方なく史朗と圭吾が半分ずつ歌うようになって、でも却って引き締まったと云ってた)

「その爛漫率、凄いね。いっそレオも入ればいいのに」

(レオにはレオの都合が。圭吾が欲しがっているとは限らないし)

思っていたよりも小さな、座席もないホールだったが、鮨詰めの満員だった。私と鋭夫くんはあまりいい位置に陣取れなかった。レオの特徴的な頭を遠くに認めたものの、人が多くて近付けない。

「ここくらいがちょうどいい。ステレオでは聞えないけど、音の奥行が、このくらいだとよく分かるんだよ」という鋭夫くんの言葉に安堵《あんど》する。

新しい岩倉理のバンドは、岩倉氏、ドラム、史朗くんのベース、そしてグランドピアノという四人編成。リードギタリストは敢えて置いていない。岩倉氏が弾けるし、それが目当てのお客も多いからだろう。

愛用のゼマイティスを誇らしげに挑《かか》げ、岩倉氏がステージに登場する。陽介くんの時の黄色い歓声とは別物の、うおおおという地響きに会場が包まれる。

最初に音を発したのは、史朗くんのベースだった。そこに、あの新宿の店に居たのではと思うような、白髪のピアニストによるラグタイム風の遊びが重なる。鳥肌が立った。

ドラムのジャズっぽいフィルイン。絡み合うように、岩倉氏のギターが言葉を発する。

言葉だった。

音楽を愛している。

いま俺は楽しい。

大好きな君たちに囲まれて。

君たちを尊敬している。

想いを伝えきれなくてもどかしい。

結局、演奏するしかないや。

俺のために、君たちのために。

ほかには何もできないから。

そういうギターだった。たくさんの人たちがそこに人生を捧げて、無駄足を踏み、愚行に及び
――そんなロックミュージックの、ぶっきらぼうで深い輝きを見せつけられたような気がした。鋭夫くんの脚が楽しげに揺れていることにほっとしながら、私はその晩の音楽を愉しんだ――。

じつは公演が始まる前、私たちは花束を携えて楽屋を訪れていた。岩倉氏が爪弾《つまび》いていたのは、

もちろんゼマイティス。ボディが彫金された金属で被われた、小振りなギターだ。

珍しがる鋭夫くんに、氏は気前よくそれを触らせ、入手できたいきさつを語っていた。「個人のための特注品しか作らなかった職人だから、それを俺のゼマイティスと呼ぶのはなんだか気が引ける。前の持ち主のを借りてる感は否めない。若い頃から世話になってきた楽器屋から電話がかかってきて、岩倉くん、ゼマイティス出たよ、押さえとく？　と云うんだよね」

「探してもらってたんですか」

氏はかぶりを振って、「ゼマイティスの話はもちろん、ロン・ウッドへの憧れなんかもさんざん話したと思うけど、買いたいなんて口に出せるかよ。ぶっちゃけ、田舎に家が買えるかもって値段だぜ。でも、一度は触ってみたかった。つい店へと出掛けて、触っちゃったが最後——ほらね、岩倉くんにぴったりだと思ってた、と店長が得意そうなこと。転売する相手を厳選することという条件で買い付けてきたそうで、俺ならば向こうも快諾してくれるだろうとまで云われちゃあさ——イギリスのローカルバンドで演奏してきた人が、老後の生活資金のために手放したとか。お蔭で、ほかのギターやアンプのコレクションを大量に売り払う羽目になった。まあ、十年も二十年も使ってない機材を持っててても仕方がないし」

出番が迫って、メンバーたちが忙しく楽屋から出たり入ったりしはじめた。

岩倉氏も立ち上がり、「さて、ストレッチでもしとくか。ステージでぎっくり腰になって、メンバーに恥をかかせたくない」

笑いながら頷き、鋭夫くんを追ってドアへ向かおうとする私に、氏は素早く追い付いてきた。肩を摑んで引き寄せられた。

「娘にも」と氏は囁いて、私の頬に接吻《せっぷん》をした。

私は驚いて外に逃げ出した。

26

ドアフォンのディスプレイには制服姿の女の子たちが映っていた。

「はい？」

（あのう、向田先輩は）

「どの向田ですか」

（向田くれない先輩です）

「——私ですけど」

むらさきさんの部屋からの騒音がひどいので、ともかく外に出た。

女の子が四人。私が通っていた中学の制服だ。

いちばん背の高い子が進み出てきて、「とつぜんすみません。赤羽根先生が、爛漫のことだったら向田さんに相談なさいって」

「あの——なんの話？」

「私たち、軽音楽同好会をつくって、赤羽根先生が顧問になってくださったんです。でも先生は楽器ができないし放任主義で。それで、私たち、最後の文化祭で爛漫の曲を演りたいんですけど、そう先生に相談したら、卒業生の向田さんに指導してもらいなさいって」

「指導ってなにを」

「演奏とか、歌い方とか」

「ちょっと——なにか誤解が生じてると思うんだけど、私はピアノが弾けるだけだし、爛漫にピアニストはいないでしょう？」

「スコアにキイボードの楽譜もありました」

史朗くんがレコーディングでのみ弾いているパートだろう。

八つの目にじっと見つめられると、なんとなく冷淡ではいられなくなってきた。「念のための質問だけど、どの曲を演るの」

「『雨の日曜日』と——」

「難しくない？」

「でもみんな好きな曲だから、難しいところは省略しながら——そういう方法とか、教えていただけないかと思って」

「編曲ってこと？　ほかの候補は？」

「地味な曲なんですけど、『ぶっぽうそう』っていう」

ドラムもベースも入っていない小曲だ。

「バンド向きかしら」

「そういうアレンジとかも、できたら向田先輩に」

私は黙考したあと、「練習スタジオに顔を出せばいいの？」

「スタジオを借りるお金はないから、教室を借りて練習してるんですけど」

「——ごめん、だったら無理。赤羽根先生から聞いてない？　私、登校拒否で、先生が出席日数を水増ししてくれたから、辛うじて卒業できたの」

「放課後でも、学校は駄目ですか」

考え込んでしまった——。

後日、結局、かつて牢獄《ろうごく》のように感じていた母校に足を運んでしまったのは、自分もいちおう爛漫の関係者だという自尊心や虚栄心が、いつしか私の内に芽生えていたからだろう。なんとも無責任な形ながら、赤羽根先生に頼られて嬉しかった、というのもある。

校舎を目の前にすると、やはり足は竦《すく》みがちになり、動悸がした。とても正面からは入れず、非常階段を経由して、指定された教室へと向かう。

どしゃどしゃばたばたというドラムの音は、廊下にもたんと洩れていた。この時点で、彼女らの実力の程は想像がついた。完全に初心者。さて、どうしたものか。

戸を開けて姿を現した私に、先輩！　先輩！　と彼女らは色めき立った。

「先輩のキイボードも用意しときました」

どこからどうやって借りてきたのだろうか、型の古いポリフォニック・シンセサイザーが教壇の上に置かれ、床のアンプと繋がれていた。ぺこぺこの鍵盤と、玩具《おもちゃ》みたいな音色に失笑する。

「とりあえず、これまでの練習の成果を聴かせて」

はい！　と返事は威勢がいい。

ドラムの女の子が凄まじかった。ほかの子たちも分かっているらしく、演奏前は真剣な顔をしていたのに、ドラムのフィルインが始まった途端、笑い転げている。

すっとこ、とっとこ、ばしゃん、ばしゃん——。でもそれが彼女のリズム感覚であり、生理なのだろう。こうやって周りを楽しくさせてきた子なのだろう。

先日、積極的に私に話しかけていた背の高い女の子はギターで、この子は少しは心得があるようだ。もちろんレオやニッチや鋭夫くんの、百分の一、千分の一も弾けていない。コードを間違えないだけで必死だ。

ベースの子はほかの楽器からの転向だと思った。たぶんピアノ。指はろくに動いていないが音程感がいい。

ボーカルはカラオケ上手のレベル。ニッチとはキイがだいぶ違うので、後半はオクターヴ下げて歌っている。

はてさて、どうしたものか——。

キイボードに付属している譜面台に、市販の楽譜が置いてあった。それを見ながら、控え目に音を合わせてみる。ギターの子とベースの子が、うわあ、という顔でこちらを見る。

ほぼ原形を留めていない、滑稽きわまりない「雨の日曜日」が終わると同時に、ポケットの携帯電話が震えはじめた。鋭夫くんからだった。

「ちょっと今——」女の子たちに注視されて、気恥ずかしく、つい黒板のほうを向く。「——この後だったらいいけど。嘘。本気？　みんなに訊いてみる」

通話を切らぬまま、私は女の子たちを振り返った。

「爛漫のベースだった史朗くんと、ニッチのお兄さんが、見に来たいって云ってるんだけど」

うひゃあ、と声をあげて、みんな床にへたり込んでしまった。

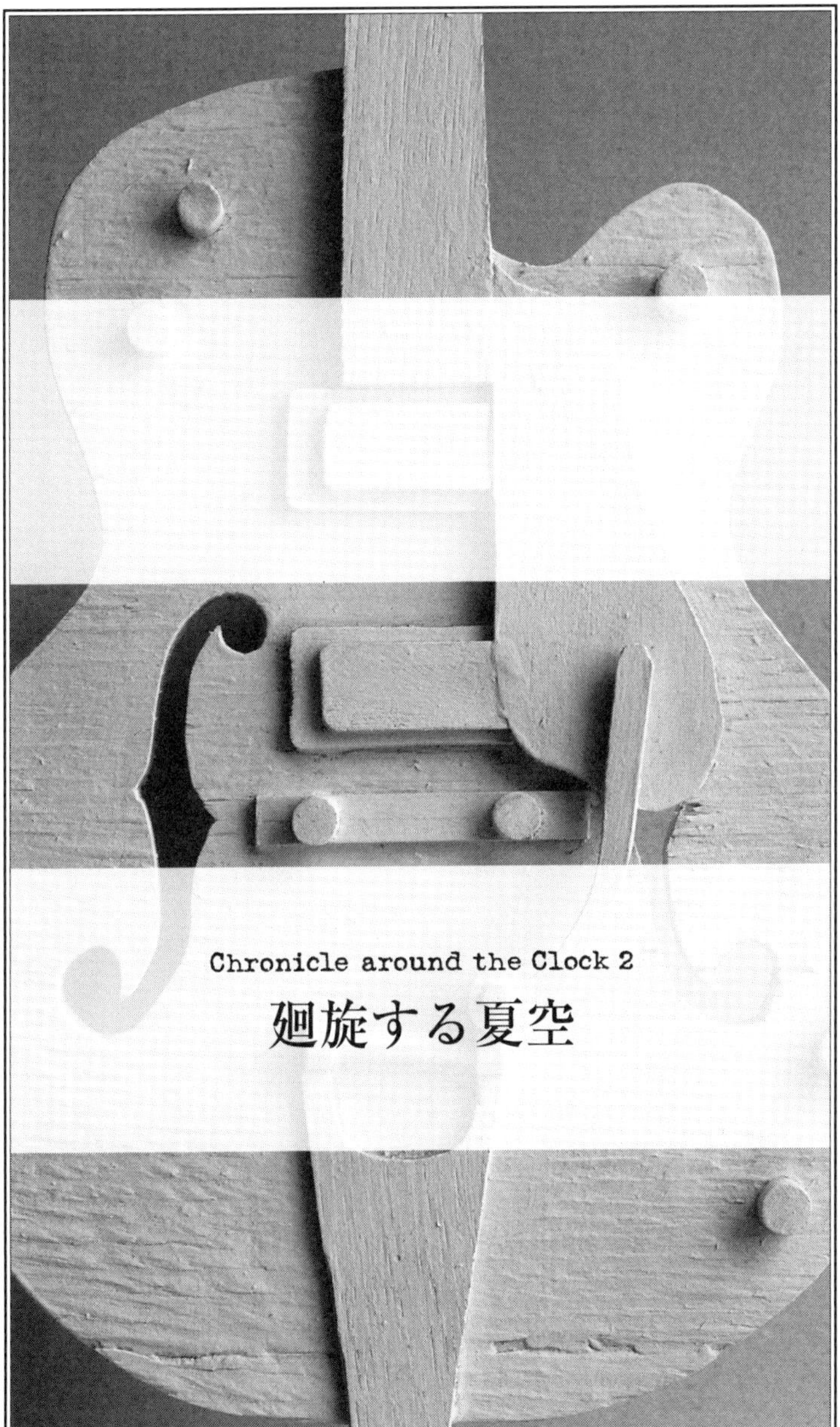

Chronicle around the Clock 2

廻旋する夏空

A

1

「――日曜日に――」

ノイズの川面《かわも》に言葉が泛《うか》びあがり、私たちは戦慄《せんりつ》する。

「女の声だ。利夫《としお》じゃない」

2

「バンド名はもう決まってるの？」

という鋭夫《えつお》くんの問いに、四人の中学生は顔を見合わせた。

「検討中なんだ」

「いえ、あの」ギターの女の子がかぶりを振って、「もう決まってるんですけど、照れ臭くて」

「教えて」

「爛漫《らんまん》みたいな漢字のバンド名がかっこいいかと思って、ノアザミって付けたんですけど」

長身のこの子は、バンドのなかでアリと呼ばれていた。大柄なのに蟻《あり》って、と初め違和感をおぼえたが、やがて名前が光砂《ありさ》なのだと判明した。なかなか肝が太い。いささか震え声ではあるが、史《し》朗《ろう》くんにも鋭夫くんにも積極的に話しかけている。

「ノアザミ――どんな字？」

鋭夫くんは私を見た。私は首をかしげた――実際、分からなかったので。

ボーカルの子が黙って黒板の前へと進んで、チョークを持ち、野薊、と書いた。この子はスーと呼ばれていた。須田《すだ》という苗字《みょうじ》からの愛称だった。歌唱力については厳しいものがあるが、ステージ映えしそうな派手な顔立ちをしている。

「いいじゃない、それ」と史朗くんが腕を組む。

鋭夫くんも、「響きも字面《じづら》もいい。爛漫よりいいんじゃないか」

女の子たちはくすくすと笑ったが、鋭夫くんが本気でそう思っているのは表情で分かった。

「あ、こっちからも質問していいですか」アリちゃんが右手を挙げる。「爛漫って誰が考えたんですか」

「利夫だよ。ラモーンズのファンで、それに響きの似た漢語を選んだんだ」

「そうだったのか」と、女の子たちよりむしろ史朗くんが驚いた顔をしていた。

史朗くんは彼女らの楽器に、おおいに興味を示していた。

「ちょっとそれ貸して」とアリちゃんからギターを受け取ると、チューニングや、エフェクターやアンプのセッティングを直しはじめた。「音色《ねいろ》は、あくまで自分の指先でつくるもの。あまり機材のほうで派手な音作りをしないほうがいいよ。俺たちがエフェクターに凝ったりピックアップや回路を交換するのは、あくまでアイスクリームのトッピングみたいなものだから」

「ピックアップ、そっち側で弾くのが本当なんですか」

「どっちが本当もないけど、レオはこっち——フロント・ピックアップを選択することが多いね」

「そっち側、音がもこもこする感じがして、あんまり好きじゃなくて」

「それは弾き方次第。はい、これで弾いてみて」

返してもらった楽器のストラップに肩を通し、なにか出鱈目《でたらめ》な和音を弾きながら、初めのうち彼女は小首をかしげていた。レオのES335を意識しているらしいf穴の空いたギターで、でもサイズはだいぶ小さい。色も違う。中級者向けの国産品だと、あとで史朗くんが教えてくれた——いい楽器だよ、頑張って買ったんだね。

たどたどしく「雨の日曜日」のイントロを奏《かな》でていた途中で、

「あ、やっぱりこっちの音かも」とアリちゃんは不意に叫んで、史朗くんに頰笑《ほほえ》んだ。

眼鏡をかけたベースの子は、表情がくるくると豊かに変わる。カンコと呼ばれていた。寛子、だった。史朗くんに手渡した自分の楽器から目まぐるしい十六拍子が繰り出されるさまを、奇蹟に遭遇したような面持ちで見つめ、演奏が止まるや、大きく溜め息をついた。

「あの、それ、通販でいちばん安かった楽器——すみません」

フェンダーのジャズベースの、コピーモデルだった。黒い塗装の安っぽさから、私の目にも安価な品物だと分かる。黒いベースを選んだのは史朗くんへの憧れからだろう。そういえば眼鏡の形まで似ていると、並んだ二人を見ていて気付いた。

「最近は、中国製の品質も上がっているからね。最初の一本としては申し分ないよ。ただ、ちょっとナットが高いな」

「ナット？」

「ここ」史朗くんはヘッドの根元の白い部品に触れて、「この溝をもっとシビアに切り直せば、押さえやすくなるし音程も良くなる。今日は道具がないからどうにもならないけれど、機会があったら俺が削ってあげるよ」

「ほ、ほ、本当ですか？」

「うん。急ぐなら、楽器屋に持っていけばやってくれるけど」

「いえ、いえ——史朗さんにお願いします。家宝にします」カンコちゃんは泣きだしそうだった。

「もうちょっと弾いてていい？」

何度も何度も頷いている。

やがて史朗くんが弾きはじめたのは、まさに「雨の日曜日」。プロに対して今さらこう云うのも失礼だが、さすがに巧い。ことカンコちゃんの演奏と比較すると、とうてい同じ楽器から発せられている音とは思えない。アリちゃんのほうを向き、一緒に弾いて、と目で合図する。彼女は両手を振って、無理です、と示した。

「鋭夫、手伝って」

史朗くんの呼掛けに、それまで机に腰掛けていた鋭夫くんが立ち上がった。驚いたことに彼が向かった先は、アリちゃんのところでも、私が居るポリフォニック・シンセサイザーの前でもなく、ドラムのポンちゃんのところだった。

　ポンちゃん——本名とはなんの関係もない。愛嬌《あいきょう》のある狸顔《たぬきがお》だというので、幼い頃からそう呼ばれてきたのだと聞いた——は即座に立ち上がり、二本のスティックを彼に譲った。鋭夫くんは椅子に坐り、スネアドラムの位置を動かし、どどん、たかっ、ちゃ、ちゃ——と音を確かめたあと、抑えた音量でリズムを刻みはじめた。

　彼のドラムを聴くのは、それが初めてだった。叩けるんだ、とびっくりした。

「くれない！」と私のほうを向いて叫ぶ。

「え?」私は慌てて譜面をめくり、キイボードで該当する部分を弾きはじめた。

「ボーカル！　ボーカル！」

　鋭夫くんがまた叫び、スーちゃんが机の上のマイクに飛びつく——。

　降りしきる雨が溢れて　街を溺れさせる
　捨てられたごみを浮かべて　過去を甦らせる

　スーちゃんは声は綺麗だが音域が狭い。ニッチのテノールに合わせてある「雨の日曜日」を、原曲どおりの伴奏で歌おうとすると、歌い出しは彼の一オクターヴ上、山場では同じになってしまう。上昇を予期させるメロディのあと、がくん、と沈没してしまうのだ。裏声《ファルセット》は苦手だと云うし、それが合いそうな曲でもない。

「移調してみるか。三度くらい下げれば地声でも出そうな気がする」史朗くんが提案し、ベースで実演して見せる。

「ギターも音を下げるんですか」

アリちゃんの初歩的すぎる問いに、彼はしばらく返答できずにいた。

「実験的なアンサンブルを目指すんだったら、そのままでも」

「じゃあ私はそのままで」

「でも、別の曲になっちゃうけど」

「ああ——一からやり直し」アリちゃんはしょげて俯いた。

鋭夫くんが見兼ねたように、「史朗、自分のレベルで指示しちゃ酷だよ。そのままでいい。ニール・ヤングみたいにサビでわざと音程を落す人もいる」

「あれはニール・ヤングだからさまになってるんであって」

「誰か上まで声が出ないかな。オクターヴ・ユニゾンで重ねれば違和感がないかも。アリちゃん、出ない？」

彼女はかぶりを振って、「出るとしても、無理です。ギターだけで精一杯です」

「ほかに声が高いのは——」鋭夫くんは後ろを振り返った。「ポンちゃん、ちょっと歌ってみて。アリちゃん、サビの伴奏。1《ワン》、2《トゥー》——」

いきなりスティックでカウントを叩きはじめる。史朗くんは楽々と、私とアリちゃんも辛うじて追い着いたが、ポンちゃんは、え？　え？　と辺りを見回している。

スーちゃんが歌いながら彼女に近付き、マイクを分け合う。おっかなびっくりポンちゃんが発した歌声は、弱々しいがどこかスーちゃんに似て、彼女よりも一オクターヴ高かった。

3

史朗くんが時間切れになった。今夜も岩倉理《いわくらおさむ》のステージだという。鋭夫くんと一緒に、一階の玄関まで見送った。

「じゃあ鋭夫、あとで」振り返りながら扉を押す。

外光のなかを、男子生徒たちがふざけて走りまわっている。クラブ活動が終わったのだろう。普通は長閑《のどか》にも見えるであろうこうした光景が、私には直視できない。鬼ごっこがいつしか本気の追跡と化し、鬼を追い詰めてなお飽きたらなくなり――といった連想が自動的に生じてしまう。

胃のあたりに、ぎゅっと絞られるような痛みをおぼえた。久々の感覚だが、もちろん懐かしくなんかない。「私も時間切れっぽいよ」

「学校、やっぱりきつい?」

頷く。

「よく来たよ。俺たちも挨拶して消えるか」

途中の階の廊下で、一人の女生徒が階段を見上げていた。長い髪を後ろで一纏《ひとまと》めにしている。かつての私もやたらと髪が長かったが、彼女のほうが更に長いかもしれない。

彼女を立ち止まらせているのは、野薊の子たちが立てている騒音だった。シンバルの音に混じって、誰かがキイボードで弾いている「ドレミのうた」が聞えた。誰にでも歌えそうなこの唄が、私には歌えない。いや歌えないは大袈裟《おおげさ》だけど、気軽に詞を口ずさむことができない。

ドはドーナツの「ド」。最後の「ド」が示しているのは、もちろん音程——のはずなのに、実際の音はミだ。ド、レミ、ドミ、ド、ミ。だから私が歌うと、ついドレミドミドドと、音程をそれに追従させてしまう。

レはレモンの「レ」。この「レ」はファだ。ミはみんなの「ミ」はソ。ファはファイトの「ファ」はラ。この曲はずっとこの調子なのだが、ソは青い「ソラ」だけはちゃんとソとラになっていて、たぶんそれだけの理由で、私にはこのひと節がとても綺麗に聞える。

ラッパの「ラ」で、また音と詞がずれる。シに至る頃には私はすっかり混乱していて、たいがい「シはしあわシド」と唄ってしまう。しかもドに行き着いたことで、頭のなかで曲が終わってしまうのだ——短三の和音を背負ったまま。

階段を上がっていく私と鋭夫くんに、女の子はきろっと、蔑《さげす》むような視線を投げかけてきた。

4

ぶっぽうそうは歌わない
歌いたい歌なんてない
ぶっぽうそうは笑わない
笑い方を知らない

寒くて暑くて何もない部屋へようこそ
せめて煙で満たしましょうか
久方ぶりに煤けた窓を開いて
萎れた花でも眺めましょうか

最後に、野薊が自力でバンド用にアレンジした「ぶっぽうそう」を聞かされた。その破壊力も相俟《あいま》って「このままだと救急車」の状態にまで及んでいた胃痛が、学校の敷地から足を踏み出した途端、俄雨《にわかあめ》が通り過ぎたように収まっていく。強い鎮痛剤を注射されたときの感覚に似ている。

鋭夫くんは理解してくれている——厳密には、理解しようとしてくれている——から大丈夫だが、ほかの人たちの前でこんなことを迂闊《うかつ》に云ったら、「しょせん気の持ちよう」であり「本当は痛みなんかなかった」のだと決めつけられてしまう。

小学校のとき、唐辛子アレルギーで、唐辛子の絵を見ただけでも顔に汗が浮いてしまう女の子がいた。男子たちが面白がって、授業が始まる寸前、彼女の机に唐辛子の束を放り込んだ。先生が教室に入ってきた。生真面目な彼女は、机の前から逃げ出すことができなかった。かといって唐辛子をつまみ出すこともできない。触れないのだ。彼女は自分だけが感じる唐辛子の臭気で全身汗まみれとなり、遂には卒倒してしまった。

彼女や私のような人間が根性論に引きずり込まれてしまうと、生命の危険さえ生じる。なにを云われても「はいはい、私の我儘《わがまま》です」と頷いているほうが安全なのだ。

「顔色がよくなってきた。楽になった？」

「うん。ごめんね、基本的には楽しかったんだけど」

「次から練習スタジオにしてもらえば」

「交渉してみる。ところで史朗くん、本当はなにしに来てたの」

「俺の持ってる古いエフェクターを試してみたいって借りにきた。しきりにくれないを心配してるんで、じゃあ一緒に飯でも食おうかって」

「私のなにを」

「まえ会ったときひどく雰囲気が暗かったから、やっぱりあの事件がトラウマになってるんじゃないかって」

「私が暗いのはデフォルトですが」と笑いとばしつつ、自分では以前より社交的にふるまっているつもりだったから、意外というか心外だった。「ひと気のない場所はまえより怖いし、変な夢をみたりもするけど、べつに病院に行くほど深刻じゃないし」

「ならいいけど」

「そうだ、むらさきさんがこれ買ってくれた」ベルトループにぶらさげていた、レモン色の防犯ブザーを見せる。「この紐を引っぱると鳴るの。九十デシベルだって」

「派手だからマスコットかと思ってた」

「わざと目立つ色なの。ブザーを持ってるから襲っても無駄ですよってサイン。九十デシベルってどのくらい？」

「そうとうでかいよ。耳許《みみもと》で管楽器をぶわって吹かれたくらい。むらさきさんとは良好なんだ」

「まえと変わらないよ。基本的に自分にしか興味のない人から、ときには娘を心配できる自分、をアピールされてるだけって感じ。鋭夫くんも岩倉さんのコンサート行くの？　まだ時間ある？　なんか食べる？」

「行くよ、閑《ひま》だし。くれないはどうする？　ちょっと座席が余ってるから招待できるって云ってたけど」

「私、只見《ただみ》ばっかりしてる」

「空席があるよりいいんじゃないかな」

「鋭夫くん、仕事は？」

「最近、少ない。不景気で」

鋭夫くんの主な仕事は、人材派遣会社を通じて与えられた、企業のためのデータ入力だ。仕事の出来映えに感心して彼を名指ししてくる企業もあるというので、安泰だろうと思っていたんだけど。

「なんだったらむらさきさんに、なにか仕事ない？　って訊いたげようか」

彼は即座にかぶりを振って、「そしたら音楽関係の仕事になっちゃう。音楽を仕事にするのは、もういい」

「もうニッチがいないから？　それとも右側が聞えないから？」つい詰問《きつもん》調になる。自分はなにもせずぶらぶらしているくせに、鋭夫くんの消極性には、なんとなく苛立ってしまうのだ。

「両方だよ。たとえば一枚のCDを一緒に聴いて、利夫の反応を見てれば、普通の人にはどう聞えるかが推測できた。今は分からないんだ」

「ベートーベンは右も左も聞えなかったよ」

「俺に楽聖《がくせい》になれと？」

「なれ」と即座に答えた。「楽聖になれ」

「じゃあくれないは一流のピアニストになれ」

「いいよ」と意地になって応じる。「もし鋭夫くんが協奏曲を書いてくれるんだったら、私は大ホールでそれを演奏してみせる」

おたがい無言の時間が続いた。私が、さっきなにを云い合ってたんだっけ、と思いはじめた頃になって、

「考えとくよ」と彼は呟いた。「それより、なんか食べるって訊いてたか」

「訊いたような気がする。おなか空いてる？　なに食べたい？」

彼はすこし考えたあと、

「大根」訊かねばよかった。ときどきこういう無茶を云いだして、しかも妥協しないのだ。揚げてない「焼きカレーパン」を探し求めて、一緒にパン屋を七、八軒巡り歩いたことがある。

「大根のなに。煮物？　漬物？」

「大根ならなんでもいい」

「コンビニにおでんがある季節じゃないし——あ、ファミレスにだったら大根サラダがあるかも」

「おでん、やってないかな」

「やってないよ」

「おでんは冬場のものって誰が決めたんだろう」

「今まで黙ってたけど、私」

鋭夫くんを納得させるため、通りかかったコンビニエンス店に入る。果たしておでんの鍋は出て

いなかったが、お総菜の棚にレトルトの「切干し大根煮」と「大根と手羽元の煮物」を発見できた。

「これでいい」

「でもそれ、どこで食べるのかという――」

「くれないは、なんか丼に入ってる物にしてくれ頼む」

「路上かよ」

　鋭夫くんは「切干し大根煮」と「大根と手羽元の煮物」を買い、私は仕方なく親子丼――を買おうとしたら、

「こっちが鶏だから、くれないは豚かなんかで」

　と命じられてしまい、かつて学校でアニメ映画の題名をもじって「くれないは豚」とからかわれていたことなどまざまざと思い出しながら、「大正時代のソースかつ丼」を選んでレジに運んだ。私、これからこの人をどんなに好きになったとしても、お嫁さんにはなりたくない。

「切干し大根煮」と「大根と手羽元の煮物」のパッケージには金属が使われていなかったので、「ソースかつ丼」と同様、電子レンジで温めてもらえた。お箸を余計に付けてもらい、店を出て駐車場の車止めに腰をおろす。

　まずふたりで交互に「ソースかつ丼」をつついた。元より多大には期待していなかったが、予想を凌《しの》いでべちゃべちゃしていて、むやみに重たかった。キャベツの千切りが温まっているのにも違和感がある。

「俺思うんだけど、この料理は揚げたてのカツじゃないと成立しないんじゃないか」

「普通のカツ丼にすればよかった。こっちのほうがあっさりして食べやすそうに見えたの」

「大根、混ぜるか」

「いいけど、最後まで責任とってね」

まだカツもキャベツもご飯もたんと残っていたが、鋭夫くんは丼に二つの煮物をぶちまけた。物凄い見た目になった。まず鋭夫くんが試食した。咀嚼《そしゃく》し、呑みくだして、黙っている。

「男なら責任をとる」

「でもさ」

「くだくだ云わずに責任をとれ」

「信じてくれないかもしれないが、美味《うま》い料理に変身した」

「ほんと？」丼に顔を寄せ、無難そうな部分を口にはこぶ。

あ。美味《おい》しいかも。

煮物の汁でカツのソースが薄まって、酸味と甘味とスパイスの香りが複雑に入り交じった、凝ったリゾットみたいな味に変化している。カツの重たさも、大根と一緒だとあまり気にならない。押し付け合いになるかと思っていたのに、なかば奪い合うようにして食べきってしまった。

ごみを捨て、また店に入って飲み物を買いながら、「私ね、むらさきさんで、ひとつ耐えられないところがあって」

「山ほど聞いてきたけど、新情報？」

「あの人、なんにでもウスターソースをかけるの」

「カレーにいきなりどぼどぼかける人っているな」

「和食にもかけるの。焼き魚や冷や奴にまで」

「そこまで徹底してるのは珍しい」

「でもさっき、ちょっとその気持ちが分かったかもしれない」

5

「あいつにゼマイティスを弾く資格はない」が、本人が語った動機だという。「そう岩倉に云い聞かせるのが目的で、刺す気はなかった」

嘘だ。

けっきょく鋭夫くんに同行し、国立《くにたち》のコンサートホールを訪れていた私は、三列目の端の座席から、犯行の一部始終を目撃している。今でもその光景を、指先が冷たくなるような感覚とともに、鮮やかに思い浮かべることができる。

地味な服装の人がステージの端に上がっていったので、初めは機材の不調に気付いたスタッフが調整に駆けつけたのだと思った。その手許《てもと》からの反射に網膜を射貫かれ、違う、と気付いた。ナイフだった。二十五センチもの刃渡《はわた》りがあったという。どこにどう隠して会場に持ち込んできたものか。

奇妙なことに、凶器が聴衆にまで認められてなお、バンドは演奏をやめなかった。誰かが取り押さえてくれると高《たか》を括《くく》っていた面もあったろうし、異常な事態が彼らの心を麻痺させてしまい、無心でも続けられる唯一のことが演奏だったとも云えよう。

暴漢はナイフをおなかの辺りに構え、ステージ中央の岩倉氏を目掛けて突進した。

実際に刺されたのは、バンドのなかでいち早く現実的な対処をとった——すなわち岩倉氏をマイクスタンドの前から引き離そうとしていた——史朗くんだった。踞《うずくま》った彼の脇腹には、ナイフの柄がそのまま残っていた。我へと返った岩倉氏が、立ち竦《すく》んでいる暴漢の顔面を殴り、その頃になってようやっと会場から悲鳴があがりはじめた。

暴漢が登場してからのその一連を、どうしたことか無音の世界として、私は記憶してしまっている。バンドは音を出し続けていたのに、とても静かなのだ。

6

史朗くんは近くの病院に搬送され、その入院は二か月に及んだ。よく二か月で済んだものだ、と誰もが口をそろえた。ナイフがよく研がれていたことで、却《かえ》って出血が少なく、内臓の損傷も少なかったのだそうだ。

駅からすこし歩いたところにある坂の上の病院に、あるときは鋭夫くんと、あるときは岩倉氏やレオや圭吾《けいご》くんと、またあるときはむらさきさんと、私はたびたび足を運んだ。これで史朗くんが舞台恐怖症に陥ってしまうのではないか、というのが私の最大の懸念だった。彼の過剰気味な私に対する心配は、間もなく自分に訪れる運命への予感からきていたのではないのか——そう想像したりもした。しかし少なくとも表面上、彼は前向きさを保っていた。

「逃げ出す勇気が欠けていたんだよ、俺にも岩倉さんにも。最初にナイフを目にした俺が、さっさと演奏をやめて逃げてれば、岩倉さんもほかのメンバーも、それにローディだっていち早く異変に気付いたっていうのに、あの瞬間の俺ときたら、曲のどこらへんでベースが抜けたら、どこで岩倉さんに袖に下がってもらったら、お客にとって自然な流れになるだろうなんて、余計なことばかり考えてた。あの瞬間の夢をよくみるけど、次は絶対にうまく対処できるっていう自信も、今はある」土気色の顔をし、身を起こすこともできなかった頃から、そう穏やかに当夜を振り返っていた。

鋭夫くんと私とでお見舞いに行ったとき、こんな話題になった。

「多摩蘭坂《たまらんざか》ってあるだろ」

「RCの？」

「うん。多摩蘭坂を上りきる手前の——医者が云ってたけど、あれってここなんだって」

「実在する坂だったのか」

「本当は平仮名で、たまらん坂。昔は舗装されてなくて、雨が降ると泥濘《ぬかる》んで、上るのが大変だったらしい」

なんらかの曲の舞台である、という話のようだ。

「漢字だとどう書くの。多摩地区の多摩に、花の蘭？」

私の問いに、鋭夫くんはびっくりした顔で「くれないがRCサクセションを知ってた」

「それは知らないけど、バス停にそう書いてあったから」

「漢字で？」

「うん」

鋭夫くんと史朗くんは顔を見合わせた。

「粋《いき》なんだか野暮《やぼ》なんだか」と鋭夫くんが笑いだした。

史朗くんも可笑《おか》しそうに、「バス会社にファンがいるのだけは間違いない」

後日、鋭夫くんがいつも持ち歩いている携帯レコーダーで「多摩蘭坂」を聴かせてくれた。物悲しい、綺麗な曲だった。

7

「彼女ら、どう？　バンド名とかもう決まったの」

そんなことすら知らない赤羽根《あかばね》先生に驚いた。放任主義も極まれり。

「野薊だそうです」

「No Other Me——ほかの自分は存在しない？」

よくこういう、奇妙な聞き間違いをする人なのだ。

「いえ、野の薊。漢字二文字です」

先生は指でテーブルに野、続いて薊を書こうとして、「あらやだ。私、書けないかも。演奏、どうだった？　凄まじかったでしょう」

無責任に笑っている。私を信頼してくれていたというより、彼女が投げた匙《さじ》が、たまたま私にぶつかっただけなのかもしれない。

鋭夫くんと史朗くんが、じきじきに彼女らを指導してくれたことを伝えた。その直後、史朗くんが暴漢に刺され大怪我を負ったことも。

テレビでも報道されたと思うのだが、先生はまったく知らなかったらしく、両手で顔を被《おお》って、

「命に別状はないの？」

「大丈夫。意識もしっかりしていますし」

「華やかで楽しそうな世界に見えるけど、そんな危険とも隣合せなのね。生徒たちも私もお見舞いに行くべきよね。却ってご迷惑かしら」

「迷惑がられはしないと思いますけど、今度、いちおう訊いておきます」

「サイン求めてもいいかしら」

「それも訊いておきます」

先生のココアが来た。彼女は一口啜《すす》って、「もう。なんでこんなに熱いの」

「ところで先生、私、やっぱり学校っていう空間に身を置いているのはつらくて——誰か代りの指導者を探してもらえませんか。私だと文化祭の本番も観てあげられないし」

溜め息をつかれてしまった。「学外の、例えば公民館を借りて練習してもらうとかでもだめ？」

「昨日まではは、そうお願いしようと思っていました。でも、しょせん学校的なものが追い着いてくるだけのような気もしてきて——」

「学校的？」

「うまく云えないんですけど」

階段を上がっている途中で見掛けた、髪の長い女の子を私は思い出していた。彼女のあの視線こそ、私が最も見たくなかったもののような気がする。

あれは、かつての私の目だ。

「べつに、決定的な出来事があったわけじゃない——不登校の理由でいちばん多いのは『よく分からない』なんだそうです」

「私もずいぶん文献をあたってみたけれど、分からないから説明できない、説明できないから学校が苦しい、親からの詰問も苦しい、のスパイラルが多いようね」

「自分のこと、周囲から浮いた生徒だったとは思います」

「浮いていましたよ」なんの躊躇《ちゅうちょ》もなく肯定された。「良くも悪くも」

「どこが悪かったんでしょう」つい口を滑らせて、身を竦め、とうに空になっている珈琲カップを見つめる。「すみません――もし自分が病気なんだとしたら、まさにこれだという自覚があります、『私は悪くない』病」

「そういう話じゃなくて、今のは主語を付けなかった私の失敗。主語は運です。あ、いま酒豪なんですって云ったんじゃないから」

「分かってます」

「酒豪というほどじゃないから」

「――はい」

「運良くも、そして運悪くも、向田さんは周囲の生徒から浮いていました。成績は良かったのに学校に来なくなって高校進学にも躊躇してしまったのは、けっきょく運の悪さね。でもそのお蔭で、爛漫の人たちやニッチのお兄さんと親密になれた。ニッチのお兄さんは元気?」

「元気――なんでしょうか？　もともと天才すぎるうえに、弟を亡くしてからまだ日が浅いし、ハンディキャップもあるしで、私にもちょっと理解しにくいところが」

「ギターの人やドラムの人は？」

「それぞれに活動しています。このあいだ史朗くんの病室で、全員と顔を合わせました」

今度は私が、深く溜め息をつく羽目になった。先生がテーブルに身を寄せる。

8

板垣史朗、福澤《ふくざわ》圭吾、レオこと二宮《にのみや》獅子雄《ししお》、新渡戸《にとべ》鋭夫。ニッチの追悼コンサート一夜かぎりの、そして一瞬にして消えた爛漫だった。マネージャーの鵜飼《うかい》さんに呼び集められたのだ。亡骸《なきがら》と化したニッチを、彼の寝室で発見した人だ。

かつて爛漫のリハーサルに遊びにいったとき、私はこの鵜飼さんの風体《ふうてい》が怖くてならなかった。黒い革ジャケットに黒い細身のズボン、尖ったブーツ、白髪の交じった長髪に黒いフィッシャーマン帽、そして夜でも端の吊り上がったサングラスを掛けている。

私は鋭夫くんの付録として、その場にいた。彼から来るように頼まれたのだ。

(愉快な話じゃないという予感がある。帰りにくれないに愚痴りたい)

「サンドバッグじゃん。レオも圭吾くんも行くんでしょ？　そっちに愚痴れば」

(彼らと俺は立場が違う。俺は、爛漫のメンバーじゃない)

史朗くんの病室には、いつしか愛用の黒いリッケンバッカーが持ち込まれ、スタンドに立て掛けられていた。

「個室で助かったよ。アンプに繋がず触ってるだけなら構わないっていうふうに云われてて」

鵜飼さんがベースを持ち上げ、「いつ頃から本格的に弾けそうだ？」

史朗くんはベッドの上から両手を伸ばし、楽器を受け取った。膝に置いて爪弾《つまび》きながら、「坐ってだったら、今でも大丈夫だと思いますけど」

「じゃあ、なるべく早いタイミングでオーディションに付き合ってくれ」

「オーディション？」

「爛漫の新しいボーカル」

史朗くんはぽかんと口を開いた。

私は思わず鋭夫くんを振り返った。彼も同じような表情をしている。レオと圭吾くんは驚いていない。予《あらかじ》め聞かされていたようだ。

「ちょっと聴いてみてくれ」鵜飼さんはスマートフォンに繋げたイヤフォンを、史朗くんに渡した。

「写真と一緒に、この音源を事務所のアドレスに送り付けてきた。これでまだ二十歳《はたち》。オーディションを受けさせる価値はある」

イヤフォンを耳に挿した史朗くんは、数秒でその片方を外して、「これは――」

「似てるだろ？」

「でもニッチより線が細い」

「ライヴで歌い込んできたわけじゃないだろうからな。ギターも自分で弾いてると書いてあった。ルックスも、小柄っぽいがかなりいい」

鋭夫くんにイヤフォンがまわってきた。彼は片方だけを左耳に挿し、もう一方を私に渡した。

強い風に髪をなぶられながら

暗い夜空に向かって問い続けた
星ってなんだ？
星ってなんだ？

爛漫の曲だった。シングルカットされていない「それぞれの星」という曲だ。ドラムやベースの音が派手なわりに演奏が単調なのは、パソコンによる自動演奏だからだろう。ギターはややぎこちない。でも下手ではない。なにより声が――。

私は自分から感想を述べることなく、鋭夫くんの横顔を見つめていた。

彼は閉じていた目を開け、くすりと笑って、「俺よりも利夫に似てるかも」

「じゃあ鋭夫くんも、賛成してくれるかな」鋭夫くんに接するときの鵜飼さんは、やや腰が低いというか、爛漫の面々に対してよりも距離感がある。

「オーディションについて？　いや賛成も反対も、俺は部外者ですから」

「もしそいつにスター性を見出せて、爛漫が再始動できたなら、鋭夫くんには新たな楽曲を提供してもらいたい」

鋭夫くんは即座にかぶりを振った。「史朗もレオも作れるでしょう。もしかしたら、この新人にだって」

「ちょっと待って、鵜飼さん」史朗くんが割り入る。「鵜飼さんがまえ樋口《ひぐち》って云いだしたときも、本当ははっきりとこう云いたかった。ニッチでも鋭夫でもない人間を看板にして、それを世間に対して爛漫だと？　納得するファンがいると思いますか。もっとはっきりと云います。かりに圭吾や俺が抜けてても、レオが抜けてても、辛うじて爛漫は成立していたでしょう。でもニッチの代りは鋭夫にしかできない」

「史朗、俺にもできないよ」と鋭夫くんは自分の右耳を指差した。

「新しい爛漫、結構じゃないか。利夫も喜ぶだろう」

本当はちっとも結構に思っていないことは、吐き捨てるような口調から明らかだった。

「たしかに、これまでの熱狂的なファンは納得しないだろうな。切り捨てることになる」そう、鵜飼さんは吐息まじりに認めた。「それでも爛漫の名前が欲しい――これが商売人としての本音だ。ニッチの死や『雨の日曜日』で初めて爛漫を知って、どんなかたちでもいいからそのステージを観たがっている客が、いま全国にごまんといる。ただ指をくわえて見ていろと？　こっちはプロだぜ？　お前たちが演奏のプロなら、俺は金儲けのプロだ」

史朗くんは納得しなかった。「圭吾とレオはどうなんだ？　新渡戸兄弟以外の後ろに立って、堂々と俺たち爛漫でございって云えるのか」

病室はいったん静まり返った。レオがポケットからスキットルを取り出し、その中身を呷《あお》る。

圭吾くんがベッドに歩み寄る。優しいバリトンで、「なあ史朗、どういう形であれ、俺は爛漫をやりたいよ。いい曲があって、巧《うま》い演奏があって、それを喜んでくれる人たちに囲まれている状態を、俺は取り返したい。理香《りか》もそう望んでる」

理香というのは圭吾くんの奥さんだ。じつはニッチの葬儀や風月《ふげつ》のライヴにも居たらしいのだが、私が彼女を認識できたのはずいぶんあとになってからだ。

史朗くんの険しい表情は変わらない。

鵜飼さんがベルトに吊り下げた革のシガレットケースから煙草《たばこ》の箱を出し、そこが病室であることを思い出してまた収め、「まあバンド名の件は、いったん保留としよう。ところで気になることが一つあってさ──そのデモの若僧、すごく珍しい苗字なんだよ。和服の和に、気分の氣。和気《わけ》」

鋭夫くんと史朗くんが顔を見合わせ、そのあと同時にこちらを向いた。

私は思い出した。「そういえばセヴンスヘヴンの和気さん、弟が音楽をやってるって──」

「鵜飼さん、こいつの写真持ってますか」

鋭夫くんに迫られ、鵜飼さんが慌ててスマートフォンを操作する。「こっちにも転送しといたはずだが──ああ、出てきた」

向けられたディスプレイを鋭夫くんは凝視し、いったん宙に視線を逸《そ》らし、また凝視した。「和気さんの葬儀にいた。彼女の弟だ」

9

「分相応《ぶんそうおう》って言葉がある」チェロキーの運転席から助手席の私に向かって、岩倉氏が語る。「俺はストーンズに入れなかった」

「ザ・ローリング・ストーンズのことですか」

「そうきっちりと発音する日本人に初めて会った。がきの頃の俺は、しゃかりきに頑張ってればいつかストーンズに入れるくらいに、本気で思ってたんだ。それから変なかたちでデビューして、紆《う》余曲折《よきよくせつ》があって──当り前の話だが、今以《もっ》てストーンズの連中は俺のことなんか知りやしない。それが俺の分《ぶん》であって、べつに負けたとも惨めだとも思わないよ」

「岩倉さんは勝ってきた――夢を叶えてこられたと思います。ライヴにうかがうようになって、本当にそう感じる」

「嬉しいね。でも最近は、こんなふうにも考えられるようになった――人生というのは、自分に相応な宿屋を思い知るための旅だ。鄙《ひな》びた温泉宿を居心地よく感じる人間が、無理して三ツ星の高級ホテルに泊まったからといって、差額ぶん、より愉快に過ごせるわけじゃない。むしろつらいことの連続になってしまう。ゼマイティスのギターは、俺には高級すぎるホテルだったようだ。まさか、大切なメンバーに大怪我を負わせる原因になるとはね。そのうち手放すことにするよ」

「だめ」と、自分でも思いがけなかった強い調子で私は告げた。「そしたら岩倉さん、暴力に屈したことになります」

「そうは云うけどさ――誰の嫉妬も買わないようなその辺のギターでも、同等の演奏はできるんだ」

「同等でも、なにか『違う』演奏になりませんか」

岩倉氏は云い返しかけて、黙った。

「もしちょっとでもそう思われるなら、こんなことであのギターを手放したりしちゃ、絶対に駄目です、ステージやCDに向かって声援を送ってくれるファンのために。それとも、あの犯人のほうがギターの持ち主に相応《ふさわ》しかったとでも?」

「それはない――絶対にない。あんな野郎には、絃《げん》の切れっ端さえ勿体《もったい》ない」

一流企業の管理職だと聞いた。もともと資産家で、エレキギターを大量にコレクションし、それらを紹介するというか自慢するウェブサイトも運営していた。

「薬物、使ってたんですよね？」

「恐らく」

「クリムゾンキング？」

「いや、クリムゾンキングであんも極端な飛び方はしないだろう。そういう事例は聞かない。覚醒剤も所持していなかったし、尿検査でそれらしき成分も出てこなかった。警察の話によると、『爛漫たる爛漫』の影響でクリムゾンキングが忌避されるようになるや、まだ使用者への罰則規定が定まっていない、新手の薬物がどっと入ってきて流通しはじめたんだそうだ。そういったうちの一種を使ってたんじゃないかと──鼬《いたち》ごっこだね」

「じゃあ『爛漫たる爛漫』が、結果的に新しい薬物を広めた──」

「そんなふうに考えるもんじゃない。世に愚かな人間は絶えないってだけの話さ」

たまらん坂にさしかかった。岩倉氏の鼻歌は、当然のごとく「多摩蘭坂」。

「史朗くん、次はもっと上手く対処できると云ってました。私だって彼や岩倉さんに、もう危ない目に遭ってほしくはないけど、愚かな人たちに負けるもんかって姿勢も見せてほしい。岩倉さんや史朗くんは──みんなの勇気だから」

信号待ちで、彼は私に顔を向け、「みんなって？」

「ロックのファンです」

「そのなかには君も？」

「なるべく入ろうとしています、今は」

「凄いね、ロックは。あの頑なな向田くれないさえ、短いあいだに変えてしまった」

「私、変わりましたか」

彼はふふっと鼻を鳴らして、「がきの頃の俺の速度で。俺、もともとヴァイオリンをやっててさ、ロックなんて大嫌いだったんだよ」

10

「今日は鋭夫は？」開口一番、史朗くんは私に訊いた。オーディションについて話し合いたかったのだろう。

私は口籠もり気味に、「急な仕事が入ったって。史朗によろしくって」

「そう」

仕事というのは嘘ではないかと、私は、そしてたぶん史朗くんも感じていた。爛漫が自分やニッチの手から離れていく気配に耐えがたく、関係者と顔を合わせたくないんじゃないかと。

病室には、北海道から出てきた史朗くんのお母さんの姿もあった。キャビネットに収められていた衣類をボストンバッグに詰め込んでいる彼女も、楽器をケースに収めて自分の車に運ぼうとしている岩倉氏も、なんとなく手伝いがたく、ぽつねんと立ち尽くしていたら、

「くれないさん、みんなの飲み物を買ってきてくれないかな。一階にスタバがあるはずだから」と史朗くんが用事をくれた。「俺は、あれなんてったっけ？　珈琲《コーヒー》とココアが混ざったやつ。母さん、俺の財布を」

私はお金を受け取り、それぞれの注文を聞いて、エレヴェータで一階へと降りた。

見掛けてはいたものの利用したことはなかったスターバックスのカウンターで、人数ぶんの飲み物を買う。四つの紙コップが刺さった段ボールのホルダーを捧げ、エレヴェータの前に戻ると、ちょうどベースのケースを抱えた岩倉氏と、ボストンバッグを提げた史朗くんのお母さんが降りてきたところだった。

「すぐまた戻ってくるから」と岩倉氏が上を指差して云う。

頷いて、入れ替わりに乗り込んだ。

「自動車まで出していただいて――」

「いえいえ、彼は命の恩人ですから」

というふたりの会話を、鉄の扉が遮断する。

エレヴェータを出て、史朗くんの病室に戻った私は、愕然となった。空っぽだったのだ。ベッドの毛布やシーツすら消えている。

「史朗くん?」トイレに向かって問い掛け、それから窓辺に目を向けて、自分の単純な失敗に気付いた。向かいのビルの見え方が違う。私は違うフロアで降りてしまったらしい。

外に出て壁の名札入れを確認する。なにも差さっていなかった。

念のため、隣室の名札も確認する。板垣ではなく、武《たけ》ノ内《うち》。

すんでに飲み物を取り落とすところだった。そうそうある苗字ではない。

こんな偶然――いや、きっと名前が同じなだけだ。だって彼が自殺をはかったのは、音楽生活社のオフィスのはず。私は行ったことがないが、むらさきさんはよく出向いていた。神田かその辺りだったと思う。

いったん立ち去ろうとし、またそのドアの前に戻る。好奇心を抑えられなかった。違うなら違うと、はっきり確認しておきたかった。飲み物のホルダーを片腕に抱え、反対の手をドアの把手《とって》に掛ける。ストレッチャーの邪魔にならないようにとの配慮からだろう、この病院のドアはどれも引き戸で、とても軽く動く。指一本で動かせるくらいだ。

改めて廊下を見渡す。私以外、誰もいない。

ドアをすこし開き、なかの音に耳を澄ませた。話し声も足音もしない。個室だ。ベッドの膨らみから、誰かがそこに寝ているのは間違いなかったが、周りの装置が邪魔で顔までは見えない。隙間を広げて、室内に身をすべり込ませる。

患者の顔が見えた。人工呼吸器のチューブがゴムバンドで固定されている。モニターには心拍数が表示されている。複数の点滴。ベッドの下にぶら下がったヴィニルには黄色い液体が溜まっている。よほど近付くまで、やはり同姓の別人だった——と思っていた。それほど、武ノ内氏は変わり果てていた。昏睡《こんすい》が続くと、人はこうなってしまうものなのか。

栄養は点滴で摂っているだろうに、ひどく痩せ、閉じた瞼《まぶた》はすっかり落ちくぼんでいる。筋肉を動かさないからか。肌は青白く、蠟《ろう》ででも出来ているように見えた。家族か看護師があたってあげているらしく髯《ひげ》は生えていないが、髪は伸び放題だった。私が顔を合わせていた頃より、たいそう白くなっている。

天罰、という言葉が頭を掠めた。嘲笑《ちょうしょう》したいとまでは思わないものの、もちろん赦《ゆる》す気になんかならない。つまらないエゴイズムや保身のために、違法の薬で若い二つの人命を奪った人だ。私もまた、殺されかけた。

事が露見しかけるや同じ薬で自殺をはかった、その結末がこれだけれど、世間の同情を買うのが目的であって、本当はこうして重体に陥るつもりさえなかったんじゃないか、というのがむらさきさんの推測だ。

大仰な生命維持システムを見回し、吐息する。これらはせめて、ニッチか和気さんのために使われるべきだった。こんな命を救うために発明された物じゃないはずだ。いまどの装置かのスウィッチを切れば、それこそ遺言どおりに——とまで思い、それが氏を愚行に走らせた邪悪な夢想と変わらないことに気付いて、空恐ろしくなった。

ドアの向こうから靴音が響いてきて、最も大きくなったところで、途切れた。廊下にも病室にも薄いカーペットが敷かれていて、私のスニーカーだとほとんど音がしないのだが、その靴音はたいそうくっきりしていた。

回診だ。室内を見回し、隠れられる場所を探す。シャワールームしか考えつかなかった。

つくりは史朗くんの病室と同じだ。この病院のシャワールームは、ドアではなくアコーディオンカーテンで仕切られていて、鍵は付いていない。中で患者が倒れた場合への配慮からだろうが、とてもじゃないが私にそこにあるトイレは借りられなかった。鋭夫くんは平気で借りていた。

私がアコーディオンカーテンを閉じたとほぼ同時に、ドアが動く音がし、靴音が室内に入ってきた。ただ、病室を間違えました、と言い訳すればよかったのだと思い至るも、時すでに遅し。飲み物の香りを不審に思われないよう祈りながら、私はひたすら身を縮めていた。

靴音は一分足らずで部屋から去っていった。モニターの数値を確認しただけらしい。とかとん、つ、とかとん——廊下を遠ざかっていくその音が、完全に聞えなくなるまで待ってから、私はそうっとアコーディオンカーテンを開けた。

11

ギターのアリちゃんが、指に何枚も絆創膏《ばんそうこう》を貼っているのに気付いたが、「転んじゃって。もう治りかけてます」と笑っている。

べつに痛そうでもないし、私はひたすらベースのカンコちゃんに驚いていたので、そのうち頭から抜け落ちてしまっていた。もともと音程感のいい彼女だが、その日の音はより研ぎ澄まされ、そこ惜しい、というポイントが激減していた。一年くらい練習して出直してきたんじゃないの？　というくらい音が違っていたのだ。

思い当たった私は、曲の合間に、「カンコちゃん、史朗くんにベース直してもらった？」

「分かりますか」彼女は得意顔で愛器のネックを抱き寄せた。「お見舞いに行きたいって連絡したとき、楽器持ってきてって云われて」

「病室で直してくれたの？　よく工具が——史朗くんなら何を持ち込んでても不思議はないけど」

カンコちゃんはぶるぶると頭を振り、「外出許可をとって、一緒に駅前の楽器屋まで行ってくださって、そこは史朗さんの知ってるお店で、店の人から専用の鑢《やすり》を借りて直してくださって、そのあと私からお願いして——」

彼女は楽器を裏返してこちらに見せた。ボディの片隅に、銀色の文字で史朗くんのサインが入っていた。

「普通に書いたら消えちゃうから、鑢の先でサインして、その上から銀色のマジックで辿ってくださって、だからこれ、もう消えないんです」

鋭夫くんも彼女の楽器の状態を称賛した。手にとり、史朗くんほどではないがそれなりに巧みに、素早いフレーズを繰り出しながら、「えらく弾きやすい。音の粒も揃うようになった。ナットの調整だけで違うもんだね」

「そっちのネジも、調整してくださって」とカンコちゃんが指差したのは、絃が乗っている反対側の支点——楽器のお尻に近い辺り。

鋭夫くんは分かっていたらしい。頷いて、「ブリッジをね。オクターヴ・チューニングを合わせたんだな」

賃貸しの練習スタジオだ。メンバーで頭割りしても、中学生には手痛い出費だろう。もう学校には立ち入りたくないという私の意向を聞いた彼女らが、ちゃんとしたスタジオだったら？　と打診してきたものだ。そこまで云われると無下《むげ》には断れず、あと一度か二度、という条件付きで承諾してしまった。

指導を続けられない代り、「ぶっぽうそう」のギターの低音を耳で拾い、譜面にして、早めに赤羽根先生宛てに送っておいた。ベースが入っていない曲だから、最低音はギターだった。

私が想像したとおり、カンコちゃんは楽譜を読める。私が拾った音を、うまくベースに置き換えて弾いていた。

「そこ、ルートのままで」と鋭夫くんが彼女の演奏を止める。

「ルートですか」

「いま根音《こんおん》の三度上を弾いているけど、それはアリちゃんが上のほうで出してるから、ふたりで同じことをやったら、アンサンブルが息苦しい」

「前の小節と、同じ音でいいんですね」

「同じでいい。わざと動かない。史朗ならそう弾く」

「――なんとなく、はい、分かりました」

自分で書いてきたへ音の楽譜に消しゴムをかけ、シャーペンで修正しはじめる。

とたとたと、いい加減に周囲に合わせていたドラムのポンちゃんには、

「その半分のテンポで、必要最小限の音で」と指示していた。

小首をかしげている彼女に対して、実演して聞かせる。

アリちゃんは、おおむね市販のコピー譜どおり。むろんボーカルのスーちゃんも。

そんなふうにして「ぶっぽうそう」のバンド用の編曲は出来上がっていった。稚拙《ちせつ》なレヴェルながら、バンドの音が出来上がっていく過程に、私は立ち会っていた。

ぶっぽうそうは歌わない
歌いたい歌なんてない
ぶっぽうそうは笑わない
笑い方を知らない

仏頂面《ぶっちょうづら》のニッチ。ニッチといえば仏頂面。

彼や事務所の思惑どおり、そしてそれにしても過剰な頻度で同じ形容を繰り返すマスコミへの、皮肉だったんじゃないかと私は想像する。この曲はニッチが独力で仕上げ、鋭夫くんや史朗くんはまったく手伝っていないのだそうだ。基本的に、彼のギターと歌のみ。

間奏にだけ、レオのジャズっぽいソロが加わる。野薊には逆立ちしても再現しようがない。仕方なく私がキイボードで弾いてあげていたら、

「本番でも弾いてあげるの」と鋭夫くんから問われた。

「とんでもない」

「適当な鼻歌でいいんだよ。それが効果的なこともある。利夫も独りで歌うときはそうしてた」

誰が担当するかで、野薊の四人がお互いを指差し合っている最中、私の携帯電話が震えはじめた。むらさきさんからだった。滅多にないことだ。部屋を出る。

「もしもし。いまスタジオで忙しいんだけど」ロビーに向かって歩きながら、条件反射的にそう、不機嫌な調子で応じた。

(くれない、落ち着いて聞いて) むらさきさんの声は上擦っていた。

「まずそっちが落ち着いて」

(死んだ)

動悸がしはじめた。また訃報《ふほう》？　この一年足らずのあいだに何度めだろう。

「誰が」

(「音楽生活」の武ノ内)

　しばらく二の句が継げなかった。退院する史朗くんを迎えにいき、うっかり氏の病室に入り込んでその顔を見てしまった、まだほんの翌日だったのだ。

「やっぱり、助からなかったんだ」昨日も泛《うか》んだ、自業自得という言葉が脳裡をかすめる。

（違う。殺されたの）

　思わず、意味もなく、壁際に寄って辺りを見回す。

「生命維持――」装置の電源を落されたのかと訊こうとし、続きを呑み込んだ。

　きのう武ノ内氏を目撃したことを、私はまだ誰にも話していなかった。退院を喜んでいる史朗くんやお母さんや、岩倉氏の前で、その名を出すのは憚《はばか》られた。むらさきさんとは昨日は顔を合わせていない。きょう鋭夫くんと会うから、まず彼の反応を窺ってからだと思っていた。

（直接の死因は心不全。でも点滴薬がうっすらと赤くなってることに看護師が気付いた。パックに小さな孔《あな》が空いてた。点滴に、アルコールで溶かしたクリムゾンキングが混ぜ込まれてたの、たぶん注射器を刺して）

　鋭夫くんもロビーに出てきた。彼も電話機を耳にあてている。

「鋭夫くん――聞いた？」と双方の通話を無視して呼びかける。

「ちょっと」と鋭夫くんは相手に云って、「和気さんの弟で決まりそうだって。そっちにも連絡が？　誰から？」

　私はかぶりを振った。あちらはオーディションの話のようだ。

　むらさきさんは喋《しゃべ》り続けている。まったく頭に入ってこないので、

「ごめん、あとでかける」と告げていったん切り、鋭夫くんの通話が終わるのを待った。

「名前が違うとはいえ、再開できるのはよかったじゃないか。応援するよ」

相手は史朗くんらしい。爛漫とは名乗らないことに決まったのか。

「新曲？　いや、それは悪いけどそっちで――」

彼が話し終えるのを待っているうち、私は重大事に気付いた。犯行がおこなわれた場所は、間違いなくあの病室。そして犯行時は昨日？　たぶん昨日だ。

私の顔色に気付いた鋭夫くんが、電話機を顔から離す。「どうした。また腹痛？」

「鋭夫くん――私、容疑者になっちゃうかも」

12

「このまえ鋭夫くんと来たかと思ったら、今度はくれない」むらさきさんが隣で吐息する。

「ごめん」

「あんたが悪いとは云ってない。敢えて云うとしたら、あんたの運が悪い」

赤羽根先生と同じことを云う。いや、先生は私と運とを別々に語っていた。この人は一緒くただ。

こんながさつな人でも、今は頼らざるをえない。

「ドアやアコーディオンカーテンに指紋が付いてる。ほかにもなにか触ったかも」

「点滴に触ったりはしてないんでしょう？」

「ぜったいしてない」

「だったら大丈夫。でんと構えてなさい。武ノ内が最初に運び込まれたのは、都心の救急病院。その後、安全のため——要するに復讐を受けないように、それから家族が通って世話をしやすいよう、自宅に近い国立《くにたち》の病院にこっそりと移されてたの。私もきょう初めて知った。あんたが事前に武ノ内の居所を知って、薬を準備するなんて無理。だから大丈夫」

大丈夫、とむらさきさんが重ねるたび、胃の腑を絞られるようだった。要するに私は、大丈夫な立場ではないのだ。殺したいほど武ノ内氏を恨んできた一人なのだ——世間から見れば。

私が事前に氏の居所を知るのは無理だったとむらさきさんは云うが、以前のお見舞いでエレヴェータを降り間違えていたなら、その限りではない。

「誰かの靴音、聞いたんでしょう。そう云ったわよね？」

黙って頷く。

「こういう重要なポイントにくらい、ちゃんと口を開いて返事しなさい」

「おなかが痛いの」

「今だけは耐える。ここで黙り込んだり逃げ出したりしたら、本当に最悪だから。病室に誰かが入ってくる靴音を聞いたのね？」

「ん。回診だと思うけど」

「それはあんたの思い込み。あんな大きな病院の職員がいまどき、たかたか鳴るような靴を履いてるわけないじゃない、『白い巨塔』じゃあるまいし」

「あ——そうか」思い出してみればそのとおりだ。看護師も医師も、一様にベルクロ留めのスニーカーを履いていた。

「患者のスリッパでもない。要するに外から来て病室に入り込んだ人間が、あんた以外にもいたの。

それだけちゃんと話したら、もう気を喪《うしな》ってもいいから」

武ノ内氏に対する感情を、恨み、と意識したことは一度もなかった。事件以来、ずっと胸中に垂れ込めてきたものを、無理やり言葉に変換するならば、それは恐怖だ――明日にも生じかねない状況への。氏が目覚めるのが怖かった。そうして彼の脳裡に、自分を自殺へと追い込んだむらさきさんと、殺しそこねたその娘への激情が甦ることが。

「史朗は退院支度をしていた。だったらもうスリッパじゃないな。違う？」

反対側から鋭夫くんに問われ、私はびっくりしてその顔を凝視した。

「それに史朗だったら、同じ病院に武ノ内がいることに気付いていた余地は大いにある」

「そんな。だいいち彼には薬が手に入らない」

「手に入れようと思えば、電話を何本かかけるだけで手に入るさ。その筋の奴を調べて連絡し、見舞いに来させて――」

「ゴム底だった！　昨日の史朗くんの靴はゴム底だった」庇《かば》おうとしての出任せなんかではなく、私ははっきりと思い出していた。生ゴム底のクラークスだ。

鋭夫くんは無表情に頷いて、「それならよかった。要するに、そのくらい武ノ内を殺したい人間、殺せた人間はどこにでもいて、くれないが特別な立場じゃないんだって話をしている。もし鵜飼さんが見舞いのとき、武ノ内を発見していたら？　人生の設計図から利夫と爛漫を奪われた彼の恨みは深い。ほかの爛漫のメンバーだってもちろんだ。岩倉さんの義憤が暴走した可能性だってある。クリムゾンキングをいちばん手に入れやすいのは彼だろう。でもよく考えてみたら、最も疑わしいのは弟の命を奪われた俺なんだけど」

「鋭夫くんがふたりいるならね」独白めいた語りを、むらさきさんが遮る。「ごめん、疑ってたわけじゃないんだけど、そこはまっさきに調べさせてもらったの。昨日はずっと、契約先のパソコンをメンテナンスしてたんですってね、深夜まで」

鋭夫くんはにこりともせず、「ばれてたか」

「一連の事件に、更なる黒幕がいた可能性もあるわね。武ノ内は、目覚めるまえに口を封じられた。そういえば、ギターはもう戻ってきたの」

「まだです。鑑識ってそんなに時間がかかるんでしょうか。ちょっとコロンボに訊いてみますよ」

私たちは警察署の、待合いのベンチに並んでいる。むらさきさんも鋭夫くんも、むしろ先手をとるつもりで、きのう見聞きしたことを警察に話しておくべきだと私に勧めてきたのだ。その判断自体に異存はない。

そして胃が痛い。古い学校を思わせる、天井の低い、陰鬱な感じの建物だった。単純にこの雰囲気が、胃痛の引鉄《ひきがね》となったような気もする。

素人臭い仕事で黒く塗装されたドアが開いて、小柄な中年男性が姿を現した。すぐさま「コロンボ」氏だと分かった。季節がらコートこそ羽織《はお》っていないが、セメント袋を再生したかと思うようなくしゃくしゃの上着の、外ポケットに片手を突っ込み、唇の端に煙草をぶら下げている。禁煙なので火は点けていない。

鋭夫くんがニッチの事件の重要参考人だったあいだ、ずっと戸外から彼を監視していた人物だ。私たちのあいだでは、もはやコロンボだけで通じる。なんだかんだで一連の事件に最も委《くわ》しいであろうこの人物がいる署を、私たちは選んで訪れていた。

コロンボ氏は乱れた髪を掻き上げながら、鋭夫くんに目礼した。「お待たせしました。とりあえず喫煙所で、ざっくりとお話をうかがってもよろしいですかね」

「助かります」喫煙者のむらさきさんが頬をゆるめる。私は、さすがに喫わせてはもらえまい。

「こちらへ」

四人で廊下を進む。形の崩れたコロンボ氏の革靴は、それ以前にサイズが合っていないらしい。とっところとっころ、女性のサンダルみたいに大きな音をたてる。

「――ちょっと！」

と私が最後尾で大声をあげ、みな一斉に立ち止まった。

「そのまま。お願いだから、しばらく誰も歩かないで。それから書く物」

むらさきさんがバッグをまさぐりながら、「ペンも手帖も持ってるけど、歩かずにどうやって渡すの。投げる？」

「手帖に五線を引いてメモって」

「パス」手帖とペンは、手の届く位置にいる鋭夫くんに託された。

「メロディでも思い付いた？」鋭夫くんが問う。

私はかぶりを振って、「私、憶えてた。ちゃんと音程に変換して記憶してた」

13

映画に出てくるような軽快な靴音をたてる人は、まずもって実在しない。人の靴音を強く意識するようになってから、実感したことだ。かつん、こつん、というあの手の音は、大袈裟に付け加えられた効果音らしい。

昨今はほとんどの人がゴム底の靴を履いている。そして街にはBGMが溢れ返っている。歩き方の癖、床や地面との相性から、きゅっ、きゅっ、とか、ずさっ、ずさっ、といった音を発する人だったら少なくはないが、聴き取れるのは一瞬だ。すぐさま音楽に紛れてしまう。

店に史朗くんが入ってきた。私たちが居るテーブルに近付いてくる。耳を澄ませていたが、これといった靴音は聴き取れなかった。今日もクラークスを履いている。

ベースの入ったナイロンツイルのバッグを壁に立て掛けて、「鋭夫は昼間っからビールか。優雅だな」

「外は明るいが、時刻からいったら立派な夕方だよ。待ち侘びてさ」

「すまない。リハーサルが長引いた」

「和気さんの弟、どうだ?」

「立前？　本音？」

「本音を。利夫と比べて――」

「その比較自体が酷だ。これが本音。でも変な癖が付いてる奴とよりは演りやすい。これも本音。

鵜飼さん命令でボイトレ受けるようになって、だいぶましになってきた」

「利夫も受けてた、あの先生かな」

「たぶん、そう」

「まるでクローン作ってるみたいだな」

史朗くんは薄く笑って、「鵜飼さんはそうしたいのかも。でも俺たちに云わせたら、まるで別物だよ。曲も作れないって云うし。だから、とにかく鋭夫に頼みたい。鋭夫の曲がなかったら、プロジェクトは間違いなく頓挫《とんざ》する。この点でだけは珍しく、俺と鵜飼さんの意見が一致している」

「またその話か」

「俺もビール買ってくる」

「仕事、もういいのか」

「岩倉さんから打合せに呼ばれてるんだが、キャンセルする」

「おいおい」

「この話が最優先だ。岩倉さんも分かってくれるさ。その代わり鋭夫、今日は逃がさないからな」

史朗くんは携帯電話を手にカウンターへと向かった。飲食物は自分で運んでくる、カフェテリア形式の店だ。

「新曲の話、まだ生きてたんだ」

鋭夫くんはジョッキを傾け、大きく息を吐いて、「史朗もだいぶ、あっち側の空気に呑まれてきたな。けっきょく鵜飼さんがやりたいのは利夫のクローン作りだ」

「どうするの」

「曲？　提供する気なんてないよ」

「彼ら、どうするかしら」

「どうとでもなるさ。史朗にもレオにも、頑張れば圭吾にも作れる。外の作曲者に頼めば、きっと俺よりも俺っぽい曲が上がってくるだろうし」

「そういうのこそ、史朗くんは厭なんじゃないの。自分たちで爛漫のパロディみたいなことをやる羽目になるのが。昔からのファンには簡単に見抜かれちゃうだろうし」

「厭なら抜けて、岩倉さんのバンドに専念すればいい。史朗自身が決めるさ。子供じゃないんだ」

私は煙草を喫いはじめた。

「一本くれ」

「おとななんだから買ってこい」と眉を顰《ひそ》めながら一本分ける。私もそうだが鋭夫くんも、いつも煙草を持ち歩いているわけではない。たまたま持っていて、しかも閑《ひま》なら喫う、喫う？　と勧められたら喫う、という感じ。

ちなみに私が持っている煙草は大概、むらさきさんのストックからくすねてきたものである。

ビールジョッキの載ったお盆を抱え、史朗くんが戻ってきた。席に着き、一気にその三分の一くらいまで干してから、「で、そっちからの相談ってのは？」

鋭夫くんは私に視線を送った。厭なタイミングで切り出された、という表情に見えた。交換条件に一曲、とでも云われたら、鋭夫くんはどう出るんだろう？

偽の爛漫で一儲けしようとしているとしか思えない鵜飼さんに、鋭夫くんが協力したくない気持ちはよく分かる。でも背景がどうであれ、鋭夫くんの新しい曲を聴いてみたい、とも私は思うのだ。史朗くんが願っているのも、なにはさておき、作曲家・新渡戸鋭夫の復活なんじゃないかしら。

「ん——ちょっと厄介なサンプル探しを頼みたいんだ」

「音源、制作してるのか」史朗くんは身を乗り出した。鋭夫くんがじつは作曲活動を再開している、と誤解したものだ。

「違う。音楽の話じゃない。探してほしいのは靴音なんだ」

「靴の、音？」

ぽかんとしている史朗くんに、鋭夫くんは手短に事情を語った。

史朗くんの返事は、「無理だ」

「できる。くれないが手伝えばできる」

「無駄骨だよ。そういうことは警察に任せるべきだ」

「警察なんか当てになるか。このあいだカジノがどうなってるか調べてもらって、びっくりした」

むらさきさんが尋ねていた、鋭夫くんのギターの話だ。彼の宝物——とても古い、エピフォン社のカジノ。ザ・ビートルズの面々が、一度きりの来日のとき弾いていたギターと同じ物。それに指紋が残っているはずだというこのふたりの推理が、武ノ内氏を決定的に追い詰めた。

楽器の話となると、史朗くんの眼に普段とは別種の輝きが宿る。「まさか、壊されたとか」

鋭夫くんはうんざり顔で、「それならまだ、諦めがつく——利夫があっちに持ってっちゃったんだって。なんと、預けたときのまま放置されてたことが判った。ケースごと布にくるまれて札を付けられて、そのまんま。どうせ武ノ内が目覚めたら自白するから、鑑識を通すまでもないって判断だったんだそうだ。日本の警察はそうなんだよ。未だに自白を最優先する」

「聞いたことはある。そういうところがあるらしいな」

「俺たちに肩入れしてくれる刑事もいるが、警察全体がそうとは限らない。爛漫の関係者の誰が、いつ引っ張られてもおかしくないんだ。むらさきさんから強く云い含められたよ。もしそんなことになって、取調室から出たい一心でやりましたと云っちゃったら、もうアウトだとさ」

頷いてはジョッキを口に運び、を史朗くんは重ねた。それから案の定、「バーターだったら。つまり、鋭夫が俺たちのための新曲を作ってくれるんだったら、協力してもいい」

「同じ次元で語れる話か」

「語れない。俺にとっては新曲の話のほうがずっと重たい」

「正気か」

「あっさり作れてしまう人間には分からないんだ。お前は昔から自分の価値を、ぜんぜん分かっていない」

「利夫のクローン作りには、そりゃあ役に立つだろうよ」

「本気でそんなふうに思ってたのか」

史朗くんは残っていたビールを一気に飲み干し、「ちょっと場所を変えよう。そう——カラオケボックスがいい」

「嫌がらせか」と鋭夫くんが自分の右耳を指す。

「歌わないよ。つい声を荒らげてしまいそうだからさ、カラオケだったら周りの迷惑にならないだろう」

「よし。望むところだ」

鋭夫くんもビールを飲み干した。そして三人して本当に、手近なカラオケボックスへと移動したのである。

鋭夫くんと史朗くんはピッチャーのビールを手酌《てじゃく》しながら、一曲も歌うことなく口論を続けた。

私はその店の名物だという、パン一斤をまるごと焼いて蜂蜜をかけアイスクリームや生クリームを載せた「ハニートースト」をつつきながら、そのさまを見物していた。ちょうどお腹が空いていたから美味しくは感じたけれど、とても一人で食べきれる量ではなかった。もっと小さな料理が来ると思っていた。

病み上がりの史朗くんはアルコールに弱くなっているらしく、いつしか顔が真っ赤だった。鋭夫くんも決して強いほうではなく、酔うと言葉がもごもごと不明瞭になる傾向がある。グラスを見つめながらうんうん頷いて、このまま条件を呑むのかと思っていたら、変なタイミングで反論を始めて、話が振出しに戻る。おなかがくちくなった私は、角の席に移動して楽な姿勢をとった。そのうち瞼が落ちてきた。

はっと目を覚ますと、まだ口論は続いていて、しかもまったく進展していなかった。さすがに呆れた。まだ誰にも使われていないテーブルのマイクを取り上げて、ヴィニル袋から出した。スイッチを入れ、

「帰るね」と宣言し、ハニートーストの代金を置いて部屋を出る。ふたりとも追い掛けてこなかった——。

どことといって行く宛てもなかったし、持ち合わせもあまりなかったので、素直に電車に乗って家に帰った。むらさきさんは留守だった。

久々にピアノを練習しようか、それとも本でも読んで過ごそうかと迷いながら、けっきょくどちらに向かうでもなく、ぼんやりとテレビを眺めて過ごす。

連続ドラマにもヴァラエティ番組にも興味がないが、科学番組はちょっと好きで、その晩は深海の生物の生態をひたすら紹介し続ける番組が流れていて、これがなかなか心地好かった。

番組が終わって、テレビを消して、お風呂にでも入るか、入らねばな、などと考えていたところで、玄関のドアががちゃがちゃと鳴った。

お互い、迎えに出ていく習慣はない。そのまま放っておいたら、

「くれないさん、いるのか?」

岩倉氏の声だった。私はソファから跳び起き、玄関にすっ飛んでいった。

「ちょっと手伝ってくれ」

顔を出したのは紛れもなく岩倉氏だったが、ドアの隙間が広がると彼に襲いかかっている虎の頭が覗いた。あ、化粧が流れたむらさきさんだった。背負われているというか、眠りながら勝手に岩倉氏にしがみついている。

「なにが起きたんですか」

「とにかくちょっと、中に運ばせてほしい」

私はドアを手で押さえてふたりを玄関に導き、氏が持っていたむらさきさんのバッグを預かり、彼女の靴を脱がせた。氏が靴を脱ぐのも手伝った。

「どこなら大丈夫」

「ええと——とりあえずソファにでも投げ込んどいてください」

「了解」

岩倉氏は柔道の技をかけるみたいにして、背中にぶら下がっていたむらさきさんをソファに投げ入れた。むらさきさんは一瞬だけ目を見開き、また閉じて、とうてい文字には書き表せない異言《いげん》を発しはじめた。

「なにがあったんですか」

氏は衣服の乱れを直しながら、「お母さんから直接、聞いたほうがいい」

「この宇宙からのメッセージを解析しろと?」

「もちろん酔いが醒《さ》めたあとだよ。俺が呼び出されたときには、もうこれに近い状態だった」

この人もたいがいお人好しである。私だったらUターンして帰ってる。

「なにか飲み物、貰っていいかな。水でもいい」

「珈琲でも淹れましょうか。それとも冷たい物のほうがいいですか」

「珈琲がいい」

「あちらへ」

ダイニングテーブルに着くよう促して、お湯を沸かしはじめた。

「史朗くん、岩倉さんとの約束をキャンセルしたんでしょう」

「ああ。新曲を作るよう鋭夫くんを説得したいとか。こっちは大きな打合せってわけでもないんで、日付を動かしてもらった。新しい爛漫にとっては最優先の話だろうし、俺には爛漫から史朗くんを借りてるっていう引け目もあるし」

「ふたり、カラオケボックスでずっと喧嘩してました。呆れて帰ってきちゃった。バンド名、爛漫から変わるって聞いてますけど」

「そうなの? 俺はまだ、そこまで詳しくは。ともかく、急にぽっかり予定が空いてしまったと思っていたら、むらさきさんから電話があった」

「意地悪せずに教えてください。あの人、なんであんなんなっちゃったんですか」

小さな薬缶《やかん》の蓋が、かぽかぽと踊りはじめ、私は火を止めた。むらさきさんの異言も途絶え、かたとき室内が静まり返った。

「——指紋、出なかったらしい」

冷凍保存してある粉珈琲を取り出しに冷蔵庫へと向かっていた私は、思わず足を止め、「カジノから？」

「うん。警察に詰めている新聞記者が教えてきたとか。武ノ内が死んで、もはや物証を集めるしかないってことで、やっとこさ鋭夫くんのカジノが鑑識にまわった。ところがそこに付着していて、武ノ内を追い込んだはずの指紋が、現実には出てこなかった。彼は弾いていなかったんだよ。ニッチと過ごした最後の人間は彼だという『爛漫たる爛漫』に書かれていた推理の、根拠が消えた」

急にむらさきさんがじたばたと暴れだし、ソファから起き上がった。そして上着を脱ぎながら洗面所へと駆けていった。私は私でなにも考えられず、ちゃんと手順どおりに珈琲を淹れるだけで精一杯だった。なんとか珈琲らしい物がカップに溜まった。

「お砂糖は？」

「結構」

氏の前に珈琲を運んで、私はその対《むか》いに掛けた。「『爛漫たる爛漫』はどうなるんでしょう」

「出版業界のルールはよく分からないが、あくまであの時点でのルポルタージュなんだから、矛盾する事実が出てきたからといって、すぐさま回収とか絶版にはならないんじゃないかな。ただしこの事実がマスコミに嗅ぎつけられ、武ノ内の遺族が騒ぎだしたりしたら、むらさきさん個人の立場は厳しいね」

「訴訟とか？」

「弁明ではなく自殺という結論に吸い寄せられたのはあくまで武ノ内だから、名誉毀損の範囲だろう。ただし、これから彼を殺した犯人が捕まって、その動機が『爛漫たる爛漫』にそそのかされて、だったりすると――」

「なにが起きるんでしょうか、むらさきさんと私に」

「正直、見当がつかない。俺が君たちの味方であり続けるのは間違いない」

タオルで顔を被《おお》ったむらさきさんが、独り言《ご》ちながら洗面所から転がり出てきた。吐いたついでに洗顔もしたらしい。すこしは酔いが醒めたようだが、タオル越しだし泣き声まじりなので、なにを云っているのか半分も分からない。かろうじて聴き取れたのは、何度も繰り返していたこの科白《せりふ》だけだ。「私は筆で無実の人を殺してしまった」

B

14

「暑いったらもう、なんなの、この暑さ」

「眩しい――世界全体が眩しい」

「眩しいっていうか、もはや痛いんですけど」

「せめて風があればな」

あまり汗をかいているところを見たことのない鋭夫くんが、その日はシャツを湿らせていた。私もハンカチが手放せない。住宅街のど真ん中で、店のオーニングテントも街路樹も見当らない。低い家々と庭木が、道路のところどころに影を落しているだけだった。次の日陰までの距離が長いと、あーあ、と同時に声をあげ、つい立ち止まってしまう。

「むらさきさんの日傘、かっぱらってくればよかった。どうせ使ってないんだから」

日傘の下は、涼しいのだ――とりわけ祖母のそれの下は。くるりと廻《まわ》るその透かし柄を遠く思い返しながら、絵具のチューブから出したまんまを塗りたくったような、忌々《いまいま》しい夏空を見上げる。太陽の方向でもないのに、その色だけで目がちかちかする。

「くれない、いっそ次の日陰まで走るぞ」

「殺す気か。スタジオ、まだ遠いの」

「そろそろ――だったと思うんだが、俺も一度しか来たことないから」

「まだ時間あるなら、ちょっと休憩、いい？」

「いいよ」

私はずだ袋から保冷袋に入れた水のペットボトルを取り出した。駅前で念のために買っておいてよかった。「飲む？」

「いや、今はいい」

「まだ開けてないから汚くないよ。飲め」

「無意味な喧嘩を売るな。ところでむらさきさん、どんな感じ？」

私はペットボトルを口に運んでから、「ずっと寝込んでるというか、酒浸ってるというか」

「じゃあ報告を畳みかけないほうがいいかな。カジノ、きのう返してもらえたんだよ」

「もうＤＮＡとか――」

「いや、あれは鎌を掛けたんであって、武ノ内が弾いてるときに怪我をして、指板《しばん》に血でも残っていないかぎり、鑑定は無理。そうコロンボからも諭された。よしんば血痕が見つかり、鑑定に充分な核酸が採れて、それが武ノ内のＤＮＡ型と一致したとする。でもあんな古いギターだ。これまでにいったい何百人が触ってきたか知れない。何代も前のアメリカ人の持ち主や、その友達の血という可能性だってある。修理の最中にうっかり指を怪我しちゃったリペアマンとかね。指紋と違ってあくまで型だから、奇蹟的に合致する可能性は否《いな》めないんだ。ＤＮＡ型鑑定の泣きどころってとこだな。じっさい大勢に触られてきたギターで、けっこうな人数の指紋が出てきたって。ちゃんと拭いてたつもりなんだけどな。そしてそのすべてと、武ノ内の指紋は一致しなかった」

「要するに、冤罪――？」

鋭夫くんはきっぱりとかぶりを振った。「潔白ではありえない。遺書はあり、ちゃんと適切な場所に送信されている。そのあと、文字どおり死ぬほどのクリムゾンキングを呑んでいる。誰かに脅されてやった？　いや、どんなに凄まじい脅迫があったにしろ、『遺書を書いて死なないと殺すぞ』と命令されて、抵抗もせずに『じゃあ書いて死にます』なんて判断はありえない。完璧ではないにしろ『爛漫たる爛漫』は、かなりの部分で真相を云い当てて――あ、ドウガネブイブイだ」

「なに？」

「この虫。久しぶりに見た」

近くに張り出した枝にとまった、焦茶色の甲虫《かぶとむし》を指差している。

「カナブンにしか見えませんが、ポルトガル語？」

「日本語だよ。カナブンとは色も頭の形もぜんぜん違う。分からないかな」

「鋭夫くん、設定が変わってない？　十二歳までヨーロッパを転々としていた人が、なんで日本の昆虫に詳しいの」

「親は日本人だからもともと日本語は話せたし、日本に来てまず憶えたのは虫の名前だな。男の子ってそういうもんだろ」

すぐ間近で一匹の蟬が鳴きはじめた。早く俺の領分から出ていけ、と追い立てられているような気がした。

「クマゼミはいいがアブラゼミは耐えがたい。行くか。いや待て」正反対のことを続けて云って、鋭夫くんは葉陰に引っ込んだ。

私たちの目の前を、ギターのバッグを肩に掛け、四角いケースを縛り付けたカートを引きずった若者が通り過ぎていく。耳にはイヤフォンが挿さっていて、たぶん私たちのことは眼中にない。

「和気さんの弟だ」鋭夫くんが囁く。

いきおい私の視線は、その足許に吸い寄せられる。

15

「もともと俺が爛漫のファンで、姉貴もその影響で聴きはじめて、ニッチの追悼でPAをやれるっていうんですごく喜んでました」

和気孟《つとむ》くんは、やはり私たちの前を通り過ぎたことを認識していない様子だった。初めまして？と語尾を上げて鋭夫くんに挨拶していた。お姉さんの葬儀では完全に放心状態、なにも見えず聞えずの風情だったそうだ。

「本当に嬉しそうだった」

伏し目がちに、お姉さんを懐かしんでいる。鵜飼さんのスマートフォンで見た写真の印象よりさらに小柄で、面立ちはよりお姉さんに近い。すなわちルックスに、ニッチを彷彿《ほうふつ》させるところは見当らなかった。意図的に似せているらしい髪型くらいのものだ。

この事実は私を安堵《あんど》させていた。爛漫のボーカルの座ばかりか、ニッチの面影《おもかげ》まで他人に乗っ取られたりしたら、鋭夫くんは居《い》た堪《たま》らない。

緊張しているのか、もともとの癖なのか、話し声は小さく、聴き取りづらかった。オーディションへの合格にともない上京してくるまで、ずっと実家で暮らしてきたそうで、端々にどうしても田舎訛りが生じる。それでも時おり鋭夫くんがはっとした表情を覗かせるのは、口調にもニッチと重なるところがあるからだろう。

「姉貴の追悼っていうんじゃないけど、なんかの作業に没頭してたくてデモを作ってみたんです」

「なぜあの曲を?」

「姉貴が好きじゃったんで」

「利夫も気に入ってたようだよ」

「そうですか」和気くんは嬉しそうに頷いた。「満足のいく出来じゃなかったですけど、せっかく作ったんで誰かに聴いてもらいたいと思って——ここまで認めてもらえるとは、思いもよりませんでした」

「バンド経験は?」

「ほとんどありません。高校時代の仲間と、何度か関西のライヴハウスに出てきたくらいです。田舎なもんで、パソコンに向かって演ってきた時間が長いです」

「それであれだけ歌えるなら、大したもんだ」鋭夫くんは和気くんに頬笑みかけたが、どこまで本音かは分からない――。

小規模なライヴにも使えるというステージ付きのスタジオに、私たちは招待されていた。正確には招待されたのは鋭夫くんで、私は例によってそのおまけだ。本番前の総稽古、いわゆるゲネプロである。肩慣らしの二曲が終わり、休憩を挟んで、これから本番どおりの演奏が始まるらしい。

たった二曲からの印象に過ぎないが、このバンド、まず、巧いのは間違いない。なにせ四分の三が爛漫だ。そんじょそこらのバンドの腕前とは比較にならない。

そして、爛漫ではない。

爛漫のライヴ映像は、何曲ぶんかがCDの付録になっているだけで、私の知見もその範囲なのだが、メンバー同士が演奏で火花を散らし、その拮抗《きっこう》によってなんとか全体が崩れずに済んでいるような、あの緊張感は、このバンドにはない。不安定さの残る和気くんを、爛漫組が手堅くサポートしている感じ。その意味では樋口陽介《ひぐちようすけ》くんのバンドに近い。

「それぞれの星」に続けて演った「地下鉄にて」で、和気くんがギターを置きマイクスタンドを摑んで歌いはじめた時点で、私の内に生じた違和感はもはや拭いようもなくなっていた。ニッチが手ぶらで歌うことはなかったと聞く。最初は新しいボーカリストに相応しい新奇な演出を試みているのかと思ったが、どうもアンサンブルが薄い。そのわりにレオは忙しそうにしている。わざと音の隙間を増やしているのではなく、たんに和気くんが歌いながら弾けないのだと気付いた。

ただし声の質は、本当にニッチに似ている。似ている箇所ではなく似ていない箇所で、あれ？と思うのだから、酷似《こくじ》していると云っていい。

折畳み椅子が並べられた客席側では、鵜飼さんが業界人然とした人々と歓談している。くだんの

陽介くんとそのマネージャーの女性の姿もある。陽介くんが愛想よく私たちに手を振ってきたのをきっかけに、

「ギターをチューニングしてきます」と和気くんはステージに戻っていった。背が低いのを気にして履いているのであろう、ヒールの高いウェスタンブーツが、とっとか、とっとか、大きな音をたてる。

鋭夫くんが私を見る。私は首をかしげ、やがて左右に振った。単純に、分からない、という意味だった。床が変われば音色は変わるし、靴が変わればきっとリズムも変わる。やはり史朗くんの云うとおり、靴音の記憶に手掛かりを求めるなんて無駄骨ということか。

陽介くんが鋭夫くんを摑まえ、近況を報告しはじめる。「最近、レオさんに習ったスライド奏法、必死に練習してるんです」

「それはまた奇特な」

「いつかファンの前で披露したいと思ってまして。でもそのためにギターの絃高《げんこう》を上げたら、今度は普通の演奏が難しくなっちゃって――鋭夫さんはどう解決されてますか」

「ごめん、俺、スライドはほとんど演らないんだよ。もともと弾き方が変だから、コードを押さえるのに使える指が足りなくなると、自分で作った曲も弾けなくなっちゃう。レオがバックバンドから抜けたわけじゃないんだよね」

「ええ。スケジュールが合うときは参加してくださってます」

「じゃあレオだけから習って、余計な知恵は入れないほうがいいよ。俺が見てきたかぎり、一見激しい演奏なんだけど、じつはすごく繊細に、弱い力で弾いてるよね。その辺にこつがあるんじゃな

いかな」

「深いですね」

鵜飼さんがステージに上がっていく。マイクロフォンを摑んで、「えー、酷暑のなかお集まりいただきまして、どうもどうも。ここからがシークレット・ギグのゲネプロ、という感じになります。念のため申し上げておきますが、あくまでシークレットなんで、フライングっぽい報道はご遠慮ください。基本的に、一般のお客さんの反応を窺うため、それから新人の和気に人前慣れしてしまうためのステージです。ただし反響次第では、こちらから皆さんにテンプレをお送りしますんで、その次の予定に向けて、ウェブなんかで爛漫復活の噂を煽っていただけたらと思います」

「あーあ」鋭夫くんが呆れ声をあげる。「爛漫って云っちゃったよ」

「爛漫じゃない、爛漫じゃない」鵜飼さんの背後で史朗くんが訂正する。ちらちらとこっちを見ている。「バンド名は未定です。未定でーす」

鵜飼さんは吐息を残して客席へと下りた。

偽爛漫――としか私には表しようがない、宙ぶらりんなバンドのステージが始まる。

のっけから「雨の日曜日」。いきなり有名曲かと驚いたが、和気くん以外の三人が自分たちが何者かを示す、恰好の選曲には違いない。爛漫組にとっては熟《こな》れたタイミングの曲でもあり、さすがに巧い。和気くんもしっかりとギターを弾いている。

しかし個人的には、二曲めから受けた驚きのほうが遥かに勝った。

「新曲を」とだけ和気くんが云い、圭吾くんのカウントによって始まった軽快なロックンロール。

お前の心はばらばらになって
その後も事情がさまざまにあって
望まぬ賭けにささやかに勝って
夜の口笛高らかに鳴って

お前はめっきり我儘になって
思い出のグラス鮮やかに割って
恋しい人は甘やかに去って
遠い便りを浅はかに待って

この言葉遊び——韻《いん》の踏み方——。鋭夫くんの横顔に向かって、「作ったの？」と叫んだが、聞えていないふりをされてしまった。

爛漫の曲は、シリアスなラヴソングばかりではない。音の響きだけで言葉を選んだとしか思えない、ナンセンスな詞を擁した歌もけっこうあって、それらが鋭夫くんの即興によるものだというのを、かつてリハーサルに招かれた私は知っている。

史朗くんの弁に、私は全面的に同意する。鋭夫くんは自分の価値を分かっていない。

16

昼寝から目覚め、飲み物を取りにいこうとして、ドアの向こうの話し声に気付いた。来客中らしい。挨拶するのが面倒なので、またベッドに戻る。

きっと編集さんだろう。だったら長居はしない。打合せが長引きそうなときは、むらさきさんを外に連れ出してしまう。

外が静かになった。部屋から出てみた。

ところがお客さんはまだソファの上に居た。原稿が印字されているらしい紙を手にしている。たんに熟読中だから会話が途切れていたものだ。

むらさきさんが振り返り、嗄《しわが》れ声で、「ご挨拶なさい。こちら、岡村《おかむら》さつき先生」

「——こんにちは」

突然の来訪だったことは、寝巻同然のむらさきさんの風体から明らかだった。ていうか、ダイニングテーブルにウィスキーの罎とロックグラスが置いてあるじゃないの。昼間っから飲んだくれていたのか。

「あなたがくれないさんね。赤羽根菊子から郵便が届いてますよ」なんの先生だか分からなかったが、とにかく彼女はそう赤羽根先生を呼び捨てにし、私に封書を突き出してきた。

受け取り、封を開く。文化祭への招待状だった。もう来週か——。

日取りが九月の半ばだと聞かされたとき、まだ残暑のさなかじゃない、と驚いたものだ。私は母校の文化祭の時期をすっかり忘れていたのだ。

一年生のときはクラス展示の準備に参加し、当日の番もやった。しかし季節までは憶えていなかった。そういえば、まだ夏服だったか。二年の文化祭の記憶は皆無だ。きっと「病欠」したのだろう。はや、なにかと理由をつけては学校を休むようになっていた。三年のときは生活指導室にだけ通っているようなものだったから、記憶しているほうがおかしい。

いくら誘われても野薊《のあざみ》の本番に出向く気がないことは、幾度となく宣言してきた。赤羽根先生も分かっていないわけではなく、一応の礼儀として送ってきたものだろう。

「赤羽根菊子の教え子なんですって？　それで不登校になってしまったのね。お気の毒に」

無神経きわまりない言い草に、愕然として女性を見返す。教師？　カウンセラー？　エクソシスト？　喪服のようなスーツに、きれいさっぱり化粧っ気のない顔に、なんの飾りもないひっつめ髪――地味すぎて、逆に妙な迫力がある。

「いえ岡村先生、赤羽根先生はよくしてくださったんです。この子の出席日数が足りなかったのも、うまく調整してくださって」

「そういう不正を平気ではたらく女ですよ。ところで先生先生と議員会館のようになっていますから、私《わたくし》には先生となど付けなくて結構」

「すみません」

むらさきさんが小さくなっている。上には上がいたものだ。私はキッチンカウンターの中に避難した。冷蔵庫を開けておいて、自分が欲しい物だけ取って逃げるのも気が退けて、

「なにかお飲み物でも」

「私？　では、そうですね――」岡村さんの視線はダイニングテーブルの罎に注がれていた。「ブルーハワイを」

「カクテルは、ちょっと」

「云ってみただけです。おビールが、もしあれば」

「大量にあります」

グレープフルーツジュースを適当なカップに注いで一息に飲んだあと、缶ビールとグラスをトレイに載せて運んだ。

「くれない、ちょっと」むらさきさんが立ち上がり、私を自分の部屋へと手招く。客人には聞かれたくない話があるようだ。

予想通り、ドアを閉じるや声をひそめて、「長居させないで」

私も小声で、「自分が招き入れといて」

「呼んでないのよ」

「いったい誰なの」

「出版社のパーティで知り合った小説家。作中にある最近の音楽事情をチェックしてほしいって電話してきて、そのとき私がつい弱音を吐いちゃったもんだから、心配して来てくれたの」

「じゃあ――根はいい人なの？」

「たぶんね。でも長居はさせないで」

「私のこととかぺらぺら喋っといて」

「なんでもずけずけ訊いてくるのよ。嘘は答えられないじゃない。赤羽根先生の手紙だって、玄関に積んであった郵便物から勝手に見つけ出しちゃったの」

「赤羽根先生とは、どういう?」

「高校の先輩後輩らしいわ」

リヴィングに戻った。

岡村さんは真正面を見据え、両手でグラスを支えてビールを飲んでいた。グラスをトレイに戻して、「さきほど気付きましたが、赤羽根菊子は苗字が変わっていませんね。なぜでしょう」

「未婚だから――じゃないでしょうか。どうなの?」むらさきさんが私を見る。

私は頷いた。

「ほほほほほ」岡村さんは勝ち誇ったように笑った。

ここは訊いておくべきだと思ったのだろう、むらさきさんが、「岡村さんは、ご結婚は」

「何度も」

「それは、その――そうですか」

「最初の夫とは死別しました。身体《からだ》の弱い人だったんです。自分のことは忘れて幸せになってほしいという、その遺言に従って再婚いたしました。しかし新しい夫は酔ったときの暴力がひどく、私から逃げ出してしまいました。このときの調停は大変でした」

「ご苦労なさいましたね」

「次の夫には逃げられました。はっきりした理由は未だに分かりません。三年以上、生死不明の状態が続きましたので、無条件に離婚が成立しました。次の夫――と申しますか夫になるはずだった人は、見目も態度もそれまでの夫たちの美点ばかり集めたようでしたが、残念だったところが一つだけ。結婚詐欺師でした。私は無一文にされました」

むらさきさんはもはや、合《あい》の手《て》も入れられなくなっている。

「寝る間も惜しんで、身体を毀《こわ》すほど書いて書いて書きまくって、生活を立て直すには何年もかかりました。しかし無駄足をふんだとは露ほども思いません。少なくとも赤羽根菊子よりは、充実した華やかな人生を送ってきたと確信しています。とくだん根拠はありませんけど」

岡村さんはグラスにビールの残りを注ぎ、それをまた両手で口へと運んだ。「ああ、なんて美味しい。久しぶりにいただきました」

「くれない、お代わりをお持ちして」掌を返して私に命じる。

気持ちは分かるので従った。態度の程はともかく、この人の話は面白すぎる。

「さて、遺書の感想を述べるまえに、この人物について確認させていただきたいんですが。まず、男性ですよね?」

「ええ、もちろん」

「年齢は」

「五十にはなっていなかったと思います。その手前です」

「既婚者?」

「はい」

熟読していたのは、武ノ内氏の遺書だったのか。

「自筆の手紙やファクスではなく、メールのかたちで、仕事の関係者に一斉送信されたんですね?」

「はい」

「でしたら向田《むこうだ》さん、ご安心なさい」岡村さんは莞爾《かんじ》とした。「この人物を死へと導いたのはあなたのご著書ではありません。だってこの遺書は偽物《にせもの》ですもの」

「え――ええっ？」むらさきさんは中腰になった。

「遺書が偽物である以上、そこに記されている動機は偽物であると申せましょう」

「なぜ偽物と――」

「これを書いた人は女ですよ」

私たちは顔を見合わせた。

岡村さんは続ける。「男というのは私たち女が不気味に感じるほど、何はともあれ男同士の友情や付合いが、生きていくうえでの大前提たる生物です。なのにこの筆者は、自分のニッチさんへの想いは同性愛には属さなかったと、懸命に強調している。男性にとって云わずもがなのことをわざわざ書いてしまうのは、ジェンダーが女性たる人物です。しかし武ノ内さんはそうではなかったのよね？」

「きっぱりと違います。だいぶ年下の綺麗な奥さんがいて、男っぷりがいいから若い頃はずいぶん浮き名を流したとも聞いてます、もちろん女性たちと。でもその遺書は、紛れもなく彼のパソコンから、ちゃんと仕事の関係者を選んで――」

「では故人のパソコンを自由に扱えた、仕事についても詳細に把握してきた、女です。それぞニッチさんを死なせ、武ノ内氏に薬を吞ませて罪をなすりつけた真犯人――というのが私の推理ですが、べつに信じてくださらなくても結構。自分の言葉や想いが通じにくいことくらい、昔から重々承知していますから」

17

（一晩、考えてみた。結論）

「が出たの？」

（一応。俺たちの推理と岡村さんの直感は、あんがい矛盾しない。オープンDかどうかは分からないが、とにかく変則チューニングでギターを弾く女、もしくは心が女である人物。しかも武ノ内にとって大切な存在――それが真の犯人像なら、筋がとおる）

「変則的なチューニングが基本ってだけでも珍しいと思うんだけど、それでいてしかも女性や、その――」

（トランスジェンダー。僅かだろうな。でも合点《がてん》がいくんだ。そういう風変わりな人間が近付いてきたら、利夫はきっと面白がる。そういう性格だよ。部屋に招くほど意気投合しても不思議はない。そして「彼女」は俺のカジノをチューニングを変えて弾き、利夫に薬を勧め――やがて利夫は苦しみはじめた）

「じゃあカジノに、武ノ内さんの指紋はなかったけれど、その人物の指紋なら――」

（残っている可能性が高い。武ノ内のパソコンがまだ捨てられていないなら、キイボードに合致する指紋がないか調べるよう、コロンボに頼んでみるつもりだよ。もしあったなら、それがオープンDの指紋だ。DADGAD《ダッドガッド》やほかのチューニングだったかもしれないが、もうこの名前でいいよ、

オープンＤ）

「武ノ内さんからチューニングを習ったのかしら」

（たぶんね。だから長い付合いってことになる。利夫の様子が急変したことに泡を食ったオープンＤから連絡を受け、処理を引き受けたのも、武ノ内）

「本当に現場に行ったと思う？」

（行った。あの遺書の作者が誰であれ、武ノ内が行ったのは間違いない。だって、当夜、別の場所で武ノ内を目撃したという証言が出てきたら、遺書は一瞬にして無効化する。そんな証言は出てきえないという前提ゆえの、あの遺書だ。ベッドまで利夫を運んだのも彼だろう）

「そういうのって、なんてんだっけ、事後――承諾？」

（やっぱりくれない、学校に通ったほうがいい）

「電話切るぞ」

（事後従犯な。そう、この新しい推理が正しいとすれば、彼はあくまでオープンＤを庇《かば》っただけだ。利夫を死なせてしまった罪に比べたら、たいそう小さい。なのに、彼は致死量のクリムゾンキングを呑んでいる）

「無理やり呑まされたとか」

（くれないがクリムゾンキングを呑まされたとき、誰もみずから進んで呑んだとは考えなかった）

「当り前じゃん」

（痕跡《こんせき》は、必ず残るんだよ。吐くためにトイレまで這いずった床の痕跡、肉体には外傷や内出血。でも武ノ内とそのオフィスにその種の痕跡は？　あったら警察はとっくに傷害事件と判断して、その方向で動いている。なかったんだ。武ノ内はみずから進んで呑んだんだよ。自殺を試みるほど『爛漫たる爛漫』に苦しめられ、しかもカジノから指紋が出てこないとなれば、形勢は大逆転だ。むらさきさんと俺たちは世間から糾弾《きゅうだん》され、社会的に抹殺《まっさつ》され、武ノ内はもちろん無罪放免。彼を隠れ蓑《みの》にしているオープンDは、なおさら安全だ。そして利夫や和気さんの死の真相は、迷宮入り。これが、武ノ内が薬を呑むとき信じていたシナリオだった)

「なんて云うか、ちょっと筋書に酔いすぎているというか——死ぬか生きるかぎりぎりの分量を呑んでおいて、自分には耐性があるから助かるだろうとか、楽観的すぎないかしら」

(いいところに気付いた。つまり、ぎりぎりの量っていう意識が彼にはなかったんだ。必ず目覚められる分量で一芝居《ひとしばい》、のつもりに過ぎなかった。ところが薬がすり替えられてたのさ、強力なザ・コートに)

「誰がすり替えたの」

(もちろんオープンD)

「そんな——ひたすら自分を庇い続けてくれた人なのに」

(異常だね。それでも俺はそう考える。武ノ内が無罪で、しかも死んでいるとなれば、俺たちが泣こうが叫ぼうが、一連の事件は決して再捜査されないだろう。もはや武ノ内が口を滑らせる心配もない。オープンDにとってこれほど平穏な環境はない)

「まるで悪魔みたいな——」

(それがオープンDだ。利夫が苦しんでいるとき救急車を呼ばず、代わりに武ノ内を呼んで現場の処理をさせ、事が発覚しそうになるや武ノ内に狂言自殺を勧め、その遺書を擬装した人物。それどころか、世間の目がふたたび爛漫に集まらないよう、失敗に終わる追悼コンサートを武ノ内に主催させたり、協力者の和気さんの口を封じるよう仕向けたのも、そして病院で武ノ内の息の根を止めたのも、オープンDじゃないかという気がしている)
「私が聴いた靴音は、オープンDのものだってこと？」
(か、その手下か。さすがにここまで来ると、コロンボに話したって一笑に付されるだけだろう。でも困ったことに、俺にはちっとも笑えないんだ。兄貴、やっと分かってきたかい、と利夫が囁《ささや》いてる——俺の聞えない右の耳に)

18

文化祭のステージの記録と菓子折を携え、野薊の面々がうちにやって来た。

「一応、と思いまして」とアリちゃん。

「なにが一応？」

「本番はさんざんでしたけど、向田先輩には一応、ご報告とお礼を——と」

なんだか私が指導が悪かったせいで演奏が悪かったと云われたようで、かちんときかけたが、彼女の表情が見る見る歪み涙が零《こぼ》れはじめるに至って、それまでの想いと結果とのギャップに参っているのだと分かった。

「先輩にも、史朗さんにも、鋭夫さんにも、親身になって指導していただいたのに——すみませんでした」と彼女は頭をさげ、他の子たちも、すみませんと声を合わせた。

私は慌ててしまい、「べつに泣くほどのことでも、ましてや私に謝るようなことでもないかと。これＤＶＤ？」

「はい。ヴィデオで録ってもらったのを、うちのお兄ちゃんが焼いたんです」スーちゃんが答える。彼女だけは比較的、けろりとしている。

私はドアを示して、「中で、一緒に観てみようか。こういう記録って最初は失敗ばかり耳につくもんだけど、改めてみんなで観てみたら、あんがい楽しめるかも」

頭を左右に揺らしているほかのメンバーに、

「観ようよ。先輩に一緒に観てもらおうよ」とスーちゃんが呼びかける。

ほかの三人はただ啜り上げている。

私はちょっと面倒になってしまい、「鍵は開けとくから、観る気になったら入ってきて」

十分ほどしてチャイムが鳴り、四人揃って玄関に入ってきた。

「ちょっと待ってて」

むらさきさんの部屋を覗く。来客を伝えておこうと思ったのだが、熟睡中のようなので放っておいた。

なにか冷たい物でも出してあげようと冷蔵庫を開けたものの、全員に配れる飲み物はビールしかなかった。さすがにこれはない。冷房が入っているんだから、温かい物でも構わないかしら。

なにかお茶菓子——と、彼女らが持ってきた菓子折に視線を向ける。こういうときって、貰った物をお客さんと一緒に食べるのがルールだった？　それとも別な物を出すべき？

私の腕組みに気付いたポンちゃんが、「それ、よかったらいま開けてください。うちの金鍔《きんつば》なんです」

「うちの？　ポンちゃんちって和菓子屋さんなの」

ポンちゃんがすこし照れ臭そうに頷き、

「明治時代から続いてるんですよ」とスーちゃんが付け加える。

急にポンちゃんがお嬢さまに見えてきた。

「じゃ、お茶を淹《い》れるね」

テーブルにお茶を並べて、金鍔の折を開き、おのおのソファや床に直接敷いたクッションの上から、野薊の初舞台を視聴した。これは――確かに、泣いたり謝ったりの次元かもしれない。

まず「ぶっぽうそう」。練習では常に安定感のあったアリちゃんがのっけから展開を間違え、しばらくカンコちゃんとばらばらなことを演って、けっきょくカンコちゃんのほうがアリちゃんに合わせている。ポンちゃんは困り顔でひたすら単調なリズムを刻んでいる。

意外な器用さを披露したのがスーちゃんで、誰に合わせているともとれる微妙なスキャットのあと、メンバーを見渡しながら、1《ワン》、2《トゥー》、3《スリー》、4《フォー》――とカウントをとって、二番の詞を歌いはじめた。ここからはさすがにアリちゃんも間違えなかった。

再生をいったん停めて、金鍔の包みを開けながら感想を述べる。「まあ、その――最後まで演れてよかったじゃない。あ、これ、小豆がころころしてて美味しい」

アリちゃんがきっとこちらを向いて、「はっきり云ってください、下手糞だって」

「云っていいの？」

「はい」

「下手糞」

うわっと彼女は両手で顔を被った。「悔しい――悔しい」

「よかったじゃない、悔しくて泣くほどの失敗ができて」

「なんで、そんなふうに追い打ちをかけるんですか」

「だってアリちゃんはもう、同じ失敗は繰り返さないよ。私の演奏経験から云って、間違いなく」

「そしたらきっと、別の大失敗をするんです。私の機材は呪われている」

「なに云ってるの」

「『雨の日曜日』の途中で、アリの音、出なくなっちゃったんです」

そうスーちゃんから聞かされ、さすがに絶句した。「原因は？」

「エフェクターの電池切れだっけ」

アリちゃんは無言で頷いた。

「足許に並べてるやつ？」

また頷く。

電池一つが消耗したら――それだけでもう、音が出ないのか。

爛漫の面々や岩倉氏や鋭夫くんの、用意周到な演奏に慣れてきた私の頭には却って、そういう電気楽器の基本中の基本が入っていなかった。緊張しきった状態で、あの金属の箱を正しい順番に並べるだけでも、アリちゃんには大仕事だったはずだ。彼女らの機材について学ぶことも、準備を手伝うこともしなかった自分に、さすがに罪の意識をおぼえはじめた。

ＤＶＤの再生を続けようとすると、

「私、ベランダに出てていいですか」

立ち上がったアリちゃんを、つっかけが出してある戸へと案内して、私はほかの子たちと演奏の続きを確認した。

「ぶっぽうそう」の失敗が尾を引いて、アリちゃんの演奏はおっかなびっくりだ。やっと調子が出てきたかなと思っていたら、どんどんギターの音が小さくなって——よりによってギターソロの寸前で、ほとんど聞こえなくなってしまった。レオのそれとは似ても似つかない、省略しまくったソロだけれど、彼女の最大の見せ場であり、ずたずたな「ぶっぽうそう」のあとの雪辱《せつじょく》のチャンスだったというのに。

最初、アリちゃんはエフェクターのスイッチを踏みそこねたと錯覚したらしい。演奏を続行しながらも、しきりに足許を気にしていた。そのうちアンプに原因があると思い立ったようで、後ろを向いて背を屈め、ツマミを確認しはじめた。

天晴《あっぱ》れだったのはカンコちゃんだ。原因の程はともかく、アリちゃん抜きで演《や》り抜かねばならないと早々に腹を括ったようで、本来のギターソロのときにはすでにボリュームを上げていた。彼女の音をガイドに、以後もスーちゃんは歌い続けた。

カンコちゃんの瞬発力に、私は純粋に感動をおぼえていた。本来よりも音数を増やし、ときどきアリちゃんが出すはずだった音程を、代わりに出してさえいる。指揮者がスコアをまるごと憶えるように、曲全体を細部まで把握していないとできない業だ。この子——たぶん、ほかのメンバーのぶんまでぜんぶ暗譜している。

一方のアリちゃんは——開き直った。原因究明を諦め、正面を向いて音の出ないギターを最後まで弾ききった。自棄《やけ》になって弾いているふりをするのではなく、私に視認できたかぎり、丁寧にちゃんと演奏していた。

山場では、ポンちゃんがしっかりとスーちゃんの一オクターヴ上を歌った。メロディ楽器はベースだけという風変わりなアンサンブルながら、結局のところ彼女らの「雨の日曜日」は、独特なそれとして成立していたのである——アリちゃんの音抜きで。

「ねえカンコちゃん」

「はい」

「ピアノ、弾けるでしょう?」

「いいえ」

「嘘」

「あ、すみません、小学校まで電子オルガン——」

「そこのデジタルピアノでなにか弾ける?」

「えっ——でも鍵盤の数が違うし」

「最後の発表会で弾いた曲、憶えてる?」

「もちろん——」

ピアノのスイッチを入れ、カンコちゃんを引き出した椅子の上へと導く。

彼女は架空の二つの鍵盤に指を走らせては、本物の鍵盤に軽く触れ、それを幾度か繰り返したあと、やおら目まぐるしいパッセージを奏《かな》ではじめた。一瞬、昔の発表会の私のように、緊張のあまり倍速で弾いてしまっているのかと思った。

違う。「ドヴォルザーク⁉」

「はい、『謝肉祭』」

弾きながら答える。そのうえ両足は、ダンスするように架空のペダル鍵盤の上を飛び交っている。

「あ」不意に演奏がやんだ。両手がぶつかってしまったものだ。右手と左手で別々の鍵盤を操る編曲がなされているのだから、無理もない。「このさき、鍵盤が一つだと弾けないです。すみません」

「いえ、充分っていうか——そんなに出来るんだったら、私の指導なんて要らなかったんじゃ」

彼女は大きくかぶりを振って、「ロックのことは、もう全然」

「私だって全然よ。全然だった」

だった、という過去形に反応してか、彼女は大きく頷いて、「私、アリから初めて爛漫を聞かされたとき、まるで魔法みたいな音楽って思って、一からのやり直しでもいいから、その結果がただの下手でもいいから、こういう世界に触れてみたいって——」

「なんでベースを選んだの？　キイボードの譜面もあったよね」

カンコちゃんは急に俯いてしまい、ほかのふたりがくすくすと笑いはじめた。笑いは私にも伝播《でんぱ》した。

「史朗くんに会えただけでも、野薊を始めた甲斐があったね」

「始めたといっても、もう解散です。受験ですから」スーちゃんがあっさりと云ってのける。

こちらとしては簡単には同調できず、「ちょっと勿体ないような気が。たとえ学校がばらばらになっても、続けられない？」

「私はもう音楽はやりません。ゴルフをやりたいんです。だからゴルフ部のある高校ばっかり受けるんです」

「あ――そう」頷くほかなかった。

金鍔の包みを持ってベランダに出る。アリちゃんは手摺にもたれて、遠くを眺めていた。

「アリちゃん、はい金鍔。まだ食べてないでしょう?」

彼女は包みを受け取り、「ありがとございます。ピアノ弾いてたの、先輩ですか」

「ううん、カンコちゃん」

彼女は吐息した。「本当はあの子のほうがぜんぜん出来るんです、音楽でもなんでも。私、本当は人一倍、不器用で、だからギターだけは――ギターだけは人並み以上にと思って、親にうるさいって怒鳴られながら、指がぼろぼろになるまで毎晩練習して――」

またしゃくり上げそうになっている。

「泣かない。もう泣かない。それにアリちゃんの音、私はちゃんと聞えたもの」

「嘘ばっかり」

「私、頭も性格も悪いけど、耳だけは特別にいいの。立派に弾ききっていました。かっこよかったよ。初舞台にしては上々。合格」

19

会場にセヴンスヘヴンが選ばれたのは、お姉さんゆかりの場で、という和気くんのたっての希望によるそうだ。

しばらくぶりに訪れた店のそこここを見回す。和気くんのお姉さん――和気泉さんと、最初で最後となってしまった会話を交わした場所。岩倉氏の演奏を、生で初めて聴いた場所。

これで店内ががらんとしていてくれたなら、しみじみと感慨に浸れるのだが、残念なことに無闇やたらとお客が多い。男女を問わずスーツ姿が目立つ。レコード会社や広告会社の人たちだろう。シークレット・ギグの実体は内覧会と思《おぼ》しい。

ひときわ人目をひいていた大きな帽子の中年女性は、爛漫が所属していた音楽事務所の社長だった。そう鋭夫くんが耳打ちしてきた。するとニッチの葬儀にも居たに違いなかったが、私は記憶していない。部屋が違ったのだろう。

場違いなうえ、自分たちの演奏にはまったく興味がなさそうなお客たちに、ほかの出演バンドの面々は戸惑いを隠せずにいる。これからなにが起きるか、まったく知らされていないらしい。さっきのバンドの演奏は、野薊ばりにがたがただった。普段からああで出演が許されるはずがないから、余程のこと演りにくかったのだ。

後ろから肩を叩かれた。大きなサングラスを掛け、スヌーピーがプリントされたスウェットシャツを着た中年男性だった。

「岩倉さん、限りなく怪しいですよ」

「店に入るなら一般の人に俺だと気付かれないようにと、史朗くんから厳命されてね、仕方なくその辺で買い揃えた。でもこう業界の奴らが業界人づらさげてうろうろしてるんじゃ、なんの意味もなかったね」

「バンドの人たちと一緒にいたんですか」

「うん、鵜飼さんのワンボックスで待機してるよ。そろそろ上がってくるだろう。鋭夫くんは？」

「そこに立ってる怪しい人です」

鋭夫くんは鋭夫くんで、深々と被ったニット帽で目許まで隠している。どうしたんだろうと思っていたら、あれも史朗くんからの命令か。

ステージでは爛漫のローディだった野口さんが、メンバーの代りにドラムを叩いたり、ベースやギターを弾いたり、マイクに向かって喋ったり、電話をかけたりと、独楽鼠《こまねずみ》のように動きまわっている。やがて両腕で大きな円をつくり、店のスタッフに準備完了の合図を送った。

入口の辺りで人々がどよめいている。メンバーが上がってきたようだ。

店長がステージに上がってマイクスタンドを摑む。「いぇい、セヴンスヘヴンへようこそ。皆さん、楽しんでますか？」

誰も返事をしない。

店長は意地になって、「楽しんでますかああ⁉」

はーい、と今度はまばらに返事があった。

「ここからの時間は、ええと、タイムテーブルにはなんて書いてあったかな？　未定！　そう、未定と書いてありますが、これはべつにバンド名じゃないんだな。でももし未定ってバンドがいたら面白いよね。バンド名は？　未定です、早く決めてよ、だから未定です、なんてね」

誰も笑わない。

店長は咳払いして、「今から演奏してくれるのが未定っていうバンドじゃないのは確かです。本当は予定が未定って意味でもなくて、隠しててごめんね、じつは今から、あるバンドのシークレット・ギグ・タイムがスタートするって寸法なんだなこれが。今夜たまたまこのセヴンスヘヴンに居合わせた皆さん、これって宝籤《たからくじ》の三等に当たったたくらいの幸運かも。三等っていくら貰えるのか知らないけど。もうメンバーは入口まで――来てる？　よし。スタンバイＯＫ！　どうぞ中にお入りください！」

ドアが開き、鵜飼さんを露払いにバンドの面々が姿を現す。入口付近のどよめきが店内に伝播し、きゃあああ、という悲鳴じみた歓声さえあがった。

「気付いたかい？　もう気付いたね。そう、これからシークレット・ギグを繰り広げてくれるのは――あの伝説のバンドだ。カモン、爛漫！」

あ。店長も云っちゃった。

「帰る」鋭夫くんが近付いてきて私に告げ、わざとメンバーの前を横切ってから、大股に店を出ていった。爛漫組の三人は、言い訳したげに振り返っている。

「鋭夫に――」私の横を通り過ぎるとき、史朗くんがそうなにかを云った。最後までは聴き取れなかった。伝言だろうか。

メンバーを追ってステージ際に移動する。かぶり付きの位置を確保せんとするお客を掻き分け、耳の後ろに手をあてるジェスチュアを、史朗くんに送る。

気付いてくれた。彼はマイクに飛びついて、「もう未定でいい。未定で行く。そう伝えて」

重要な連絡だと思われたらしく、店内が一瞬、静まり返り、ステージで定位置に付こうとするメンバーの靴音だけが残った。

静寂をやぶったのは圭吾くんの笑い声だ。「本気か？　史朗」

レオがペダルを踏みながら、ギターでそれをそっくりに真似《まね》る。本気か？　史朗。

お客がまた騒がしくなる。和気くんがコードを掻き鳴らす。

史朗くんだけが未だベースを手にすることなく、私を見つめている。やがて再びマイクに近付き、

「ベースのバッグが車に」とだけ云った。意図を察することができずぽかんとしている私を、彼は楽器を構えながら何度も見返していた。

やっと意味が分かった。私は岩倉氏の傍らに戻った。「史朗くんたちが待機していたワンボックス、どこですか」

「ビルの裏手の有料駐車場だけど」

「その中に史朗くんの――」

バンドの演奏が始まってしまい、会話を続けられなくなった。氏のスウェットシャツを引っぱって店の外に出る。

私の話を聞きおえた岩倉氏は、いったん店内に戻り、やがて鵜飼さんを引きずってきた。

20

電話で呼び戻した鋭夫くんを伴って私がセヴンスヘヴンに戻ったとき、「未定」のステージはまだ続いていた。お世辞抜きに、あのゲネプロはなんだったんだろうと思わされるほどの、充実した演奏だった。

とりわけ史朗くんのベースには鬼気迫るものがあった。きっとはなむけのつもりだったのだ――

これが最後の共演となるであろう、和気くんへの。

煽られたレオと圭吾くんが、嬉々としてそれに応酬する。和気くんはいささか振り回され気味ではあったけれど、立派にニッチの代役を務めていた。楽しそうだった。

最後の曲が終わるや否や、まだ和気くんが挨拶をしているというのに、史朗くんは楽器を置いてステージから飛び降りた。群がろうとするファンや業界の人々をかわして、こっちにやって来た。首尾を問う。

私たちは史朗くんのベースのバッグを店に運び込んでいた。彼はそのポケットを検《あらた》め、指示を残して、またステージへと戻った。鵜飼さんは店長の、岩倉氏はPA係の許《もと》へと、それぞれ散っていった。

史朗くんがマイクに向かい、真面目くさった調子で、「すみませんが、お客さんはいったんご退場願います。プレスの方やほかのバンドの方も。しばらく、うちのメンバーとその関係者だけにさせてください。どうかご協力をお願いします」

バンドの面々はぽかんとしている。

「レオも圭吾も和気も、そのままステージにいてくれ。皆さん、すみません。すぐに再入場できるようにしますから」

追い出しのBGMが流され、店長が指揮をとって外への誘導を始める。エレヴェータに一度に乗れる人数が限られているので、店内ががらんとなるまでには、なんだかんだで二十分くらいかかった。レオはステージに坐り込んで、運ばせたお酒を飲みはじめている。和気くんはアンプに腰掛けてギターを拭いている。真紅のテレキャスターだ。

やがて、私は見てしまった――彼が楽器をひっくり返し、ピックガードの下に挿《はさ》めていた薄い物を抜き出した瞬間を。

ちらりと端が覗いていたそれを、私は予備のピックだと思っていた。実際に抜き出された物は、大きさからいって写真に違いなかった。彼はそれに見入ったあと、微笑をうかべながらＰＡ卓の方に視線を移した。

私は思わず両手で口許を被《おお》った。お姉さんの写真だ。なんてこと――なんて瞬間を目撃させられてしまったのだろう。

史朗くんがまたマイクに向かって、「ＰＡさん、音楽を落して、完全に。そしてみんな静かに。しばらくのあいだ、とにかく静かにしててくれ」

厳《げん》とした口調に、店内は水を打ったようになった。

「和気」とここからは肉声になったが、ステージ下の私たちにもはっきりと聞える。

和気くんは慌てて写真をピックガードの下に戻して、「はい」

「ちょっと頼みがある。レオからピックを一枚貰って、こっちまで持ってきてくれ」

「はい？」

「いま云ったとおりだよ。レオのところに行って、ピックを一枚貰って、俺のところに持ってきてくれ」

「――はい」和気くんは小首をかしげながら、坐り込んでいるレオの許まで歩いていった。

レオも怪訝な顔付きでいる。グラスを握ったままジーンズのポケットからピックを出して、和気くんに差し出した。

「ゆっくり、こっちへ」

と史朗くんが重ねて命じて、和気くんは素直に従った。

「お疲れ。鋭夫、録《と》ってるか」

いつしかステージのすぐ前にしゃがみこんでいた鋭夫くんが、例の携帯レコーダーを高く掲げる。

「ＰＡさん、預けたディスクを流してください」

史朗くんの指示に応じて、やがてＰＡスピーカーを通じて店内に流されたのは、靴音。

癖のあるリズムを伴った、単調な靴音だった。とかとん、つ、とかとん、つ、とかとん、つ、とかとん、つ――。

「今の俺の足音を、え、どうやってＰＡに転送？」和気くんが笑いながら問う。

史朗くんはすぐには答えず、たっぷり三十秒は待ってから、片手を上げて音を停めるよう合図した。「今、こんなに長く歩いたか？　まだまだ続くぞ」

「どうやっとるんですか」

史朗くんはまず和気くんの足許、それから私を指差しながら、「ちょっと音質は違うが、確かにお前の、そのブーツでの靴音に聞えたよな？　でもいま流してもらったのは、そこにいる向田くれないさんの記憶を、俺が音源化したものなんだ。確認してもらうためディスクに焼いて、持ってきてた。映画のなかから音程感の強い靴音を拾って、倍音を抑え、彼女がメロディとして記憶していたものに当て嵌《は》める作業を、このところずっとやってたんだよ。くれないさんには絶対音感と、レコーダーばりの音の記憶力がある」

和気くんはまだきょとんとしている。

「お前、そのブーツを履いて、国立《くにたち》の病院に行ったことがあるだろう、たまらん坂の」

その晩、和気くんが履いていたのは、ゲネプロのときとは違う、黒い裏革のサイドゴア・ブーツだった。

「俺が再現した靴音、くれないさんがどこで聞いた音だと思う？　『音楽生活』の編集長、武ノ内の病室だ。お前が病室に入り込んだとき、じつは彼女も居たんだよ。珈琲の香りがしなかったか？　彼女は一階で珈琲を買ったあと、フロアを間違えて武ノ内の病室に入った。そこに今の靴音が入ってきた。彼女はシャワールームに隠れた。やがて武ノ内は死んだ」

和気くんの顔がこちらを向き、私は思わず身をすくめた。護衛するように岩倉氏が寄り添ってくれた。

「和気、武ノ内を殺したな、お姉さんの仇《かたき》として」

彼は無表情のまま、外国の俳優のように肩を大きく上下させた。「煙草、喫うてもいいですか」

誰も答えない。

「誰か、煙草持っとりませんか。自分のは車に置いてきてしもうて」

私は持っていた。渡そうかどうしようかと迷っていたら、

「和気」と鵜飼さんが呼びかけ、シガレットケースをベルトから外してステージに放った。

和気くんは巧みに受け止め、

「ありがとうございます」と丁寧にお礼を云って、中から煙草とライターを出して火を点けた。大きく煙を吐いた。

それから彼がとった言動は、私を——私たち全員を驚かせた。わざと靴音を響かせてステージの

中央にまで戻り、薄ら笑いをうかべながら、高らかにこう云い放ったのだ。「皆さん、僕に感謝してください。だってニッチの仇でもあった。そうでしょう?」

静寂。それを破ったのは、もはや泣きべそだった私の声だ。「和気くん、向田むらさきの『爛漫たる爛漫』を読んで、武ノ内さんをニッチの仇だと思ったの?」

和気くんは答えない。ただこちらを凝視している。

「ごめんなさい、あの本――間違ってたの。武ノ内さんの指紋、ギターから出なかった」

無言のままだったが、はっきりと、彼は顔色を失った。

「俺たちやむらさきさんにも、大いに責任はある。糾弾し返される覚悟はできてる」史朗くんの言葉付きは、さっきまでとは打って変わって柔らかい。「武ノ内がお前のお姉さんの死に関わっていた可能性も、まだ消えてない。しかしあくまで灰色。ニッチを死なせた当人じゃなかったのは、ほぼ間違いない」

「なあ和気くん」鋭夫くんが立ち上がって、場にそぐわない軽い口調で、「一つ、どうしても俺たちに分からないことがあるんだけど、教えてもらえないか。君、どうやって武ノ内の居所を知ったんだ?」

和気くんがもっともたじろいだのが、その瞬間だった。レオを見、圭吾くんを振り返り、史朗くん、そして鵜飼さんへと視線を游《およ》がせた。「分からん? 誰も?」

誰も答えない。一様に首をかしげたり、かぶりを振ったりしている。私も頭を振った。分かるはずがない。

和気くんは云った。「爛漫の誰かから、命じられたんかと。それが加入の条件なんだと」

「どういうこと？　その意味も分からないんだが」

「実家に赤い薬の入った小罎が送られてきて、病院と病室番号が書かれたラベルが貼ってありました。じゃああれは、誰の命令じゃったんですか」

鋭夫くんが舌打ちして、「オープンDだ。和気くん、君、真犯人に嵌められたんだよ」

うわあ――と私は泣きだしてしまった。なんてこと。なんてことだろう。

「お前、実力で受かったんだぜ？」史朗くんも鼻声になっている。「実力で入ったんだ、爛漫に」

和気くんは俯《うつむ》き、また顔をあげた。とても長い時間をかけた動作に思えたが、本当は十秒くらいのことだったろう。それからレオに、圭吾くんに、史朗くんにそれぞれ一礼し、最後、人影まばらな客席に向かって深くお辞儀をした。

ステージを下り、鵜飼さんにシガレットケースを返して、「荷物、実家に送っといていただけますか」

「あ――ああ」

「ギターも。あれ、姉貴が買ってくれたんです」誇らしげにそう云うと、思い出したようにまたステージに上がり、くわえ煙草でギターを抱えて、ピックガードの下から写真を取り出した。ギターをスタンドに戻し、写真は上着の内ポケットに収める。

手ぶらでセヴンスヘヴンを後にする和気くんを、誰も追わなかった。追えなかった。とかとん、つ、とかとん、つ――。

私たちはみな、彼がそのまま自首するものだと思っていた。

21

鵜飼さんは珍しく帽子をとって、岩倉氏に深々と頭をさげたという。

シークレット・ギグの成功を確信していた彼は、次のより大きなステージを勝手に確保していたのだ――しかも爛漫の名義で。またメンバーを欠いたとしてキャンセルすれば、下手をすると百万単位の違約金を請求される。予定を埋められ、往年の爛漫ファンをも納得させられるだけの名前が、早急に必要だった。

岩倉理と爛漫のダブルネームで、双方の曲を半々。

鵜飼さんによる苦肉の一策だ。岩倉氏と史朗くんのコンビネーションの良さはすでに立証されている。レオと圭吾くんなら、器用に岩倉氏の曲にも合わせられるだろう。レオは樋口陽介くんとなら共演し慣れているが、残念ながら陽介くんの歌では弱い。「爛漫復活」の文言に集うであろう、往時のファンは納得させられない。

「一回きりだよ。そういう条件で引き受けた」と私は岩倉氏から聞かされていた。

「なぜ一回なんですか」

私の問いに氏は答えて、「ニッチより俺のほうが上手い。僅かな差とはいえ、わざと下手に歌うのは疲れるんだよ」

私は失笑した。聴き手の好みを別にすれば、客観的な事実ではあった。

ライヴの数日前、招待券を渡しておきたいからと、食事に誘われたときの話だ。鋭夫くんのぶんも渡され、必ず連れてくるようにと強く云い含められた。座席はもちろん、彼の聴力を考慮して会場の端っこだった――。

岩倉理に、板垣史朗、レオこと二宮獅子雄、そして福澤圭吾――存在しそうで存在しなかったカルテット。撮影が間に合わず、既存の写真を合成して四人が一緒に演奏しているように見せかけたポスターを、私は高揚感とともに見つめた。

このバンド、私が好きな、素敵だと感じてきた人しかいない。こんなことって起きるんだ。

池袋の中規模ホールだった。チケットの売行きに気をよくした興行主が、急遽《きゅうきょ》会場レイアウトを変えて設けたという立見席まで、鮨詰めの満員。その熱気と呼ぶべきか殺気というのか、振り返ると、今にもこちらに雪崩《なだ》れ込んできそうな人々のさまが空恐ろしい。

「どっちの客なんだ？」ニッチに顔が似ていることに勘づかれたくない鋭夫くんは、今夜もニット帽を目深《まぶか》にかぶって身を縮めている。

「岩倉さんか爛漫か？　両方でしょ。豚カツ好きとカレー好きと、カツカレー好きだと思うよ」

「カツカレー、しばらく食ってないな」

「いま食べたいとか云いだしたら、絶交だから」

「そう云われたら猛烈に食いたくなってきた」

「刺すぞ」

客席が暗くなる。口笛に指笛。

バンドの演奏はジャム・セッションから始まった。まず圭吾くんだけが出てきて、ドラムセットの向こうに身を沈め、私なんかには何拍子ともつかない乱打を披露する。

耳鳴りがしはじめたかと思ったら、それはいつしかかみ手に登場していたレオの、得意の超高音。やがてジェット機が急降下してくるような凄まじいノイズへと変化する。

そこに史朗くんのベースが——と思いきや、ステージ中央に進み出てきたのは岩倉氏。彼のゼマイティスが、どすの利いたベースのような旋律を奏でているのだった。氏の音をガイドに、圭吾くんとレオが縦横無尽に叩きまくる、弾きまくる。

史朗くんは一向に出てこない。まさか、またトラブルが——と私が心配になりはじめた頃になって、ぱっと照明が変化し、ステージの全貌が明らかになった。曲調も一変する。

「岩倉理！」マイクに向かってレオが叫んで、圭吾くんがその残響を模したフィルインを重ねる。前の座席の人たちが一斉に立ち上がってしまい、私たちも立ち上がらざるをえなくなる。

「爛漫！」岩倉氏の声。応じる拍手と歓声。

ステージのしも手ではいつしか、それまで暗がりに隠れていた電子オルガンが強い照明を浴びていた。覆い被さって華やかなグリッサンドを繰り返しているのは、史朗くんだ。ベースの音もちゃんと聞える。カンコちゃんよろしく、足でペダル鍵盤を弾いているのだ。

やおら岩倉氏が歌いはじめる。

お前の心はばらばらになって
その後も事情がさまざまにあって
望まぬ賭けにささやかに勝って
夜の口笛高らかに鳴って

全身に電流が走った。うわ――うわあ！

なんなの？　このかっこいいバンド。泣きそう。

思わず鋭夫くんの腕にしがみついて、

「新曲だよ、新曲」と彼が分かりきっていることを叫ぶ。「鋭夫くん、爛漫の新曲だよ」

私は完全に舞い上がっていた。付け焼き刃、しかも嫌々ながらロックを聴いてきたはずの私が、すっかりその長年の理解者の心地でいた。今夜はなにが起きても不思議はない。たとえばコンサートが終わってみると、学校がちっとも厭な場所ではなくなっていたり、鋭夫くんの耳が奇蹟的に治っていたり――そのくらいの気分だった。

そしてそれに近いくらいのことが、本当にコンサートの終盤で起きた――。

そろそろ「雨の日曜日」なんだろうな、というタイミングで岩倉氏が、

「次に『雨の日曜日』って曲を演ろうと思ってたんだけど」と種を明かしてしまい、会場からは歓声が起きたが、私は肩を透かされた気分だった。ましてや続けて、「なんべん練習しても上手く行かないんだよ。誰かに手伝ってもらわないと無理っぽい。いっそやめとこうかって」

えええええーっ、という合唱。

「そう。じゃあ頑張ってみるか。幸運なことに、世界で唯一、この曲を手伝える人間が、会場に来てくれてる。新渡戸鋭夫くん、どこだ？」

「――帰る」座席を離れようとする鋭夫くんに、

「駄目」と私はしがみついた。

「離せ」

「はい！　はい！　ここ！」と片手を挙げて、遠い岩倉氏に合図する。

氏は笑って、「ははん、逃げようとしてるな。連れの人、ちゃんと摑まえといて。ワイヤレスのマイクないか？　ワイヤレス」

本気で逃亡したがっている鋭夫くんの足取りは力強く、懸命にぶら下がっている私まで外に引きずり出さんばかりの威勢があった。

「いま逃げないで。鋭夫くんは自分の価値を分かってない。カツカレー奢るから。カツカレー奢るから！」

かろうじてドアの寸前で、スタッフからワイヤレスのマイクを渡された岩倉氏が追い着いてくれた。スポットライトも追いかけてきた。

「せめてお客さんに紹介させてくれ」鋭夫くんの肩に腕をまわして、マイク越しに云う。「ニッチと一緒に爛漫の曲を作ってきた、ニッチの兄をみんなに紹介したい。五人めの爛漫、新渡戸鋭夫くんです。いや、本当はこいつが最初の爛漫なんだ」

岩倉さんと共にスポットライトを浴びてしまった鋭夫くんは、茫然自失《ぼうぜんじしつ》としている。

喝采《かっさい》が、えつお、えつお、えつお——という連呼に変わっていく。

「手伝ってくれ。ほんとに自信がないんだよ。頼む」

鋭夫くんは左の耳に指を突っ込んで塞《ふさ》いだ。そうして、自分を取り囲んだ群衆を見渡した。

かつてニッチが立っていた場所に、彼は居た。眩《まばゆ》いライトの下に。群衆の祈りのなかに。

これまでにどれほどの人々が、どれほどの恋心が、「雨の日曜日」に揺さぶられ、泣かされ、そして救われてきたことだろうか。

険しかった鋭夫くんの表情が、次第に穏やかになっていく。彼は岩倉氏に顔を寄せてなにか云った。すぐ傍に立っていた私には、その唇が読めた。

しも手で、と鋭夫くんは云ったのだ。だったら左の耳で、バンドの演奏ぜんぶが聞える。

まるで悪さをした子供が叱られにいくみたいに、私の傍からステージへと連れ去られていく後ろ姿を、得も云われぬ心地で見つめる。いつか——と心の底で確信していながら、現実のこととは思えずにもいた、嬉しくて淋しい瞬間だった。

ステージに引き上げた鋭夫くんに、岩倉氏は自分のゼマイティスを差し出した。観客の歓声が地鳴りのような響きを帯びる。鋭夫くんは受け取り、頭をストラップにくぐらせた。すでに手にしたことのあるギターだ。岩倉氏にはスタッフが別のギターを手渡していた。

いつしかドラムセットの前から離れていた圭吾くんが、自分流にチューニングを直している鋭夫くんになにか語りかけ、戻っていく。次いでレオが、そして二曲め以降は基本的にベースとコーラスに専念してきた史朗くんが、楽器を提げたまま近付いて、また一言ずつなにかを告げて立ち位置に戻っていった。鋭夫くんはただ頷いていた。

岩倉氏のギターの刻みに史朗くんのベースが絡みつき、そこに圭吾くんとレオが斬り込んできて、「雨の日曜日」が始まった。

鋭夫くんは抑え気味に彼らに合わせていたけれど、曲を仕上げた人間だけあって、自分がなにをすればいいか分からない、といった風情ではない。バンドの音に応じて、指が勝手に動いてしまうらしい。ただし、どこに立てば全体がよく聞えるかを、ひたすら気にしているようでもあった。

二番が始まる寸前の岩倉氏の蛮勇《ばんゆう》を、私ははっきりと目撃した。いったんマイクに近付いておきながら、すっとまた退き、きっぱりと鋭夫くんを指差したのだ。おそらく条件反射的に、鋭夫くんは近くのマイクに顔を寄せ、歌いはじめた。

人前で歌った！

バンドの音を押し返すほどの、観客の溜め息の重なりは、幻聴だったのだろうか。

一人の観客として距離をおいて聴かざるをえなかったからこそ、そのときの私には痛感できた。和気くんのような表層的な似方、似せ方ではない。もしニッチが生きていたらライヴではこう歌っていたであろう、すこしぶっきらぼうな本物の「雨の日曜日」が、その晩、その会場に生じていた。ハンディキャップは感じさせなかった。鋭夫くんはしっかりと歌っていた。爛漫の復活――言葉だけが独り歩きして実体を失いかけていたそれに、遂にして私たちは立ち会っていた。

リードボーカルを譲ったうえ、いつしかギターの音も控え目となっていた岩倉氏が、史朗くんに耳打ちをして、自分が使っていたマイクの前へと促す。

ベースが中央、リードボーカルはしも手という変わった立ち位置。でも新しい爛漫にはこれしかありえない。遠回りの挙句だったけれど、鋭夫くんの居場所は結局、あそこにしかなかったのだ。

爛漫たる爛漫のなか。その向かっていちばん左。私の対角線上。

鋭夫くん、素敵だよ。洗いざらしで色合せも適当な普段着だけど、変なニット帽まで被っちゃってるけど、これまでに見てきた鋭夫くんのなかで、いちばんかっこいい――。

そして私はその晩からすこしずつ、鋭夫くんが近くにいない人生を覚悟しはじめたのである。

22

「作家をやっているとは聞いていたけど、よりによって私の教え子の前に現れるだなんて、いったいどういう繁殖力なのかしら」

「べつに増えたわけじゃないと思いますが」

「凄い人だったでしょう」

どういう意味ともとれるので、

「ええ、まあ」と曖昧《あいまい》に返事しておいた。

「あの人、五月五日生まれなの。名前も本当は五月と書いてさつき。だから高校のときはゴガツって——」赤羽根先生はそこまで云って、あれ？　という顔付きをした。「ゴガツって、誰かから呼ばれてた」

そう笑顔で続けたが、まだ小首をかしげている。きっと度忘れしてしまったのだろう。

「爛漫は快調みたいね。野薊の子たちが、きゃあきゃあ騒ぎながら音楽雑誌を見せにきたわ。『爛漫復活！』って、とても大きな扱いだった」

間違いなくむらさきさんの仕業であり、しかも例によってフライングしてしまった記事なので、反応に困った。

「私も自分のことみたいにはしゃいじゃった。板垣さんのお見舞いに行ったとき、私もサインを戴《いただ》いたの。きっと価値が上がるわね。新しいレコーディングや全国ツアーも予定されてるんですって？」先生は嬉しそうにココアを口にはこんだ。

「ぜんぶ白紙です」

「熱っ。いったいどういうこと？」

「すこし待ってから飲むといいいんじゃないでしょうか」

「ココアの話じゃなくて、なんで爛漫の予定がぜんぶ白紙なの」

「今度はレオに、ちょっとトラブルが。公式発表するかどうか決まってないから、まだ先生にも云えないんです。すみません。それに『雨の日曜日』がまた売れはじめたことで、インターネットに変な噂が流れたりもして、まだまだ快調には程遠い感じです」

「その噂、あれでしょう？　高橋さんから聞いたわ」アリちゃんの苗字《みょうじ》だ。「『雨の日曜日』に女の幽霊の声が入ってるって。でも高橋さんには分からないって。私もその箇所を聞いてみたけど、ぜんぜん分からなかった」

「幽霊なんかじゃありませんよ」

「変な声が入ってるというのは、事実？」

教えるべきかどうか迷ったが、怪現象だと思われているよりはましかと思い、「ある部分で、ニッチがギターを弾きながらなにか口ずさんでるんだと、鋭夫くんは思ってたんです。消してしまうには忍びないし、どうせほかの楽器が重なればマスキングされてしまうので、抑え込むだけにしておいた。エンジニアですら気にしなかった声だというんですけど、世の中には耳のいい人がいるもんなんですね」

「ニッチの声じゃなかったの？　じゃあ誰の声？」

私はまた返答に詰まった。

ネットの噂にヒントを得た鋭夫くんと史朗くんは、ニッチのギターとボーカルのトラックを改めて検証した。無駄だと思ってカットしたり抑え込んでいた部分の音量を上げ、特定の周波数帯を強調していく実験を重ねた。

明瞭にそれが分かったのは、やはり噂になっていた箇所だった。ギターの響きに埋もれたニッチのスキャット——だと思っていたものが、特定の条件下ではっきりと、彼に呼びかけている女性の声として聞えた。

それが明瞭になっていくプロセスに立ち会った私は、怖気《おじけ》をふるいながらヘッドフォンを外した。私の耳に、それはこう聞えていた。

「じゃあ日曜日に渋谷で——」

ニッチがこの箇所を録音しているとき、誰かが彼の部屋にいたということになる。

おそらくオープンDが。

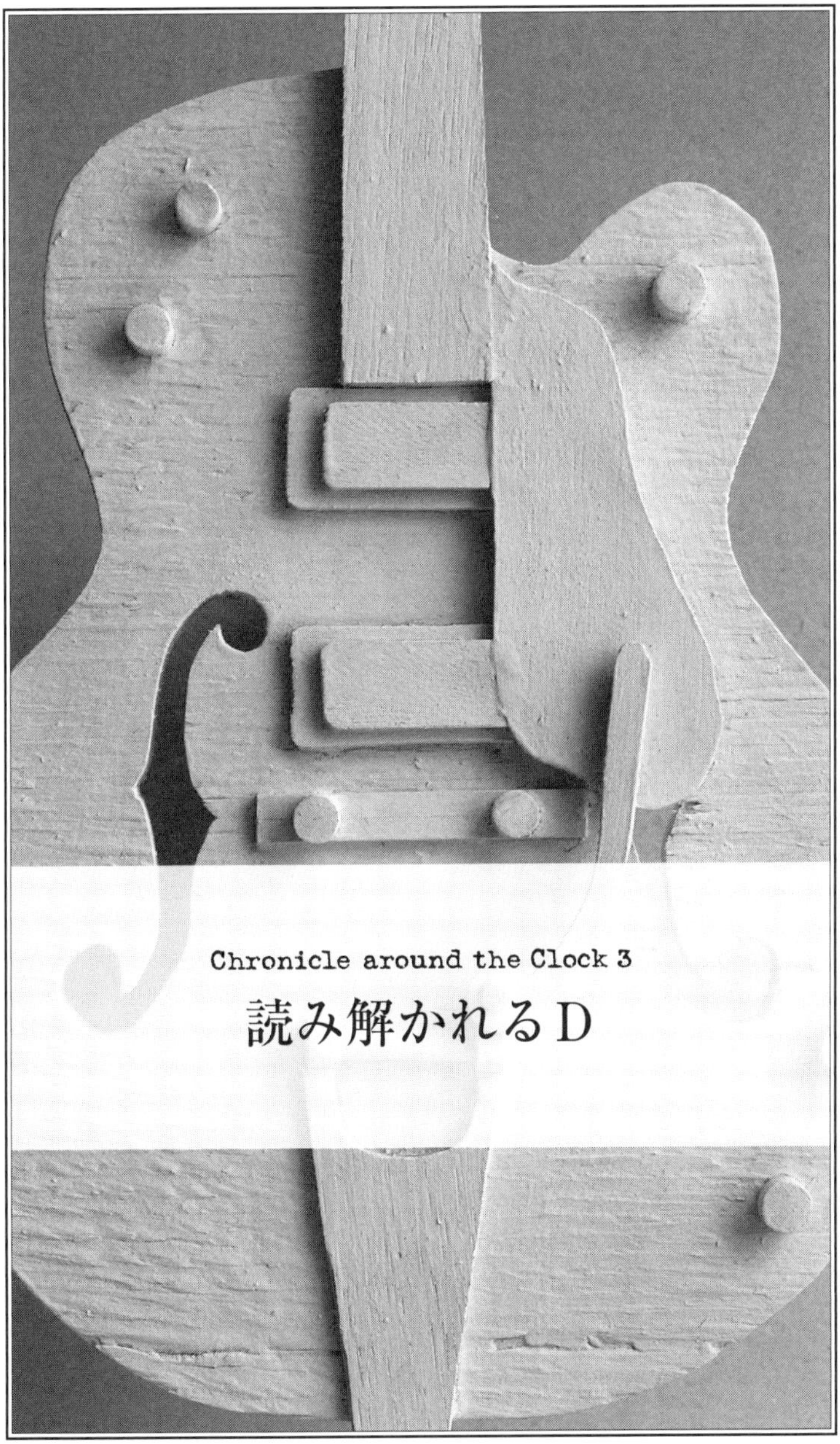

Chronicle around the Clock 3

読み解かれるD

A

1

樋口陽介《ひぐちようすけ》くんからのＳＯＳが飛び込んできた晩――。

鵜飼《うかい》さんは、爛漫《らんまん》が所属する音楽事務所ビートニクスの社長のマンションで、新生爛漫、最初のシングルの候補曲を彼女に聴かせていた。鋭夫《えつお》くんと史朗《しろう》くんも同席していた。

尾藤《びとう》というこの女社長には、かつて鵜飼さんの妻だったとの噂があるそうだ。でもメンバーが鵜飼さんに真相を尋ねても、空惚《そらとぼ》けられるばかりだとか。

新曲といってもその音は、パソコンに打ち込んだデータに、鋭夫くんのリードボーカルとギター、史朗くんのベースとコーラスを重ねただけのもの。圭吾《けいご》くんやレオの演奏は加わっていない。そういう段階で楽曲の商業的価値を判断してもらい、ゴーサインが出れば、スタジオを借りての本格的なリハーサルとレコーディングが始まる。

鋭夫くんが社長と口をきくのは、岩倉《いわくら》さんや鵜飼さんがごり押ししての所属契約以来、やっと二度目だった。ニッチの葬儀や追悼コンサートの打合せで顔は合わせているものの、会話はなかったという。

「雨の日曜日」と鋭夫くんとの深い関りも、長らく社長は知らずにいた。ニッチの遺族が制作に絡んでくるとなると、契約上、ややこしいことになりかねず、それを懸念した社長がリリースを見送りかねない。そこで鵜飼さんは、鋭夫くんの参加を彼女に隠していたのだ。

いよいよ正式メンバーとなった鋭夫くんに、社長は提案した。「ニッチみたいな、呼びやすいニックネームがあったほうがよくないかしら」

鋭夫くんは真顔でこう答えたそうだ。「ニッチ2号？　1号？　それとも鋭夫だからエッチ？　ぜんぶお断りです」

すげない反応を、社長はむしろ喜んだ。「こっちの新渡戸《にとべ》くんは普段から仏頂面《ぶっちょうづら》なのね」

「陰でほくそ笑む練習をしときます」

「ねえ、いっそエッチにしとかない？　インパクト満点よ」

「社長のことをビッチと呼んでもいいなら」

彼女は哄笑《こうしょう》した。「聴力の問題はクリアできるの？」

鋭夫くんは左の耳を指して、「こっちが二倍聞えます」

鋭夫くんと史朗くんの合作曲「カーテンコール」を、社長は概《おお》ね気に入った様子だった。ただし、より派手にしてほしいと注文を付けてきた。

史朗くんと鵜飼さんは、鋭夫くんの顔色を窺った。

「いいですよ」と彼は事もなげに頷いたという。「もはやプロですから」

鋭夫くんは自分の携帯電話の震えに気付いた。発信者を確認した。「樋口くんか」すぐには出なかった。急ぎの用とは思わず、社長とのやり取りを優先しようとしたのだ。

ヴァイブレーションがやんだかと思うと、間もなく鵜飼さんが自分のスマートフォンを取り出し、「今度はこっちだ」

予感にかられた史朗くんが、鞄に入れてあった自分の電話を確認した。そちらにも陽介くんからの履歴があった。爛漫の関係者にかけまくっている。彼らは緊急事態の発生を悟った。

皆に背中を向けてぼそぼそと喋《しゃべ》っていた鵜飼さんが、うんざりした様子で振り返り、社長にスマートフォンを手渡す。

「レオがバーを一軒、ぶっ壊した。営業不能だそうだ」帽子を取り、床に投げつけて、「なにやってやがんだ、あの野郎」

「ビートニクスの尾藤です。込み入った話はあとで結構。怪我人は？　――よかった。警察には？　顔見知りだからまだ？　人手はありますか？　だったらなんとか押さえ付けておいてちょうだい。縛っても構わない。でも手には怪我をさせないで。いますぐ飛んでいきます」

一同は社長のメルセデスで、中野の現場へと向かった。

店のドアは閉ざされていた。鵜飼さんが陽介くんに電話をかけた。ドアが開いて、陽介くんが顔を出し、四人を店内に導いた。凄まじいアルコール臭に出迎えられた。

カウンターと大きなテーブル一つの、こぢんまりした店だった。その空間だけが、大地震に見舞われたように見えた。テーブルの上にもカウンターにも、物がいっさい無かった。払い落されたらしい。カウンターの向こうの酒甕《さかびん》が並んでいたのであろう棚は、半分以上が空だった。レオが内側で暴れたものだ。

床がびしょびしょに濡れていた。レオも濡れ鼠《ねずみ》で、不器用な手つきでテーブルや椅子を拭いていた。いつもライオンのように逆立てている長髪が、頭や頸《くび》にべったりと貼りついている。

「もう大丈夫です。すみません、もう大丈夫」社長の姿に気付いて、笑いながらこうべを垂れる。

「ちょっと勘違いを起こしただけで——ご心配をおかけしました」

カウンターの中で割れた物を片付けている店主や店員、壁に凭《もた》れて腕組みをしているほかのお客に対しても、それぞれに呼び掛けて、

「本当にすまなかった。壊しちゃった物はぜんぶ弁償するから」

陽介くんのマネージャーが社長に近付いてきて、小声で、「さっきまで椅子に縛りつけてたんです。水を浴びせたら目が覚めたらしくて」

「レオ」

社長の鋭い声音に、レオは背筋を伸ばした。「はい」

「事情によっては、私も弁償に参加させてもらいます。その代り、なぜ暴れねばならなかったのかを具体的に話して」

レオは返答に窮した。「具体的にっつっても——ただの勘違いで。ほんと、どうってことない」

「この店の有様が、どうってことない勘違いの結果？　人を莫迦《ばか》にするのもいい加減にしなさい。私を誰だと思っているの」

「莫迦にするだなんて。ただ、うまい表現が——」と、しどろもどろに、「今日はずっと、誰かが

自分を尾行してるような気がしてたんです。仕事柄、危ないじゃないっすか。ニッチは殺されたようなもんだし、岩倉さんも狙われた。その結果、史朗は死にかけた。そんなことを考えてたら――もちろん飲み過ぎてたってのもありますけど――店のほかのお客さんの足音が自分のほうに迫ってきて、今しもナイフで襲いかかってくるような錯覚をおぼえちゃったんすよ」

社長と鵜飼さんは顔を見合わせた。社長の視線が史朗くんに、それから鋭夫くんへと向かい、ふたりに覚悟を呼びかけた。ふたりとも俯くほかなかった。

「うわ」掃除に戻ろうとしたレオが叫んだ。床の一角を指差して、「ほら、やっぱりそこに――」

「なんだ、レオ。正直に云ってみろ」鵜飼さんが彼を怒鳴りつけた。「いまなにを見た？　ただの暗がりがなんに見えた？　ナイフを握ってうずくまってる殺人鬼か？　それともそいつに殺された自分自身か？　正直に云ってみろ」

レオは懸命に頭を振って、周囲にしぶきを撒き散らした。「すみません、ちょっとした見間違いでした」

鵜飼さんは宣告した。「レオ、お前を爛漫から馘首《かくしゅ》する。お前は重度のアルコール依存症だ。治療施設に入れ。手続きは俺がやってやる」

「ただの錯覚だったら」

「錯覚じゃない。幻覚だ。俺も尾藤も、お前のような奴を何人も見てきた。お前はいま三途《さんず》の川の手前にいる。必要なのはでっかいアンプでも、お客の歓声でもない。本格的な治療だ。レオ、こっちを向け。俺を見ろ」

レオはおずおずと鵜飼さんを見返した。

「この守銭奴《しゅせんど》を甘く見るなよ。爛漫は俺にとって、これまで出会ったなかで最高の金蔓《かねづる》だ。だから簡単に潰しやしない。たとえメンバーが全員入れ替わったって、俺が存《なが》らえさせてやる——お前がクリーンになって戻ってくるくらいまでは、絶対にな。だからレオ、安心して治療に専念しろ」

「——どのくらい、かかるかな」

「長けりゃ十年。しかも完治までに一滴でもアルコールを口にしたら、振出しだ。男なら腹を括《くく》って、こっちに踏み留まれ」

鵜飼さんは頬を濡らしていたという。

2

「じゃあ、レオは」

「残念ながら、もう爛漫にはいない。その晩のうちに社長と鵜飼さんが医者に話をつけて、翌日、伊豆大島にある専門の治療施設に連行してったよ。最初は離脱症状がひどいだろうから、きっと独房だろうね」

酒場だというのに史朗くんは珈琲《コーヒー》を飲んでいる。レオに付き合って、自分もしばらく禁酒するのだそうだ。

「飲んでも飲んでも眠くならないし、ギターにも影響しなかったから、自分はとくべつアルコールに強い特異体質なんだと思い込んでいた。そういう人間こそが陥る病気なんだ。特にニッチが死んでからは、起きているあいだじゅうアルコールを補給してたよ。毎日が不安だったんだろう。いつかこういうことになるんじゃないかと予感しながら、止められなかった俺と圭吾の責任でもある」

「その施設――」

「設備や治療プログラムがしっかりしていることだけは間違いない。エリック・クラプトンが出資している向こうの施設と、技術提携してるって」

「その人、ギタリストだっけ」

「ああ、ギタリストだよ」啞然《あぜん》として私を見返している史朗くんに代わって、鋭夫くんが答えた。

「たぶん、世界でいちばん有名な」

「だったらきっと、施設のなかでもギターを練習できるね」

なにか不謹慎なことを口にしているような気もしたが、じっさい私はそれをひたすら憂慮していた――レオはこれからもギターと一緒に居られるのか？

ほかの話題だとちょっとめんどくさそうなのに、ギターのことを尋ねると子供のように張り切り、楽器をケースから出して実演までしてくれる。

「こうやってるんだよ」とスライド奏法を間近に披露してくれたとき、思いどおりに出なかった音があったらしくレオはそのまま練習を始めてしまい、ネックの上をめまぐるしく行き来する小鬌の煌《きら》めきを、私はいつまでも見つめていたものだ。

「以前の史朗みたく、アンプに繋がずに弾いてるぶんには問題ないだろう。そう思って335を持っていこうかと訊いたんだが、破壊しちゃいそうだから当分はいいってさ」

鋭夫くんは、レオのぶんも、と云ってさっきからウィスキーを飲んでいる。幼馴染《おさななじ》みよろしく息の合ったふたりだが、こういうときの思考回路は正反対のようだ。ちなみに私はベイリーズのアイリッシュクリームの二杯めだった。ふつか酔いの予感も含め、これ、悪夢のように美味《おい》しい。

「爛漫は三人で続けるの？　鵜飼さんはなんて云ってる？」

「なにも。茫然自失」史朗くんが答える。「死んだわけじゃないからニッチのときとは比べようもないが、くびを宣告したのが自分だからね。もともとレオを爛漫に引き入れたのも、鵜飼さん」

「そうなんだ」

「どうあれ誰にも思い付けやしないさ、レオの穴を埋められるギタリストなんて。まさか岩倉さんには頼めないし」

「爛漫じゃなくなる」鋭夫くんが口許《くちもと》だけで笑った。「このあいだみたいに半々か、せいぜいこっちがバックバンドだ。それに岩倉さんは、一回限りって条件だったんだろ？」

「うん――鋭夫、誰か思い付かないか」

「俺に訊いてどうする。業界の事情なんか分かんないって。利夫《としお》だったらどうしたがるかの察しはつくけど」

「ニッチならどうする」

「聞きたいのか。本当に？」

「是非とも聞きたい」

「利夫なら、樋口くんを入れる。人気があるし人柄もいい」

史朗くんは目をまるくした。レンズまで円くなったように見えた。「欠けたのはギタリストだぜ？　まさかあいつをフロントに立てて、自分はリードギターにまわるってか」

「和気《わけ》くんを呼び戻せるんだったら、その種の判断もありえたかな。ライヴはともかく録音物じゃあ、まず利夫と区別がつかなかったろう。俺の声と混ぜたら完璧だ」

史朗くんは吐息し、窓外の往来に目をやって、「あいつ、どこでどうしてるんだろう。捜査の進展に怯えながら逃げまわってんのかな。それとも――」

「そのさきは云うな」と鋭夫くんが押し止《とど》める。

あれきり、行方不明だという。実家にも、上京にともなって借りたばかりだったアパートにも立ち寄っている気配がない。アパートは保証人になっていた鵜飼さんが解約し、荷物の一切合財を実家に送り返したそうだ。

「云えないよ。けっきょく爛漫を引っ掻きまわされただけのような気もしながら、あいつのこと、どうも嫌いになれないんだ」

「俺もだ。ともかく樋口くんの歌の弱さはどうにもならない。爛漫にはほとんど使えない。わざわざ彼の声に合わせた曲を作る気もないな。あくまでギタリストとしての起用だ」

「樋口のギターなんか聴いたこともないくせに」

「そうでもない。レオと一緒に演ってるライヴのＤＶＤを送ってくれたから、最後まで鑑賞したよ、礼儀として」

「どう思った」

「小洒落《こじゃれ》たギターを使ってるな、と。あれはどっかのカスタム？」

「ＶＩＰっていう工房の、生意気に、本人がデザインした樋口陽介モデルだってさ。そんなことはどうでもいい。ギターの腕前をどう感じた」

「いちおう弾いてるんだな、と。エフェクターのラックが映ったときがいちばん笑えた。俺の十倍は使ってる」

「機材於太久《おたく》なんだ、あの程度の腕前で。いちおう弾けるじゃ話にならない。俺たちが欲しいのはレオの後釜なんだから」

鋭夫くんはウェイターに手を振って、お代わりを頼み、「くれないは?」

「おんぶして送ってくれる?」

「厭《いや》だ」

「だったら、まだいい」

彼は史朗くんへと向き直り、「本気でレオの穴埋めと考えてるんだったら、そっくりさんオーディションでもやればいいんじゃないかな。髪型くらいは同じ奴らが集まるさ。俺はそれでも文句はないよ。俺だって利夫のそっくりさんとして爛漫にいる面は否定できない。ともあれ利夫の発想だったら樋口くんだ。穴埋めというふうには考えない。いっぺん爛漫を解体し、構成しなおす」

「出来なくなる曲が多すぎる」

「ライヴがCDの再現に過ぎないなら、そういう話になるな。でも忘れてくれるな、今の爛漫には俺がいる。利夫と背比べする気はないが、アレンジャーとしては俺のほうが有能だよ。それに樋口くんは、これから伸びる。自分が下手だってことを自覚しているああいうタイプは、環境を与えられるととつぜん伸びるんだ、昔の利夫がそうだったように」

「事務所を移ってでも、加入を要請する価値が?」

「悪い、業界のルールはぜんぜん分かんないや。そういう話は史朗や鵜飼さんに任せるよ。とにかくこれが俺の、それから利夫の意見」

鋭夫くんが本気なのか、それとも史朗くんの陰鬱さに苛立ち適当を云い放っているのかは、私にも区別がつかなかった。

陽介くんのギターは知っている。下手というわけじゃない。曲《まが》り形《なり》にもプロとしてやってきただけあって、少なくとも和気くんよりは安定感があった。でもレオや岩倉氏とは勿論《もちろん》のこと、鋭夫くんや風月《ふげつ》のギタリストとも、到底のこと比較にはならない。ちょっとしたソロを無事に弾ききったことで、観客がほっと安堵の息をつく程度のギターである。

「風月の人はどうなの」と私は訊いてみた。

「俺は聴いたことがないんだよ。どういうギターなんだ?」と鋭夫くん。

史朗くんが答えて、「もちろん巧《うま》いよ。デイヴィッド・ギルモアに心酔してて、まったく同じに改造したストラトを使ってる」

「その事実だけで気に入った。そいつでもいい」

史朗くんはかぶりを振り、「彼はツアーに出られない。畳屋の跡取りで、子供も二人いるんだ。圭吾の幼馴染でね、風月のペースならぎりぎり大丈夫ってことで入ってもらえたけど、必ずや全国ツアーが待っているであろう爛漫は、とてもじゃないが無理だな」

「みんな、いろんな事情を背負ってるのね」

「バンドでいちばん難しい部分かもしれない。いつまでも全員が高校生でいられるわけじゃないいんだ」史朗くんは鋭夫くんに向き直り、「樋口については、しばらく考えさせてくれ」

「レオも、たぶん利夫と同意見だと思うよ」

「あ」と、そこで三人が同時に声をあげた。店の有線放送が「雨の日曜日」を流しはじめたのだ。

皆で聴き入った。鋭夫くんが苦虫を嚙みつぶしたような表情になったのは、ニッチが遺《のこ》したトラックが没になり、やむなく彼が歌い足した箇所だった。

「利夫のを残せばよかった」

「こっちのほうがいい」

「次の——ここだ。くれない、聞えたか」

「なにが?」

ふたりから小声で説明を受け、私は初めて同曲にまつわる、インターネット上の不気味な噂を知ったのである。

——ニッチの声の背後に、女の幽霊の声が聞える。

——「私、綺麗ですか」と云っているようだ。

——きっと自殺したファンだ。

——ニッチはその女に連れていかれたに違いない。

「本当に聞えるの」私は尋ねた。

鋭夫くんは頷きも、首を横に振りもせず、「私、綺麗ですか、とは聞えなかったな」

「声は、入ってるんだ」

「ギターのトラックに、微《かす》かにスキャットめいたものが混じっていることに、俺も史朗も気付いてはいた。利夫が弾きながらなにか口ずさんだものと思っていた。ギターの出来はまずまずだったから、耳につく帯域を抑え込むだけにした。どうせほかの楽器にマスキングされるからね。あれを、不正確にしろ、聴き取れた人間がいたというのが凄い。史朗、こないだの音源、持ってるか」

「うちで聞かせたやつ？　あれはその場でフィルターを掛けてただけで、まだファイルには落してないんだ」

「ニッチがギターを録《と》ったとき、その場に誰かが——」そう呟きながら、はたと思い当たって、「オープンD？」

私の大声に鋭夫くんは眉をひそめ、唇に人差指をあてた。それまで以上の小声で、「なにを考えてるのか、どこまで先読みしているのか、まったく分からない相手だ。史朗や俺は面《めん》が割れているから、一緒にいるときは言葉に気をつけたほうがいい」

「その声、本当はなんて云ってるの」

史朗くんが答えようとし、それを鋭夫くんが押し止めた。

「教えるな。先入観を与えたくない。くれないの耳にも同じく聞えるのか、それとも俺たちの思い込みによってそう聞えるのか、確認したい」

「それもそうだな」と史朗くんも納得してしまい、このとき私が食らったお預けは、それからひと月以上にも及んだ。

もともと多忙をきわめていた史朗くんは元より、鋭夫くんと顔を合わせられる機会も、確実に減っていた。レオを欠いたことによる爛漫の停滞が、イコール、かつての風来坊めいた鋭夫くんが戻ってくることを意味するわけではなかったのだ。

ぶらぶらしている鋭夫くんに給料を払い続けることはできない事務所が、爛漫が動けないぶん、埋め合せの仕事を運んでくる。ライヴの裏方や、新人歌手のための作詞作曲、舞台やテレビの背後に流すいわゆる劇伴《げきばん》の制作——。

陽介くんが爛漫への加入を断ったとの報も、直接にではなく電話で聞かされた。荷が重すぎる、が理由だという。

3

おうちに王子さまがやって来た。相談に来るらしいとむらさきさんから聞かされてはいたが、彼女の思い込みだろうと想像していた。でも本当に来た。

私たちの生活空間にちょこんと坐っている陽介くんは、外で見るよりずっとか細く、現実の存在という感じがしなかった。傍らの茶色いハードケースのほうが遥かに重量感に満ちている。

「そのギターが、例の？」

「はい」むらさきさんの問いに応じて、彼はケースの留め金を外し、蓋《ふた》を開いた。

白いES335が現れた。レオのギターだ。

うわあ、と声をあげた私に、「鋭夫さんが送ってくださったんです。レオさんから頼まれたと」

「貰ったの？」

陽介くんはかぶりを振った。「たとえそう云われたとしても、とても貰えません。意図を確認しようと療養所に電話してみたら、直接は話せなかったんですけど、自分が爛漫に戻るまで使っててくれ、という伝言が」

「それって要するに、爛漫に加われ、爛漫の勢いを止めるなっていう命令よね」むらさきさんが嬉しそうに云う。

新しい爛漫をイメージしての反応というより、自分の記事が嘘にならずに済みそうなのを喜んでいるだけだろう。そういう人だ。

「伝言、その一言だけだったの？」

「あとは、絃《げん》の太さの指定とか、チューニングを狂わせないこととか」

私は失笑した。いかにもレオらしい。

「レオさんと鋭夫さんの真意が、僕には分からないんです。だって僕、歌もギターも決して巧くはない」

ああ、自覚はあるんだ。

「くれないさん、今、自覚はあるんだ、と思ったでしょう」

真顔で問われ、返答に窮した。

「もちろん自覚しています。マネージャーがいくら隠そうとしてたって分かりますよ、僕だってウェブでリスナーの反応くらいは確認しますから。歌はひょろひょろ、ギターは飾り、女みたいなルックスだけが売り物。ライヴでも陰で別人が弾いてるっていう、ひどい捏造《ねつぞう》まで目にしました。だったら、もっと巧いですよ」そう、彼は明るく自嘲《じちょう》した。「ライヴはもちろんレコーディングでも、自分のパートはちゃんと自分で弾いています。でもウェブで反論したってどうせ信じてもらえないから、いつか分かってもらえるものと信じて、今は諦めているほかない。ともかくそういう人間が加入して、爛漫の名を汚したくないんです。だからお断りしました。するとこのギターが送られてきた。僕は何を求められているんでしょう」

「レオのギターが来たんだから、レオの代りをやれってことじゃないの」

むらさきさんの言葉に、陽介くんは大きく吐息して、「無理です。たとえこれから十年、練習に練習を重ねても、絶対に無理です」

「くれない、鋭夫くんからなにか聞いてる？」

「ん——まあ」

「なんだって？」

「レオの代りが欲しいってわけじゃないみたい」

「リードボーカル？」

私はかぶりを振り、「ギターはギターなんだけど、レオの穴埋めじゃなくて、もっと自分らしい演奏をしてほしいんじゃないかしら」

「自分らしい演奏？」

陽介くんを力付けようとして発した言葉だったが、私の考えが足りなかった。

彼は今にも泣きだしそうな顔で、「遥かに難しいじゃないですか」

夕方だった。陽介くんがオフ日だというので、三人して近くのビストロで食事をした。

彼の健啖《けんたん》ぶりに驚かされた。むらさきさんは三人で分けるつもりで注文したに違いないロティを、勘違いして一人でぺろりと平らげてしまったのだ。すでに前菜もスープもグラニテも、パンもたんと食べているにも拘わらずだ。

むらさきさんが慌てて追加を注文するのを見た彼は、顔色を失い、「もしかして今の——三人ぶん？」

「ううん、一皿の量が分からないから、まず少なめにとってみただけ。気にしない、気にしない」

「ごめんなさい」

「なに謝ってんの。その細い身体《からだ》によく入るもんだって感心はしてるけど」むらさきさんは嬉しそうだった。

「瘦せの大食いなんです」

「過酷なダイエットで体型を保っているんだとばっかり思ってた」

「逆です。食べても食べても太れない」

「食欲旺盛《しょくよくおうせい》な男って、私、大好き」

ワインの酔いも手伝って目がとろんとしているので、そのうち陽介くんを口説きはじめるんじゃないかと冷や冷やした。

「爛漫、絶対に入ったほうがいいわよ」

陽介くんは目を伏せ、「そうでしょうか」

「正規メンバーじゃなくて、今の事務所から爛漫に貸し出してもらうかたちもとれると思うし、思い切って事務所を移ったとしても――ビートニクスの尾藤さんはよく知っているけど、たとえ爛漫とうまく行かなくても、悪いようにはされないと思うわ。でも私の予感では、きっとうまく行く」

「特に根拠はない予感ですか？　それともあっての予感？」

「あるわ。だって鋭夫くんが入れと云ってる。あの子、ピンぼけな言動も多いけど、基本的には計算高いと思うの。特に音楽に関しては、凡人にはとても見通せない未来が見えている――というか、聞えている」

「じゃあ僕には聞えませんね。凡人ですから」

陽介くんは吐息し、むらさきさんは目許《めもと》に困惑の色を覗かせた。でも、やがて顔をあげた陽介くんの口から発せられたのは、こんな思いがけない科白《せりふ》だった。

「凡人だからこそ、僕は天才の判断に身を委ねるべきだ」

デザートを食べているあいだ、私はずっと才能というものについて考えていた。もちろん、これといった結論に達せたわけではない。

ずだ袋の中で電話が振動する。なぜか、アリちゃんからだった。

4

引き受けたのは、本番を応援してあげられなかった負い目からが半分、純粋に参加してみたかったからが半分だ。よりによって舞台はセヴンスヘヴン。運命的と云っては大袈裟だけれど、私がこれを引き受けることは、予定されていたのだという気が、そのとき、した。

とつぜんかけてきた電話で、アリちゃんはこう云った。「あの散々な文化祭のステージだけで野《の》薊《あざみ》が終わっちゃったら、私が惨めすぎると思った赤羽根《あかばね》先生が、そういう催しがあっても不思議じゃないと思い付いて、ライヴハウスに電話しまくってくれたんです。そしたら本当に、あった。前座の前座なんですけど、中学生だというのが珍しがられて――」

ニッチの一周忌に合わせたイヴェントだった。アマチュアバンドたちによる「爛漫ナイト」。一バンド。三曲ずつ。

しかしスーちゃんは、受験勉強に専念したいと出演を拒否した。ポンちゃんは、出演は厭《いや》ではないが、スーちゃんの代わりにリードボーカルをとるなら、ドラムを叩きながらでは無理だと主張した。アリちゃんとカンコちゃんはこう案じた――ドラム抜きでも、向田《むこうだ》先輩が加わればなんとかなるのではないか。

「アリちゃん、間奏のまえの八小節、もう一回、ゆっくりと弾いてみて」

「八小節？　この曲の一小節って何秒くらいですか」

「秒で憶えてるの？」

「いえ、いいです。数えます」

譜面に指を当てて、一、二、三――と数えはじめた。

アリちゃんが譜面台に置いているのは五線譜ではなく、弾くべきフレット番号が示されたタブラチュアだ。しかしそれさえ、彼女は演奏中に「読んで」いない。彼女にとっての譜面は、曲の大雑把な展開を示すメモでしかない。だからしばしば、練習しはじめた頃の勘違いが温存されている。

私の伴奏に合わせて彼女がその部分を弾くと、案の定、半音違いでぶつかる箇所があった。

「今のところ。四つめのコード。たぶん本当はこうだと思うの」ギターの音域に合わせて転回した和音を、弾いて聞かせる。「最低音はレだからDと――そこに長三度であるファのシャープと、レの五度はラなんだけど、ここではそうじゃなくてそのシャープ」

「オーギュメントだと思います」カンコちゃんが助け船を出してくれた。私は私で、コードネームがよく分からない。「アリ、こっちの楽譜にはDのオーギュメントって書いてあるよ」

「ここか。aug？　なにこれ」アリちゃんはタブラチュアを頼りに、和音を確かめはじめた。

「――お洒落《しゃれ》な響き。こんなん初めて弾く」

「ちゃんと数字を見れば分かるのに」カンコちゃんは鷹揚《おうよう》に笑っている。「ずっと変だと思ってたけど、ベースと合ってればいいかって黙ってたの」

「今まではただのDを弾いてたの？」

私の問いに、アリちゃんは大きく首をかしげ、「ただのD、ただのD――いえ、パワーコードを」

「パワーコード？」

「三度を抜いた、ルートと五度だけの和音です」カンコちゃんがすかさず答える。

私は頷いて、「ああ、空虚五度ね」

「クラシックではそう云うんですか」

「これでしょ」

私はラヴェルの「亡《な》き王女のためのパヴァーヌ」の一部を弾いた。

アリちゃんが目を瞠《みは》って、「うわあ、それ、私でも知ってます」

私は左手の動きを繰り返しながら、「この伴奏だけだと長調とも短調ともつかない。つけなくて済む。だから便利といえば便利なんだけど、さっきのオーなんとかは、ほら」

五度の音を半音上げて聞かせる。アリちゃんは、はあああと息をついて、

「そうかあ、パワーコードが嵌《はま》らないコードもあるんだ。雑誌に、難しいコードはパワーコードで代用すればいいって書いてあったから、ややこしいと思ったらそうしちゃってました」

楽理的に大間違いではないのだが、ロックにしては和声の動きが細かい爛漫の楽曲は、その限りではない。

「それはカンコちゃんの耳がいいから、うまく逃げてくれて成立してただけで、私の音が入るとぶ

つかったときにはっきりと分かるから、今までどおりじゃ無理じゃないかな。細かく擦り合わせとかないと」

「ああ――本番に間に合うかなぁ」

するとは彼女ははにかみながら、「私は、あの、野薊を始めるとき入門書を何冊も――私、アリみたいに感覚的には入れないんです。理屈が分かってないと指が動かないタイプで」

スタジオでの練習は、三度きりと決めてあった。みんな受験生だし、金銭的にも――今や野薊の一員である私が割り勘に加わっても――それが限度だった。今日はその初回だ。確保した三時間のうちの一時間がすでに経過しているが、ポンちゃんがまだ来ていない。いま来たところで、伴奏がこの調子では歌をのせるどころじゃないけれど。

曲目は「ぶっぽうそう」と「雨の日曜日」。バンドとして新しい曲を練習しているような余裕はない。

ほかのバンドは三曲なのに、野薊だけ二曲では恰好がつかないと、彼女らは私に、ピアノの独奏を頼んできた。まず私だけが一曲披露して、それからバンドでの「ぶっぽうそう」、「雨の日曜日」と進めたいと云う。

初めは、ロックを楽しみにきたお客さんにピアノの独奏なんか聞かせたら野次られるんじゃないかと危惧《きぐ》した。しかし曲を具体的に指定され、なるほど、構成としては面白いかもしれないと考え直した。二枚めのアルバムの冒頭を飾っている、「暗闇《くらやみ》のサーカス」という曲だった。レオのギターを中心に据えた、歌の無い短い曲だ。

「小節数が変なんですけど、基本的に単純なブルース進行だから、先輩にだったら簡単かと」打合せのとき、そうカンコちゃんから云われた。

私は彼女らが持ってきたベース用の譜面とギター用の譜面を付き合わせた。とりわけ前半は、右手こそ忙しいが左手の動きが少ないので、私にとって難しいものではない。まずギターがテーマを弾き、同じ進行下でアドリブと思《おぼ》しいソロを弾き、それからベースがソロを弾く。短いドラムソロを挟んで、ふたたびテーマ、という構成。

ベースがソロをとっているあいだ、レオのギターはなにもしていないから、ここは左手だけで大丈夫だろう。ニッチと思しいリズムギターが鳴ってはいるが、史朗くんの音選びが的確なので、ピアノで弾くぶんには低音だけで賄《まかな》えそうだ。ドラムソロはまるまる省略するか、あるいはベースソロの最後の属和音を引きずっているように聞えなくもないので、それを連打するか、要検討。

二度目のテーマで、ベースがバッハの無伴奏のなんらかのように細かく動いているのがいささか厄介だが、整然と四分音符や八分音符に収まってくれているので、そちらに夢中になって右手が出なくなるほどではない。

リードギターとベース、二つの楽譜を私は借りて、ピアノ譜へと書き改めた。それからデジタルピアノのスイッチを入れ、本当に久しぶりに、指慣らしのハノンを弾いたのである――。

アリちゃんとカンコちゃんのリクエストに応じ、とりあえずこう弾こうと思っているかたちでの「暗闇のサーカス」を披露していたら、途中で不思議な響きが混じってきて、私はてっきり、スタジオのデジタルシンセが壊れて悲鳴をあげているのだと思った。実際にはアリちゃんの携帯電話が音楽を発して、置かれている譜面台を共振させているに過ぎなかった。

「ポン太郎だ」

アリちゃんが電話に出る。私は演奏をやめた。

「もしもし——えっ？」彼女は驚きながら部屋を出ていった。

私とカンコちゃんは所在なく、雑談をかわしながらその帰りを待った。

「昨日、模試の結果が出たんです。そしたら私、第一志望の判定が、Aだったんです」

「凄いじゃない」

「それで、あの、もしその第一志望の学校に入れたら、お父さんが新しいベースを買ってくれるって——正確には、私がアルバイトして返せるまで、そのお金を貸してくれるって。私がエレキベースが欲しいって云いだしたとき、どうせそのうち飽きるから、通販のいちばん安いのでいいって云ったのを後悔してるみたいで」

「素敵」思いがけず、咽に熱い塊が込み上げかけた。

私がもし、心と体質を入れ替えて学校に通いはじめたら、岩倉氏は——今度はカシミアのコートかしら、相変わらず自分は父親じゃないと言い訳を重ねながら。

もっと遥かにみみっちい、たとえば路上で売ってる紛《まが》い物《もの》のアクセサリーでもいいから、しかもあとで代金を返せと云われてもいいから、一緒の食事も深夜の牛丼で私は充分なんだから、父親として祝福してはくれないものかしら。

客観的に云って、私は出来損ないだ。でも少なくともここまで、人から盗むことなく、人を騙すこともなく生きてきた。だから私が彼に欲している言葉は、ただこれだけ。

くれない、俺は君を誇りに思う。

それだけで、その数秒間の記憶さえあれば、私は最期まで誇り高く生きられる。

「――素敵なお父さんね。で、次はどんなベースにするの」

「リ、リ」カンコちゃんは発語に苦労していたが、それだけでもう分かった。かつて岩倉氏が、若い頃はギブソンと口に出すだけでどきどきしていた、と云っていたのが思い出される。「――リッケンバッカーです。史朗さんと同じ色の！」

ほらね、とつい笑みをこぼしたら、

「不相応でしょうか」と誤解された。

私はかぶりを振って、「逆。きっとすっごく似合うだろうな、と思って」

「でも、このジャズベースも一生大切にするつもりなんです。安物だけど、史朗さんのサインが入ってるし」

「ねえカンコちゃん、いいこと教えてあげようか。じつは史朗くんもジャズベースを持っている。あっちは本物のフェンダーだけど」

「ほ――本当ですか？」

「もっといいこと教えてあげようか」

「教えてください、お願いします！」

「史朗くん、ステージでは慣れたリッケンバッカー一本で通してるけど、じつは『地下鉄にて』その他数曲は、ジャズベースでレコーディングしてる」

「ほんと⁉」

私は頷いて、「なんかライヴの音と違うなあと思って、訊いてみたことがあるの。そしたら教えてくれた。リッケンバッカーのネックが捩れて入院中で、二番めに気に入ってたベースでレコーディングしていた時期があるんだって。ちなみにそのジャズベースの色も」

すでに答を云っているようなものだが、私はいったん言葉を切り、カンコちゃんは首を伸ばした。

「黒」

「きゃあああ！」

アリちゃんが戻ってきた。鼻が真っ赤で、前髪が濡れていた。泣いて、顔を洗ってきた――？

彼女は私の前へと進み出て、「昨日、模試の結果が出たんです」

「うん、さっきカンコちゃんから」

「ポン太郎は第一志望がCでした。で、そんな状態でライヴなんてとんでもないって親から――今日も出してもらえなかったそうです」

私とカンコちゃんは顔を見合わせ、

「どうするの」と声を重ねた。

アリちゃんは裏返りそうな声でこう宣言した。「向田先輩、お願いします、細かいところは先輩が弾いてください。私はギターを弾きながら歌います。これから死ぬほど練習して、絶対に歌いきってやる」

5

「ね、前に坐ってる人さ、爛漫のボーカルの――」

「あんたがまえ聴いてたバンド？　ニッチだっけ」

「ニッチ、死んだの」

「えっ、まだ若いんじゃないの。病気？」

「薬」

「ああー」

「で、その弟？　お兄さん？　が、爛漫に入ったの」

「ファッションが一般人っぽいけど」

「今度の人、顔はニッチにそっくりだけど雰囲気は地味なんだ。だから絶対にそうだって。話しかけたらサインしてくれるかな」

　わざと聞かせて反応を見ようとしているのかもしれない。対《むか》いの席にいる若い女性二人連れの会話が、妙に耳につく。

　鋭夫くんが顔を寄せてきた。「次で降りる。各駅停車で行こう」

「ちょっと我慢してれば渋谷だって」

　渋谷や新宿や池袋のような大都会では、鋭夫くんは普通の人より目立たない。視認しきれないほどの人数が歩いているうえ、そこに目立ちたくてたまらない人たちがわんさか混じっている。郊外に行けば行くほど、え？　という顔で見返される確率が増す。

　電車はその双方を繋いでいる。吉と出る電車か凶と出る電車かは、賭のようなものだ。

「別のに乗ったって同じことだよ。そう思わない？　ドミートリイ」後半をわざと大声で云った。

「は？」

「ところでドミートリイ、今日はなに食べたい？」

意図を読んだ鋭夫くんも、大声で、「そう云うあーみんは？」

「は？」

「あーみん、君はどんな物を食べたい？」

「あ、ああ。故郷の料理がいいわ」

「沖縄？」

「沖縄かよ。そう、うん、チャンプルーとか」私は小声に切り替えて、「あーみんってなに」

「いや、そういう漫画家がいて、たしか沖縄出身だったかと。それよりドミートリイって誰だ」

「ショスタコーヴィチの名前。咄嗟《とっさ》に日本人を思い付かなかったの」

対いの女性たちは静かになった。私たちはその電車に乗っているあいだじゅう、お互いを「ドミートリイ」「あーみん」と呼び続けた。

「ドミートリイ、私ね、野薊に入ったんだ」

「中学生バンドに？」

「うん。もうギターのアリちゃんとベースのカンコちゃんしかいないけど、来週、一緒にニッチの一周忌イヴェントに出るの。セヴンスヘヴン」

「そんなのがあるのか。ギターとベースとピアノだけ？　誰が歌うんだ？」

「アリちゃんが頑張るって。で、もし万が一なんだけど、その晩、鋭夫くんが閑《ひま》だったりしたら――」

「応援に行ってあげたいけど、一周忌ってことは命日？　だったら俺、坊さんのお経を聞いてるか、親戚に酒をついでる最中だと思う」

「——だよね。お兄さんだもんね」

「悪い」

「悪くない。念のため中の念のため、訊いてみただけだから。曲が足りないから、私、独りで『暗闇のサーカス』を弾くんだよ。左手で史朗くんのベース、右手でレオのリードギター」

「へえ、面白いことを考えたね。録音、録っといて。必ず聴くから」

「ありがと」

「あの曲は俺が作った」

「レオでもニッチでもなくて？」

「ソロは、レオや史朗が勝手にやってる。でもテーマは俺が書いた。タイトルも俺が付けたよ。弾いてもらえて光栄だ」

待合せの珈琲店で、史朗くんは眼鏡を外していた。

「どうした、壊したのか。それともコンタクトに？」

鋭夫くんが問うと、彼は胸のポケットから眼鏡を出して、

「さっきまでそこのテーブルにいた客が、しきりに携帯電話でこっちを撮っててさ、眼鏡を外したら、やっとやめてくれた」

鋭夫くんに比べたら、芸能界が長いぶん独特のオーラを発している史朗くんだが、音楽を演《や》っていない人たちから、きゃあきゃあ騒がれるようなタイプではない。私がイメージしてきたよりもずっと、新しい爛漫は有名らしい。まだアルバムも出してないというのに。

「オフでは俺が伊達眼鏡《だてめがね》をかけて、史朗はコンタクトにするといいかも」

「コンタクト、出来ないんだよ、体質上。凄まじい異物感でさ」

「じゃあ付け髭だな」

「せめてサングラスでひとつ。それにしてもニッチやレオならともかく、俺がオフで写真を撮られるなんて、以前は滅多になかった」

「事務所がメディアを煽《あお》ってるからなあ、あの樋口陽介が爛漫に加入！」

「陽介くん、正式に加入したんだ」私の声は弾んだ。

私も、私なりに考えてきた。いろんな意味で頼りない陽介くんだが、爛漫が失いかけているあるものに、彼は満ち溢れている――前向きさに。

鋭夫くんが欲して陽介くんに求めたのは、彼の人気でも、むろんギターの腕前でもなく、それなのではないかと今は想像している。前向きな情熱――推進力。

「入ったよ。むらさきさんとくれないが相談にのってくれたとか。ありがとう」鋭夫くんが頷いて云う。そう思ってたんなら早く教えろって気もする。

「レオの脱退は、どういうふうに発表されてるの」

「ギター修業のため海外へ。鵜飼さんに、なんでもいいからギターを一本送ってくれって連絡してきたそうだから、ぎりぎり嘘じゃない」

確かに。伊豆大島とはいえ、海の向こうには違いないし。

「ね、鵜飼さんの思惑どおり、いつかレオがちゃんと爛漫に復帰してきたら、そのとき陽介くんはどうなるの」

「本人が望むなら、そのままだよ。五人組の爛漫が始まる。文句ある？」

思わず顔がほころんだ。「ぜんぜんない」

鋭夫くんの視線がきっと横に走る。釣られて私も同じほうを見た。

カウンター前の行列中に、両手でスマートフォンを構えてその背面をこちらに向け続けている男性がいた。動画を撮られている。私たちの視線に気付いた男性は、慌ててスマートフォンを隠した。

「俺と史朗が並んでるのは、撮ってくださいって云ってるようなもんだ。どこか静かな所に移動しよう」

「渋谷で静かな所って、また歌わないカラオケか」

「また喧嘩になりそうだな。史朗、飯は？　まだだったら、宮益坂にコルジャっていう、カタプラーナを出すバーがあってさ、奥に個室が並んでて、そこが空いてればゆっくりできる。利夫は、渋谷に出掛けるっていうといつも――」鋭夫くんはまたなにかに目を瞠って、黙り込んだ。

私もその視線の先を追ったが、今度は撮影者の姿も、特段な光景も見出せなかった。

街路に面した大きな窓、黄昏《たそがれ》の到来に怯えているかのように一帯を照らしまくる色とりどりの照明、それらを浴びながら人待ち顔で佇む人々、地下街への入口、信号に反応して流れ出す無数の自動車の灯り――。

「カタプラーナってなんだ？」

史朗くんが問い、鋭夫くんは我に返ったように、

「ポルトガルの鍋だよ。フライパンを二つ重ねたみたいな、一種の圧力鍋だな」

「鍋で酒を飲むのか」

「まさか。それで魚介を煮た料理もカタプラーナと呼ぶんだ。大きな海老《えび》や蛤《はまぐり》や鮟鱇《あんこう》を、大蒜《にんにく》を効かせたトマト味で。俺も利夫も幼かったから現地で食った記憶はないんだが、それでも懐かしい感じがするのは、故郷の料理だっていう思い込みからかな、それとも食ってたほかの料理に味付けが似てるからかな」

「美味《うま》そうだな、カタプラーナ」

「うん――でも定休日だったかも」

「コルジャってポルトガル語？　どういう意味だ」

「たぶん梟《ふくろう》」

「さすが。今も話せるのか」

鋭夫くんは曖昧《あいまい》に笑って、「店の看板に梟を描いてあるから、きっとそうだろうと。さて、とにかくここを出て、どこかで例の音をくれないに聴かせよう。携帯やカメラを向けられない場所ならどこでもいい」

「デパートの屋上は？　土日以外はがらがらだよ」

笑われるのを覚悟で云うと、不思議とふたりの賛同を得てしまった。かつての私にとっては、学校をサボった日の拠点の一つだった。無料で長居できるし、トイレは清潔だし、見晴らしがよくて退屈しない。なぜか親を待っているとしか思われず、変な目で見られたり訊問されることもない。

店を出た。雑踏を躱《かわ》して東急デパートに移動し、エレヴェータへと乗り込む。

「このデパート、もうじき閉鎖されるんじゃなかったっけ」史朗くんが云う。

「そうなんだ――道理で、どんどん寂れていくと思ってた」

屋上に出た。プレイランドと名付けられた小遊園地があるのだが、遊んでいる子供は一人もいない。いきおい、それを見守る親の姿もない。遊具はことごとく色褪《あ》せ、ペンキの剝げも補修されず、あまつさえ通路のそこかしこに無関係な資材が積み上げられて、人の通行を邪魔している。

プレイランドの外には休息や食事のためのテーブルが並んでいるが、こちらも見事に無人だ。

「理想的」と鋭夫くんが笑う。

端のテーブルを三人で囲んだ。

「新しい爛漫のリハーサルが始まってるうえ、鋭夫は曲作り、俺もほかの仕事を抱えてるもんだから、休みが極度に減っちゃっててさ。ずいぶん待たせちゃったね」史朗くんは私に謝りながら、鞄から小さなノートパソコンを取り出した。「いつものヘッドフォン、持ってる?」

「うん」

私がずだ袋から取り出したヘッドフォンの端子を、彼はパソコンに繫いで、「鋭夫に聴かせたのと同じ条件で、噂になっている箇所の原音を聴かせるよ。強調する周波数帯を少しずつずらしながら、再生を繰り返す。途中からホワイトノイズが気になってくると思う。耐えがたいと感じたら、すぐヘッドフォンを外して。耳を痛めるから」

頷いて、ヘッドフォンを装着する。さすがに動悸《どうき》を意識した。これから聴くのは、幽霊の囁《ささや》き? それともオープンDの言葉?

最初の再生――。

じゃらじゃらという、薄っぺらい音色のストロークがとつぜん始まった。そういえば初めて聴かせてもらった「雨の日曜日」は、こんな音質だった。あとでずいぶんお化粧されたものだ。

私がヘッドフォンを浮かせたので、史朗くんが慌てて再生を停め、

「音が大きい?」

「そうじゃなくて、これ、普通のギター? 普通のってつまり、エレキじゃなくて円い穴のある――」

「アコースティックギターかってことか」鋭夫くんが翻訳してくれた。

「そうそう」

「いや、ホワイトファルコンだと思う。ボディがでかくて空洞だから、生音もアコギ並みにでかいんだ。でもそう使った場合、いわゆる良い音じゃないな。あとでスタジオで弾き直すつもりだったんだよ」

納得して、またヘッドフォンを着ける。続きの再生が始まった。ハーモニーの流れから、間奏へと繋がる橋渡しの部分だと分かる。アリちゃんが間違った和音を弾いていたところだ。

空っぽな僕と日曜日が
雨を追い越して眠りにつく

というのがその部分の詞だが、これはギターだけのトラックなので歌われてはいない。「眠りにつく」に該当する箇所のあと、たしかに余計な呟きが聞えた。ほかの楽器がないから、そのこと自体ははっきりと分かった。

再生が停まった。

正直なところ、これだけ？　と肩透かしを食った気分だった。

やっぱりニッチの声じゃないの？　というのが私の最初の所感だ。なにを云っているのかは判然としないが、少なくとも幽霊の恨みがましい呼掛けとは感じられなかった。ふうっと、大きく吐息した。なんだかんだで、私も無責任な都市伝説にびくついていたわけだ。

史朗くんの唇が動いているのに気付いた。聴き取れた？　と訊いているようだ。

私はかぶりを振った。彼は頷き、またパソコンを操作した。

同じ部分の再生が始まった。音質が、さっきよりすこしざらついている。最後の呟きが、より大きく聞えた。でも言葉としては認識できなかった。

三度め、四度め——音質はどんどん硬く、ちゃりちゃりと耳障《みみざわ》りになり、比例してホワイトノイズも増した。五度め、六度めとなると、もはやギターの音よりそれを覆っているノイズのほうが大きいくらいだった。

耳が呟きに慣れてきた。そのまま文字にすると、ジャー、チョー、ニ、ヤデ、といったところ。高い周波数帯が強調されているからか、やっぱり女性の声？　とも感じられはじめた。

七度めか八度めの再生で、不意にそれが頭のなかで意味を成し、私はびくりとなって辺りを見回した。混線かなにかが起きて、現実の声が入り込んできたのではないかと思ったのだ。

史朗くんを見た。彼は頷き、更に再生を重ねた。

聞える。甘えるような笑い混じりの口調から、それが女性だというのもはっきりと分かる。

ヘッドフォンを外すとき、私は何度も指を滑らせた。手が震えていた。オープンD——悪魔のようなその人の声を、口ぶりを、遂に私は耳にしたのだ。

ニッチを見殺しにし、武《たけ》ノ内《うち》氏に後始末をさせ、おそらく感電事故を演出したり、和《わ》気《け》泉《いずみ》さんが死ぬようにも、その弟が武ノ内氏を殺すようにも仕向けた人物。

「なんて聞えた」鋭夫くんに問われた。

「外国人なのか、地方の訛《なま》りなのか、独特の抑揚があるけど――じゃあ日曜日に渋谷で」

「女の声だ。利夫じゃない」だろ？　という顔で問われた。

私も実際にそう感じていたので、躊躇《ちゅうちょ》することなく頷いた。

「俺たちと同じだ。確定だな」

「確定」と史朗くんも同意した。

「ということは、利夫はこのギターを録った週の末に、渋谷でオープンDと逢ってる」

「録った日付は分かってるの？」

鋭夫くんは頷いて、「音声ファイルに自動的にタイムスタンプが捺《お》される。録られたのは去年の九月の三十日、その次の日曜日は十月の四日だ。十月四日の渋谷で、誰かが利夫とオープンDを目撃している」

「まさか、目撃者を捜してまわるつもり？　日曜日の渋谷って、いったい何十万人が行き来してるんだろ。しかも一年前の話だなんて、奇蹟が百回くらい起きても無理って気がする」

「もちろん、手当たり次第の聞込みなんかじゃ不可能だろう。でもさっきの喫茶店で気付いた。史朗や圭吾よりも、レオよりも、利夫は目立つ人間だった。四方八方からカメラを向けられまくっているところ、何度も目にしたよ。それがことさら渋谷でと約束したんなら、目当ての場所は限られる。食事をしたなら、十中八九、コルジャだ」

「コルジャの電話番号、憶えてるか」

史朗くんが訊き、鋭夫くんは一瞬、思い出して答えようとするかのような表情を見せたものの、

「いや、さすがにそこまでは」

「いい。いま調べる」史朗くんはまたパソコンを操作しはじめた。やがて、「残念、定休日だ。これがカタプラーナか。二重の意味で残念」

店の宣伝サイトを見つけたらしい。さらにキイボードを叩いて、

「ふうん、吉祥寺にもカタプラーナを出す店が出来たんだ」カタプラーナで検索したのだろう。

「そこに行こう」

「カタプラーナのために吉祥寺まで？　やぶさかじゃないが」

「さきに利夫の部屋に行く。あいつのパソコンや録音機器の一切合財を、俺の部屋に回収するよ。運送会社に引き取らせて、飯はそれからだ。こうなったらもう、あいつがこの世に遺《のこ》した録音物をぜんぶ聴き通してやる。ほかにもオープンDとの会話が残っているかもしれない」

デパートの屋内に戻ると、同じフロアに、あまり流行《はや》っていなさそうな眼鏡店があった。鋭夫くんが立ち止まり、角張った黒縁のフレームを手にする。

「変装用？」

答える代わりにそれを掛け、顔を私に向けて、「似合うか？」

「史朗くんに見える」

「それじゃ意味がないな。史朗が二人じゃ目立ちすぎる」

「これは？」と史朗くんが円《まる》っこいボストン型を勧めた。

鋭夫くんはそれを掛けてまた私のほうを向いた。「どう見える？」

「賢く見える」

「これにしよう」

鋭夫くんは店員を呼んだ。史朗くんはクリップ式のカラーフィルターを見つけ、自分の眼鏡に合致する型を探しはじめた。

「くれないは？」鋭夫くんがレジの前から素《す》っ頓狂《とんきょう》なことを問う。

「なぜ私が変装せねばならん」

「そういやそうだな。趣旨を見失うところだった」

井の頭線で吉祥寺に移動し、まずはニッチが暮らしていたマンションに足を向けた。亡くなってから一年が経とうとしているが、事件が解決していないことから、部屋は未《いま》だ当時のまま温存されている。家賃と光熱費は、鋭夫くんと彼のお父さん、そしてビートニクスが、三分の一ずつ負担しているそうだ。

中に入るや、鋭夫くんは立ったままでニッチのパソコンを立ち上げた。史朗くんは史朗くんで、機材が詰め込まれたスチールのラックを覗き、見落としてきた録音機器がないか確認している。

「畜生！」とつぜん鋭夫くんが叫んだ。

「どうした」史朗くんが振り返る。

「音声ファイルの入ってたハードディスクが繋がってない」

「どういうことだ」

「畜生、畜生、これじゃあなにも再生できない」

「『雨の日曜日』の作業のとき回収したんじゃないのか」

「俺は動かしてない。ここの環境を崩したら利夫の意図が分からなくなるから、生前と同じ、ファイルのコピーによるリレーしかしていない。オープンDの仕業だ。あいつ、ここの合鍵を持ってやがる」鋭夫くんはソファへと身を沈めた。俯いたまま、「史朗」

「どうする」

「鍵屋を探して呼んでくれ。この部屋の鍵を取り換える」

「分かった」

「くれない」

「はい」

「コロンボに電話を。盗難届を出して、俺たちの推理をぜんぶ話す。武ノ内のオフィスに残っている、武ノ内のものじゃない指紋。カジノに残っていたどれかと合致すれば、それがオープンDの指紋だ。徹底的に追い詰めてやる。あいつ、利夫の声まで持っていきやがった。絶対に赦《ゆる》さん」

泣いている。ときどき、うおお、と咽声をあげる。そんなにも激しい鋭夫くんを見るのは、初めてだった。

「史朗が辞めようが圭吾が辞めようが、どんな貧乏が待ってようが、俺は爛漫にしがみつく。利夫の夢を叶えてやる。畜生、必ず叶えてやる！」

「鋭夫、俺も爛漫を辞めないよ」史朗くんがソファに近付き、そう静かに云った。「もし俺が最後の一人になったとしても、ニッチの声を取り返して、ニッチの夢をぜんぶ叶えてやる。いい歌に寄り添って弾き続けるのが、ベーシストの夢だからね。いま鍵屋を呼ぶよ。すこし待っていてくれ」

史朗くんは鍵屋さんを検索して電話をかけた。私は警察に電話した。コロンボ氏はすでに帰宅していて話ができなかった。鍵屋さんのほうは二十分ほどで訪れ、更に十分程度の作業で錠を交換して帰っていった。

史朗くんは鋭夫くんに新しい鍵を渡して、「警察のほうは後日だ。ところで鋭夫、俺、さすがに腹が減ったよ。みんなでカタプラーナを食おうぜ」

鋭夫くんは俯いたままで立ち上がった。「――絶対に追い詰めてやる」

「もちろんだ。このまま事件が迷宮入りした日には、和気も浮かばれないからな。ただささ、今は腹が減ってる」

「そんなにカタプラーナが大事か」

「カタプラーナに限らず食いもんはぜんぶ大事だよ。食欲がないんだったら、俺とくれないさんだけで食ってくる。お前はどうする」

「食う」

「じゃあここを出よう、新しい鍵を掛けて」

私たちは開店したばかりのポルトガル料理店に出向き、カタプラーナを囲んだ。パエリアに似た味の、期待どおりに美味《おい》しい料理だったが、どことなく感じた苦味は、もともと魚介が持っている海の味だろうか。それとも心理的なものだろうか。

「故郷の味、こんな感じか」と史朗くんが訊いた。

「この店のは、すこし違うな」と鋭夫くんは答えた。

6

野薊がトップだった――と云えば聞こえはいいが、要するにお客さんがろくに入っていない状況での、座興である。でも、ステージには違いない。

　リハーサルは、出演順の逆におこなわれるのが慣例なのだそうだ。たしかにそれなら、最初のバンドのセッティング時間が節約できる。午後五時、私たちはセヴンスヘヴンの下で待ち合わせた。どうせ揃いの衣装を買うお金なんかないから、潔く、練習のときと変わらない風情だ。

　ただし、三人とも大柄のチェックを身に着けよう、とは申し合わせてあった。三度めの練習のとき、カンコちゃんが着ていたチェック柄のパーカが可愛かったので、それに合わせることにしたのだ。アリちゃんも、チェック柄のパンツなら持っていると云う。

　私も、ブラウスにだったら宛てがなくもなかった。むらさきさんが私にと云って買ってきたくせに、なぜか自分がヘヴィ・ローテーションで着ている一枚――バーバリー・チェックだというのが、誇らしいようで恥ずかしいようで、きわめて微妙なんですが。

　ともかくそうして三人して集まり、セヴンスヘヴンへのエレヴェータに乗り込んだ。上昇しているあいだの私たちは、無言だった。

　すでにリハーサルを終えたバンドのメンバーたちが屯《たむろ》している店内で、演奏曲目や、マイクロフォンやアンプの配置図を記してPA係に渡し、飲み物のチケットを貰い、片隅の座席で呼ばれるのを待つ。PA係は見たことのない女性だった。人の入れ替わりが激しい世界なのだろう。でも店長は変わっていない。目の前を通りかかったとき、お、という顔で私を見たが、挨拶を返す余裕はこちらになかった。

アリちゃんとカンコちゃんは早々に楽器を構えて、しきりにチューニングを直している。私は譜面の縁が汗でふやけるほど懸命に、オタマジャクシを目で追い続けていた。

ステージでは私たちの次に出るバンドが、音響を最終確認している。モニターの具合を変えてもらっては、すこしだけ演奏し、もっとドラムに、もっとボーカルに、といった指示を繰り返している。かつてはあんなに莫迦にしていたセヴンスヘヴン級のバンドなのに、こういう状況で聞かされると恐ろしく巧く感じる。

「アリちゃん、エフェクターの電池は大丈夫?」

彼女は力強く頷いて、「大丈夫です。家を出るまえにぜんぶ新品と入れ替えました。親がまとめ買いしといてくれたんです、文化祭のあと、私が泣いてるのを見てたから」

「どちらか、聴きに来てくれるの」

「共稼ぎだからそれは無理です。文化祭にも来てないし。カンコのお母さんは来られそうだとか」

「来てくれるの?」

私の問いに対し、彼女は恥ずかしそうに、「じつは――もう来てます」

「どこ?」

「カウンター席の、赤い服」

立ち上がってそちらを覗いた。真紅のストールを纏《まと》った女性が、傍らにワイングラスを置き、品良く足を組んでこちらを直視している。

ああいうお母さんなのか。どこかのバンドのメンバーだと思っていた。

「もう時間がないんで、そろそろ、トップの野薊さん」

ＰＡ係からマイクを通じて指示され、私たちは一斉に立ち上がった。しかしステージ上のバンドの片付けが終わるまで、そのまま待ち続けねばならなかった。

客席に下りてきた女性のドラマーが、

「お待たせしました。頑張ってね」と優しく話しかけてくれた。

アンプが新しい位置へと運ばれ、グランドピアノが中央に寄せられ、遂に私たちがステージに上がる瞬間が訪れた。私はピアノの蓋を開いて譜面を立てた。本物のピアノの、いい匂いがする。

アリちゃんとカンコちゃんが、ぶうぶうじゃこじゃこと音を発しているなか、ＰＡ係がマイクを通じて、「まずピアノさんから」

え？　と振り向いたまま、なにも出来ずにいる私に、

「なにか適当に弾いてみてください」

私は椅子の高さを直して、「ラ・カンパネラ」を弾きはじめた。咄嗟にはそれしか思い付かなかった。たぶん一分くらい弾き続けて、自分はなにか途轍《とてつ》もなく場違いなことをしているんじゃないかと心配になってきて、客席にちらりと目をやった。手が、勝手に止まった。

カンコちゃんのお母さんの横に、その名のとおり紫色の物体を発見したのだ。

「――ＯＫです。ところで本番でもそれを？」ＰＡ係の、ちょっと呆れたような声。

私は慌ててかぶりを振って、「暗闇のサーカス」を弾きはじめた。レオのソロを再現している途中で、また、

「OKです」と云われた。

続くカンコちゃんの音作り、アリちゃんの音作りのあいだ、私はひたすら鍵盤を見つめていた。むらさきさんが来ている。私は教えていない。

バンドとして演奏してくれと指示され、三人で「ぶっぽうそう」を演《や》った。モニターに注文はないかと問われたが、なにをどう注文すればいいのか分からない。三人して首をかしげているうち、「じゃあ本番、よろしくお願いします」と云われてしまった。

楽屋に戻るとき、むらさきさんの横を通ったが、敢《あ》えて知らんぷりでいた。アリちゃんとカンコちゃんは、むらさきさんの顔を知らない。本番までは黙っているのが得策だ。音楽ライターが聴きにきているなどと教えてしまった日には、どれほど緊張されてしまうか知れない。

多数の出演バンドの楽器ケースやバッグでごった返した楽屋の、辛《かろ》うじて残存している空間に、声を掛けてくれた女性ドラマーが佇んで煙草《たばこ》を喫っていた。

「改めて、よろしく。二番めに出るアリトスカのドラムです。ピアノの人、凄いのね。音大生?」

「あ、いえ――どこにも通っていません」

「『暗闇のサーカス』を弾くの」

「はい。『ラ・カンパネラ』は――なんで弾いちゃったんでしょう?」

彼女はふふっと笑って、「さっきうちのメンバーたちが、コンビニに行きかけて、ピアノが始まったら途端に戻ってきた。野薊さんが始まるまでにって、また慌てて出ていったけど」

「場違いじゃないかって、ずっと心配してるんですけど」

「そんなこと云いはじめたら、出演者の全員が場違いじゃない? 私なんて本当は映像畑の人間なんだから」

「映画とかですか」

「もっとお手軽な感じだけどね。自分が制作してる映像にバンドの場面が欲しくて、知合いの知合いだったアリトスカを紹介してもらったの。そしたら映像を録り溜めてるうちにドラマーが辞めちゃって、右手一本でいいからリズムを叩いててくれって頼まれて――現在に至る。私、爛漫って、これに出るのが決まるまで聴いたことがなかったの。すみません」

「私も似たようなもんです」

「でもちゃんと聴いてみたら、佳《い》い曲、ほんとに多いよね」

頰が弛《ゆる》んだ。嬉しかった。

スタッフが私たちを呼びにきた。アリちゃんとカンコちゃんの顔を見る。

ふたりとも無言で頷いた。さあ、泣いても笑っても本番だ。

「ラ・カンパネラ」が結果的には客寄せになったらしく、ほかのバンドがけっこう居残ってくれている。客席の半分くらいまで埋まっている。店のスタッフを合わせたって五十人もいないだろう。でも私には五千人に見えた。

カンコちゃんのお母さんとむらさきさんは、最前列のテーブルに移動していた。むらさきさんが現れるという怪奇現象の原因が、そのとき分かった。同じテーブルに赤羽根先生も着いていた。彼女が連絡をまわしたのだ。

赤羽根先生はライムグリーンのニット姿だった。真紅に、紫に、ライムグリーン。申し訳ないけどこの三人、並ぶと凄く配色がわるい。

ＢＧＭが消えて客席が静まる。そこから先は、もう夢現《ゆめうつつ》。

スポットライトの下、私は確かに「暗闇のサーカス」を弾いた。

弾ききれた、と思う。テンポも倍速にならなかった。拍手が起きた。

そのあとすこしリラックスした気分で、アリちゃんの震えがちな声による「ぶっぽうそう」を伴奏した――かつて鋭夫くんがポンちゃんにアドヴァイスしていた、大股なリズムのとり方で。

私の左手のタイミングが、カンコちゃんとずれはじめた。アリちゃんのテンポが走りはじめ、そちらに合わせようとするカンコちゃんと、引き戻そうとする私との間に、はっきりした差が生じてしまったものだ。カンコちゃんはボリュームを大きくした。ふたりとも私に合わせて、という意味だ。この子は本当に本番に強い。

「ぶっぽうそう」への拍手は、たぶん「暗闇のサーカス」へのそれより小さかった。ピアノに技量はあっても、バンドとしては大したことないな、と鼻で笑われているような気がした。

ライヴハウスに集う人々は、こんなにもシビアなのか。

そういえばかつての私も、駄目と思った演奏には、意地でも拍手をしなかった。

「次の曲で終わります。どうもありがとう。本当にありがとうございます」

とアリちゃんが挨拶をして、私たちは「雨の日曜日」を始めた。

イントロで拍手が起きた。変則的な編成で難曲に挑戦する、意気込みへの拍手だろう。

拍手が収まってからも、何人かが手拍子を続けてくれた。複雑な曲なのに、構成とぴったりと合っている。「雨の日曜日」をよく知っている。ちらりと客席に顔を向けると、アリトスカのドラマーが立ち上がって手を叩いてくれているのが見えた。途端に肩の緊張がとけた。

私たちは、三人きりじゃないのだ。

空っぽな僕と日曜日が
雨を追い越して眠りにつく

アリちゃんは、歌詞もギターも間違えなかった。

最後の和音を丁寧に弾いて、気が付けば、アリちゃんもカンコちゃんも深々とお辞儀をしている。私たちは、これまででいちばん大きな拍手に包まれていた。私もペダルから足を離して立ち上がり、客席に向かってお辞儀をした。

譜面をまとめる。鍵盤に汗が落ちているのに気付いて、ポケットから出したハンカチで丁寧に拭い、蓋を閉じる。十何年も繰り返してきた、演奏後の儀式——。

機材の多いアリちゃんがケーブルを纏めるのを手伝う。彼女がギターを吊したまま一切合財を運ぼうと四苦八苦しているので、

「これは私が運ぶから、まずは大切なギターを楽屋に片付けて」とエフェクターボードを持ち上げた。この日のために彼女が自作した、薄板にベルクロテープを貼り付けただけの代物だ。それを抱えてステージを下りると、

「くれない！」と、むらさきさんがブラウスとタオルを投げつけてきた。ボードで受け止めた。

わずか三曲の演奏ながら、緊張とスポットライトの熱とで、私は汗まみれだった。むらさきさんは、とうぜんこうなるものと予期していたらしい。

カンコちゃんがお母さんの傍らで奇声をあげている。むらさきさんの正体を知らされたのだろう。

楽屋ではアリちゃんが、アリトスカの別のメンバーと言葉を交わしていた。

「まじっすか」と驚いている。私を振り返って、「先輩、私、歌を誉められた。ギターもセンスがいいって——まじっすか⁉」

私は彼女の機材を床に下ろして、その絆創膏《ばんそうこう》だらけの手を握った。「まじっすよ」

楽屋は人の出入りが多いので、トイレで汗を拭き、着慣れた普段着に替え、髪を手櫛《てぐし》で整えた。

なんだか、一気に十くらい歳をとったような気がする。

トイレから出るや、スヌーピー柄のスウェットシャツに通せんぼされた。「お疲れさま」

「な——なんで⁉　いつから居たんですか」

「むらさきさんから連絡を受けてさ、演奏の開始にぎりぎり間にあった。ちゃんと『暗闇のサーカス』から店の中に居たよ。君たち、バンド名を云うのを忘れてなかったか？」

「——忘れてた。私たちのために、わざわざ来てくださったんですか」

「君たちというか、君のためだな」

「予告してくれればいいのに」

「予告すると緊張するだろう？」

「します」

「観客そっちのけの演奏だなあと思わなくもなかったが——聴けてよかった。君のことを誇りに思ったよ」

トイレに駆け戻ろうかと思った。気力を振り絞って、「岩倉さん、ちょっと背中を向けてください。むらさきさんたちから私を隠すように」

「いいけど、なんで？」

「いいから隠して。私を隠して」

岩倉氏は私の命じるとおりにしてくれた。私はその広い背中に顔をくっつけた。そして彼のスウェットシャツをタオル代わりに使ったのである。

7

とつぜんコルジャに呼び出された。時間はないが、電話ではなく、直接会って話したいと云う。私にとっては願ってもない要請だが、その理由がいささか気になった。

（電話が最近、苦手でさ。相手の表情を読むってことができないじゃないか。仕事で耳を酷使しているうえに、え？　あ？　ってあんまり聞き返したくないっていうか――俺の場合、反対の耳に換えるってことができないから）

爛漫《らんまん》のメンバーながら、まったく天真爛漫な人ではない。

どちらかと云えば、暗い。私といい勝負だ。

ハンディキャップに関しても、それを撥条《ばね》にして生きているというより、しょうがないんだよなあ、と諦観《ていかん》しているというか自嘲《じちょう》しているというか、少なくとも言動に於いて、ほかの障碍者《しょうがいしゃ》に勇気を与えるような雰囲気の人ではない。

しかし障碍を楯《たて》にして、人にものを頼む人でもなかった。私が憶えている唯一の例外は、爛漫のステージでの立ち位置だ。あれは仕方がない。観客として会場にいるとき、自分の居場所に文句を云ったことはない。

遅くとも午後九時にはスタジオに戻らねばならないと云うので、取るものも取り敢えず外に飛び出した。七時だった。駅まで歩いて電車に乗って渋谷に行き着いて――だけで三十分はかかる。

ポルトガルの国旗が目印と教えられ、分かった、となにも考えずに答えてしまったのだが、宮益坂を上りながら、それが何色かを知らない自分に気付いた。

さいわい梟《ふくろう》が描かれた照明入りの看板のほうが、さきに目に飛び込んできた。国旗はその上にさがっていた。正解は赤と緑、そして複雑な紋章。

「待合せなんですけど」民俗衣装なのか、サッシュベルトを巻いた店員に告げる。

籐《とう》の衝立《ついたて》で目隠しされた、奥の個室に通された。鋭夫くんが独りで銅鍋を前にしていた。

「急にスタジオに呼び戻される可能性もあるんで、待たずに食いはじめてた」

「いいよ」いつもの通り、彼の左側に坐る――聞える耳の方に。「なにかあったの」

「武ノ内のオフィスが再鑑識された。今度のは指紋の検出が中心だ。武ノ内のものじゃない、そして俺のカジノにある指紋が大量に出てきた」

「――D?」

「そういうことになる。くれないの指紋じゃないというのを立証しとくのに、警察から呼出しがあるかもしれない。そのときは協力してくれ、頼む。俺と史朗はもう指紋を提出した。むらさきさんにも頼んである」

「私の指紋のわけないじゃん。鋭夫くんのカジノには絃のところだけ触ったけど、武ノ内さんのオフィスになんて行ったことがない。場所もよく知らない」

鋭夫くんは重々しく頷いた。「念のための手続きだよ、オープンDを追い詰めるための」

「正直、警察に指紋を残すっていうのには、ちょっと抵抗感がある」

「くれないの指紋自体は、もう警察にあるんだよ、利夫の部屋も調べ直してもらったから。これは犯罪とは関係ない私のですよ、と釘《くぎ》を刺しといてほしいってだけだ。べつに前科者扱いされるわけじゃない」

「オープンDに前科は？」

彼は無念そうにかぶりを振って、「今のところ、警察に記録されているどの指紋とも合致していない」

「お飲み物を伺ってよろしいですか」衝立の向こうから、ちょっとたどたどしい日本語で問われた。

「どうぞ」

鋭夫くんの返答をうけ、口髭《くちひげ》を生やした年輩の男性が、メニューを持って入ってきた。やはりサッシュベルトを巻いている。顔立ちが、少なくとも純粋な東洋人ではない。

リストを見たってどうせ分からないので、

「同じ物」と鋭夫くんの白ワインを指差した。

「畏《かしこ》まりました」

「腹、減ってるか」

「そのカタプラーナ、一緒に食べちゃいけないの」

「もっとほかにも、なにか——コロッケは？」

冗談かと思ったのだが、メニューを覗くと、本当に「ポルトガル風コロッケ」と註釈してある料理があった。

「美味しい？」

「俺は好きだ」

「食べる」

「じゃあパステス・デ・バカリャウと、なにかフィレッテも」

そう鋭夫くんは注文したあと、

「店長、この子？」と意味不明の問掛けをした。

「はい」と口髭の人は笑顔で頷き、衝立の向こうへと消えた。

「私、この店、初めてだよ」

「知ってる。さっき店長に訊いたんだ、利夫がこの店によく連れてきてた女はいなかったかと。いた。中学生か高校生くらいの少女だそうだ」

「だから私、この店は初めてだし、ニッチが生きてる頃は、爛漫のこともろくに知らなかったし——」

「分かってるよ。その少女の特徴を尋ねていて、どうもくれないに似てると思ったんで首実検しただけだ。オープンDは、くれないじゃない」

「当たり前だ」

「でも外見は、どこかしらくれないに似ている。遂に見えてきたぞ、オープンDの姿が」

動悸がしてきた。「私じゃないよ」

「分かってるってば。たとえくれないが逆立ちしたっても、あれほどの知恵は絞り出せない」

「喧嘩売るために呼び出したのか」

「心清らかなくれないから、あの悪知恵は出てこない」

「見た目も清らかだ」

「ああ、くれないは清らかだ。せめてコロッケは食ってけ」

上着の外ポケットから、くしゃくしゃの紙を取り出して、テーブルに広げる。細かい文字が打ち出されている。一部を覗き見ただけで、武ノ内氏の遺書――とされてきたもの――だと分かった。

「このところ、ずっと読み返してた。後半の、ここだ。『ニッチの声と共に刻まれた微《かす》かなノイズまでもが、ロックの歴史のなかで永遠に輝き続けることでしょう』。これがオープンDの作品だとしたら、この部分は予告だよ。いずれ『雨の日曜日』に刻まれた自分の声が発見されるだろう、という」

「予告？　なんのため」

「予言、が正確かも」

「これまでの事件の展開――鋭夫くんたちがどう推理するかを読んでたってこと？」

彼は私の顔を真正面に見て、頷いた。「頭が良すぎるんだ。やりすぎってほどの先回りに次ぐ先回り、が、こいつの行動パターンだというのが分かってきた。聴力もたぶん、くれないを凌《しの》いでいる。オープンDがいちばん阻止したかったのは、『雨の日曜日』が広まり、聴き継がれることだった。そこに自分の声が刻まれていることに、いち早く気付いていたからさ。せっかく武ノ内に事後処理をさせたのに、このまま放っておいたら日本中に、利夫の部屋で発した自分の声がばらまかれてしまう。もし聴いたなかに、自分と同程度の耳の人間がいたら——。そこで先回り、先回りで、次から次へと作戦を練る。爛漫を過去のバンドにすべく、復活を阻止する。その一つが感電工作だ。くれないいも史朗も大変な目に遭ってきたわけだが、俺だって心臓が丈夫じゃなかったら、あれで死んでたんだよ。次に、工作に関わった和気泉さんの口を封じさせる。更には、自分の父親がザ・コートを呑むように仕向けて、その口も封じる」

「——父親⁉ 武ノ内さんとオープンDは親子？」

「俺はそう睨んでる。金にも権力にも満ち足りている人間が、あの世行きかもしれないリスクを背負ってでも守りたい存在は、自分の子供だよ。ただし表向き、武ノ内に子供はいない。これもコロンボが調べてくれた。いなかった。つまり非嫡出子《ひちゃくしゅつし》——戸籍には載っていない、昔の恋人か、愛人とのあいだの子供だと思う。それなりに可愛がって、音楽の教育もほどこしたし、自分のオフィスにも出入りさせていた」

「じゃあ、音楽生活社では有名な存在だったんじゃ——？」

「そこもコロンボが地道に、社員の一人一人に——誰も知らなかったそうだ、社長室の前に陣取ってきた秘書でさえも。武ノ内のオフィスは個室で、忙しいときは寝泊まりもできる。バスルームにはただの窓みたいに見える非常口があって、非常階段に直結している。オープンDのものと思われる指紋は、その周辺や非常階段の手摺からも発見された。常にそっちから出入りしていたんだろう。彼女は窓から、だ。日曜日は月曜日に電話中、火曜日は俺と電話中」

「最後の部分の意味がぜんぜん分からないんだけど」

「知らないんだったら、べつに今は知らなくていい。いずれ知る時が来るよ。指紋に関してオープンDは無頓着《むとんじゃく》だ。前科が無い以上、どうせ誰のものとも特定されえない――確かにそうなんだよ」

鋭夫くんは彼には珍しく舌打ちをした。「自分の特定に繋がりそうか否《いな》かの判断に、不気味なほど長《た》けている。繋がりそうな部分に関しては血も涙もない対処をし、そうでなければ放置。とにかく頭が切れる。遺書が偽物《にせもの》だとばれる可能性にも気付いていて、さっきの部分だ――『ニッチの声と共に刻まれた微《かす》かなノイズまでもが、ロックの歴史のなかで永遠に輝き続けることでしょう』――こう記している。本当の意味は？　『この遺書が偽物だとばれ、たとえ『雨の日曜日』と共に伝説と化してさえ、犯人特定に繋がる証拠はきれいに隠滅する予定。お前らとは頭の出来が違う。諦めろ』だ」

胃の辺りが気持ち悪くなってきて、カタプラーナに伸ばしかけていたフォークを、いったん引っ込めた。

「もうこの話、やめとくか？」

すこし考えて、かぶりを振って、「コロッケが来るまでは続けて。どうせ聞かなきゃいけないんだから」

「分かった。あとは手短に。オープンDは音に神経質だ。くれないと同じく、『聞える』人間特有の世界に生きてきたからだろうな、通常は一笑に付されるだけの『音からの推理』に怯え、その点に関しては過剰防衛してきた。彼女を最もびびらせたのは、武ノ内から聞かされて、やがて出版される『爛漫たる爛漫』に描かれると知った、くれないの絶対音感と史朗の楽器への知識だよ。それが彼女に、口封じのための父親殺しを決意させた。しかし武ノ内は生き延びた。そして和気くんが巻き込まれた」

ワインが来て、それを味見しているうちに料理も来た。鋭夫くんが頼んだもう一つの料理は、フライの盛合せだった。

彼はもうオープンDの話をしなかった。おもに新しい爛漫の予定を聞かされた。

レオの華々しいソロを想定していた「カーテンコール」は、テンポを上げてコンパクトにまとめ上げるという。ギターソロは、陽介くんと鋭夫くんが半分ずつ。

和気くんや岩倉氏が歌った「ばらばら」は、爛漫が岩倉氏とジョイントしたときに近いアレンジで、史朗くんはオルガンを弾くそうだ。

史朗くんが単独で一曲作ってきたから、中間部にすこしメロディを加えるとも聞いた。

「昔の利夫みたいに、ギター一本でさ。いい曲だよ。自分で歌えって勧めてるんだが、ベースを弾きながらじゃ無理だと云う。じゃあ俺がベースを弾いてやるって云ったら、鋭夫のギターは欲しいと云う。そのうち樋口くんが僕がベースを弾きますって云いはじめて、なんだか無茶苦茶」

もう一曲書き足して、四曲入りのミニアルバムとして発表して、爛漫ファンの反応を窺うのだそうだ。

「ダウンロード数がそれなりに達したら、次は全国をツアーと、フルアルバムの制作だ。また、しばらく会えなくなる」

「今だってろくに会ってないよ」

「そうだったな」

「そんなの厭って、泣いてほしい？」

「いや、きっと不機嫌になる」

「じゃあ顔色一つ変えてやらない。私、もともと独りだもん。兄弟も父親もいないし、学校もない、親友もいない、ペットもいない。でもそれで困ったことなんて一度もない。私、強いんだよ」

「知ってる。くれないは強いし、清い。俺が——俺と利夫が、一方的にくれないを頼ってきたんだ、あの葬儀の晩からこのかた、ずっと」

　店には延々、ポルトガルの民俗音楽らしきものが流れていた。会話が途絶えたものだから、そればかりが耳につきはじめた。「私、音楽が嫌いだ」

「俺をどれだけ憎んでもいいが、音楽は憎むな」

「じゃあ爛漫だけ憎む」

「仕方がない」

「でも、いい作品を作って」

「当たり前だ。くれない」

「なんだよ」

「呼んだだけだよ。文句あるか」

「ないよ、ルートヴィヒ」

「俺？」

「お前は音楽のなかだけに生きろ、なにが起きても」

8

　また木枯《こが》らしの季節が巡ってきて、すなわち私がなにかと鋭夫くんや史朗くんや岩倉氏と行動を共にするようになってから、一年の日々が過ぎ去ったわけである。

　および私は風邪をひいている。微熱がある。

　もし岩倉氏が会場を訪れること、そして私と顔を合わせたがっていることを聞かされていなかったら、爛漫のライヴに足を向けただろうか。体調のせいか、あまり楽しいことが起きるという気がしなかった。

　九州から北海道まで北上していく全国ツアーの、六割を消化したところでの東京公演だった。場所は池袋。岩倉氏が鋭夫くんをステージへと引き上げた、あのホールだ。

　これまた心身の不調を訴えているむらさきさんが、なかなか部屋から出てきてくれず、池袋までタクシーで直行という彼女の判断も裏目に出て事故渋滞に巻き込まれ、最寄りの地下鉄駅まで走ってややこしい乗り継ぎをする羽目になり、私たちは演奏の開始に間に合わなかった。

　ドアを開けた自分を包みこんだ静かな曲が「それぞれの星」だということに、私はなかなか気付かなかった。

　星ってなんだ？

　星ってなんだ？

鋭夫くんはしも手でホワイトファルコンを爪弾《つまび》いている。ニッチの遺品だろう。

その祈るような歌声に、同じく白い、こちらはES335を誇らしげに抱えた陽介くんによる、スライドギターが絡む。ずいぶんと巧くなっているが、レオのような烈しさは微塵《みじん》もない。時の流れを停滞させせんばかりの、穏やかな演奏だ。

ニッチと和気くんへの捧げ物のように、それは私の耳に響いた。

二曲めだった、とあとで知った。一曲めは観客の誰も知らない、まっさらな新曲だったという。やはり静かな曲だったという。

それがその夜の彼らの、一つの顔だった。淡々たる爛漫。

きっとこの流れで「ぶっぽうそう」も演《や》るのだろうと思っていたら、やっぱり演った。ほぼ鋭夫くんによる弾き語り。ニッチと声質も歌い方もそっくりなので、予備知識がなかったら、私どころか鵜飼さんにさえ区別がつくまい。

史朗くんはアコーディオンを抱えている。ソロも彼が弾いた。陽介くんにはまだ無理なのだろう。陽介くんはボリュームを絞って控え目に伴奏しながら、ときどきコーラス。このコーラスは素敵だった。か細いが、鋭夫くんの声とよく合っている。圭吾くんもほぼコーラスに徹していて、ドラムは間奏しか叩かなかった。

盛上がりどころを見出《みいだ》せずに戸惑っているふうだった観客たちが、遂に色めき立ったのは、中盤に配された「雨の日曜日」に於《お》いてだ。これはさすがにCDに忠実なアレンジで、鋭夫くんもギターを愛用のテスコに替え、レオのぶんもと云わんばかりの豪快な弾きっぷりを披露した。「ぶっぽうそう」とは逆に、この曲の歌い方はニッチからだいぶ遠ざかっていた。もはや自分の曲、という自負からだろう。

陽介くんはレオのソロを再現できるのかしらと、私は勝手に彼の保護者のような心地でいた。間奏部に突入してみると、案の定、音数が少ない。

ふわっとその音が広がった。三度上を別の音色が併走していることに気付き、誰が弾いているのかとほかのメンバーを目で追う。史朗くんが、どうやってだか左手だけでベースの音を出し、右手ではシンセサイザーを弾いていた。つくづく器用な人だ。

同曲を皮切りに、その夜の爛漫はどんどん烈しさを増していった。「ばらばら」に至ってはタイトルどおり、鋭夫くんがギターをばらばらにしてしまうのではないかと思った。少なくとも絃は切ってしまったようで、次の曲では再びホワイトファルコンを弾いていた。前半の静かな爛漫では透明感のある音色を発していたギターだが、この後半のセッティングではとんでもない悲鳴をあげた。それを喜んで歓声をあげるお客が少なくないのだから、やっぱりロックはよく分からない。

予定どおりなのか已《や》むなくか、次の曲からは野口《のぐち》さんが抱えてきた三本めのギターだった。ストライプの入ったムスタング——もちろんニッチの愛器だ。鋭夫くんがそれを低い位置に構え、じゃらん、と無造作に鳴らした瞬間こそ、当夜のハイライトだったかもしれない。やがて始まった「暗闇のサーカス」のイントロが、歓声によってろくに聞えなかったほどだ。

お客の多くは今でもニッチを観たいのだ。鋭夫くんもなんとか彼らの想いに応じようとしている。私はなんだか居心地が悪かった。

一曲、陽介くんの持ち歌が挟まった。彼のファンを喜ばせるためだろう。「僕は不器用」と紹介された、この自虐的《じぎゃくてき》、それでいて軽快な二拍子の曲が、皮肉にも私を安堵《あんど》させた。

歌は不器用　ギターも不器用
言葉が不器用　キスも不器用
鏡の前で練習　練習
そして自分が大好きになった
そんな不器用な君が好きだよ
鏡の向こうの僕が好きだよ

歌詞どおり不器用な歌いっぷりで、会場は温かな笑いに満ちた。この曲で黙々とリズムを刻んでいる鋭夫くんが、その夜の彼のなかで最も楽しそうに、私には見えた。

ほかの場面での彼に感じ続けたものを、一言で表現するとしたら、それは「苛立ち」だ。片耳しか聞えない人間に、毎夜轟音《ごうおん》にさらされ続ける全国ツアーは、やはり過酷すぎたのではないか。

9

終演後のロビーで、花柄の赤羽根先生と真っ黒な岡村《おかむら》さつきさんが睨み合っていた。岡村さんのチケットを手配したという話は、むらさきさんから聞いていた。しかし赤羽根先生の来場は意外だった。しかも後ろにアリちゃんとカンコちゃんがいるじゃないの。

ふたりの中学生が私に小さく手を振る。私も振って返した。

赤羽根先生と岡村さんとは、猫の喧嘩よろしくお互いにふごふごと云いながら、でも大声をあげるでも相手を引っ掻くでもない。それでも放置しておけばなにか起きかねないと予期したむらさきさんが、

「岡村さんはあちらでお待ちください、あの鉢植えの辺りで」と割って入った。「赤羽根先生、どうもお久しぶりです。ゆっくりとお話ししたいのは山々なんですけど、私たちはこれから取材が。また近いうちにゆっくりと」

岡村さんを打上げの場に同行させるというのは、咄嗟の判断だろう。打上げには私も呼ばれている。先生に頭をさげ、野薊のふたりにまた手を振った。

ふたりが追い縋《すが》ってきて、「レオさんがいないのは残念だったけど、陽介さんも素敵だったし、なにより鋭夫さん、超絶かっこよかったです。三回くらい泣きました。高校に受かったら弟子入りしたいって伝えてください」

「伝えとく。でも弟子入りさせてくれるかどうかは保証できない」

「あの、あの——史朗さんにも、最高に素敵でしたと」

「うん」

目白寄りに立地するレストランバーが貸し切られているという。徒歩でも十五分程度とのこと。タクシーにうんざりしていたむらさきさんと私は、相談するまでもなく徒歩を選んだ。岡村さんも付いてきた。

「赤羽根先生とは、どんなお話をなさっていたんですか」

「高校時代の友人たちの話をしようとしたのですが、彼女はまるで憶えていない様子でした。あるいは彼女なら——と期待していたんですけれど」むらさきさんの問いに、そう残念そうに答えていた。「腹が立ったので呪いをかけてやりました。終生、地球上のあらゆる殿方がその偽者に見え続ける呪いを」

ひどいことをする人だ。

「ちゃんと思い出せたのは私だけかしら。それとも赤羽根菊子《きくこ》も、いつか私みたく不意に記憶が鮮明になるのかしら」

「どんなお友達だったんですか」

「向田さん、立ち入りすぎです」

「すみません」むらさきさんはしゅんとなった。

レストランバーには岩倉氏を含む数人がさきに到着して、カウンターの前で談笑していた。むらさきさんの姿を見つけた氏が、彼女を手招く。なにか囁きかける。

「えええっ」彼女が叫びながら後退《あとじさ》るのを見て、

「どうしたの」と近付いていったところ、

「君にはあとで、俺から直接」と追い払われてしまった。

勝手が分からず、ぽつねんとしている岡村さんの傍らに戻る。

「向田さんへの私の態度、つんけんしすぎていたかしら」

私が小首をかしげながら自分の顔を指差すと、

「いいえ、あちらの向田さん。むらさきさん」

この人でもそういうことを気に病むのか、と私は驚きながら、「いえ、もともと元気がないんです。インターネットで変なことを書き立てられてるみたいで」

「『爛漫たる爛漫』に関して？」

「まあ――はい」と曖昧に答える。直接、目にしたわけではないのだ。そんなもの読みたくもない。

「向田むらさきの悪行を暴《あば》く」として、匿名《とくめい》掲示板を中心に、あることないことを書き連ねている人物がいるらしい。控え目に云っても真相の一部は云い当てていた『爛漫たる爛漫』を、匿名者は百パーセントむらさきさんによる捏造《ねつぞう》とし、動機を、予《かね》てからの武ノ内氏への恨みだと主張しているとか。

元来のむらさきさんと武ノ内氏の仲を知っている私からすれば、どっちが捏造だ、という感じなのだけれど、オープンDの存在が一般に知られていない以上、そして和気くんも表に出てこない以上、氏が『爛漫たる爛漫』に殺されたという物語は、残念ながら通りがいい。

武ノ内氏が亡くなった状況などの細部に、勘違いが観察されるそうだ。だから匿名者は、彼の遺族ではない。オープンD自身でもない。むらさきさんに殴り返しのルポルタージュを書かれかねないリスキーな真似《まね》を、彼女がおこなうとはとても思えない。「雨の日曜日」も爛漫も、彼女は本来、世の中から消してしまいたかったのだから。

武ノ内氏と近しかった音楽生活社の社員、もしくはアパレル会社TYO関係の人間ではないかと、むらさきさんは睨んでいる。『爛漫たる爛漫』にTYOの文字は無いが、分かる人には分かるように書かれている。クリムゾンキングを扱えなくなった恨みなどから、この辺りが手を組んでいるとしたら、厄介なことだと彼女は云う。

現実社会にも手を回されている可能性をしきりに想像しては、ちょっとした仕事の減少にも鬱々《うつうつ》とするようになった。このところは心療内科にも通っている。

「お飲み物、いただいてもよろしいのかしら」

「バーテンさんに頼めば、なんでも出してくれると思います。私が貰ってきますよ。なにがいいですか」

岡村さんはきょろきょろと、たぶんほかの人たちの手許を確かめたあと、「なんでも？」

「よほど特殊な物じゃないかぎり、出てくると思います」

彼女はみずからを鼓舞するように頷き、でも小声で、「ブルーハワイを」

私はつい顔をほころばせて、「ブルーハワイがお好きなんですね」

彼女はかぶりを振った。「じつはまだ飲んだことがないんです。一度は飲んでみたくて。好きなのは同じ名前の歌です。本来はビング・クロスビーの持ち歌だというのでそちらも聴きましたが、私が好きなのはやはりエルヴィスのほうです。ブルー、ハ、ワ、ワ、ワ、イー」

彼女が急に歌ったのでびっくりした。存外にしっかりした発語と音程で、ワからイまでは半音階の下降。どういう歌か、ちょっとイメージできた。

「歌とカクテルはきっと無関係なのでしょうが、たとえばくれないさんは、雨の日曜日というカクテルがあったなら、曲とは無関係でも一度は、と思われませんでしょうか」

返事できず、曖昧な笑みだけを返してバーカウンターに向かった。

私は飲むだろうか？　雨の日曜日を。今は、むしろ敬遠するような気もする。

「あの、ブルーハワイは出来ますか」髪を後ろ向きに撫でつけた、いかにもバーテンダー然としたバーテンダーに尋ねる。

「パイナップル――」と彼は呟きながらいったん店の奥に姿を消し、戻ってきて、「少々、お待たせすることになりますが」

「どのくらいですか」

「十五分――せいぜい二十分かと。それまで、別のお飲み物はいかがでしょう」

「じゃあなにか、別な色のを適当に」

「別な色――安易ですが、ブラディメアリーなどいかがでしょう」

「それを二つ」

「お席にお持ちします」

「ブルーハワイも二つで」

「畏まりました」

岩倉氏は仲間たちと歓談している。話しかけるのは諦めて席に戻った。

やがてテーブルに運ばれてきたブラディメアリーに、岡村さんは残念そうな声で、「青くない」

「ブルーハワイじゃありませんから。すぐには出来ないというんで、繋ぎに別のを頼みました。たぶんパイナップルを買いに行ってるんだと思います」

彼女は安堵の笑みをうかべ、赤い飲み物で満たされたグラスを口に運んだ。「あら、トマトジュース」

「爛漫のライヴ、いかがでしたか」

「とても楽しかったですよ。向かって右側のギターの方が可愛らしくて、ついつい見蕩《みと》れてしまいました」

「樋口陽介くんっていうんです。鋭夫くんはどうでした？　向かって左側」

岡村さんは返答を躊躇《ためら》った。

「率直なところを」と私は思わずテーブルに身を寄せた。

彼女はグラスに視線を落としたまま、「苦しそうに見えました」

「――ですよね」

それ以上に私は反応できず、岡村さんもそれ以上のことは云わず、沈黙のなかでふたりの飲み物は減っていった。

「ブルーハワイ、お待たせしました」

小さなパイナップルで華やかにデコレーションされた二つのグラスを、手摑みで運んできたのは、岩倉氏だった。岡村さんは彼を誰だか分かっていない様子だ。

「ちょっと」グラスをテーブルに置いた氏は、私に手で合図した。

応じてテーブルを離れた。

彼は私に顔を寄せ、「重大発表。またしばらく日本を離れる」

「ええぇっ」むらさきさんそっくりの声をあげてしまった。

「ジョニー・デュークが復帰する。その右腕として呼ばれた」

「そんな――って、誰ですかそれ」

「むかし同じバンドにいた、黒人ブルースマンだよ。当時はドラムを叩いてたが、バンドが消え、五年前に脳梗塞《のうこうそく》で倒れるまでは、ルーツに忠実なブルースシンガーでありギタリストだった。ギタリストといっても彼が弾いていたのは、絃が三本しかない葉巻の箱のギターだけどね。若いころ本物のギターが買えなかったブルースマンには、今もたまにそういう人がいる。彼に俺は、返しきれないほどの恩義がある。とうてい断れなかったし、歌はしっかりしているそうだから素晴しいバンドになると思う。IDトラストというバンド名も提示されてる。岩倉のI、デュークのD」母親から誉められるのを待っている、少年のような表情だった。

「嫌々、アメリカに戻るんじゃないんですよね？」

「嫌々なものか。残念ながらストーンズからの呼出しじゃなかったが、勝るとも劣らぬ音楽を演れるという確信がある。もうひとつ残念なのは、史朗くんを連れていけないことだ。IDトラストのベースの席は、まだ空いている。ジョニーから、日本に気に入ったのがいれば連れてきて構わないと云われて、爛漫の活動が落ち着いてからでもと、いちおう史朗くんに打診したんだけど――当然のごとくあっさりと断られた。爛漫は落ち着きませんよ、だそうだ」

尾藤社長、鵜飼さん、ローディの野口さん、そして新生爛漫の面々が店に入ってきた。圭吾くんに寄り添っている、ショートカットの女性に私は見覚えがあった。たしか風月の客席に――。

10

メンバーのうち最初に私に近付いてきたのは、陽介くんだ。

「どうでした？」と自信なげに、でもまっすぐな眼差しで訊いてきた。「僕自身の感触としては、今夜は比較的――でもくれないさんの耳には、どうでしたか、正直なところを教えてください」

いちばん問いたいのは、自分は爛漫のメンバーに相応《ふさわ》しいか、だろう。

私は答えて、「良かったよ。新しい爛漫、一人のお客として、私は楽しんだ。あそこに坐ってる黒い服の人、岡村さんっていう小説家なんだけど、陽介くんに見蕩れちゃったって」

「本当？　あとでご挨拶しないと」

「陽介くんが歌った曲、あれ、フルアルバムに入るの？」

すると彼は感極まったふうに、「入れてくださるそうです、爛漫のアルバムに」

「私、あの曲がいちばん楽しかったかも」

「またそんな」

「本当に。前半の静かなスライドも、レオのとはぜんぜん違うけど、素敵だと思った」

「鋭夫さんから強く云われてるんです、ただメロディを大切にしていればいい、決してレオになろうとはするな、と」

「鋭夫くんらしいね」

「陽介くん、ちょっとこっち」

と社長に呼びつけられ、彼は頭をさげて私の傍を離れていった。そのあと史朗くんが近付いてきたけれど、彼もやがて社長に呼ばれてしまったので、交わせた会話は、

「ありがとう」

「こっちこそありがとう。どうやって左手だけでベースを弾いてたの」

「絃をネックに叩きつけるんだよ。ほかにもエフェクターで工夫してるけど」

「器用だね」

「器用貧乏なんだ」といった程度だった。

岡村さんのいる席に戻ろうか、それとも岩倉氏に渡米話の続きをせがもうかと迷っているうち、「くれないさん、ちょっといい?」と圭吾くんが、私を片隅の席へと導いた。「スタアたちはマスコミへの挨拶で大変だ。こういうときはドラムだけが閑なんだよ。ステージ、楽しんでくれた?」

「うん。さっき陽介くんにも話したんだけど――」私は新しい爛漫への感想を述べた。「会場に入ったときは面喰《めんく》らったけど、前半の静かな爛漫、なんだかんだで心に残ってる。それから陽介くんの曲も」

「もう利夫はいない、が鋭夫の最近の口癖。あいつ、新しいことしか演りたがらないんだよ。もし鵜飼さんが監督してなかったら、『雨の日曜日』でさえ、今夜はやめようと云いだしかねない」そんな状況を期待しているようにさえ見える、相変わらずの素敵な笑顔だ。「ところが鋭夫がニッチの影を振り払おうとするほど、ニッチが生きてたらこうだったろうな、と俺なんか逆に懐かしくなっちゃう。ニッチとふたりきりだった時代を思い出してばかりいるよ。ふたりきりといっても、じつは陰に鋭夫がいたわけだけど」

「初め、史朗くんやレオはいなかったの」

「最初は、ふたりだった。だから表立ったところでは俺が最後の、当時からの生き残りなんだよ。知らなかった?」

「うん。鋭夫くん、そういう話、ぜんぜんしないから」

「そうか」と圭吾くんは頷き、私に教えてくれた――爛漫の名を冠したバンドの歴史は、ようやっとライヴハウスに出演というレヴェルだった三人編成のニッチのバンド、その名もニッチと、圭吾くんが在籍していたバンド、バッファロー・リグレッツとの邂逅《かいこう》にその端を発することを。「こっちがメインアクトだった。向こうは前座の前座。俺は飯を食いに外に出てて、彼らのリハも本番も聴きやしなかった。ところが終演後に店で飲んでいたとき、すうっとニッチが近付いてきてさ、うちのドラム、今日で抜けちゃうんです。こっちに加わりませんか、だってバッファロー、もう終わりでしょう？　俺はうっかり、誰に聞いた？　と問い返しちゃった。じっさいバッファローは、もう解散するしかないって状態だった。フロントマンだったギターとベース、半々でボーカルをとっていたふたりの心が、すっかり離れちゃっててね。それをニッチは、一度ステージに接しただけで見抜いていた。俺は彼に携帯の番号を渡した。翌日、電話がかかってきた。福澤《ふくざわ》さんが入ってくれるんだったら、バンド名を変えようと思うんですけど、爛漫ってどうですか、天真爛漫の爛漫、漢字二文字。気に入った、入るよ、と答えた。ところが約束のスタジオに行ってみたら、ニッチしかいない。けろっとした顔で、すみません、ベースも一緒に辞めちゃいました、と云う。なにかこいつ、人格に問題があるんじゃないかと思ったけど、音が足りないのを意に介する気配もなく、ムスタングを掻き鳴らして歌いはじめたその姿には、ちょっとした感銘を受けた。自信満々で、曲もいいし、声もいい。俺は物凄い当《あた》り籤《くじ》を引き当てたかもしれない——と。爛漫はそうやって始まったんだよ。辞めたメンバーたちは、要するにニッチの勢いに付いていけなかったんだと思う」

「そのあと、史朗くん？」

「あいつが入ったのはだいぶあとのこと。ニッチが史朗を発見して連れてくるまでに、三人のベースが入っては辞めていった。なんてベース運のないバンドだって笑いながら、二人で練習ばかりしてたよ。最初に辞めたベースは本職での転勤で致し方なくだったんだけど、そのあとの二人はちょっと可哀相というか、俺とニッチが二人だけの演奏に慣れてきちゃってたもんだから、入り込む余地がないんだ。俺は居ても居なくても同じっすねとか、かえって邪魔だねって、どちらも淋しそうに辞めていった。史朗はニッチが、文字どおり発見したんだ——楽器屋で。試奏している凄い奴を見たから、爛漫で弾くといいよと云っときましたって、また例のけろりとした調子で云う。こっちの音も聴かせずに？　と驚いたんだけど、絶対に来ますよ、と自信満々なんだ。そういう不思議なところがニッチにはあった。じじつ史朗は、その日のスタジオに姿を現した。スタジオでのニッチは、とつぜんギターを掻き鳴らして歌いだすんだ。どの曲を演ろうとも云わないし、カウントを待つこともしない。こっちも手慣れたもんだから即座に追い着く。そんな様子を、狐につままれたような表情で眺めていた史朗が、途中から不意に、あの音色、あの細かいフレージングで斬り込んできた。即座に曲の構成を把握して、次の展開を予期したもんさ。その瞬間、爛漫はベース運がなかったんじゃなくて、ベース運を貯金してたんだと気付いた」さっぱりした声音とは裏腹に、伏し目がちだ。その爛漫は、もう存在しないのだ。

「それからレオ？」

「まだまだ。ニッチのギターは個性的だったけど、まあ凄いってほどじゃなかったし、リードボーカルをとりながらだから、おのずと限界がある。でもニッチからも史朗からも、三人だけじゃあ再現不可能なアイデアが次々に飛び出してくる。こいつら自分のクローンを作って二人ずつになってくれないかなって、本気で思ってたよ。ライヴハウスに出るようになってからは、そのつどギターやキイボードのサポートを頼んで、なんとか凌《しの》いでいた。個性の強い三人が揃ってしまったせいで、今度は正式な四人め、五人めが定まらない。レコード会社や音楽事務所に送るデモ音源には、ニッチや史朗が自宅で音を重ねていた。ギターがやけに巧い音源が幾つかあって、今にして思うとあれは鋭夫が弾いてたんだな。俺が友達に渡していたデモ音源が、巡り巡って鵜飼さんの手許へと渡り、彼がレオをスタジオに連れてきた。今でもはっきりと憶えてる。スキットルの酒を飲み飲み、あの335をケースから出してアンプに繋いで、こっちが演奏を始めるよりさきに凄まじいスライドを弾きはじめた。弾きながら俺たちを見渡して、なんだ、お前ら伴奏できないのか？　っていう不敵な笑いをうかべてる。こっちも意地がある。なんで録音をとっておかなかったんだろうって未だに後悔するほどの、限界ぎりぎりのバトルが始まった。四人め、決定」

「圭吾、ちょっとこっちに」

今度は鵜飼さんから、圭吾くんへのお呼びがかかった。背後で、史朗くん、陽介くん、鋭夫くん、そして野口さんがひとかたまりになっている。反省会が始まるらしい。

「ちょっと待っててください。一分」と圭吾くんは返して、また私のほうを向き、「ツアーはまだ続くし、その後もそうそう機会が得られるとは思えない。ずっとくれないさんに云っときたかったことを、今夜伝えておきたいと思って、じつは理香に伝言してある」

「奥さん？」

「うん。詳しくは理香が話す。聞いてやってもらえるかな」

「どんな話ですか」

「簡単に云えば」と前置きしておいて、圭吾くんは云い淀んだ。「――俺も理香も、高校には通っていない、それぞれに事情があってね。でも俺たちは大学で出逢った。分かるよね？」

そういうシステムの存在は、私も知っていた。「高認」

「そう。高等学校卒業程度認定試験、昔でいう大学入学資格検定。余計なお世話だというのは承知しているし、そもそもくれないさんが学校に通えない理由も、俺は具体的には知らない。問う気もない。そういう立場からだけど、選択肢の一つは知っておいてほしいってだけ。大学は、自分でカリキュラムを選び取れる。つまり中学高校とはまったく違った施設で、学級の概念も曖昧だし、その気になれば望んだだけ施設を利用し尽くせる。才能に満ちた人間が利用しない手はない。理香はディスレクシア――難読症なんだ。一冊の薄い本を読み切るのに何週間もかかる。ところが一度そうやって苦労して読んだ内容は、決して忘れない。テンもマルもぜんぶ再現できるくらいだ。耳で聞いた言葉も忘れない。たとえば一緒に芝居を観にいったりする。彼女は一度聞いただけの俳優の科白《せりふ》を、ぜんぶ憶えてるんだ。才能は欠損と表裏一体。彼女はその欠損と才能によって、差別を受けた」

私に似ている――と思わずにはいられなかった。「圭吾くんは、なんで学校に行かなくなったの」彼は爛漫の面々に視線を向け、私を見直して、「メンバーにも教えてない。だから黙ってて」

「云わない」

「俺も、絶対音感があるんだよ」

「本当⁉」

「母親がピアノ教室を開いてて、幼児の頃に叩き込まれた。それを迂闊《うかつ》に小学校で披露したが最後、中学まで非道《ひど》い目に遭い続けた。絶対音感があるってだけで後ろから蹴られたり、机に入れといた物が無くなったりって、あれはなんだったんだろうね。教師も本当に意地が悪かった、特に音楽の教師が。俺のことを音痴だって云い張るんだよ。ドーって歌わせて、それじゃあ低い、まだ低い、と偽の音感を植え付けられそうになったこともある」

そんな話をしながらも、圭吾くんは笑顔を絶やさない。この人はこの笑顔で、世の中の理不尽と闘ってきたのだと気付く。単純に陽気な人ではなかったのだ。

「こっちにも意地があるから音楽からは離れたくない。でも打楽器にしか手が伸びなくなった。音程が明瞭な楽器はもう御免だった。俺のもう一つの趣味が歴史の本を読むことで、高認をクリアしたあと、大学は文学部の史学科に進んだ。そこで理香と出逢った――出逢えた。もう行かなきゃ」

席を立とうとする圭吾くんの手に、私は急いで掌《てのひら》を重ねた。「ありがとう」

「どういたしまして」

「秘密は守るから」

「理香を呼ぶよ」

11

「メンバーは、明日がありますので」と鵜飼さんが大声で云い、彼自身も爛漫の面々も、そして理香さんも、一時間余りで会場から引き上げていった。

明日だったら誰にでもある、と思っていたら、

「私にもあるはずですけど」という岡村さんの呟きが聞えてきて、ちょっと痛快だった。

その晩、私は鋭夫くんと言葉を交わせなかった。一行は私のすぐ傍らを通って、店から出ていった。鋭夫くんと目が合った。でも「じゃあまた」の一言もなかった。

正直だから、云えないのだ。

今や大海を突き進む船の船長である鋭夫くんに、自由気儘《じゆうきまま》な生活は許されない。スケジュールは分刻みで、顔は広く世間に知られている。かつてのように公園でじゃれ合ったりも、路上でご飯を食べたりもできない。「じゃあまた」は、もうないのだ——爛漫が沈没しないかぎり。

爛漫の面々を送り出したあとの店は、実際のところ以上にがらんとして見えた。むらさきさんの姿を探す。尾藤社長の前で、このところ滅多に見せなくなっていた満面の笑みをたたえていた。仕事の励ましになるようなことを云われたのだろう。

ずだ袋に頭を通した。岩倉氏が近寄ってきて、「帰る？　送ろうか」

氏を見返した。この人もまた、間もなく私の世界から消え去ってしまう。「渡米はいつ頃ですか」

「来月には」

「ときどき帰国なさるんですか」

「俺はグリーンカードを持ってるから、ＩＤトラストが動いてるかぎりは、基本的に行ったっきりだな。来日公演については、あちこちに働きかけてみるつもりだけど」

「もし私がアメリカまで追いかけてったら、家政婦として雇ってもらえますか」

彼は表情を曇らせた。「むらさきさんが許さない」

「黙って日本から消えれば、消えたこと自体に気付かないと思います」

「そうは行かない」

では仕方がない。私は氏に告げた。「独りで帰ります。独りに慣れないといけませんから」

「アメリカから電話するよ」

「お忙しいんだから、気を遣わなくても結構です」

「じゃあ暇をみて文章を書いて、メールで送る」

「たぶん読みません。私も忙しくなりそうだから」

氏は淋しげに微笑した。「どうか元気で」

「私はいつも元気です。頑健なんです」そう啖呵《たんか》をきったものの、すっと遠ざかりかけた氏の上着の裾《すそ》に、私は無意識に手を伸ばしていた。「これまで――」

言葉が続かない。

「こちらこそ。ところで渡米前に、君に云っておかねばならないことがある。最初のデートのとき、俺が六本木の話題を振ったの、憶えてる？」

「――セヴンスヘヴンに行く途中」

「いい記憶力だ。あの時点での俺は君のことをてっきり、かつて六本木で見掛けた子だと思ってたんだよ。まず業界人しか出入りしないスカイラウンジだ。窓に向いた席で普段着のニッチと肩を並べて、東京の夜景をじっと眺めていた。邪魔するまいと声は掛けなかった」

オープンＤだ！

「私は――私はその子じゃありません」

「分かってるよ、あの坂の途中から。史朗くんから、君たちの捜査の進捗ぶりも停滞ぶりも聞いてきた。あくまで『疑っていると疑われたくない』心理から、これまで話せずにきたんだ。でも、もしかしたら役に立つ情報かもしれないと思ってね」

「ありがとう」と、私は氏の上着から手を離した。

店のドアを押し、早足で駅へと向かう。

西口公園に達さんとする辺りで、気配を感じて後ろを振り返ると、雑踏のなかの黒い影が同時に立ち止まった。岡村さんだった。

「どうしたんですか」

「駅までの道を迷いそうだったので、尾行させていただきました」

「むらさきさん、まだお店でしょう？」

「彼女は彼女でお忙しそうですし、ほかに知合いはいませんし、帰って仕事をしようかと。泣いていらっしゃるの」

私はかぶりを振った。「鼻声だけど泣いてはいません。だって悲しくもなんともないんだから。風邪かと思ってましたけど、なにかのアレルギーかも」

「さすれば人間アレルギーね」

「さすれば」というその語感が面白く、私はすこしだけ笑った。

「くれないさん、おとなになれば耐性ができますよ——人間にも、そして孤独にも」

「じゃあ日曜日に渋谷で」とそのとき発したのは、私でも岡村さんでもない。

雑踏のなかの誰かだ。

それが空耳ではなく現実で、しかも史朗くんが云ったとおりに私の音の記憶力がレコーダー並みだとしたら、紛れもなくデパートの屋上で聞かされた、あの声だった。

怖気《おぞけ》立って辺りを見回したが、声の主と思しき人影を見出すことはできなかった。いや逆だ。道行く女性の誰も彼もが、いざ着目するや、オープンDに他ならなく思えてくる。

私は震え声で岡村さんに頼んだ。「やっぱり店に戻ります——むらさきさんや岩倉さんのところに。岡村さん、お願いだから付いてきて」

B

12

古い校舎に詰め込まれた百近い練習室の、いずれにも本物のピアノが設置されていて、学生課に申請さえすれば、無料で何時間も居座ることができる。満室で断られたことは一度もない。一学年が二百名に満たない、小さな大学だ。それだけに難関とも聞かされていた。

裏を返せば、合格した多くが家庭に恵まれた練習環境を与えられてきたことになる。学生の誰もが、最低限の授業をこなしたあとは早く家に帰りたがっている風情で、キャンパスはいつも閑散としている。

高認と独学、およびむらさきさんが見つけてきた先生によるレッスン――というよりも矯正――だけで入学した私は、経緯を話せばそれなりに珍しがられるが、先生の名前を教えると高確率で納得される。音楽には長《た》けているものの問題を抱えた若者の指導で、じつは有名な人だったらしい。

全盲や多動性障碍のピアニストを指導して、ポーランドやウィーンのコンクールで優勝させた経験もあるとか。

むらさきさんがエッセイに記しているのを発見するまで、そんな凄い人だとは知らなかった。髭の似合う穏やかなおじさん、としか思っていなかった。溝畠《みぞはた》先生、すみません。

浪人して入った子、いったん余所《よそ》に入ってこちらに入り直した子は珍しくないから、年齢で目立ったことはない。絶対音感に対する反応も、ここでは誰しも、ふうん、という程度だ。そんな学生や教授は掃いて捨てるほどいる。絶対音感はあるものの演奏力は今一つで苦心している学生も、ないけれど将来を嘱望されている学生もいる。

それが、演奏家を成立させている無数の個性のうちの、たった一つに過ぎないということを、大学に入った私は知った。思えば岩倉《いわくら》氏に絶対音感はない。鋭夫《えつお》くんにも史朗《しろう》くんにもないだろう。あるのは圭吾《けいご》くんだ。彼の告白と進言を、いま心からありがたく感じている。

一時は鬱病《うつびょう》に突入しかねなかったむらさきさんへの、気付け薬くらいにはなるかと思い、高認を経て音楽大学に行くことを考えている、と伝えた。彼女の凄まじい喜びようにかえって腰が退《ひ》けたものの、もはや引き返せなかった。

高認はもとより大学への合格を知った瞬間も、入った！　というより、入れちゃった、どうしよう？　という感じでいた。

この練習室が並んだフロアに辿り着いたとき、初めて涙が出そうになった。

助かった！

昔の私にとってのネットカフェやデパートの屋上が、今は大学の練習室だ。

私はやがて二十一になる。

13

かつて赤羽根《あかばね》先生は生徒たちに向かって云った。「人生は予想外の冒険に満ちています。そしてそれらは、必ずしも愉快な体験とは限りません」

私は、自分の人生が爛漫《らんまん》というロックバンドと交差したことを、決して悔やみはしない。端から見れば、幸運に他ならないのだろうし。

でも愉快な出来事ばかりではなかったし、爛漫の現在も、私には物悲しい。

「ここ三、四年のあいだに、本当、なにもかもが一変したような気がする。あの向田《むこうだ》さんが——いま何年生だっけ?」

「まだ一年です」

「ちゃんと通ってる?」

「通っております」

「よかった。そのうえ野薊《のあざみ》が——ところで私、今もまだ野薊って書けないかも」

先生はココアのカップに唇を寄せ、

「熱っ」と眉をひそめた。

赤羽根先生はちっとも変わっていない。職場も人柄も出立ちも、そして苗字《みようじ》も。

敢えて論《あげつら》うならこのところすこしふっくらとしているが、これまでの観察例から云えば遠からず元に戻る。そういう体質なのか、それとも努力によってなのかは、なんとなく訊けずにいる。

「先生、電話で伺った、例の――」

「夏目《なつめ》さんって生徒？」

「はい」

「確認したんだけど、高橋さんたちの学年に、そういう苗字の子はいないわね」

「――そうですか」安堵したような落胆したような、複雑な心地で頷く。それ以上、深く突っ込むこともできなかった。

「ところで向田さん、TYOのニュース」

「ええ」と私は頷き、「むらさきさんから精《くわ》しく聞いていますし、テレビでも見ました。どうせならクリムゾンキングで摘発されてほしかった」

逮捕されたのだ、TYOの社長が。『爛漫たる爛漫』が出版されたのち、身の潔白を世に知らしめんとするかのようにマスコミに積極的に露出して、頭の切れや気《き》っ風《ぷ》のよさを披露し、カリスマと称されるにまで至っていた女社長だった。

まさしく違法薬物を、大量に密輸した廉《かど》による。ただし私が武《たけ》ノ内《うち》氏から呑まされ、彼自身の命をも奪った通称クリムゾンキングではなく、アトムハートと呼ばれる禁止されたての薬物だったとのこと。

末端で販売を担っていた青年が、顧客たちの異様な有様にびびって自首してきたことから、ルートが露見したのだという。アトムハートの中毒性、常習性は、クリムゾンキングの比ではないらしい。この売人の姓名は公開されていないが、経緯を知ったとき私の脳裡《のうり》をかすめたのは、かつて岩倉氏が闇込みをした、あの髪を稲妻形に剃った青年の姿だ。なんの確証もないけれど、彼なのでは、と想像している。

「ＴＹＯはなくなっちゃうのかしら。合成麻薬と繋がりがありそうだと知ってからは避けるようになったけど、それ以前はあそこの洋服、けっこう買ってたのよね。安い割には質が高くて、安月給の身には助かってた」

「むらさきさんの話ですけど、会社ぐるみで薬を扱ってたはずはないんだから、ほとんどの社員はむしろ被害者だって。だからこれから警察の捜査が進んで膿《うみ》を出してしまったら、残された人たちで出直せるんじゃないかって云ってます。ＴＹＯの名前はもう使えないだろうけど」

先生は嬉しそうに、「だったら応援買いしてもいいわ。名前が変わっても、元ＴＹＯって宣伝するか商品に表示してくれないかしら」

「それではＴＹＯと名乗り続けるのと変わらないのでは」

真顔で応じたが、聞えなかったふりをされた。笑うべきところだったらしい。

「これで一気にニッチの事件まで解明されるといいのにね」

「ＴＹＯの人たちも、そこまでは知らないんじゃないでしょうか。それに、真相が解明されないからこそ、私たちの暮しが平穏というところもたぶんあって――むらさきさんは事を荒立てたいみたいですけど」

むらさきさんのかつての懸念は良くも悪くも外れて、音楽ライターとしての仕事は今もそこそこにある。そして『爛漫たる爛漫』は、世間からすっかり忘れられつつある。

同書が冷静なルポルタージュというより怒りの産物だったことは、私の立場からも否めない。むらさきさんが熱に浮かされたような状態で、一気呵成《いっきかせい》に書き上げたものだ。出版から一年——いや、もうすこし経った頃だろうか、その種の書物があるとき不意に息絶えることを、私たちは知った。題名が人の口にのぼらなくなり、どんなに大きな書店にも姿を見掛けなくなる。見掛けるとしたら、古書店の店頭ワゴンの隅っこくらい。文庫化の相談も、未《いま》だどこからもないようだ。

「TYOの社長が逮捕されたこの千載一遇の機会に、いったい誰の陰謀⁉」と、むらさきさんから八つ当たりされてしまった。

誰の陰謀によるものでもない。要するに『爛漫たる爛漫』は、世間の変化に追い越されてしまったのだ。いまさら文庫化を推し進めたって、上梓《じょうし》される頃には今度は誰もTYOなんて憶えていないだろう。

爛漫たる爛漫——。

内容の粗忽《そこつ》さや誤植の多さはさておき、タイトルはいい。なにしろむらさきさんの最も売れた本のタイトルは、『ロック知らずは結婚できない』だ。どういう立場から、誰になにを脅迫してるんだか。そんなのよりは遥かにいい。

現在の爛漫がヒット曲に恵まれていないことも、たぶん『爛漫たる爛漫』の頓死《とんし》に大きく関係している。私も体験した新生爛漫の全国ツアーは、評論筋には評判が良かったそうだが、ヒットパレードを求めていた一般客のあいだには、哲学的で気難しいバンドに変わったというイメージを植え付けてしまった。いきおいアルバムの売上げはふるわず、ニッチ時代の爛漫には程遠い結果だったという。

さしもの鋭夫くんも反省したか、あるいは周囲に押し切られたか、昨年のミニアルバムには陽介《ようすけ》くんを前面に据えた甘いバラードや、それだけならまだしも、殆《ほとん》どをコンピュータに演奏させ、部分的にだが人工ボーカル、一種のボーカロイドを使った曲さえ入っていた。

「ライヴでは、あれを人力で再現するっていう面白さを狙ってるんだろうけど――」と、むらさきさんも渋い表情でいた。

私は聴き通していない。まさかと思い、カンコちゃんのレコーダーに入っていたその二曲の、出だしを確認したのみだ。はたしてこれを爛漫として売る必要があるのか？　と腹立たしさすらおぼえた。じゃあ爛漫というバンド名をめぐっての、一連の確執はなんだったのか。

真の爛漫は「雨の日曜日」を最後に消え失《う》せた――。

この種の文言をインターネットで盛んに見掛けるようになり、以後、私は「爛漫」で検索するのをやめてしまった。

「爛漫の人たちとは、相変わらず――？」

と先生から問われたが、相変わらず仲がいい？　と訊かれてるんだか、相変わらず連絡がとれない？　と訊かれてるのか不明だったので、

「相変わらずです」とだけ答えた。あのツアーの打上げ以来、鋭夫くんとも史朗くんとも圭吾くんとも陽介くんとも、メールのやり取りすらない。やり取りがないのだから、仲が悪くなりようもない。そこで、はたと思い出した。「しばらくまえ、レオと会ったんです」

「どこで？　伊豆大島で療養中じゃなかったの」

「もうその施設は出ていて――」私は慎重に言葉を選びながら語った。彼は下北沢の路上で、アコースティックギターを奏でていたのだ。

小雨が降っていた。閉じた店のオーニングテントの下で彼が立奏していたのは、スコット・ジョプリンの曲だ。その旋律に思わず足を止めた。伴奏と主旋律を同時に奏でるタイプの、私なんかにはどうやっているのか見当もつかない、巧みな演奏だった。

以前よりだいぶ太っていたし、帽子からはみ出している髪も黒かった。足許のギターケースに、投げ入れられた小銭と一緒に転がっている細長い小鑷を目にするまでは、彼だという確信が持てなかった。

「――レオ?」と曲が終わるのを待ち、傘を閉じて尋ねた。

彼は彼で、しばらくは幻でも見ているような顔付きでいた。「くれないちゃんか。こんな偶然ってあるんだな」

「伊豆大島じゃなかったの」

「施設はずいぶんまえに出た。三食昼寝付きの所にそう長居はさせてもらえないよ、もう事務所にも所属してないし。あとは自力で治せって話だな。大丈夫、今のところはまだ飲んでないよ、あれから一滴も」

「どうやって生活してるの」

「買い集めてた機材を売ったり、あとフルタイムじゃないけど郵便配達を。俺の実家、むかし郵便局だったんだよ。だから雇ってもらえたってわけじゃなくて、郵便の仕事だったらつらくないかなって。ライヴの現場に戻りたい気持ちもあるんだけど、あの空気のなかにいるとついアルコールに手が伸びちゃいそうだから、実益を兼ねてこうして外で弾くようにしてるんだ。だいぶ巧くなったろ?」

「上手だった。一緒に演《や》ったよね」

「楽しかったな。そっちはどうしてるの」

「恥ずかしながら、二年遅れの女子大生」

「それって——じゃあなんとか試験で？　凄いな」

「クラシックに戻ったの」

「ピアノを？」

「うん。いまどきピアノ科を卒業したって、そのまま仕事に繋がりはしないだろうけど、ほかに出来ることもないし」

「俺もギターしか取り柄がないなあって、配達で失敗しては、いつも思うよ」

爛漫からはじき出された者同士——と私が云ったら不遜に過ぎるが、なにか似通った想いを抱えて生きていることを、たぶんお互いに、私たちは感じていた。

雨が強まり、彼は、「今日はもう店仕舞いだ」とギターを片付けはじめた。私は電話番号を尋ねたが、

「携帯、持ってないんだよ」と明るく返された。「下北沢、よく来る？」

「大学の帰り、買物の必要があるときとか」

「だったら、こうしてまた会えるさ」

レオが太っていたことや機材を売り払っていることは省略し、彼の素敵だった部分を強調して先生に話した。

先生いわく、「絶対に音楽だけは諦めない——そういう人、痺れる。レオを探して下北沢を徘徊《はいかい》

してみようかしら」

ついほくそ笑んだ。もしそれらしき人を発見できたとしても、どうしてもレオの偽者に思えてならないだろう。なぜなら岡村さつきさんの呪いがかかっているから――。

恩師を嘲笑《ちようしよう》したばちが当たって、私にも呪いが感染したようだ。帰途、大切に「保護」を掛けてある携帯電話のなかのメール群が、なんだか偽物っぽく感じられはじめた。発信者は本物の岩倉氏であるにせよ、この内容を、私は信じ続けていいのだろうか？

14

差出人：岩倉理《おさむ》
件名：おめでとう！　#1
宛先《あてさき》：向田くれない

向田くれない様
そちらのお天気はどう？　こっちは雨が続いている。でも心地好《よ》い雨だ。

俺の記憶が確かなら、君はそろそろ二十歳の誕生日を迎えているはずだ。

来年の今日には二十一、再来年は二十二で、三十年後には五十。

君の人生に訪れる無数の区切りの一つに過ぎないものの、慣例に沿って感嘆符付きの「おめでとう！」と、俺の思い出話とを、贈らせていただく。

この日に備えて、すでに書き溜めてあるクロニクルだ。つい長々と書いてしまい、うまく削れないでいる。そちらの受信設定に制限があるといけないから、確実に届くよう、なるべく分割して送信するよ。岩倉拝

差出人：岩倉理
件名：おめでとう！　#2
宛先：向田くれない

贈りたいのは、俺の叔父の話だ。退屈かもしれないが、いちおう最後まで目を通してくれ。

二十余年前、世間に忘れられかけた歌手だった俺が、いっそのこと日本の芸能界から足を洗って渡米してしまえと決心できたのは、音楽への自信ゆえでも、若々しい冒険心ゆえでもなかった。一種の打算からだ。

俺の父親は日系四世としてカリフォルニア州で生まれた。しかし三世すなわち俺にとっての祖父母が事業に失敗し、金持ちの親戚を頼って共に日本に戻った、すでに二十代の後半だった。上の世代と違って日本語がほとんど喋《しゃべ》れないから、最初は苦労したそうだ。しかしなんとか環境に適応して「普通の日本人」になっていった。俺はそのあと、日本で生まれた。

父には歳の離れた弟がいた。まだ未成年だった彼も、家族と一緒に日本に戻っている。でもそちらは徹底的に日本の風土に馴染《なじ》めず、けっきょく二十歳《はたち》になるのを待たずして、アメリカに舞い戻ってしまった。そして、それきり行方不明。

差出人：岩倉理
件名：おめでとう！　＃3
宛先：向田くれない

行方不明だった叔父を発見したのは、中学生の俺だ。少なくとも家族のうちの第一発見者は俺だった。友達が音楽雑誌を見せにきた。「この人、岩倉の親戚じゃないか？　お前の親ってアメリカ生まれだよな」

モノクロの頁《ページ》に、こんな文言が躍っていた。「ブルースとロックンロールの聖地メンフィスで人気沸騰中の日系人プレイヤー、その名はブラインダッド・イワクラ‼」

写真も載っていた。ソフト帽を深々と被《かぶ》りサングラスを掛け、顔は髭に被《おお》われていたが、たしかに鼻筋や頬骨の感じが、俺にそっくりなんだな。叔父だと確信した。

せつない情報も載っていた。Blin'Dad は Blind Tadashi の訛《なま》りだった。タダシが、あちらの連中には発音しにくかったものさ。彼はブラインド、すなわち盲目だった。若い頃の喧嘩のためとも不遇時代の過酷な生活のためとも噂されるが、本人は明言を避けている、とあった。

俺はそれまで意識したこともなかった叔父の名前を、親父《おやじ》に尋ねた。理と書いてタダシだった。俺は親父の人生から飛び去ってしまった、その弟の名を貰っていたんだよ。

差出人：岩倉理

件名：おめでとう！　#4
宛先：向田くれない

渡米したときの俺は、叔父を頼る気まんまんでいた。こちとらショウビジネスでの経験は積んでいる。同じ名前を持つ甥《おい》っ子《こ》は、きっと彼のバンドで重用される。それどころか、いずれブラインダッドを襲名できるくらいの気でいた。そしてそれを足掛かりに、世界に羽ばたける。

愚の骨頂だ。

俺はブラインダッドの音楽を聴いたことさえなかった。この点については言い訳がある。彼は未《ま》だ、正規の音源をリリースしていなかったんだ。店での演奏を客が勝手に録音した海賊盤が、ひっそりと出回っているに過ぎず、日本での俺にはそれを見つけられなかった。

メンフィスに降り立った。ブラインダッドとそのバンドがどこで演奏しているかは、すぐに分かった。ビールストリートのあちこちにチラシが貼ってあった。ブルースアンヴィルという店だった。

じりじりと夜を待って、店に足を踏み入れた。店員といい客といい、黒人だらけだ。周囲に見下されないよう、精一杯の気取った態度で酒を頼み、一角に陣取って、ブラインダッドの出演を待った。東洋人のブラインダッドを東洋人が聴きにきてなにが悪い？　ってな顔付きを心掛けていた。

前座の演奏で、腰が砕けた。膝は勝手に踊った。若い黒人ばかりのバンドだった。小学生くらいに見えるメンバーもいた。これが途轍《とてつ》もなく巧い。俺は日本でなにを演ってきたんだろう、と恥ずかしくなった。こいつらを前座につけるブラインダッドは、どれほど凄いんだろう？　期待は否応《いやおう》なく高まる。

差出人：岩倉理
件名：おめでとう！　#5
宛先：向田くれない

付人の黒人少年に手を引かれて、ブラインダッドがステージに登場した。雑誌の写真どおりの風《ふう》貌《ぼう》だったが、想像していたよりも痩せていた。

椅子に腰をおろして、手渡されたギターの音を確かめる。への字型のブーメランにネックを生やしたような珍妙なエレキだ。のちに、バンドのベーシストが盲目の彼の突飛なリクエストに応じ、手作りしたギターだと分かった。

低い嗄《しゃが》れ声《ごえ》で、呟くように歌いはじめる。バンドもそれに追従《ついじゅう》した。ベースにドラム、そしてオルガン。オルガニストだけが白人だった。

正直なところ、拍子抜けした。地味なんだよ、歌もバックの演奏も。待てども待てども、これといったメロディも派手な音色も聞えてこない。お経か？　これは。雑誌の記事に騙された、渡米は失敗だった、と思った。

ところが周囲の客たちを観察すると、みな食い入るようにステージを見つめ、膝は前座のとき以上に動いている。

ジャズの4ビート、ロックの8ビート、ファンクの16ビートの区別は付きます、って程度だった俺の耳には、ブラインダッドのバンドの懐《ふところ》の深いグルーヴが、まったく理解できなかったんだ。

かろうじて最後まで聴き通した。店内は拍手喝采《はくしゅかっさい》に満ちたが、俺は悪酔いしたような気分だった。こんな世界に飛び込む？　今から詩吟でも学びはじめたほうが、まだしも華やかなんじゃないか？店を出てホテルに戻った。ロビーのテレビの中では、エルヴィス・プレスリーが「監獄ロック」を歌っていた。

差出人：岩倉理
件名：おめでとう！　＃6
宛先：向田くれない

数日後の俺は、また同じ店で、ステージ上のブラインダダッドを見つめていた。

あのあと不思議と、彼の歌声の端々が、耳から離れなかったんだ。いや、身体から。旅先特有の興奮状態が自分になにかをもたらしているのか、それともなんらかの音楽上のトリックに引っ掛かったのか、せめてそれを見極めないことには、帰国できない。

二度めのブラインダダッドは、まったく違って聞えた。あっさりと表現すれば、ずっとリズミカル。気取った言い方をするならば、淡々とした歌の奥底で、無数のグルーヴが蠢《うごめ》いているような気がした。表面的な音と彼が意識しているリズムとの間には常にギャップがあり、その幅を自在にコントロールしているらしいとも気付いた。

これか！　とそのときは思った。でもまだまだ俺にブラインダダッドの物凄さは理解できていなかった。彼の恐るべき耳の鋭さや詞の深みに震撼《しんかん》するのは、だいぶあとの話だ。

演奏を終え手を引かれてステージを下りようとする彼に、俺は駆け寄った。

「日本から来たあなたの甥です」と、練習してきた英語を放った。

ブラインダッドの返事はこうだった。「そうか。兄貴によろしく」

その素っ気なさに俺は唖然《あぜん》としつつも、「僕はあなたの役に立ちたい」

「付人になりたいのか？　間に合っているよ」

「僕は日本で歌手をやっている。ギターも弾けます」

「では日本で頑張れ」

差出人：岩倉理
件名：おめでとう！　#7
宛先：向田くれない

俺はホテルを移った。もともと中の下くらいのホテルに居たが、それをきっぱりと下のランクに落した。こうなったら、こっちにも意地がある。メンバーや弟子にはなれないまでも、せめてブラインダッドの口から犒《ねぎら》いの言葉を吐かせるまでは、メンフィスに居座ってやると決めていた。

彼が出演する晩は、必ずブルースアンヴィルに足を運んだ。ステージの真ん前に陣取り、演奏を聴くだけ聴いて、黙って帰る。俺が通い続けていることは、どうせ付人から伝わるだろう。

ほかの時間は、独りでミシシッピ川を眺めていたよ。ろくに喋れないから友達なんかできない。金を無駄にできないから観光もできない。

そんなふうにしてひと月、ふた月と店に通い詰めたが、ブラインダッドからも彼を囲む人々からも、一向に話しかけられない。ビザを持っていないから、そろそろ出国せねばならない。

そんな頃、奇妙な出来事があった。

その晩のブルースアンヴィルは満席で、俺はドア近くの壁に凭れての立見に甘んじていた。ブラインダッドが、演奏を始めるまえにマイクを通じて呟いた。「今夜は日本の坊やがいないいな」

俺は息を呑んだ。

彼の顔が真っ直ぐにこちらを向いた。「なんだ、そこか」

本当は視えているんじゃないか？　という疑念が俺の胸中に生じた。メンフィスに執着する理由が増えた。ブラインダッドの正体を見極めてやる。奇蹟をもたらす聖者か、天才詐欺師《さぎし》か。

差出人：岩倉理
件名：おめでとう！　#8
宛先：向田くれない

考えてもみれば彼が詐欺師なら、わざわざ疑われるような言動をとるはずもない。俺だってそう頭では分かっている。しかし到底全盲だとは信じられない面が、ブラインダッドには多々あった。英語に耳が慣れてくると、しばしばその瞬間を捉えられるようになった。

客の数のみならず、男女比まで敏感に察して、「今夜は美女が多い」などと呟く。

彼が演奏中にベーシストを振り返り、「チャック、帽子を忘れてるぞ」と叫んだ場面をはっきりと憶えている。実際、その晩のベーシストは、トレイドマークのテンガロン帽を被っていなかった。「穴が開いちゃったんだよ！」とベーシストが叫び返す。なぜ見抜かれたのかを不思議がっている様子もない。

「新調しとけ」とブラインダッドは笑った。「こっちの調子が出ない」

どうやって気付いたというのか？　音で？　ベースの弾き方やコーラスの響きで？

俺はいったん日本に戻った。肉体労働で次の渡米の資金を稼ぎながら、家ではひたすらメンフィスで手に入れた海賊盤を聴き、ブラインダッドのギターをコピーした。音数の少ない単純な演奏だ。でもどう弾いても似ない。似せようとするほどに、ブラインダッドの雰囲気から遠ざかる。

少しずつ身体に染み込ませるほかない、と悟った。反復、反復、ひたすら反復。あの頃を思い返して、布団に入って眠ったという記憶がほとんどない。ギターを抱えての居眠りばかりだった。

差出人：岩倉理
件名：おめでとう！　#9
宛先：向田くれない

ふたたび訪れたメンフィスで、僅《わず》かに進展があった。

ブルースアンヴィルでの彼のステージが終わったあと、ホテルに帰ろうとしている俺の許に付人の少年が駆け寄ってきた。この子はマイケルといった。「日本のおにいさん、ブラインダッドが呼んでる」

楽屋で、初めてブラインダッドから名前を尋ねられた。オサムだと答えた。

「オサム、私のお父さんとお母さんは元気か」

「お母さんは老人ホームに。まだ話はできます。お父さんはもう――」

「そうか。お母さんに私の眼のことは伝えるな。今度はいつまでメンフィスに居るんだ？」

俺は大見得を切った。「あなたと一緒に演奏するまで」

ブラインダッドは笑った。「ギターは日本から持ってきているのか」

迷ったが、どうせ見抜かれると思い、「いいえ」と正直に答えた。ギターの輸送にはそれなりの金がかかる。自分の国産ギターを、わざわざ本場に運んでくる意味が見出せなかったんだ。

「じゃあ何を演奏するんだ？」

俺は答えられなかった。ヴァイオリンだったら少しは弾けるが、もちろんヴァイオリンも持ってきちゃいない。

「ドラムのジョニーが手伝いを探している。あとは彼と話せ」

それが、ようやっと俺に与えられた役目だった。ドラムセットの運搬係。

ジョニー・デュークは、バンドのなかでいちばん若かった。郊外に住んでいて、自宅にある自慢のグレッチのセットを、ステージのたびにワゴン車で運び込んでいた。運転は奥さんが担っていた。ジョニーは酒に弱く、帰り道は運転できないからだ。

奥さんが身重になってからは、仕方なくブルースアンヴィルの備品の、古ぼけたセットを叩いていた。

差出人：岩倉理
件名：おめでとう！　＃10
宛先：向田くれない

渡米前に念のため国際免許を取得していた俺は、無償での運搬係を引き受けた。ステージのある日はバスでジョニーの家まで行き、ドラムを運び、組立てを手伝い、ステージ後は撤収して、珈琲を飲みながらジョニーが店を離れるのをじっと待つ。

彼を家へと送ってしまうと、もうバスはない。朝まで居間で寝る。

ギャラを払えないことに心を痛めていたジョニーは、俺にとても親切にしてくれた。飯はなるべく一緒に食うようにして経済的に助けてくれたし、洋服もくれた。自作の三絃ギターを俺に触らせもした。「これなら貸してやれるが」

俺がそれを上手く弾けないと見ると、穴場の質屋に案内してくれた。そこで俺はギターと小さなアンプを買った。ギターは素人仕事でピンクに塗られたうえにステッカーをべたべたと貼られた、片方のピックアップしか音の出ない、フェンダーのジャズマスターだ。当時は不人気のモデルで、完動品でもなく見た目もひどいとあって二束三文だったが、そのときの俺には手痛い出費だった。

ペンキがべたつくんで、塗装はスクレイパーで刮《は》ぎ取《と》ってしまった。ピックアップは内部で断線していて素人にはどうにもならなかった。でも生きてるほうのピックアップが悪くない音だった。そのギターでブラインダッドの曲の練習を重ねた。アメリカを離れているあいだは、ジョニーの家に預けた。

三度めの渡米時、ブルースアンヴィルでのリハーサルで、遂にブラインダッドからこう声がかかった。「オサム、私のアンプをチェックしてくれ」

彼のギターに触るのは怖かったんで、いざってときのためにいつも持参していた、自分のジャズマスターをアンプに繋いで、彼の曲をすこし弾いた。ジョニーが小さな音で合わせてくれた。やがてベースのチャック、オルガンのアイザックも合わせはじめた。

「そのギター、なかなかじゃないか」とブラインダッドは機嫌よさげだったが、あとはいつもと同じ晩だった。ドラムを撤収し、ジョニーを家に送り、奥さんがつくっておいてくれたサンドウィッチを食って、居間で寝る。

差出人：岩倉理
件名：おめでとう！　#11
宛先：向田くれない

何曲か、俺にステージで弾かせてみてはどうかとブラインダッドに提案してくれたのは、彼の長年の相棒であるチャックだったらしい。そうジョニーから聞いた。ブラインダッドが詞に意識を集中させるあまり、途中でギターを弾かなくなってしまう曲が、幾つかあった。そういうときの助《すけ》っ人《と》としてオサムは役に立つかもしれない、と。

付人のマイケルがホテルを訪ねてきた。「オサム、ブラインダッドが、明日の晩、三曲弾けって」ただギターを弾けと命じられただけで、あんなにも縮みあがった瞬間は、後にも先にも例がない。

伝えられた曲目をさらってみた。あるていど弾けているようにも、まったく弾けていないようにも思えた。その晩は一睡もできなかった。

リハーサルでのブラインダッドは、容赦なく三曲を二曲に絞った。それでも本番、俺は緊張のあまり何箇所かで、露骨に音を外した。終わった、と思った。じっさいブラインダッドにはお気に召さなかったらしい。二曲ぶんのギャラだけを渡され、次のステージへのお誘いはなかった。

ジョニーのワゴンにばらしたドラムを運んでいる俺のところに、アイザックが近寄ってきた。
「オサム、ブラインダッドはミステイクに拘《こだわ》ってるんじゃない。ちゃんと歌詞を理解しろ」

ブラインダッドの詞の理解に最も寄与してくれたのは、付人のマイケルだ。リハーサルから本番までの休憩時間、ノートにメモった歌詞と英和辞典とを前に四苦八苦していた俺は、近くを通りかかった彼に尋ねた。指で単語を示して、「この you はブラインダッドの恋人だろう?」

すると彼はためらいもせず、「僕にとっては死んじゃった妹だよ。つまり天使。僕のすべて」

差出人：岩倉理
件名：おめでとう！　#12
宛先：向田くれない

あのころ初めて俺はギターを弾けるようになったのだと、自分では思っている。それ以前の俺のギターは、乾いたスポンジだった。形状だけは保っているものの、絞っても絞っても一滴の水も出てこない。祈りがない。いきおい聴いてくれる人への敬意も生じない。無意味な音の乱発だった。

ジョニーはよく俺の練習に付き合ってくれた。成果を確認すべく、チャックとアイザックもときどき彼の家にやって来た。彼らの説得のお蔭で、俺はふたたびブラインダッドのステージに立つことができた。当夜、ブラインダッドが俺を振り返った。微笑をうかべていた。

やがて二曲が三曲になり、四曲になり、五曲になり、遂には最初から最後まで出ずっぱりになった。正式メンバーではなかったが、「そして私の甥です」とブラインダッドに紹介してもらい、「オサムゥ」「ネフュウ」と客席から声援を貰えるようにもなった。nephew が当時の俺の渾名《あだな》だよ。甥っ子って意味だ。Osamu the nephew。

ジョニーたちは、俺のグリーンカード取得にも尽力してくれた。そのために俺を正式メンバーにするようにと、ブラインダッドに進言してくれたのも彼らだ。お蔭で俺はメンフィスに部屋を借りられるようになり、貧しいながらも充実した音楽人生が始まった。

ブラインダッドの許にはレコード契約の話が引きぎりなかったが、彼はまるで興味をいだかなかった。「私たちの演奏が聴きたければ、どうぞブルースアンヴィルに」

チャックにさえ、彼のそういう態度を軟化させることはできなかった。それを成し遂げたのは、日本の週刊誌から特派されてきた駆出しの音楽ライターだ。

彼女は名前を、向田むらさきといった。

15

練習室のフロアに辿り着いたものの、いつものの、ほっと身体の無駄な力が抜けるような感覚は得られずにいた。

学生個々の演奏を聴いてくれるのは年に一度という名物教授の講評が、深く私の胸に突き刺さっていた。それなりに自信のあったラフマニノフを、ぱんぱん、と手を打って中断させられ、こう告げられたのだ。「正確だね。その調子で最後まで弾きされるのは、聴かずとも分かる。正確で、退屈。あとは自分で考えなさい」

すなわち私の演奏は、情感を根本的に欠いている。私がどんなに想いを込めて弾いても、人にはそう聞えるらしい。自動ピアノ的だという自覚は、昔からあった。それが「正しい」とも信じていた――。

ピアノはよく管理されているものの、校舎の設備自体は古い。練習室での演奏は、少なからず廊下に音漏れする。誰かが軽々とリストの「鬼火」を弾いていた。ドアに覗き窓はあるものの、覗いてみるまでもない。特待生の夏目さんに決まっている。

短い練習曲だ――「超絶技巧」がその前に冠されているが。私は廊下で、それを最後まで聴き通した。指が譜面どおりに動いているだけでも驚嘆すべき曲を、まるで音を呼吸しているかのように、無理も過剰さもなく弾きこなしている。

私と同じく高認を経て入ってきた子だ。しかし私のようにぶらぶらしていた時代がないので、普通に高校を出て現役合格した子たちと同い年。まだ一年生だから、云ってみればカタパルトを巻いているような状態だが、いずれコンクール荒しとでも渾名されるに違いない。

嫉妬《しっと》心《しん》とはわりあい無縁に生きてきたつもりだった私が、彼女のことを思うときは心中穏やかでいられなくなる。やはり鋭夫くんにメールか電話をしておくべきだろうかと考えては、そういう自分をなにやら醜くも感じて、やりきれない。状況証拠とも云える幾つもの要素を、彼女は備えていると思うのだが、あるいは私がそう思いたいだけかもしれない。

今は深く考えないことにして、学生課から指定された部屋に足を向けた。ところが、

「向田さーん」と後ろから呼び止められた――あの声と、いつもの芝居がかった抑揚で。

立《た》ち竦《すく》み、振り返る。夏目さんが廊下に出てきていた。

彼女はハンカチで眼鏡を拭きながら、「連弾しません?」

大学で、最も親しげに私に話しかけてくる一人が、彼女だ。私にはそれも、状況証拠の一つと感じられてならない。

彼女は私の返事を待たず、「そのまえにお手洗い」と、練習室のドアを開けっぱなしで遠ざかっていった。

私が代わりにドアを閉じた。そしてその前で彼女を待った。

練習室への申請は、学生課に記録されている。だから私は安全だ――そう自分に云い聞かせる。念のため、もはや年代物のレモン色の防犯ブザーが、ちゃんとベルトループにさがっているのを確かめる。

夏目さんが戻ってきた。

「何を?」と問うと、

「スコット・ジョプリン、駄目? まえ弾いてたでしょう」

事実だった。レオのことなど思い出しながら、たまに気晴らしに弾いている。外から聞かれていたのか。

私はずだ袋の中を確かめるふりをし、「今日、譜面を持ってきてないけど」

「大丈夫。ジョプリンだったら、大概は暗譜してるから。向田さんも、でしょう？」

一緒に練習室に入った。部屋によって広さも楽器の数も異なる。ここはグランドピアノが一台きりで、残りの空間はかろうじて周囲を歩ける程度。

「低い方？　高い方がいい？」

「じゃあ——低い方で」

「椅子、どうぞ。私は立ったままでいいから。なんでも弾いてみて」

私は椅子を低音側に寄せてそれに坐り、選曲にすこし迷ったあと、合わせやすそうな「ジ・イージーウィナーズ」を始めた。

夏目さんは中腰で、最初は高音のトリルで曲に合わせていた。そのうちその左手が、ひらひらと鍵盤中を飛び交いはじめた。私の右手を跨《また》ぐのみならず、ときには左手にまで近接する。泡を食った私は、右手を派手に間違えた。「暗闇のサーカス」が混じってしまった。

夏目さんが振り返り、ふふっと笑う。そのあとも私が音遣いやタイミングを間違えるたび、彼女は可笑しげにこちらを見返した。完全に暗譜している。私が弾き終えてからも彼女は演奏を止めることなく、終盤のフレーズを変奏しはじめた。

最後の最後には私を押し退け、最低音辺りから最高音辺りにまで駆け上がり、複雑なアルペッジョを弾きながら、「向田さん、もう終わり？」

小莫迦にされたようで、つい眉をひそめた。「もう曲が終わってるし」

「じゃ、もう一度最後の和音を弾いて締めて」

最後の和音は、ファのシャープ、ラのシャープ、そしてドのシャープ。コードでいえばF#。

近接した音遣いだから、自分でもただの間違いとも、魔が差したともつかない。ファのシャープに左手の薬指を置いた私は、続けて白鍵のラとレを重ねてしまった。響きは――オープンD。

はっと、夏目さんの横顔を盗み見る。

笑っていない。

「締めて」と鋭く云われた。

私が本来の和音を叩くと、彼女もアルペッジョをゆったりとさせ、絶妙なタイミングでふいっと鍵盤から手を離した。

「さっきの動き、なんだかお洒落ね」と私のほうを向いた彼女の顔には、いつもの女優めいた微笑が戻っていた。

知っている目――。

こちらの内心を見透かしているような三白眼をして、そう改めて感じた。初めて野薊の練習に立ち会ったとき、廊下から階段を見上げていた、あの子の目だ。

ちらりとしか見られなかったから、顔立ちはろくに憶えていない。結われた長い髪が虚空《こくう》に垂れ、その手前に目だけが浮かんでいるような印象しか残っていない。

夏目さんはショートカットだ。それに度の強そうな眼鏡をかけている。でもレンズの向こうの、この独特な目。

私は無意識に防犯ブザーをまさぐりながら、「夏目さん、たしか世田谷だよね」

「うん、駒沢」

近い。「中学は公立？　だったら私と同じかも」

「だとしても、どうせ会ってないよ。ほとんど行ってないもん」と躱《かわ》された。しかし不登校を経験した人間だとしたら、珍しい反応ではない。私でもきっと似たような答え方をする。「もう一曲くらい演りましょうか」

「――なんにしよう？　ねえ、夏目さんも溝畠先生のレッスン受けてたんだよね？　髭の」

「うん、受けたよ。うち貧乏だからほんの何度かだけど。どうして？」

「ん――先生とだいぶ弾き方が違うから」

彼女は失笑して、「向田さんだって、ぜんぜん違う」

「そうかも」

彼女が廊下のあの子だとしたら、鋭夫くんや、もしかしたら史朗くんの姿も目にしている。自分が通う中学にまで追及の手が伸びたと誤解しての、その後の過剰気味の防衛――そう考えると、色々なことが整合する。

それ以上、私は彼女に質問をしなかった。『爛漫たる爛漫』を知っている者なら、私が向田むらさきの娘であることは簡単に類推できる。なにしろ名前が名前だ。

彼女がオープンDだとすれば、私に敢えて接近し、高度な情報戦を仕掛けていることになる――私たちがどこまで真相に近付いているのかを探り、攪乱《かくらん》するための。

なにか洩らせば、また先回りされる。迂闊《うかつ》なことは話せない。

16

差出人：岩倉理
件名：おめでとう！　＃13
宛先：向田くれない

本来の取材対象は、俺だった。雑誌の、消えた芸能人を取材する特集の、俺の項目にみずから志願したのだと聞いた。

「正直、悪趣味な特集だと思うんですけど、有名になるためには、ほかの誰にもできないことをやってかなきゃいけないんです。だから岩倉理だったら私ができると挙手して、自費でメンフィスまで来ました」

開けっぴろげな小娘だった。そう、当時のむらさきさんは、当時の俺の目にさえ小娘だった。今の君とたいして変わらない。

魅力的だったよ。正直なところ、俺はたちまち彼女に恋をした。

あれは本当に恋だったんだろうか？　俺の日本語への飢えが、彼女の言動の一つ一つを輝かせていたのも、また事実かと思う。

ところがブラインダッドの生演奏に接するや、むらさきさんの取材目的は移ろった。俺にまつわる記事はさっさと片付けて日本に送り、ブラインダッドとそのバンドが世界に羽ばたく瞬間を捉えることにしたと称して、メンフィスに居座った。それを本に書いて出版するのだと。

良くも悪くも、しつこい。しぶとい。かつての俺なんか勝負にならない執拗《しつよう》さで、ブラインダッドのステージにも私生活にも食い下がる。やっと日本に帰ったかと思うと、すぐさま舞い戻ってくる。そのうちブラインダッドに叱咤されて泣きを見るだろうと思い、彼女への慰めの言葉すら用意していた俺だったが、この予想は見事に覆《くつがえ》された。

差出人：岩倉理
件名：おめでとう！　#14
宛先：向田くれない

終演後の店で、皆で飲んでいたときの話だ。立ち上がろうとしたむらさきさんがよろけ、転びかけたことがあった。彼女は酔っていた。隣にいたブラインダッドが例の超能力を発揮して、即座に片腕を伸ばし、彼女の背を支えた。

むらさきさんは彼の肩に手を置き、「ありがとう、ダ――」

ダッドにも、ダに続く残りを呑み込んだようにも聞えた。

ブラインダッドを、ただダッドを呼ぶ者はいない。ブラインダッドかミスター・イワクラ、あとは俺がときどきアンクルと呼んでいたくらいで、ほかの呼び名は無い。

では、ダーリン？

どうあれ二者の関係は、すでに以前とは違うものになっていたわけだ。俺はほかのメンバーやマイケルの表情を窺った。不思議そうな顔付きの者はいない。未だ英語に難儀していた俺だけが、ブラインダッドとむらさきさんの会話に含まれる、細かなニュアンスに気付かずにいたという次第さ。喋れない、聴き取れない悔しさを、とくと味わったよ。

そうして俺が事態を呑み込むのを待ち構えていたかのように、むらさきさんはホテルを引き払い、ブラインダッドのアパートへと移った。ブラインダッドが大手のレコード会社と契約を交わしたのは、それから間もなくのことだ。あなたにはメンバーの生活を豊かにする義務がある、という、むらさきさんの説得に応じたものだと聞いた。

チャックたちは東洋の小娘がもたらしてくれた奇蹟に敬意を表し、彼女をドラゴン・レディと呼んだ。むらさきさんは気に入っていなかったようだがね。

差出人：岩倉理
件名：おめでとう！　#15
宛先：向田くれない

ブラインダッドは、レコード会社に厳しい条件を付けるのを忘れなかった。ブルースアンヴィルでの、いつものバンドとのライヴ盤しか作る気はない。選曲には口出しをしないこと。歌詞を変えさせないこと。CDプレイヤーを持っていない貧乏人のために、LP盤も出すこと。盲学校には無料で配布すること――。

幾晩か、レコード会社に雇われた連中が機材を抱えてやって来ては、ショウを録音していった。

もちろん俺も演奏に参加していたが、録音されているという理由では緊張しなかったな。ブラインダッドに険しい表情で振り返られるほうが、ずっと怖い。

アルバムは予想を超えて、特に地元で売れ、ブラインダッドはバンドの収益をきれいに五等分した。俺も五分の一を貰った。

「貯金しておけ。こんなことが続くと思うな」と釘を刺されたがね。まあ、ギターは修理したよ。それからアパートにエアコンを入れた。

レコードの売行きに気をよくしたレコード会社が、テネシー州以外でも知名度を上げるための全米ツアーを提案してきた。ブラインダッドは移動を厭がって渋ったが、彼が渋るほどに好条件が上乗せされた。マイケルはもちろんのこと、むらさきさんも同行させていい。ステージとステージの間には休息日をもうける。遠距離には飛行機を使い移動時間を短縮する――。

バンドの音楽性と規模、予想される集客数からいえば、法外な提示だ。それだけ連中はブラインダッドの将来性を買っていたわけだ――この男は伝説になる、と。

むらさきさんはもちろん、ツアーの敢行を望んだ。とうとうブラインダッドが頷いた。

俺たちは旅に出た。

最大で千人規模のホール、都市によっては会場が大学の講堂だったりもしたが、ブラインダッドはツアーをそれなりに楽しんでいるように見えた。ほかのメンバーも上機嫌だったし、俺に至っては有頂天だった。

差出人：岩倉理

件名：おめでとう！　#16
宛先：向田くれない

会場が小さいぶん、どこも満員だ。じかに触れることは叶わないと諦めていた彼の歌とギターを生で聴ける喜びが、どの会場にも横溢《おういつ》していた。拍手や声援の量は人数なりだ。デビュー当時の俺への声援のほうがよほど喧《やかま》しかった。でも、その質が違うんだ。有《あ》り体《てい》な表現だが、心がこもっていた。まるで会場全体、柔らかな光に包まれているようだった。

アトランタ、モントゴメリー、ジャクソン、ニューオーリンズ、リトルロック、オクラホマシティ、と南部をバスでまわり、未だ有色人種差別の激しかったテキサス州は避けて、次は西部だ。サンディエゴまでは軽飛行機が用意されていた。バスの運転手以外は先に現地入りし、休暇を楽しみながら機材の到着を待つ手筈《てはず》だった。

事が起きたのは、バスが飛行場へと向かっているときのことだ。どうしてとも、そのときはつかなかった。本当は今でも分からない。

普段のブラインダッドは静かだ。いつも瞑想《めいそう》しているような風情で、必要最小限にしか話さない。その彼が突然、俺とむらさきさんに向かって、「私はツアーのあいだじゅう、君たちの発する騒音にさらされ続けるのか」

縮み上がったね。俺とむらさきさんは日本語でやり取りする。周囲には通じない気楽さから「大声での内緒話」に及ぶことも多かった。

「客は私の歌を聴きに集まってくるというのに、バックバンドと同じギャラ、同じホテル。そのうえ移動手段まで同じで、そのあいだ得体の知れない騒音に悩まされている。おかしな話だと思わないか？」

差出人：岩倉理
件名：おめでとう！　#17
宛先：向田くれない

むらさきさんは青ざめていた。「聞かれて困るような話をしていたわけじゃないの。私もオサムも日本語のほうが楽だから、つい――」

俺の声も震えた。「僕は飛行機に乗りません。このバスでみんなを追いかけます。だから演奏にはこれからも参加させてほしい」

「ふたりともバスで来なさい」

「ブラインダッド、彼らが可哀相だよ」マイケルが場を収めようとした。

「ではお前が付いていてやりなさい」

「ミスター・イワクラ」ジョニーが正面から抗議した。「バンドのメンバーを平等に扱うあなたを、これまで尊敬してきた。今のあなたの態度は残念です」

「平等でいいのはバックバンドのメンバー同士だ。スタアとバンドが平等である必要がどこにある？　ボスに楯突《たてつ》くバンドなどツアーに必要ない。みんなメンフィスに帰れ。西部でのバンドは現地で調達する」

「無茶だ」とツアーマネージャーが叫んだ。「間に合うわけがない」

「では私が独りで演《や》る」

ブラインダッドを説得するとして、チャックとアイザック、そしてツアーマネージャーは、彼と一緒に空港でバスを降りた。ジョニー、マイケル、むらさきさん、そして俺――つまり若者ばかりがバスに残った。やがてとろとろとサンディエゴに向け、地上の道を進みはじめた。

差出人：岩倉理
件名：おめでとう！　#18
宛先：向田くれない

道中、運転手の無線に航空会社からの連絡が入った。ブラインダッドたちの乗った飛行機が、アルバカーキの近くで消息を絶ったという。

誤報であることを祈りつつ、俺たちはサンディエゴで続報を待った。墜落した飛行機が発見された、との報が入った。次いで、生存者なしの報が届いた。

俺たちは誰も泣かなかった。信じていなかったんだ。

メンフィスでの合同葬儀で、お棺に縋《すが》りついて泣き叫ぶチャックやアイザックの家族の姿を目にして、ようやっと「これは現実なのか？」という気がしはじめた。損傷が激しいとのことだったんで、俺やむらさきさんは彼らの遺体を目にしていない。

生き残った者たちで、ブルースアンヴィルに残されていた彼らの遺品を回収しているとき、初めて涙が出てきた。俺たちは縋り合って泣いた。

俺たちは、ブラインダッドの気紛れのお蔭で命を拾った。でも、あれは本当に気紛れだったんだろうか？　実のところ彼には未来すら見通せる視力があり、せめて若者の命だけは救おうとしたんじゃないだろうか？

むらさきさんは日本に帰り、君を産んだ。君は俺の娘じゃない。むらさきさんと俺との間に男女の関係は、誓って皆無だ。

以上のことを君に伝えるのは、俺の独断だ。むらさきさんとは相談していない。彼女は、とっくの昔に伝わっている話だと思っているかもしれない。ともかく二十歳《はたち》までの日々を立派に生き抜いてきた君には、ブラインダッドの物語を知る権利がある。どうかたくさんの人々を幸せにした叔父の人生を、嘆くことなく、誇りに思い続けてほしい。

最後に繰り返す。二十歳の誕生日、おめでとう！　ネフュウ拝

17

「向田さんさ、誰かいるの？」

夏目さんと同程度に私に話しかけてきて、学食での食事を共にすることが多いのは、大黒《おおぐろ》くんという同い年の学生だ。共にするというか、私を見つけると遠慮なく食事の載ったお盆を運んできて、対《む》い《か》に坐るのだ。

迷惑に感じたことはない。腱鞘炎《けんしょうえん》を患《わずら》っていたことから二浪してしまったという人で、年齢が同

じだから話題が合致しやすい。史朗くんの線を細くしたような容姿も、なかなか好もしい。

服装が、周りの学生からやや浮いている。ジーンズのときでさえ、ぴかぴかに磨かれた革靴を履いている。家がお金持ちなのだろう。

「え？」と私は顔を上げ、「戸籍上の母親と一緒に」

「そういう話じゃなくて――」と大黒くんは言葉に詰まったあと、意を決したように、「いま付き合ってる人とか、好きな人とか」

鋭夫くんの顔が否応なく思い泛《うか》んでいたが、つい、

「べつに」と答えてしまった。

「だったら、もし厭じゃなかったら、こんど一緒に――」

と、なんらかのコンサートに誘われた。しかし「べつに」と答えた自分に動揺していた私には、詳細を聴き取れなかった。

「予定を確かめとく」とだけ答えておいた。

きっと冷淡に聞えたのだろう。大黒くんは伏し目がちに微笑していた。なんだか申し訳なかったが、行けば、きっとその後はガールフレンド扱いされる。それが今の私にふさわしい新しい世界なのかもと予感しつつ、違和感は拭えない。木曜日の雨の公園や、コンビニの駐車場での食事が、その世界にも見つかるのだろうか。

答は分かっていた。

その午後の、練習室――。

居ても立ってもいられない心地だった私は、とうとう鋭夫くんに電話をかけてしまったのだ。

まだ番号が生きているかどうかも知らなかったし、良くて自動音声が応えるだけだと思っていた。そしてそれを耳にしたなら、改めて諦めがつくかと。ところが、

（睡眠中）という不機嫌な声に応じられた。

「ごめん」と思わず通話を切った。

出た！

電話機を見つめる。ふたたびかけたら嫌われるだろうか？　鋭夫くんが目覚め、今のやり取りを思い出して、かけてくるのを待っているべきだろうか？　でもいつまで経ってもかかってこなかったら、私は凄まじいダメージを受けるような気がする。いっそこっちからかけて嫌われたほうがましかも。

などと考えこんでいたら電話機が震えはじめた。それを握っている手が違うリズムで震えた。

（起きた。このところ昼夜が逆転してるんだ。なに？）

「ええと――最近、夏もコンビニにおでんが」と奇妙なことを口走ってしまった。でも発見して以来、ずっと伝えたかったことでもあった。これでもう、真夏の路上で急に大根が食べたくなっても、鋭夫くん、困らないよ。

（知ってる。よく食べてた）

「そうか」

（用件はそれだけ？）

「あの――うん。眠いのにごめん」

（音大はどう？　ちゃんと通ってるの）

私はびっくりして、「なんで知ってる」

（くれないのことは社長がよく噂してる。まだあのずだ袋を背負ってるとか、でも外泊はしなくなったとか、まだ野薊をやってるとか）

「私、尾藤《びとう》さんとなんか会ってないけど」

（そりゃあ情報源はむらさきさんだろう。野薊、そのうち聴きにいこうと思いつつ、スタジオに詰めてたり地方にいたりで、悪い。でも最近の録音も聴いた。セヴンスヘヴンの店長が事務所に送ってきた。店に可愛がられてるんだな）

気が抜けた。私の壮絶な覚悟を嘲笑《あざわら》うかのように、私の世界の一端は、勝手に鋭夫くんの世界と繋がっていたのだ。なんだか悔しくなってきて、

「彼氏、できるかも」とつまらないことを口走った。

鋭夫くんはしばらく黙っていた。（ふうん。それが本題？）

今度はこちらが黙ってしまった。

（もうちょっと寝てもいいか）

「嘘。冗談。出鱈目。虚言。切らないで」

（なにがしたいんだ？）

私は唇をとがらせた。そんなの決まってる。

逢いたい。

なんと、その私の執念が通じた。

（今、どこにいる）

「大学の練習室」

（調布だっけ？　一時間くらいかな。練習してて）

「――うん」あまりの展開に鳥肌が立ち、つい涙声になった。でも、はたと、「来ちゃだめ！」

夏目さんが練習に来たら、鋭夫くんの姿を見られてしまう。

（見学がてらと思ったのに）

私は練習室のドアを開けた。廊下には、誰もいない――あくまで今のところは。

ドアを閉じ、声をひそめて、「中間地点がいい。下北沢？　だったら懐かしい人に会えるかも」

隣室で聞き耳をたてられているような気がしはじめ、「レオ」という言葉すら私は避けた。夏目さんの聴力は底知れない。

（誰？）

「ギタリスト」

（レオか⁉）

「うん」

（下北沢のどこ。鵜飼《うかい》さんがずっと捜してる）

18

あのオーニングテントの下にレオの姿はなく、代わりに伊達《だて》眼鏡《めがね》をかけた鋭夫くんが立っていた。やたらと緊張した。前髪を手櫛でととのえてから、

「久しぶり」と手を振りながら近付き、その左側に立つ。

彼が、え？　という表情を覗かせたので、全身を鏡に映してから出直してきたくなった。

「背、伸びたか」

「ちょっと伸びた」

「俺が縮んだのかと思った」

「私が見たところ縦には縮んでないけど、痩せた？」

「きっと顔が老《ふ》けたんだよ。早めに着いたからこの辺を一巡りしてみたけど、レオの姿は見当らなかったな。なんで電話番号を訊かなかった」

「訊いたけど持ってないんだって。郵便配達の仕事もしてるって云ってたから、今日はそっちかも」

「駅の反対側を捜索しながら話そう。云っとくけど夕方からまたスタジオ入りだから、長くは一緒にいられない」

「貴重な睡眠時間を、ごめん」

「いや、こっちこそ」と彼は云いかけて、急に険しい表情になり、「なに、もうじきだ」

「なにが？」

答えてくれなかった。

「まだ同じアパートに住んでるの？」

「今はじつは利夫《としお》の部屋に。もちろん僅かな人間しか知らない。延々と空き家にしとくわけにもいかないし、万が一オープンDが舞い戻ってきたとき、俺にだったら直感でこいつだと分かるような気がして」

　敢えて彼を夏目さんと対面させてみるという手も、あったのかもしれない。

　線路沿いの細い階段を上がって「開かずの踏切」に向かう。茫漠《ぼうばく》たる捜索だが、レオが演奏しているとすれば人通りの多い場所だろう。それならば限られている。

「大学、部外者は入れないのか」

「そういうわけじゃなくて――」

　とうとう私は、鋭夫くんに夏目さんのことを話しはじめた。その天才ぶり、その声と口調、そして私に対する不思議な近接ぶり――。

「歳《とし》は？」

「アリちゃんたちと同い年。今年十九」

「だったら利夫が死んだときは――まだ中二だ」

「うん。でもニッチが中高生を連れ歩いてたっていう、コルジャでの話と合致する」

「その子、父親についてなにか云ってる？」

「直接訊いたことはない。彼女がオープンDだとしたらどう先回りされるか分からないから、個人的なことを訊くのは怖いの。ただ、もし私の直感どおりなら――」

　もし夏目さんが母校で見掛けたあの子なのだとしたら、アリちゃんたちの卒業アルバムに写真が残っている。残念ながら卒業アルバムから声は出ない。でもあの彼女の目かどうかは分かるだろう。

　苗字については、このあいだ赤羽根先生と別れたあとで気付いた。女親が離婚なり再婚なりすれば、そしてそちらの連れ子なら、子供の苗字も変わるのだ。しかし下の名前は変わらない。夏目さんは下を、愛《あい》という。

駅前通りへの坂を下りながら、我ながら興奮気味にそこまで話した。しかし鋭夫くんは醒《さ》めた調子で、「愛って、その年代でベスト3くらいに多い名前じゃないかな。それにその判定作業がうまく行ったとしても、分かるのはくれないが中学で見掛けた子と、夏目愛が同一人物かどうかだけだ。オープンDは無関係かもしれない。そもそもその子、ギターは弾けるの」

「分からない。私たちは普通、変な癖がつかないようにほかの楽器を避けるけど、あのくらい天才的な子だと――分からない。とにかく彼女は声が同じなの、口調も、『雨の日曜日』のあの声と。

ちなみに彼女の指紋は、練習室のピアノにいっぱい」

ん――と鋭夫くんは考えこんだあと、「煙草、持ってるか」

「持ってない。おとななんだから自分で買え」

「いつもどこかに忘れるんだ。納税だけしてる」

「ドウガネブイブイ」

「――どこに?」

「云ってみたかっただけ」無駄なことを。鋭夫くんと無駄な会話をかわす自分を、幾晩夢にみてきたことだろう。

「俺もときどき無意味に云いたくなる」

「いま云っていいよ」

「ドウガネブイブイ。夏目愛に話を戻そう。もし彼女の指紋とオープンDの指紋が合致したら、彼女と武ノ内や利夫との関りは立証される。でもたぶん、そこで手詰まりだ。悪行の決定的な証拠にはならない。もうそういう、しょせん状況証拠しか得られない鑑識には踏み切ってもらえないだろう。いちばん理解を示してくれていたコロンボも、とっくに他部署に異動になったよ」彼なりにオープンDの影を追い求めて、さんざん無駄骨を折ってきたのだろう。口調に諦観《ていかん》が滲んでいた。

「そもそも、くれないと同じ大学の、同じピアノ科。いくらなんでも偶然が過ぎないか」

「そう云われると思って、これまで鋭夫くんに連絡できなかった。でもね、私が受験のためのレッスンに通ってた頃、むらさきさん、エッセイにその話を書いちゃってるの。先生の名前も。そして夏目さんも同じ先生のレッスンを受けて入学してきた。私の名前は向田くれない、向田むらさきの娘だっていうのは誰にでも想像がつく。夏目さんが先生に、向田さんはどこを受けるんですかと訊けば、分かったはず、合格の可能性も。自分には天才的な技量がある。つまり私を追いかけて同じ大学に入るなんて簡単だった」

「可能だとしても、いったいなんのために」

「私たちがどこまで真相に近付いているかを探るためとか、いろいろ考えたんだけど、冷静に彼女の態度を思い返すほどに、こう思えてならないの——私たちを嘲笑うため」

鋭夫くんは無口になった。しばらくして不意に、「下北に家電の量販店、あったっけ」

「今はないと思う。昔はあったけど、どれも閉店しちゃった」

「楽器屋だったら、小さいのが幾つかあるな」

「なにか買物？」

彼は黙ったままで進路を変えた。私も追う。

楽器店の看板が据えられたビルの前で、

「すぐ戻ってくる」と取り残された。

近くのコンビニの前に灰皿が置かれているのが見えたので、煙草を買って店の前で喫いながら待った。鋭夫くんのも買っておきたかったが、今の銘柄が分からなかった。

鋭夫くんがビルから出てきた。私を見つけて早足でやって来て、

「売ってた。これをくれないに」と携帯レコーダーのパッケージを突き出す。「新型はえらく小さくなってて驚いた」

「プレゼント？　でもそれ——」

私はずだ袋をまさぐり、同じ物を取り出した。

「持ってる。自分のピアノや野薊の演奏を録音するのに、鋭夫くんの真似をして買ったの」

「なんだ」と肩を落とした彼だったが、はっとこちらを見直して、「擬装に使える。片方はスイッチを切って見える所に、そして片方はポケットに」

「なにを——あ」分かった。私の耳を信じてくれたんだ。

「録《と》れる？」

「やってみる」

人通りの多い場所を慌ただしく巡って、その日は別れた。レオには会えなかった。

19

「これですけど」アリちゃんがギターのバッグのポケットから、大判の本を取り出した。「なんに

使うんですか。アー写にとかやめてくださいね。ぶすに写ってるから」

ライヴハウスに集う人々は、アーティスト写真を縮めてそう云う。卒業アルバムを確認する目的を、私は彼女らに話していない。

「ありがとう。中を見ていい?」

「私の写真は――」

「直視しないから」

開店前のセヴンスヘヴンに私たちはいる。これからライヴのリハーサルだ。

別々の高校に進学したアリちゃんとカンコちゃんは、野薊を終わらせなかった。初めはふたりで練習を続け、そこにまた別の高校に入っていたポンちゃんが再合流した。

彼女らが二年生のとき、とうとうセヴンスヘヴンへのブッキングが決まった――以前のようなイヴェントの賑やかしではなく、正規の出演者としての。

本番が近付くほどに自信を失っていた彼女らは、私をスタジオに呼んだ。その頃の野薊が演っていたのは、もう爛漫のコピーではなかった。アリちゃんが詞を書きカンコちゃんが曲を付けた、オリジナル曲ばかりだった。参加を断る理由はもはやどこにもなかったが、溝畠先生に知られるのだけは厭だった。ロックバンドとはいえ私の弾き方は純然たるクラシック奏法なので、変な癖はつきようがない。でも万が一、先生がロックやジャズに偏見を懐《いだ》いていたら――。

チラシやウェブサイトに、野薊のメンバーはこう表記されている。

アリ(V&G)、カンコ(B)、ポン(D&V)、ラピス(P)。

瑠璃《ラピスラズリ》のラピスだ。野薊での私は、そう名乗ることにした――紅《くれない》の反対色を。野薊の面々も、今は私をそう呼ぶ。

彼女らが大学生や専門学校生になると、野薊の活動は本格化した。定期的にライヴがブッキングされ、彼女らの学友が集う。

今のアリちゃんは、レオのイメージにも新渡戸《にとべ》兄弟のイメージにも通じ、そして彼女の長身によく似合う、白いグレッチを堂々と抱えている。

カンコちゃんの愛器は、もちろん黒いリッケンバッカーだ。小さなシンセサイザーも持ち歩いていて、それをマイクスタンドに固定し、曲によっては、たいそう苦労して習得したのであろう、史朗くんと同じ至芸を披露する。左手でベースを弾きながら、右手でシンセを操るのだ。

ドラム教室で一から学び直したポンちゃんの演奏に、もはやかつての腰が砕けたようなところはない。歌にも自信を得ていて、野薊のステージには必ず複数、彼女のリードボーカル曲が入る。

ラピスのピアノは、まあ私のピアノだ。きっと正確だが情感に欠けるのだろう。でも誠実に弾いている——。

卒業アルバムに載った三人の顔には、なにしろ私は当時からの付合いだから、「そのまんま」という感想しかおぼえなかった。そして夏目という生徒は、どこにも見当らなかった。

気を取り直して、愛という名の子を改めて探す。意外と少なく、学年に一人きりだった。

枕崎《まくらざき》愛。しかし私が見掛けた子とは似ても似つかぬ、ぽっちゃりした子だ。アリちゃんと同じクラスなので念のため、

「この子のその後、知ってる?」と問うと、

「今も仲がいいです。ライヴにも一度。憶えてません?」

では違う。夏目さんが来ていれば、絶対に私が気付く。

「ほかに愛って名前の子、同じ学年にいなかった？」

アリちゃんは首をかしげた。

「いました」と、ベースをチューニングしていたカンコちゃんが振り向く。「新渡戸愛って子が、一年のとき同じクラスでした」

「ニトベ？」

「はい、ニッチとまったく同じ苗字。髪が長くてピアノが巧くて、なんだかラピスさんみたいな感じ。だから初めてラピスさんと会ったとき、一瞬、愛ちゃんじゃないの？　って思ったんです」

いた！　それにしても、新渡戸――ただの偶然だろうか。

「その子、三白眼じゃなかった？」

「サンパクガンってなんですか」

「黒眼の下に白眼が覗いてなかった？　とくに上目遣いのときとか」

「あ、たぶんそうでした」

「なぜ卒業アルバムに載ってないのかしら」

「転校したのかも」

私は店の外に出て、母校の赤羽根先生に電話をかけた。出てきてくれた。

（新渡戸って子？　私は担任したことないわ）

「カンコちゃんは同じクラスにいたって。だから、たぶん転校してると思うんですけど」

（その子になにか用事があるの？　連絡先？　でも個人情報の扱いには学校がうるさいのよね）

「記録が残っているかどうかだけでも調べてもらえませんか」

(うーん)

やむなく嘘をついた。「またレオと会いました。先生が会いたがってるって話をしたら、じゃあいま作ってる曲のタイトルは『菊子《きくこ》』にするって」

(本当⁉)

「英語かもしれませんが。英語で菊ってなんていうんですか」

先生は見事な発音で、

(chrysanthemum《クリサンセマム》)

「きっとそれです。でもこの会話の流れ次第では、私が全身全霊をもって阻止します」

(そういう権利って、べつに向田さんには——)

「爛漫に『雨の日曜日』をリリースさせたのは私です」

(——だったわよね。レオが作曲して、爛漫が歌ってくれたりもするのかしら)

「可能性はあります。私が阻止しなければ」

(リードボーカルは陽介くんでお願いできるかしら)

「そっち？　いえ、相談しておきます」

(ちょっと調べてみる。新渡戸愛さんね)

リハーサルのあと、先生のほうから電話があった。

(新渡戸愛——たしかにうちの学校に在籍していました。もともと出席日数の足りない子で、三年生に上がるまえに不登校児のためのフリースクールに転校してるわね。だからうちの卒業生として

は扱われていない）

逃げたのだ、鋭夫くんと史朗くんの姿を見て。そう思った。

「彼女の音楽の成績って分かりますか」

（そこまでの個人情報は――これ本当は、私が持ち出すのもいけない資料なのよ）

「陽介くん、ＯＫだそうです。私が阻止しなければ」

（いま確認するね。――わ、凄い。ほかはひどいのに音楽だけはぜんぶ満点。ほかがひどいっていうのは、これたぶん、試験そのものをボイコットしてる。でも音楽だけはちゃんと受けてる。それから備考にこうある。絶対音感）

間違いない。

20

さぞや興奮していたのだろう。その晩の私の演奏は走りに走って、カンコちゃんに何度も注意された――むろんベースの音を通じて。

「むしろ歌いやすかったです」とアリちゃんは云ってくれた。

ポンちゃんはこう云った。「ラピスさん、もっと暴れてもいいですよ。リズムは私とカンコがキープしますから」

頼もしくなったものだ。

楽屋でみんなの後片付けを手伝っている最中、鋭夫くんから電話があった。

「ごめん、いま片付け中。きょうライヴだったの。こっちからかけ直していい？」

（ビルの下で待ってる）

「来てるの⁉」

野薊の面々に、

「ちょっと緊急事態」と合掌し、店を飛び出してエレヴェータに乗った。

降りたら、本当に伊達眼鏡の鋭夫くんが立っていた。

「もう演奏、終わっちゃった」

「来られるかどうかはともかく、いちおう野薊のライヴ日程はチェックしてる。今日は無理な日だった。でも緊急事態が生じて本来の予定も流れてしまった。すこしのあいだ歩きながら話そう、十分かそこらで報告できる」

たった十分の会話のためにここまで？　今はそんなにも電話が苦手なのか——。

「事務所に和気が現れた」

道玄坂の方向に歩きはじめた鋭夫くんの、左側に駆け寄る。「あの和気くん⁉　和気孟《つとむ》くん？」

彼は頷いて、「見た目は変わり果てていたが、あの和気だよ。自首するまえに爛漫のメンバーと話したいと云ってるってんで、スタジオの俺が呼び出された。社長と鵜飼さんの立合いの許《もと》、しばらく話しこんだ。和気なりに、ずっと事件の真相を追ってきたことが分かった。カジノから武ノ内の指紋が出なかったことや、オープンDという符丁は、あいつも知っていたからね。でも、もう無理だ、疲れた、と云う。俺はあいつを安心させようと、こっちには僅かながら進展があることを話した。するとトイレに行くって、そのまま窓から逃げた。本当は自首する気なんかなくて、情報収集のために一芝居打ったのかもしれない。だとしたらたぶん、自力で復讐しようとしている。坂、下りようか？　上がろうか？」

「下りていくと賑やかすぎるよね。でも上がったら駅が遠ざかって、あとで面倒じゃない？」

「どうせ帰りはタクシーだから。あんまり電車には乗るなと社長から命じられてる」

「だったらいいか。和気くんにはなにを教えたの」

「そう——ハードディスクを盗まれて鍵を取り替えたこと、オープンDらしき指紋があちこちから出てきたこと、利夫のトラックに残っていた声のこと、くれないがそれに心当たりがあること。くれないの大学も夏目愛の名前も教えてないが、それでも充分に口を滑らせたかもしれない。あいつの情報収集力の如何《いかん》によっては、夏目愛が危ない」

「警察には届けた？」

「いや、あいつが自首しない以上は意味がない。指名手配を受けてるならともかく、セヴンスヘヴンのステージ上で僅かな人間に対して、法螺《ほら》かもしれない告白をしただけの人間なんだ」

「あれって何年前だっけ」

「もうじき四年になる。早いな。もう四年だよ」

「どうやって暮らしてきたのかしら」

「訊かなかったが、楽な生活じゃなかったことは、風貌からありありと分かった」

お姉さんの写真を見つめる和気くんの横顔が、瞼《まぶた》に甦ってきて、胸が詰まった。

大ニュースだと思っていたカンコちゃんと赤羽根先生からの情報が、すっかり霞《かす》んでしまったような気がしたが、ともかく、「私の報告も聞いて」

「夏目愛の声、録れた?」

「一応は。でも録音レベルが小さいし、まだ『日曜』にも『渋谷』にも成功してないから、もうちょっと頑張ってみる。中学で見掛けた子と同一人物だっていうのは、間違いない。一年のときカンコちゃんが同じクラスだった。ピアノが巧くて絶対音感あり。不登校でフリースクールに転校していった点も、高認で大学に入ってきたっていう夏目さんのプロフィールと合致してる。これ調べるために赤羽根先生を騙しちゃったよ」

「どんなふうに」

「レオが先生のための曲を作って、陽介くんが歌うかもって。菊っていう英語のタイトルの」

「完全に詐欺《さぎ》だな。菊って英語でなんだ?」

「クリサン——教えてくれたけど忘れちゃった」

「調べとこう。くれないが見た中学生と夏目愛がイコールだというのは、もはや認めるほかないな。ただまえも云ったように——」

「あ、ちょっと補足。その子、当時は新渡戸って苗字だった。偶然だと思う?」

まさしく補足のつもりだったこの部分に、鋭夫くんは予想以上に強く反応した。「本当か? 字も同じ?」

「ほかの字もあるの?」

「もっと珍しいのが、あるにはあるよ。ニが仁義の仁だとか、トがドアの戸になってて、べは倶楽部《クラブ》の部だとか」

「いまさら気付いたんだけど、鋭夫くんの苗字ってトじゃなくべが戸の字なんだ」

「くれないにしてそうか。まあ郵便物の三分の一は誤記されてる苗字だよ」

「でもカンコちゃんが、ニッチとまったく同じ字だって云ってた。注意深い子だから勘違いはしてないと思う。ねえ、もし彼女がオープンDで、鋭夫くんやニッチの親戚の子だとしたら——ニッチが彼女を可愛がってたこと、納得がいかない？」

「だったらなんで、利夫は俺に教えなかった？　いや、くれないに反論してるわけじゃない。ちょっと混乱してきただけ」

面会終了かと思ったが、そういう気分でもないらしい。お互い無言のままで坂道を上がっていく。沈黙に耐えかねて、

「あのね鋭夫くん、私、音楽家の血筋だったみたい」と教えた。

ややあって彼はこう応じた。「史朗は気付いてたよ。岩倉さんに疑問をぶつけて、なにかヒントを与えられたのかもしれない」

「待って。岩倉さんは、たぶん貌立《かおだ》ちは似てると思うけど——」

「だいたい分かってるから、無理に云わなくてもいいよ。史朗も、誰がなにをどこまで秘密にしているのか分からないから俺以外には黙ってただけで、どうせ俺にとっても史朗にとっても、ほかのみんなにとっても、くれないはくれないなんだから」

21

ピアノが燃える夢をみていた。祖父母の家に置かれていたアップライトピアノが、その夢のなか

ではグランドピアノに成長していて、なぜかそのすぐ隣で進行していた揚げ物の油が、跳ねてそれに移った。火がそれを追いかけた。

調理していたのは、たぶん私だ。何をつくろうとしていたのだろう？　豚カツ？　唐揚げ？　天《てん》麩羅《ぷら》？

火は鍵盤の凹凸を無視してあっさりと円形に広がって、そのうちピアノ全体が押し絵だったかのように分かりやすく燃え上がり、えっ、私が大切にしてきたのはこんな薄っぺらい代物だったの？などと驚いていた辺りで、とかとかとかとか――という不思議な響きに耳を被われた。

「なに考えてんの!?」という、むらさきさんの遠い叫びが世界を塗り替え、物語は次章へと突入。

だからピアノが――大学にあるから当座は困らないけど、と心のなかで言い訳しながら起き上がってドアを開けると、ピアノを凝縮したような白黒の物体が部屋に飛び込んできて私の脚に縋りつき、はっしはっしはっしと脛を掻きはじめた。

なんだっけ、これ。

ドアの向こうで岩倉氏が、「こんばんは。お久しぶり」

「お久しぶりです。これ、ボストンテリアでしたっけ」

「そう。君たちへのプレゼントにと思って――まあ、酔って勢いづいていたのは事実だな。むらさきさんに叱られてしまった。責任をもって連れ帰るよ」

「メンフィスまで？」

「それは難しいから、日本でほかの引き取り手を探す」

「ここに置いていってていいですよ。私、犬の扱いには馴れてるから」

ドアを閉めて、またベッドに戻った。

とかとかとかとか、まだうるさい。やがてそれが、たぶんベッドに上がろうとして、上掛けの端を手繰りはじめた。焦《じ》れたのか、あん、と甲高い声をあげた。がばっとまた起き上がる。

これ、現実だ！

床に足を下ろすと、本当にボストンテリアが縋りついてきて、また懸命に私の脛を掻いた。

ドアを開けた。犬は隙間から飛び出していった。ソファに坐っていた岩倉氏が、犬を追おうとして腰をあげるさまが見えた。

自分のしどけなさすぎる恰好を思い出し、いったんドアを閉じた。慌てて辛うじて部屋着と呼びうる衣服に替え、髪のもつれをブラシで改善する。

部屋を出た。岩倉氏はボストンテリアを膝に乗せ、缶ビールを飲んでいた。

「別人が出てきた」

「初めまして」

「お名前は」

「ラピスと申します」

「それはまた素敵な名前だ。帰ればいいのか待機していればいいのか分からなかったんで、とりあえず冷蔵庫のむらさきさんのストック、勝手に頂いてたよ」

「構いませんけど、それたぶん私のストックです。私、もう成人だから」

「そうだった。改めて、おめでとう」

「どうも——で、なんで岩倉さんがここに？」

「むらさきさんには伝えてあったんだが、そこで止まってたか。ＩＤトラストの日本公演の交渉のため、このところこっちに滞在している」

「ＩＤトラストのＣＤ、買いましたよ」

「聴いてくれた？」

「もちろん」

「どう感じた？」

いささか迷ったが、ここは正直に、「言葉の問題もあると思うんですけど、今の私の耳には大人の音楽すぎるというか、感動のしどころが分からないというか――」

氏は本当に大人なのかと思うほど、ありありと悄気《しょげ》た表情で、「あくまでブルースがベースだから、ああいう文化に縁遠い人や詞が通じない人には、退屈かもしれない」

「それは違うの。退屈とは違います。分からない私が、私には分かった。分かります？」

「なんとなく」

「でも、はっきりと聴き取れたところもあります。たとえば岩倉さんが、とても楽しそうにギターを弾かれていること。あと何曲かに、三本絃のギターの音、入ってますよね？」

「さすが」笑顔が戻ってきた。「リハビリが順調で、弾いたんだよ、ジョニーが」

「日本に来たら弾いてくれるかしら。どんな楽器なんだか興味があります」

「必ず弾く。弾かせる」

「行きます。で、なぜボストンテリア」

「それはまあ」氏は頭の後ろを撫でながら、「失敗というか、アメリカで犬がプレゼントされてる光景を何度か見てきたんで、日本の事情を考えることなく事に及んでしまった。繁華街に夜でも営業しているペットショップがあるじゃないか。そのショウケースでこいつを見掛けちゃって、これは向田親子への手土産《てみやげ》にぴったりだと」

「非常識とまでは云いませんけど、そういうことを予告なしにやられたら、怒る人は怒るかも」

「むらさきさんは怒ったね。部屋に閉じ籠《こ》もってしまった」

「だって怒る人だから。それから、たぶん――」

私は続きを呑み込んだ。氏は私の逡巡《しゆんじゆん》に気付くことなく、

「ついでに懺悔《ざんげ》を重ねると、破格値だったというのも理由の一つ。ふつう三か月前後のしか売り物にならないところ、こいつはいったん買われて、その家の事情で返されてきたんで、もう六か月めなんだよ。そのぶんトイレの躾《しつけ》もできてるし無駄吠えもしないんだが、まあ――空振ったね」

「抱いてみていいですか」

「もちろん。どうぞ。抱かれ慣れてるから温和《おとな》しいよ」

近付いた私に、立ち上がって手渡してくれた。初めはすこしばかり藻掻《もが》いたけれど、すぐさまバランスをとって私の腕の中にきれいに収まってくれた。思いのほか四肢が細長い。強く握ったら折れてしまいそう。

気取った上着みたいな、白地に黒の模様。それともこれは黒地に白？　どこもかしこも濡れたように輝いている。同じく白黒に塗り分けられた顔。鼻梁《びりよう》は短いし黒眼同士がすこし離れているが、顔の中心の白い部分が細めだからか、間の抜けた感じには見えなかった。ただただ、優しそうに見えた。

「男の子――ですね？」

「うん、雄だ」

「名前は？」

「付いてたんだろうが、教えてもらえなかった。新しい名前で可愛がってほしいと。犬もそれに馴れるからと」

私は犬と見つめ合いながら、「ブラインダッドってこんな顔だった？」

「いや、似ても似つかないね。むしろベースのチャックに似てるかな、大きな眼や、妙に手足が長いところ」

そっと口に出してみて、決めた。「命名、チャック」

岩倉氏は笑い、天井を見上げて、「Chuck, how do you hear ?」

「チャックさん、俺の名前を犬に付けやがってって怒るかな」

「怒るわけないよ。優しくてお洒落な男だった。でもアイザックが焼き餅をやくかも」

「困ったな――いつか初めて飼う猫は、アイザックにする」

「いいね」

「チャックさん、いちばん古くからバンドにいたんだよね」

「ブラインダッドの歌とギターに驚嘆して、ブルースアンヴィルに紹介したのがチャックだったと聞いてる」

「じゃあ、きっと今も一緒にいるね」

「間違いなく傍らでベースを弾いてる」

私はチャックを抱いたまま、むらさきさんの部屋のドアをノックして開けた。彼女はベッドで不《ふ》貞寝《てね》していた。

「犬の名前、決めたよ。チャック」

はっとこちらを振り返ったが、すぐさま布団で顔を被《おお》って、「あんたが面倒見なさいよ」

「大切にする」

ドアを閉じて、チャックを床に下ろした。チャックはリビングのそこかしこを探索しはじめた。

「散歩のための紐とかドッグフードとか、ふだん入れとくための囲いとかそこに敷くシーツとか、当座必要な物一式も提げてきた。玄関に置いてあるよ」

「ありがとう」

同時に氏はなにかに気付いて、「手遅れだった」

彼の視線の先では、チャックが壁におしっこをしていた。私は雑巾《ぞうきん》を取りに洗面所に走った。

私がおしっこを拭き取っているあいだに、岩倉氏は囲いの設営を始めた。

「とりあえず、この辺でいい?」

「もうすこし私の部屋に近く」

どんな素敵なことが起きるのかと、チャックが氏の周囲を跳びまわる。雑巾を洗ってから、私も設営作業に参加した。

「メール、最後まで読みました」

「そう。苦労して書いた甲斐《かい》があった」

「けっきょく岩倉さんと私は、従兄妹《いとこ》同士という認識でいいんですか」

「俺の叔父の娘だったら、そういうことになるね」

「さっき云いかけてやめたんですけど、むらさきさんは犬そのものより、急に身内っぽくふるまいはじめた岩倉さんに怒ったんだと思います。すべてがばれてしまった、と」

「実際、ばらしたしな。このジョイントはこの高さで正解だろうか」

私は床に広げられた組立て図を確認して、「もっと上です——ええ、その辺。でも以前、私の父親のことは分からないと」

「むらさきさんから君に、どういう物語が与えられているかを知らなかったからね。なにか物語があるなら、それに歩調を合わせておこうと思った」

「納得しました。次の質問。なんでむらさきさんは、ブラインダッドのことを私に隠してきたんだと思われますか」

「そのヒントは以前与えたよ。別れか亡くなり方が悲惨で、君にはまだ云えないんじゃないかと。今はそれに補足できる。君は彼女に、常にブラインダッドを思い出させるんだ。容姿はもちろんだが、それより中身。いわば頑なな思考と、周囲の手にも本人の手にも余る才能」

「じゃあ、むらさきさんはずっと、私を見るたびに苦しかったんですね」

「いろんな感情が入り交じってるんじゃないかな。最も幸福で輝かしかった日々も、人生最悪の出来事も象徴しているのが、君だから。むらさきさんも人間なんだ」

「私は、ここを出たほうがいいのかも。もう成人ですし」

「拙速には決めないほうがいい。せっかく入った大学は親の脛《すね》に齧《かじ》り付いてでも卒業するべきだし、それにこいつはどうするの？　もう君は彼の飼い主なんだが」

犬は氏の手許を覗こうとして、懸命にその膝を掻いている。チャック、と口の動きだけで呼び掛けてみた。偶然だろうが、え？　という表情で振り返ってくれた。

「やっぱり連れて帰ろうか？」

「置いてってください。岩倉さん、私がその子をチャックと呼んだとき、しめたと思いましたか」

「面白かったけど、しめたってのは？」

「私をチャックに押し付けて、自分は逃げられるから。そのうちアイザックにも」

「なんで逃げる必要がある？　チャックやアイザックに比べたら雛《ひよ》っ子だが、俺だってブラインダッドのバンドの正式メンバーなんだよ。永遠に」

「付人だったマイケルは、いまどうしてるんですか」

「学校を出たあと精肉工場かなにかで働いていたと聞いているが、二十歳のとき、強姦されそうになっている少女を救おうとして、喉を撃たれた」

「——死んじゃったの？」

「いや、生き延びた。声は失ったが、ブルースアンヴィルでギターを弾いてるよ。機材車に取り残されたお蔭で難を逃れた、ブラインダッドの遺品だ。彼の音楽の継承者は俺じゃなくてマイケルだったってわけ。俺やジョニーはもとより、天国の連中も大いに納得していることだろう」

22

音楽大学の最寄りにつき、駅前のファッションビルには駅の規模に似つかわしくない大きな楽器店が入っていて、管楽器のリードやヴァイオリン属の絃、音大生じゃなかったらまず買わないであろう楽譜のためのグッズまで揃っている。一気に五線を引けるドイツ製のペンや、楽譜を巻物のように広げてピアノに置けるクリアファイルは、思わず私も買ってしまった。

もっとも売れ筋がポピュラー音楽向けの商品だというのは、店内のレイアウトからも明らかだ。正面口付近に堂々と飾られているのはギターやウクレレや楽器用アンプ、次に控えているのがニッチの部屋に大量にあったような録音機材やＤＪ用機材の砦《とりで》。その細い通路をすり抜けるのが面倒な私は、もっぱら正面口を素通りして反対側から出入りしている。

でもその日は、正面口で足が止まった。飾られたギターたちの向こうに、夏目さんの姿を発見したのだ。しかもエレキギターが掛けられた壁を見上げながら、漫《そぞ》ろ歩いている。

私は固唾《かたず》を飲んで、彼女がどこで立ち止まるかを観察した。

二度、彼女は足を止めた。最初はムスタングの前、次はカジノの前だった。動悸がした。ずだ袋の中のレコーダーを操作する。

私が店に踏み入ると、彼女は端から気付いていたかのようにくるりと振り返り、

「向田さーん」とこちらに手を振った。

「エレキ、見てた?」

「うん。向田さんもエレキ好き?」

「嫌いじゃない。かっこいいと思う」

「ロックバンドをやってるくらいだものね」

さっと血の気が引いた。なぜ？　大学ではひた隠しにしてきた。

「やっぱり向田さんだったんだ。セヴンスヘヴンに出てるでしょう？　サイトの写真、ピアニストは誰だかよく分からないような写りだったけど、ベースの子に見覚えがあったから、その子のブログを探して読んでみたの。私たち、みんな同じ中学だったのね、ラピスさん」

「――なぜ夏目さんが、セヴンスヘヴンのサイトなんか」

「ロックが好きだから。それにあの店には昔、ちょっと知ってる人が勤めてたし」

先回りされている。彼女はもう、新しいストーリィを構築してしまったのだ。

「ギター、弾けるの？」

彼女は三白眼を輝かせた。「うん、変則チューニングでならすこし」

そこまで平然と――と唖然となったが、思えば、私たちの推理が当たっているにせよ、ギターをどう弾けるかだなんて決め手になりはしないのだ。弾けますけど、だからなにか？　でおしまいだ。

「弾いてみて」

「いいわよ」

彼女は店員を呼んだ。

「あれを弾いてみたいんですけど」と彼女が指し示したのは、カジノだった。

店員はギターをホルダーから外し、「アンプはフェンダーでいいですか」

「ええ、なんでも」

椅子に掛け、チューナーを覗きこんで音を直しはじめた店員を、

「結構です。自分でできます」と、きっぱりと押しとどめる。

納得がいかない顔付きの店員から椅子とギターを譲られた彼女は、ケーブルをアンプに繋いで耳

だけを頼りにチューニングを始めた。最低音は――レ。Dだ。次はラに合わせた。次はオクターヴ上のレ。ファのシャープ。またラ。そしてレ。まさしくオープンDだった。

そのさまを不思議そうに眺めていた店員に向かって、「スライドバーはありますか」

「あ――これでいいですか」店員は帆布のエプロンのポケットから、金属の筒を取り出した。

「うん、それでもいいです」

レオも陽介くんも、鐶をはめるのは左の小指だ。しかし夏目さんはその筒を中指にはめた。絃の上を滑らせながら、ギターのツマミを操作して音色を甘くしていく。硝子じゃないから音の硬さが気になるのだろう。

音色が決まってからの筒の動きは、まさに自在。店内に流れていたロックンロールに合わせ、ゆったりと和声を奏でていたかと思うと、急に高いオブリガートで歌の切れ目を繋ぐ。曲がギターソロに入ると、そのフレーズを輪唱するようにその場で真似ても見せた。

小さな筒一本で弾いているため、左手の動きは目まぐるしい。しかし音程は正確無比だ。音と音とがポルタメントで繋がれていなければ、通常の奏法にしか聞えない。

聴いているうち私は軽い眩暈《めまい》に襲われてしまい、近くの椅子に腰をおろした。きっと彼女はこれを披露するために、店で待ち伏せていたのだ――私がこのファッションビルに入るのを見て、先回りして。まんまと引っ掛かった。

自分こそオープンDだと、彼女はいま私に伝えている。その意図するところは?

曲が終わると、彼女は筒を外してアンプの上に立て、呆気にとられている店員にギターを押し返して、私の傍らに来た。「向田さん、疲れちゃった？　なにか買物じゃなかったの」

私はかぶりを振って、「ん——楽譜を見たかっただけで、べつに今日じゃなくても」

「じゃあ階下《した》のカフェに移動して、ちょっとお話ししましょうか」

逃げられない。もはや完全に彼女のペースだった。一緒にエスカレータで一階へと下りた。

「私のギターで気分を悪くさせちゃったから、私が奢《おご》るわね」

と喫茶店に追い込まれ、飲み物を問われて珈琲と答え——それからの出来事に現実感は薄い。私はひたすら、ずだ袋の中のレコーダーが正常に動いてくれていることを祈っていた。

「向田さんがロックバンドをやってるって知って、ロックの話をしやすくなったわ。なんとなく、お母さんに反抗しているようなイメージがあったものだから。音楽ライターの向田むらさきって、向田さんのお母さんでしょう?」

頷くほかなかった。

「とすれば、『爛漫たる爛漫』に出てくる絶対音感の持ち主は、向田さん」

これにも頷いた。

「私、爛漫の——というよりニッチのファンだったから、もちろんあの本は読んでて、いつか自分が疑われるんじゃないかってどぎまぎしてたの。だって私、ニッチに可愛がられて、よく部屋にも遊びにいってたから」

そこまで告白するのかと心底驚いたが、同時に彼女の戦略が見えてきたようにも感じた。こうしてぎりぎりまで実像を披露しておけば、指紋は出てきて当然、デモに声が残っていても当然。

死守すべきは、ただ一点なのだ——私はニッチを見殺しにしていない。よってほかの件についての動機もない。

また絡め取られるのを覚悟で、訊いた。「どこでニッチと知り合ったの」

「亡くなった音楽生活社の武ノ内さんが紹介してくれたの。『爛漫たる爛漫』で、犯人だって名指しされた人」

「あれは——いいえ」と私は言葉を濁し、「武ノ内さんとはどうやって知り合ったの、一中学生が」

「私の母と付き合っていたから」と、この点もあっさりと披露された。

「じゃあ武ノ内さんは——あなたのお父さん?」

「私、自分の父を知らないの。でも武ノ内さんはそう思ってたかも。もっとも母の恋人は何人もいたわ」

「そう——ギターを教えてくれたのは、武ノ内さん?」

「チューニングだけね。あとは独学。私とニッチね、苗字が同じなの。それで面白がって引き合わせてくれた。あ、母が夏目と結婚するまえの苗字ね」

またもや先回り。むらさきさん、鋭夫くん、史朗くん、そして私が、数年がかりで積み上げてきた推理が、次々と踏みにじられていく。

彼女は自分の安全を確信している。もしくは本当に潔白かの、どちらかだ。

私はもはや捨て鉢な気分で、「ニッチと付き合ってたの?」

彼女は笑い声をあげた。「だって中学生よ?」

「ありうるでしょう」

私が攻め込むと、彼女はいったん真顔になった。それからまた微笑をうかべて、

「私はニッチが大好きだったけど、ああいうのを付き合ってたと云えるのかしら。ともかく出口の

ない恋だというのは、やがて分かった。私、ニッチの妹だったの」

23

遠ざかっていく夏目さんの足取りは、意気揚々として見えた。一方の私はとぼとぼと、バスロータリーの果ての喫煙所へ向かうことしか思い付かなかった。喫茶店は禁煙だった。どこか後ろめたそうな風情のほかの喫煙者たちに混じって、煙草に火を点《とも》し、ずだ袋からレコーダーを出して動作を確認する。まだ動いている。

スイッチを切った。その場で録音を確かめる気にはなれなかった。鋭夫くんに電話するかどうか、煙草をフィルターぎりぎりに喫いきるまで迷った。

けっきょくかけてしまう私。

(睡眠中)という素っ気ない声だったが、とりあえず出てくれた。

「ごめんね、一瞬で切るから」

(長電話にならないなら大丈夫。くれないの声はわりと聞えやすい)

私の声は聞えやすい？　思わず沈黙してしまったが、

(で、なに)とせっつかれてしまい、

「さっきね、夏目さんと話してた」

(うまく録《と》れた？)

「まだ確認してない。もう録る意味がなくなったかも。彼女、自分が『爛漫たる爛漫』を読んでることも、中学のころニッチの部屋に出入りしてたことも、オープンDでギターを弾けることも、積極的に認めた」

（本当に？）

「本当」

鋭夫くんは黙り込んだ。

「そういうことされたら、逆に手も足も出ない――よね？」

沈黙はしばらく続いた。それから吐息まじりに、（あくまで彼女が犯人だとしてだが――物的証拠と状況証拠をきれいに切り分けて、その事実を突き付けてきたことになるな。そっちが握っているのは状況証拠のみだ、諦めろ、と）

「楽器屋でなんだけど、私の前でカジノをオープンDで弾いた。とても巧くて、チューニングも耳だけで。ちょっと待って。あれ――？」

なにか引っ掛かった。鋭夫くんが反応しないので、「もしもし？」

（待ってる）

「ごめん、なにに引っ掛かってたか、いま分かった。なんで彼女ほどの耳や知識があって、ニッチがいつも変わったチューニングで弾いてることには気付かなかったのかしら。なんでカジノをレギュラーチューニングにしてしまったのかしらって」

鋭夫くんはまた黙り込んだ。今度の沈黙は長かった。

「もしもし？」

（考えてる）

「すみません」

（考えた。俺は今、夏目愛こそ真犯人だと確信したよ。そういう先回りのしすぎが、たぶん唯一の、彼女の弱点だ。利夫の部屋に入り浸っていた時点での彼女は、ほかの絶対音感の持ち主の登場を予期していない。ギターの音の狂いから、それ以前はオープンチューニングだったことを見抜かれたのは、予想外の出来事だったはずだ。自分の痕跡《こんせき》を消すためだけだったら、利夫のチューニングにしておけばいい）

「だよね」

（それが出来るのに、なぜレギュラーチューニングにした？　利夫が部屋でセッションしていた相手という犯人像が浮かび上がって、ギターが調べられたとき、まずレギュラーチューニングの人間が疑われるようにだよ。保険だ。もしくれないの存在がなかったら、カジノに指紋があってレギュラーチューニングの、史朗やレオや野口《のぐち》さんが危なかった）

「私、いま役に立ったのかな」

（立った、間違いなく。ただ、悔しいが、これまた状況証拠だ。利夫が死んだ直後ならまだしも、今さらこんな発見を伝えたって警察は動いてくれない）荒い息遣いが聞えた。目許の険しさが瞼に浮かぶようだった。

「あと苗字の件なんだけど」これ以上、彼の耳に負担を与えないよう、私は手短に云った。「彼女、自分はニッチの妹だって。お父さんは知らないと云ってたから、つまりニッチや鋭夫くんとお母さんが同じ――ってこと？」

（ありえない）と強く否定された。（とっくの昔に死んでるよ、夏目愛が生まれるまえに）

「そうなの。じゃあ彼女はなんであんなことを云ったのかしら」

はっと鋭夫くんが息を呑む音が聞えたが、なにに思い当たったのかは教えてもらえなかった。

通話を終えてなお、現実に戻りきれていないような感覚は持続していた。新しい煙草に火を点《つ》けようとしていたら、

「煙草、一本貰えますか」と声をかけられた。

この声――。

私は顔をあげた。流行遅れのミリタリーコートを羽織った、あまり清潔そうではない感じの長髪男性が、まっすぐにこちらを見つめていた。

「和気くん」

「お久し振りです。煙草を一本」

「あ――どうぞ。何本でも」

と私が箱を突き出すと、彼は一本だけつまみ出して、無精髭《ぶしようひげ》に囲まれた唇にくわえた。

「火も？」

「お願いします」

彼の煙草、続いて自分の煙草にも火を点けた。彼はとても美味しそうに、煙を吸い込んでは吐いた。問いたいことは無数にもあったが、うまく言葉にならない。そのうち、

「電話の相手、鋭夫さんですか」と彼のほうから質問してきた。

迷ったが、頷いた。

「今も仲がいいんだ」

「何年も連絡していなかったの。ただ最近──」

「犯人の追及に進展があったから？」

思えば、すでに鋭夫くんが伝えていることだった。ともかく、こう問い返した。「この四年、どこでどうやって暮らしてたの」

「一言で云や──」彼はまた煙を吸っては吐き、「名前を変えてひっそりと。居所が知れたらまた誰になにをされるか分からんし、姉貴の件を放ったらかしの警察は信用できんし、やるべきことがあるから死ぬわけにもいかんし」

「当たり前だ」

「頭が悪いもんで、去年くらいにやっと万事休したわけじゃないと気付いて、それからは色々と動きまわっとりました。自分の実家に泥棒しに入ったり」

「何を？」

彼はそれには答えず、「ビートニクスにはまた、顔向けのできん真似をしてしまった。俺がくれないさんの前に姿を現したこと、当分はみんなに黙っといてください」

「保証できないわ」

彼は穏やかに笑った。「くれないさんは正直だ」

「ずっと私を尾行してたの？」

「このところは、大学から駅までを毎日。さっき一緒にいた女がオープンD？」

「──ただの同級生」

「ほんとに正直だ。いちおう真剣にミュージシャンを志しとったくらいで、くれないさんの聴覚に特別なところがあるように、俺にも特別なところがあるんです。相手が本当のことを云っとるんか嘘を云っとるんか、即座に区別がつくところ」

動揺は、たぶん顔に出た。

彼はそんな私を見据えたまま、「今のくれないさんの姿には嫉妬をおぼえます。俺も、音楽に理論なんか要らんとか突っ張らずに、独学でも真面目に勉強しときゃよかった。色々と恵まれて生まれてきたくせに孟は詰めが甘いと、姉貴からもさんざん云われとりました」

オープンDが夏目さんだというのは、もはや本人も認める確定事項だ。私たちが立証しきれずにいるのは、オープンDによる犯罪であって。つまり私はさっき、和気くんに嘘をついた。

彼がコートのポケットをまさぐったので、ナイフでも取り出されるような気がして、つい身構えた。しかしポケットから出てきたのは、くしゃくしゃのハンカチだった。広げて、くるんでいた物を私に披露する。金属の筒だった。

「盗んどいた甲斐があった。これで賭に出られる。俺と顔を合わせたことは、ほんと黙っといたほうがいいです。俺は、最初からあっちを尾行しとったと証言しますから」

「誰に？」

彼は私の問いを無視して、「史朗さんや圭吾さんと会うことって、今後もありそうですか」

「分からないけど、鋭夫くんと顔を合わせるようになってるから、たぶんいずれ」

「いろんなことが過ぎ去ったあとで、ふたりにこう伝えてください。あのシークレット・ギグが、俺の人生で最高の時間だったと」

「——和気くん、死んだりしないよね？」

「死にませんよ」

「私、このあいだレオに会ったの」

「どこで？　鋭夫さんから、アル中で大変だと聞きました」

「立ち直ろうとしてる。ギター、もっと巧くなってるよ」

「よかった」いつしか彼は目を潤《うる》ませていた。「レオさんにも同じことを伝えて。いつか」

すっかり短くなった煙草を彼は灰皿に放り、ガードレイルを跨いだ。そして自動車が行き来している車道を、跳びはねるように渡っていった。

24

私は頻繁に料理をつくるようになっている。といっても豚汁やドライカレーやクリームシチューといった程度だが。

大学から帰ると、空のリュックサックを背負いチャックを連れて、商店街へと出向く。

チャックを店の外に繋いでおくと不安がって吠えはじめるし、私も飼い主莫迦を自覚しつつも、可愛いすぎる彼が誰かに盗まれてしまわないかと心配なので、いきおい個人商店での買物が多くなる。店先から、あれと、これと——と頼んでいると、

「こっちに入れちゃっていいですよ」と云ってくれたり、私が用事をすませるまで店員がチャックと遊んでいてくれる店も少なくない。

そうして野菜や肉や牛乳やスパイスを買い込んできて、インターネットで調べたレシピ通りに調

理する。自分なりの工夫を加える余裕はまだない。むらさきさんのぶんも拵《こしら》える。

一緒に食べることはまずないが、気が付けば残しておいたぶんが消え、カウンターに食材相応のお金が置かれている。それが次の買出しの資金となる。

リュックを背負いチャックを連れた私が、マンションを出て二十メートルほど歩んだところで、「くれない！　くれない！」と部屋着姿にサンダル履きのむらさきさんが、髪の毛を振り乱して追いかけてきた。

怖かった。このままチャックと、どこか遠くに逃げてしまおうかと思った。

彼女は電話の子機を握り締めていた。それ、携帯電話じゃないんですけど。

「音譜社から連絡が。爛漫が活動を休止する」

私はぽかんと、彼女のしどけない風体を見返していた。単純に、その言葉の意味するところを摑みかねていた。どんなバンドだってお休みはとるでしょうに、なんでむらさきさんが興奮する必要がある？　陽介くんがレオの後釜《あとがま》に収まるまでの爛漫だって、開店休業の状態だった。

「それで？」

という私の気の抜けた反応に、彼女は苛立った調子で、

「公表されている予定もキャンセルして、そのまま爛漫は消えるの。だって鋭夫くんが脱退する」

私はチャックと顔を見合わせた。それからむらさきさんに訊いた。「理由は？」

「伝わってきてない。とにかく当面、爛漫にまつわる記事はぜんぶＮＧ」

私は携帯電話を取り出そうとし、それがずだ袋の中に入っているのを思い出した。買出しリュックのときは、しばしば忘れてきてしまう。「その電話、ここからでも繫がる？」

「待って。ちょっと——」と彼女は子機を操作して、「わ、繋がる。誰に?」

「史朗くん」

「子機には登録してない」

「チャック、ごめん。やっぱり帰ろう」

むらさきさんと私はマンションに引き返した。チャックが、

「事件ですか?」と妙に興奮している。いま微妙に嘘を書いた。喋りはしなかった。

むらさきさんと手分けをして、爛漫のメンバーや関係者に電話をかけたり、インターネットでバンドの予定を調べたりした。電話に出てきた人はいなかった。

爛漫は今夜、新宿でコンサート。すると今はリハーサルの最中か。

「私、行って、鋭夫くんに会ってくるよ」

「入り込めるかしら」

「出待ちする」

すこし興奮がおさまってきた風情《ふぜい》のむらさきさんは、会場に終演予定時刻を問い、爛漫のメンバーや関係者も出入りするであろう、機材の搬入搬出口の位置を私に教えてくれた。「くれないが正面から訊けば、鋭夫くんはきっと理由を教えてくれると思う。それを私に伝えるかどうかは——あんたが判断しなさい」

「分かった」

時刻を見計らい、新宿に出向いた。

25

　むらさきさんが教えてくれた場所の、植込みを囲った積み煉瓦《れんが》に居所を定めて坐りこんだものの、終演時刻がずれ込んでいるのかシャッターは閉じたままだし、待ち構えているファンがいるでもない。いささか不安にかられ、むらさきさんに電話をしようかと思いはじめた頃、

「ここ？　ここ？」

「絶対にここ、たぶん」

などと云い交わしながら、野薊《のあざみ》の私以外を彷彿《ほうふつ》させる女の子三人組が、私の前に姿を現した。彼女らの自信なさげなさまが私をいっそう不安にさせたが、むらさきさんに電話したところで同じ答しか返ってくるまいとも思った――絶対にそこ、たぶん。

　私はずだ袋からヘッドフォンを出して、ドビュッシーを聴きはじめた。爛漫の面々と初めて会ったとき聴いていた、パスカル・ロジェによる「ベルガマスク組曲」。出待ちの人数が増えはじめたが、その全員、まるごと肩を透かされるような予感がしてならなかった。

　私の前に野球帽をかぶった男性がしゃがみこんだ。私はヘッドフォンを外し、思わず彼の名を口走りそうになって――唇を閉じた。

「こんな偶然ってあるんだな」と笑顔を上げる。レオだった。「出待ち？　誰のファン？」

「――やっぱり鋭夫くんかな。どうしてここに？」

「まずはここを離れよう。たぶんここから車で出てくると思うけど、素通りされるか、少なくとも

ゆっくりは話せない」彼は道路の一方に顎《あご》を向け、「なぜなら、俺と待ち合わせてるから」

私はヘッドフォンを片付けた。

レオと肩を並べて、駅とは反対の方向に進む。

「呼び出されたの?」

「うん。とうとう路上演奏を鵜飼さんに発見されてさ、その日のうちにこれを持たされた」ポケットから新品のスマートフォンを取り出して、私に見せる。「未《いま》だに使い方が分かんねえ」

「むらさきさんから、爛漫が休止するって――」

「聞いてる。というか、さんざん鵜飼さんから相談された」

「鋭夫くんが脱退するって――」

レオは頷き、そして私が耳を疑うような言葉を発した。「辞めさせるよう、鵜飼さんの背中を押したのは俺だ」

「なぜ⁉」

彼は自分の左耳を指差して、「どうも低音が聞えていないふしがあるって云うんだ。圭吾のキックが小さいとPAを怒鳴りつける、史朗にベースを上げろとしつこい、自分のギターの音作りもどんどん低音寄りになっている。そう聞かされた俺は、むかしバックを演っていた女性ボーカリストを思い出した。同じ症状に陥って、病院に通っても進行が止まらず、泣く泣く引退した。低音難聴と一括《ひとくく》りにされているけど、原因はさまざまらしい。常時耳に蓋《ふた》をしたような状態で、聴き取れるべき低音の代わりに低い耳鳴りが続く。放っておくとどんどん非道《ひど》くなる。俺の助言に従って、鵜飼さんは鋭夫を問い詰めた」

長い吐息が挟まった。

「耳鳴りを認めた」

「治らないの？」と尋ねる私の声は震えた。

対話は、どこかしらデジャ・ヴ感を伴っていた。いつか誰かとこういう会話を交わす日が訪れることを、私はずっと予期していた。

「ストレスが原因という説が有力で、だとしたら環境を変えるほかない。左耳しか聞えない状態で、爛漫の楽曲を仕切り、歌い、陽介のギターを補う。セールスの責任も問われる。ストレスを感じるなってのが無理な話だ。かといって、ストレスから解放されれば治るという保証もない。ともかくこれだけは云える。爛漫が今までみたいな活動を続けるかぎり、鋭夫は遠からず音楽を失う。あ、ここだ」

四角い照明入りの看板には「酔夢」とあった。

「どう見ても酒場なんだけど、レオ、大丈夫なの」

「酒より素晴しいスペシャルドリンクを用意してあるって、鵜飼さんが」

レオは地下への階段を下りていった。私も下りた。

ひっそりとジャズが流れる、薄暗い空間だった。ライトアップされた大きな水槽を、アロワナが行き来している。レオが店員に、

「尾藤の連れです」と告げる。私たちは長いテーブルのある奥の間に通された。そちらに置かれた水槽には、アロワナではなくおにぎり大の琉金《りゅうきん》が何匹も泳いでいた。いったい何年生きたらこんなにも大きくなるのだろう？

「お飲み物は何になさいますか」

レオは帽子をテーブルに置き、メニューは閉じたままで、「二宮ですが、俺のための飲み物を用意してあると聞いたんだけど」

「ああ、はい。畏《かしこ》まりました。お二人とも？」

「私も飲んでいいんですか」

「もちろんです」

「じゃあ私も、それ」

店員が部屋から出ていくのを見計らって、

「なんなの」とレオに問う。

彼は肩を竦《すく》めて、「俺も知らないんだよ」

飲み物が来た。透明なグラスに、大きな氷の塊と透明の液体が入っていた。

「ジンじゃないだろうな」

「ミネラルウォーターです」

レオは噴き出した。「なんだよ、気を持たせやがって」

「ただし氷は、南極直送です」

「ほんと？」

「店長の弟さんが南極観測隊に参加しておられまして、お土産に持って帰られましたのを、ご希望のお客さまにはお出ししています。もしあれば、ですが」

「海水が凍ってるんだったら、塩《しょ》っぱいんじゃないの」

「海水ではありません。南極大陸に降り積もった雪が、長年のうちに自重で縮まり、氷状になったものです。ですから気泡がびっしりと残っています」

「雪が自重で——どのくらいかかるんだろうな」

「一万年から十万年とのことです」

「——十万年⁉」

「グラスに耳を近付けてみてください。ぷつぷつと気泡がはじける音がします。何万年も前の空気が解放される音です」

「ほんとだ。音がするよ」

私もグラスに耳を寄せた。たしかにぱつぱつと音がする。

「じゃあさ、俺がこう、グラスに鼻を近付けて息を吸うじゃないか。吸ってるのは——」

「現在の空気と、何万年も前の空気のブレンドということになりますね。お楽しみください」

店員が去ってからも、私とレオは無心に氷の音を聞いたりその匂いを嗅ぎ分けようとした。もちろん飲んでもみた。塩辛くも甘くもない、純粋な水の味だった。

「十万年のタイムカプセルだ」

「一万年かも」

「どっちでも凄い。味覚が騙されてるだけかもしれないけど、なんだかこの水、旨いな」

「うん、私も美味しいと思う」

「すごく旨い——酔いそうだ」レオはグラスに見入ったまま、「くれないちゃんに会えてよかった。鵜飼さんは酒のない場所にしようかと云ってくれたんだけど、いいとこ見せたくて、酒場で構わないって答えちゃってさ」

「独りだと、お酒に手を出してた?」

「メニューを開くくらいはしてたかも。正直云って、このところだいぶ自暴自棄な気分でいたから。鵜飼さんに鋭夫を降ろすよう提言したあと、まず云いようもない罪の意識に襲われた——俺は心のどこかで自分をクビにした爛漫を恨んでいて、ほかのメンバーも同じ目に遭わせるチャンスを窺ってたんじゃないか、とか」

「鋭夫くんのためを思って、としか——私には感じられないよ」

「表面上は、俺もそう確信している。でも無意識下のことは分からない。いよいよ社長と鵜飼さんが腹を括ったと聞くと、すべてを撤回したくて堪らなくなった——鋭夫の耳は大丈夫、そのうち環境に慣れると嘘をついてでも」

「そうしなかったレオは、勇気があると思う」

「俺はへたれだよ。自分が鵜飼さんの背中を押しといてさ、今は爛漫が消えることが怖くて仕方がない。いつか復帰できるという淡い期待がリハビリを支えてきたのは勿論《もちろん》のこと、たとえ復帰できなくてもさ、たとえ『俺、むかし爛漫にいたんだよ』って自慢しちゃ、若い連中に鬱陶《うっとう》しがられるだけの存在になったとしてもさ、かつて俺が爛漫の一部だったことは事実だし、爛漫は俺の一部なんだ。爛漫はね、くれないちゃん、特別なバンドだ。離れてみて、それがよく分かった。ニッチは魔法使いだった」

私は納得して頷いた。魔法使い——きっとそうだったのだ。それから尋ねた。「鋭夫くんは?」

「そうだな——天才科学者かな」

部屋に、店員に導かれた尾藤社長が入ってきた。レオが立ち上がり、私もつられて立ち上がる。

「社長、お久し振りです」

「レオ、お久し振り。ずいぶん恰幅《かっぷく》がよくなったんじゃない？」

「飲めないと、つい食い気《け》に走っちゃって」

「体調は？」

「上々ですよ」

社長はちらちらと私に視線を送っている。「レオがお連れしたの？」

「偶然、さっき会ったんすよ」

「そう。くれないさん、お久し振り」

私は黙って頭をさげた。

「お母さんやレオからなにかお聞きになったのかもしれないけれど、今夜はあくまで内輪の話ですから、ちょっと外していただけませんこと？」

顔付きに不満がにじんだかもしれないが、温和《おとな》しく頷き、ずだ袋に頭を通した。

「ごめんな」

と云うレオに、かぶりを振って見せる。仕方がないよ。そこに爛漫の面々、そして鵜飼さんや野口さんも入ってきた。私の姿に、鋭夫くんがぽかんと口を開く。

「なぜくれないがここにいる」

「レオと偶然会ったから。でももう帰るところだから」

「じゃあ話は聞いた？」

「だいたい」

「久し振り」と鋭夫くんはレオに敬礼めいた仕草で挨拶し、また私のほうを向いて、「くれないがレオから聞いたとおりだよ。俺はお役御免だ」

「そこまでは決まってない」と史朗くんが口を挟む。鋭夫くんと私を交互に見ながら、「ゆっくりと時間をかけて決めていくんだ。その会議の、これが初日」

いつしか史朗くんの髪は伸び、口髭もたくわえて、海外のミュージシャンを思わせる風貌になっていた。最後に会ってから、もう三年の日々が経過しているのだ。

「大学はどう？」と圭吾くんが尋ねてきた。彼はちっとも変わっていない。

「まあまあかな」と私は笑い返した。「でも、行ってみてよかった。ありがとう」

「理香にそう伝えとく」

陽介くんはすこし男っぽい雰囲気になっていた。私に握手を求めて、「爛漫がどうなるか分かりませんけど、個人的に今、『クリサンセマム』の詞を書いてるんです」

「菊」だ。誰からどう伝わったのだろうときょとんとなったが、考えてみれば私が鋭夫くんに洩らしたのだった。

「どんな方なのか史朗さんから聞いて、一緒にうつった写真を見せてもらったりして、彼女が若かった頃を色々と想像していると、次々に言葉が出てきて整理しきれないほどで、こんな作詞経験は初めてです。もしかしたら僕の理想のタイプなのかもしれません」

「そんなこと私に云って、本人に伝わっちゃっていいの？　襲いにくるかも」

「ぜひ伝えてください」

岡村さつきさん、また失恋の巻。

それぞれが注文をとったり、勝手に喋りはじめたりで、部屋がすっかり騒がしくなった。

「すこしは絞っとけと云ったろ」とレオが鵜飼さんから体形のことを叱られ、項垂《うなだ》れている。

ということは、遠からず表舞台に立たせるつもりなのだ。嬉しくて、涙腺《るいせん》がゆるみかけた。そう分かっただけでも、今夜、新宿に来てよかった。

「くれない！」部屋を出ようとする私を、鋭夫くんが呼び止める。「ほかの席で待ってて。大事な話がある」

26

飲みかけだった水が、新しい座席に運ばれてきた。氷がまだ溶けきらずに残っている。私はウェイターに、「勿体《もったい》ないから、これになにかお酒を足してもらえますか」

「新しい氷でお持ちできますが」

「でも高価でしょう？」

「いいえ、あくまでお得意さまへのサーヴィスです。開店して三年になりますが、尾藤さまには開店当初からご贔屓《ひいき》にしていただき――」

「私、ビートニクスとは無関係なんですけど」

「すでにこちらのお会計は自分にと、尾藤さまから承っております」

つい笑いが洩れた。さすが、と云うほかない。「じゃあ南極の氷に、なにかお勧めのお酒を」

「私がお勧めしてよろしいのですか」

「ぜひとも」

ウェイターはすこし考えて、「個人的には、氷のインパクトに負けないよう、モルトウィスキーなどいかがかと」

「じゃあ適当に、私に合いそうな銘柄を」

「私が選んでよろしいのですか」

「詳しくないから、お願いします」

「ではお客さまの明るいイメージに合う、甘い香りが感じられる物を」

「正反対ですよ。地味で陰気なんだから」

「私には、華やかで前向きな方に見えます」

やがて運ばれてきたお酒は、ウィスキーだというのに干した果実のような香りがした。それをちびちびと舐めながら、なるべく無心に、水槽をゆったりと行き来するアロワナを眺めていた。

三十分ほどで、鋭夫くんが自分の飲み物を片手に抜け出してきて、私の斜め向かいに坐った。その横顔に目をやるなり、私は言葉を失った。補聴器を装着していたのだ。

「これか?」と彼は耳を指し、はにかむでも誤魔化すでもなく、「まだ調整中。いちおう会議だから、聞き漏らしがないようにと思って着けてみたけど、やっぱり疲れるな。ちょっと喋ってみて」

「――ドウガネブイブイ」

彼は補聴器を外し、「もう一度」

「ドウガネブイブイ」

彼は補聴器をシャツの胸ポケットにしまった。「くれないの声だと、そんなに変わらない。帯域によるんだ」

「お医者に行ったの」

「もちろん。鵜飼さんに耳鳴りを告白したその日のうちに、でっかい病院に引っ張ってかれた。長々と検査された挙句、よくその聴力で音楽を演ってきたもんだと云われた。あまり研究の進んでいない分野で、ストレス性の難聴か、メニエール病の前段階か、さらに別の病気か、なんにせよ原因不明、効きそうだっていう療法を順に試していくしかないんだから、下手にレッテル貼りをしても意味がない。治療をすれば三分の一の人々は快方に向かい、三分の一は現状を維持、でも三分の一は甲斐なく症状が進行すると考えてくれ——そう云われた」彼は飲み物を干し、テーブルを見つめながら、「いずれにしろ運命だ。出来るだけのことをやって、あとは藻掻いても仕方がない」

ウェイターが静かに近付いてきて、鋭夫くんに後ろから小声で尋ねた。「なにかお代わりをお持ちしましょうか」

鋭夫くんはまったく反応しなかった。聞えていないのだ——ウェイターの声も足音も。最近、急に悪化したのだろうか。それとも私が、自分の声は聴き取られやすいがゆえに、事態を摑みそこねてきたのか？

「鋭夫くん」声を震わせないようにするのに苦労した。「なにかお代わり頼む？」

「——あ、うん」彼はやっとウェイターの影に気付いた。

「くれないはなに飲んでるんだ」

「モルトウィスキーと南極の氷。ウィスキーの銘柄は知らない」

「ちょっと」と彼は私のグラスを手に取り、香りを嗅いだ。「いい香りだな。俺もこれを」

「畏まりました」

「前向きな香りだって」

「そういう注文？」

「――そうだよ。爛漫、どうなりそう？」

「分からん」と彼は他人事《ひとごと》のように云い捨てた。それから腕組みをして、「鵜飼さんとしては、レオを早くライヴの表舞台に立たせたい。休止期間は最短にして、ライヴバンドとしての爛漫を維持したい」

「誰が歌うの」

「陽介くんと史朗を軸にして、曲によっては圭吾、レオだって下手じゃない。なんとかなるだろ。一方史朗は、いったんレコーディング・ユニットとして潜伏すべきだと主張してる。バンド形態に可塑性《かそせい》を持たせて俺が復帰しやすいように、それから俺たちが利夫の歌を取り戻したとき、また『雨の日曜日』みたいなことをやりやすいように」

「圭吾くんや陽介くんは？」

「今のところ黙ってる。どうあれ俺が居なくなるか、陰のメンバーに戻るのは間違いない。正直なところ――」鋭夫くんのお酒が運ばれてきて、彼は言葉を切った。グラスに口をつけてから、「正直なところ、どこかほっとしている。やり残したことは多いが、少なくともこれで利夫の身代わりじゃない、本来の俺に戻れる」

黙っていたが、逆のような気がした。

かつての私は、自分のイメージにこだわるニッチが陰気な兄を恥じ、その存在をなるべく隠すようにしていたのだと想像していた。しかし鋭夫くんが歌う「雨の日曜日」を聴いた頃からだろうか、ニッチのみていた夢はむしろこちらだったんじゃないかと思うようになっている――両耳が聞えていればこうだったという鋭夫くん像を、彼は必死に演じていたんじゃないかと。

当初のバンド名は、新渡戸という苗字を踏まえているに違いない、ニッチ。爛漫時代に突入してからも、彼はニッチの名を背負い続けた。偶然の重なりからかもしれないが、けっきょく彼は最後まで苗字しか名乗らなかったことになる。利夫として自己主張することはなかった。

しょせん鋭夫くんの身代わり、偽物に過ぎないという意識とそれが生むプレッシャーのなか、彼は知り合った少女に心の安らぎを求め、一緒に薬物に手を出し――。

「ところで、一度もくれないに話してこなかったことがある。これを話しに中抜けしてきた。まあ、場に俺がいると話を進めにくい感じになってたし。話したいのは、俺と利夫の両親についてだ」

たしかに聞かされたことがない。自分が訊かれるのを好まないから、こちらから尋ねることもなく、お母さんが亡くなっているというのも、先日の電話で初めて知った。

「親父は入《い》り婿《むこ》で、新渡戸というのは母方の苗字だ。美大出で、若い頃は前衛芸術家を気取って、珍妙なオブジェを創り続けていた」

「やっぱり芸術家の血筋だったんだ」

「なにが芸術なもんか。写真や残骸《ざんがい》は見たことがあるが、あんなもの売れるはずもないし、どこかに寄贈したところで飾ってもらえない。芸術家どころか、パトロン探しに明け暮れる飛び込み営業マンのような毎日だったという。けっきょくパトロンになってくれそうな宗教団体に入信して、本末転倒、信者としての活動にばかり血道をあげるようになった。いちおうキリスト教の流れだが、俺に云わせればカルトだよ」苦々しい表情でお酒を口に運ぶ。「なまじ留学経験があった親父は、ヨーロッパでの布教に駆り出され、母も同行を強いられた。祖父母から聞いたところによれば、母はたいそう行くのを厭がっていたそうだ。ポルトガルで俺が生まれ、利夫はそこからの赴任先だったギリシャで生まれた。本当の出生地はギリシャのちっぽけな島なんだ。利夫を生んだときの出血がひどく、それが原因で母は死んだ。まともな病院で生めば助かってた。でも教団は信者である助産婦の立合いしか許さなかった。まるで十九世紀のお産だったと、脱会した信者が祖父母に報告したそうだ。母は島で葬《ほうむ》られた」

「じゃあお墓は今もギリシャに？」

「たぶんね。俺にはかろうじてその記憶がある——一歳のときの記憶が。ギリシャ以前に両親はポルトガルに六年住んでいたから、利夫はポルトガルとの二重国籍になった。俺のときは期間が満たなかったんで、俺は日本国籍だけなんだよ。こっちの寺の墓にも母の名前は刻まれているが、骨壺の中は空っぽだ。要するに利夫は母親に抱かれた経験がなく、幼すぎてギリシャでの記憶もなく、そのうえ菩提寺《ぼだいじ》に母の骨が無いことを知っていた。そのことを嘆く祖父母を見ていたからね。だから本当は母は生きていて、親父の目を避けてひっそりと暮らしているんじゃないかという想《おも》いから、逃れられずにいた」

「お父さん、今もその宗教に——？」

「今は脱会している。少なくとも本人はそう云ってる」

「憎んでる？」

「仲がいいとは云いかねるが、憎んでも母は帰ってこない。俺たちが高校を出るまで、男手一つで育ててくれたのも事実だし。でも利夫は——憎んでたね。煙草、ある？」

「大人なんだから自分で買え」という私の低い呟きを、

「ん？」と鋭夫くんは聞き返した。聞えなかったのだ。

「なんでもないよ」と高めの声で云って、煙草の箱を渡した。

「火もいる？」

「頼む」

私の煙草に火を点《つ》けて、煙を吐き、

「軽い」と文句を云う。

「じゃあ返せ」

「喫《す》い終わってから。たぶんここからが本題。夏目愛の母親について、興信所に頼んで調べてもらった。高くついたが、爛漫の活動に追われて身動きがとれなかったから仕方がない。旧姓新渡戸、下は庸子《ようこ》。凡庸の庸。字が違うんだが、俺たちの母もヨウコだった。こういう字だよ」鋭夫くんは煙草を持ち替え、テーブルに指で「瑶」と書いた。「字の違いは利夫も知っていただろう。でも今の名は、親父の目から逃れるための変名だと信じたかった。そして目の前の天才少女は、貴重な肉親だと。その物語に夏目愛も乗った。あんがい本気で信じているような気もする。突然の妹の出現を、利夫は俺に語れなかった。親父に伝わりかねないから」

「ニッチは会ったのかしら、夏目さんのお母さんに」

「あいつには妙に臆病なところがあった。だからせいぜい、遠くから眺める程度だったと思うよ。

会って話して、私はあなたの母ではないと云われるのが怖くて」

煙草を喫い終え、補聴器の所在を確認して席を立とうとする鋭夫くんを、私はかたとき引き留めた。「ニッチと夏目さんとの間にどんな物語があったにせよ、彼女の罪は消えない――よね？」

「もちろんだ。だいいち犠牲者は利夫だけじゃない」

鋭夫くんは会議へと戻っていった。私は薄まったお酒を飲み干し、優しい言葉をかけてくれたウェイターに美味しかったとお礼を云って、店を出た。渋谷を経由して帰るつもりだった。南口に深夜までやっている書店がある。まだ間に合う。

勉強すべきことが増えた。いざとなったら――という漠然たる決意が、以前からあるにはあった。とうとう、その時が来たのだ。

27

相変わらずコンサートに誘ってくれるのだが、「予定を確認しとく」だとか「考えとく」としか答えたことがない。すぐさま「あ、断られた」と思うらしくて、しつこく同じ誘いをかけられた経験はない。

それでいて大黒くんは不屈である。今でも学食で私の姿を見つけると必ず対《むか》いに坐って、にこやかに話しかけてくる。うじうじしたところがない。育ちがいいというのはこういうことか、と感心させられる。

半分くらいは右から左に聞き流しているような自分の態度との落差が、さすがに申し訳なく、このあいだ話が途切れているとき、とうとう呟いたのだ。「私、ほんとは好きな人、いるんだよね」

大黒くんの表情ははっきりと曇ったが、その後も態度は変わっていない。

会話の多くは、ピアノに関するものだ。彼ほど純粋に、ピアノそのものが好きな人は珍しい。腱《けん》鞘炎《しょうえん》のあいだはどんなにかつらかったことだろう。

彼の演奏は知っている。残念ながらコンクールで上位に行けるような人ではない。自分でもそれはよく分かっていて、教職課程を履修しているし、コンピュータ音楽実習のような、私など端から無縁と感じてしまうタイプの講義もとっている。

「そろそろ次の授業に行かなきゃ。先生が遅刻に厳しいんだ」

「なんの講義?」

「音楽療法」

私は驚いて、「そんなのまでとってるの」

「うん、まあ——いつか役に立つかと。向田さんは、次は?」

「私は空き。練習室で過ごす」

「羨ましいよ、向田さんみたいな天才が」

「凡才だよ」

「そう謙遜できる立場が。僕が同じセリフを口にしたら、惨めすぎて誰も笑えない」

「私、大黒くんは凄い人だと思ってるよ。うまく云えないけど、心からそう思ってる」

「半分だけ信じるよ」と彼は明るく云って立ち上がり、空の食器が載ったお盆を抱えた。

私も学食から退散すべく、テーブルに出していた楽譜をずだ袋にしまいはじめた。そこで、紙コップを片手にした夏目さんに発見されてしまった。

足早に近寄ってきて、「向田さーん、これから練習室？」

「いえ、ちょっと具合が悪いから、もう帰ろうかなって」

嘘をついた。彼女は大黒くんが坐っていた椅子に掛け、

「うわあ、生温かい。気持ち悪い」と隣の座席に移った。「さっき擦れ違ったけど、また大黒と一緒に？」

「うん」

「いつも感心してるの、向田さん、よくあんなのの相手をしてるなあって」

「なんで？　いい人じゃない」

「才能のなさが感染《うつ》りそう」

彼女をオープンDだと知りつつ、一応でも学友として普通に会話を交わしている自分がなんとも不思議で、これは一種の多重人格——乖離性同一性障害じゃないかと思うことさえある。夏目さんもそうで、悪事をはたらいた自分については完全に忘れているんじゃないか、とも。

「あの程度のが、お昼のたびに向田さんを独占してるだなんて、図々《ずうずう》しいにも程があるってもんじゃないかしら」

「人間としては、私より大黒くんのほうが上等で、器も大きいと思うけど」

「ピアノ弾きとしては？」

私は返答に詰まった。

「ごめーん、意地悪云って。そんな残酷な宣告、向田さんにはできないよね」

「――大学って、演奏技術を競うだけの場じゃないでしょう?」

「凡才が四苦八苦するための場でもないはず。もちろん理想論だけどね」彼女は小さく笑い、これ見よがしの溜息をついて、「親にさんざん苦労をかけて音大に入って、私、本当にがっかりしてるの。教授からなにから凡才ばっかりで、私の演奏を本当に理解してくれてるのって、たぶん向田さんくらい」

「夏目さんは、物凄く巧《うま》いと思うよ。でも私に理解はできてない」

「そう云えるのは、向田さんに余裕があるから。凡人は理解しているふりに必死。ニッチは特別だったけどね。あとはどんな世界を覗いてみても凡人ばかり。いいかげん私、生きるのに飽きてきちゃったんですけど」

咄嗟《とっさ》ののち、自分でも信じられないことが起きた。私は大声で笑ってしまったのだ。自分で自分が狂ったのかと思った。きっと怒りのあまりの大きさに、肉体が対処しきれなかったものだ。

さしもの夏目さんも身を強張《こわば》らせ、不安げに眼差しを揺らしていた。

「笛吹き役の男の子のこと、すごく好きだったのは憶えてる」私はそう我にもあらず、何年も耳の底に踞《うずくま》ってきた、和気泉さんの言葉を口走っていた。

「――向田さん、どうしちゃったの?」

「笛吹き役の男の子のこと、すごく好きだったのは憶えてる!」

お盆を持って席を立ち、食器を返却すると、けっきょくそのまま正門へと向かって、あとの講義はサボってしまった。駅までの道々、ようやっと涙が出てきた。

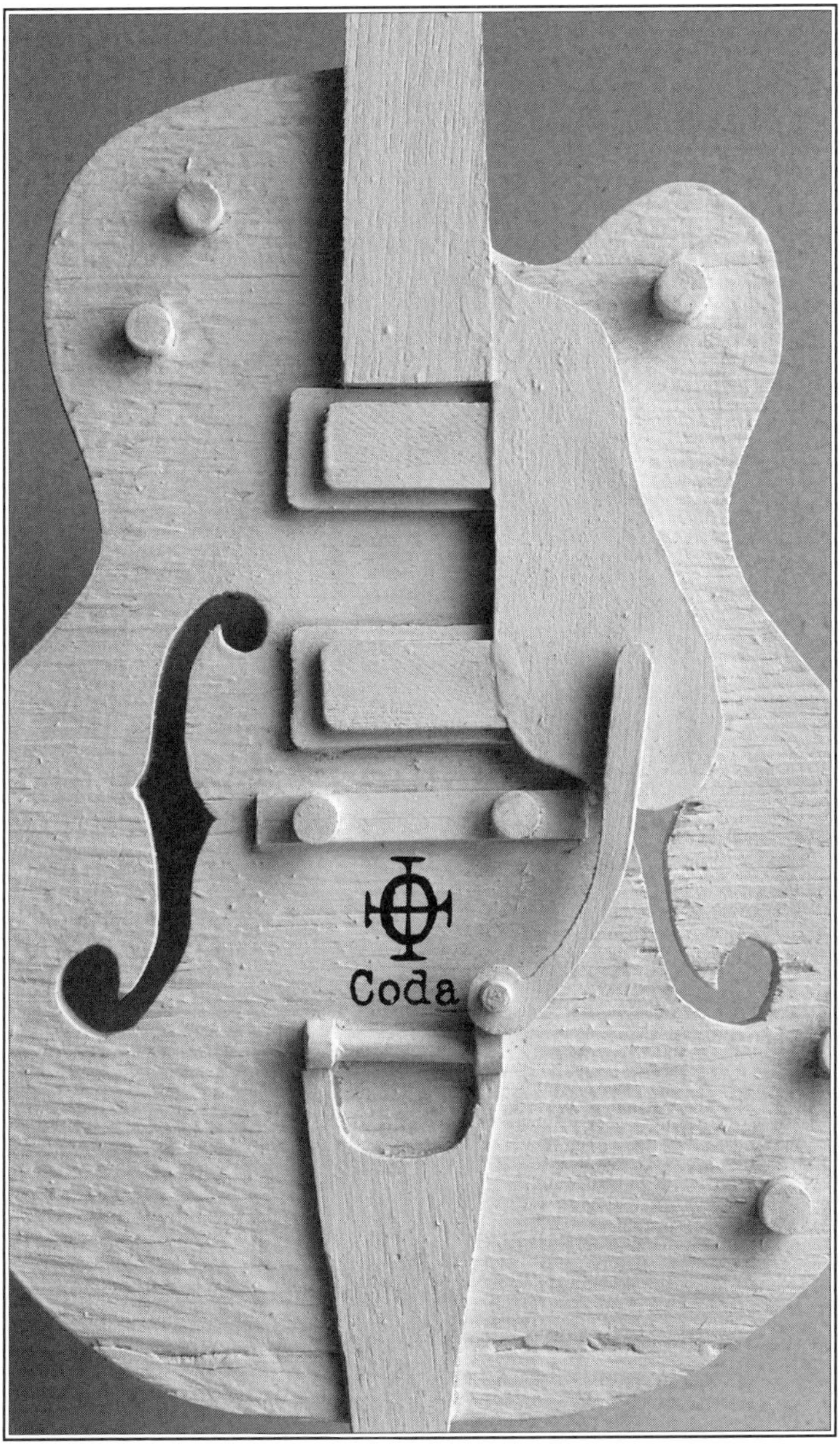
Coda

人の細胞は神経細胞を除いて、七年でおおむね入れ替わると聞いたことがある。

十二月が来て二十一になり、急になにやらこれまでの人生が幻だったように感じられはじめたのは、三度めの入れ替わりが終了して四人めの私が始まったからだろうか。

もちろんこれまでの記憶はあるし、ピアノも弾ける。しかしどれもこれもが、軽く酩酊《めいてい》しているように朧《おぼろ》なのだ。演奏も朧で、間違いなく以前より不正確で——。

もっともスランプという感覚はない。

「ラピスさんの演奏、優しくなった」

と先日、カンコちゃんから評された。どうもありがとう。

そんな次第で、私は新しい自分をそれなりに気に入りつつ、始終波間をたゆたうような気分でいる。

爛漫《らんまん》という幻、ブラインダッドの幻、そしてオープンDの幻が、現れては遠ざかる。

いつか爛漫は濃い影を取り戻すのかもしれないが、ブラインダッドはもうこの世にいない。私にとっては未来永劫《みらいえいごう》、遠い星のような存在であり続けるのだろう。でも星を見られてよかった。私にも星があった。

オープンD——夏目愛という人物の影は、いずれ私のなかで薄れ、ぼやけ、消え去ってしまうような気がしている。

亡《な》くなったわけではない。この水曜日の晩、私が本を見ながらぎこちない練習を繰り返していたとき、とつぜん史朗《しろう》くんから電話があった。（ニュース、見た？）

「どんなニュース？」

（見てないんだ。和気《わけ》が人を刺した。被害者は公表されてないが、たぶんオープンDだ）

私は言葉を失った。自殺以外での最悪のことが起きた、と思った。

しばらくして、かろうじて発した。「ほんとなの」

（ウェブにも上がってる。和気孟《つとむ》でニュース検索してみるといい）

「殺しちゃったの」

（いや、相手は重傷だけど一命は取り留めた。和気はすぐさま自首して、復讐だと主張している。証拠物件は知人に送ったとも。きっとビートニクス宛てだろう）

電話を繋いだまま、パソコンを立ち上げて検索した。ニュースは——あった。

狩猟ナイフで女子大生（19）を刺し重傷を負わせたかどで、警視庁府中署は20日、自首してきた住所不定、無職、和気孟容疑者（26）の身柄を確保した。同署によると、容疑者は「復讐心はあったが命を奪う気はなく、4年前の事件を再捜査してもらうためには、ほかに手段がなかった」と主張しているという。

和気容疑者は同日午後5時ごろ、府中市の路上で学校帰りの被害女性を待ち伏せ、問答の末、刃渡り12センチの狩猟ナイフで女性の腹部を刺し、凶器を握ったまま警察署に出頭した。犯行を目撃していた学生たちが救急車を呼び、女性は一命は取り留めた。

和気容疑者は人気ロックバンド爛漫に在籍したことがあり、被害女性による犯罪の証拠は自首する寸前、知人宛てに投函したとしている。なお爛漫の初代ボーカルだった新渡戸《にとべ》利夫《としお》さんは、4年前、違法合成麻薬の使用により急死している。

「ニュースサイト、読んだ」

(今はそれ以上のことは分からない。続報が入り次第、くれないさんにも伝えるよ)

「爛漫やニッチの名前が出ちゃってる」

(仕方がない——と俺は思うんだけど、尾藤《びとう》社長はあのバンドは「未定」だったとして、マスコミに訂正を求めるって)

「未定だったね、たしかに」

(また連絡するよ)

通話を切り、携帯電話を充電器に戻す寸前、うちの学生たちのほうが事件に詳しいかもしれないと思い付いた。教えられたきり一度も利用したことのない、大黒《おおぐろ》くんの電話番号を押した。

(わ、向田《むこうだ》さん?)と驚かれた。

「ごめんね、深夜に。ニュースで、たぶんうちの学校の人だと思うんだけど——」

(刺された人?)

「うん」

（ショックかもしれないけど、あれ、じつは夏目愛さんなんだ。僕、その場にいたから）

「大黒くんが救急車を呼んだの」

（それは僕じゃない。僕はなんとか止血しようとしてて、でもどうにもならなかった）

「彼女、意識は？」

（しっかり喋《しゃべ》ってたよ。でも混乱してたのかな、「刺されちゃった」って——笑ってた。犯人は長髪の男で、追いかけようとした人もいたんだけど、物凄く足が速くてさ。でも自首したんだってね。僕は、服が血まみれだったもんだから一緒に救急車に乗せられて、国立《くにたち》の救急病院まで連れていかれた）

「——国立の？」

（うん、たまらん坂にある大きな病院）

あの病院だ。

その晩は寝つけず、かといってなにかに没頭する気にもなれず、明け方までだらだらとテレビを眺めていた。なにを見た、誰を見たといった記憶はほとんどないが、どの番組もひたすら笑い声に満ちていたことは、耳が憶えている。

世の中はそんなにも面白可笑《おもしろおか》しいのだろうか。武《たけ》ノ内《うち》氏の命を救うはずが、それが奪われる結果となってしまったあの建物のなかで、いま夏目さんは眠っているのだろうか。それともなにかを思い出して、笑ってでもいるのだろうか。

彼女は今でも、ニッチは自分の兄だと信じているのだろうか。

悔やんでも悔やみきれずに　走り抜けた僕らの願い
灰色の壁に刻みつけられた　遠い世界への誓い
降りしきる雨が溢れて　街を溺れさせる
捨てられたごみを浮かべて　過去を甦らせる
空っぽな僕と日曜日が
雨を追い越して眠りにつく

金曜日、伴奏クラスの実習中、故意に電源を切っておかなかった携帯電話が震えはじめた。ずだ袋から取り出す。

史朗くんからだ。立ち上がり、ピアノの前から振り返っている先生に、「急用です」と頭をさげて、廊下に出る。「ごめん、大丈夫。くれないです」

（授業中？）

「もう廊下に出た。和気くんから郵便、届いたの」

（やっぱりビートニクスに届いた。確認したよ）

「中身は？」

（まず、ハンカチに包まれた金属製のスライドバー）

「きっとそれ、刺された子が楽器屋で使ったのを、和気くんが盗んだやつ。たぶん指紋のために」

（うん、指紋採取のためにだ。それから小鬢《こびん》に入ったクリムゾンキング。鬢にはパソコン文字がプ

リントされたシールが貼ってあった。書いてあったのは、俺も入院していた国立の病院の住所と、部屋番号）

「その病院に、今――」と教えかけて、史朗くんがより重要な情報を伝えていることに気付いた。

「それ、和気くんのところに匿名で届いたクリムゾンキング？」

（そういうことになる）

「彼、使ってなかったの？」

（温存してたんだ。良心的に考えれば、爛漫と自分を結び付けている貴重な品として。でもいざというときのため、武ノ内殺害は爛漫の示唆《しさ》によるものという証拠を握っておきたかったのかもしれない。どうあれ武ノ内を殺すのに使ったのは、自分で手に入れた別のクリムゾンキングだった）

「温存していた鑷に、オープンDの指紋が――」

（和気の切り札だよ。あいつだけが持ってたんだ、情況証拠じゃない、オープンDが犯罪に手を染めたことを示す、決定的な、物証を）史朗くんは声を詰まらせがちに、（文字通り、刺し違えやがった）

「――でも、でも、小鑷の指紋なんて、あとから付けられたって主張されたら？　たとえば、刺されて倒れてるとき」

（もう一つ、封筒に入ってた物がある。法科学鑑定ラボという機関が発行した鑑定書だ。それに目を通して、ラボにも問い合わせて、とにかく驚いた。すでにＦＢＩでは正式採用されている、四酸化ルテニウムという試薬がある。それを使うと木材や布や人の皮膚や、そして錠剤に付着した指紋さえ検出できる）

「錠剤そのものの、指紋？」

（そう。罎やラベルには慎重に指紋を付けなかったに違いないオープンＤでも、磨り潰されるか武ノ内の口に放り込まれるであろう錠剤そのものには、無神経だったかもしれないと和気は考えた。そしてその通り、たった一粒からだけ、指紋が検出された。きっと小罎に移すとき零《こぼ》れた一粒だよ。オープンＤはそれを素手でつまんだ。手袋をしてたら拾いにくいからね。部分的な指紋に過ぎないが、スライドバーにあった指紋の一つと見事に合致している。俺たちは今、この指紋と、武ノ内のオフィスから出てきた指紋、そしてオープンＤの私物にある指紋との照合を、警察に依頼している。合致すれば、武ノ内と懇意でしかもその殺害を和気にそそのかしたのは、彼女だ。動機は？　武ノ内の遺書の信憑性《しんぴょうせい》や和気泉《いずみ》さんの件も、この観点から再捜査されるだろう。そうなったらもう、オープンＤは逃げられない——逃がさない。和気さ、あいつ莫迦《ばか》だけど、賭には勝ったんだよ。あいつ——勝ちやがった）

「和気くん、これからどうなるのかしら」

（武ノ内の件についてもとうぜん自首してるんだろうし、二つの重罪をおかしている以上、どういう審判がくだるかは——優秀な弁護士を紹介してやるようにとは、社長に掛け合っといた）

「どうって？」

（出来るかぎりのことはするって。社長も和気のことは、気に入ってるから）

「よかった」

（今から俺、留置場に差入れに行くんだ。清潔な下着が必要だろう。楽にしていられる洋服や、退屈だろうから本や、きっと現金も。あと無駄かもしれないけれど煙草《たばこ》も持ってってみる）

「直接会えるの？」

（それはまだ無理だろうね）

はたと記憶が甦った。「お願い、楽典を一冊」

（ガクテン？）

「クラシックの手引書。あとでお金を払うから」

漢字での表記が思いうかんだらしく、（ああ、楽典ね）

「彼、勉強したがってたの。それから五線紙とペンも」

（分かった。きっとくれないさんからだって気付くよ）

「間に合うよね、和気くん、今からでも」

（間に合うさ、まだ若いんだ。俺たちみんな、まだ若いんだ）

「そうだね」と呟きながら、私は練習室の並んだ長い廊下を見通した。「あとまだ何十年もあると思うと、気が遠くなりそう」

（きっとみんなそうだった――ニッチも和気泉さんも、もしかしたら武ノ内も）

通話を切り、教室に戻っていく私の耳朶《じだ》には、和気くんの靴音が淋しげなメロディとして甦っていた。とかとん、つ、とかとん、つ――。

強い風に髪をなぶられながら
暗い夜空に向かって問い続けた
星ってなんだ？

星ってなんだ？

どんよりと曇った日曜日の午後、鋭夫《えつお》くんがうちのチャイムを鳴らした。メールで来意は知らされていた。飛び出そうとするチャックを抱きかかえ、薄くドアを開ける。鋭夫くんは伊達眼鏡を掛け、補聴器も装着していた。

「誰？」

「私の新しい恋人」

「若いな」

「まだ一歳になってない」

「年下好みだったか」

それから私の視線に気付いて、

「これ？　それともこっち？」と、眼鏡と補聴器の両方を指差す。

「似合ってないかな」

「似合ってるよ、どっちも」

「補聴器は、外を歩いてるときはどんな感じかと思って、ちょっと試してた。くれないの声なら関係ないから、気になるなら外す」

「どっちでもいいよ、楽なほうで」

「ドウガネブイブイと」

「いま云うの？」

「云って」

「ドウガネブイブイ」

彼は補聴器を外し、「もう一度」

「ドウガネブイブイ」

「やっぱりくれないの声は同じだな」

うーん、とそのときチャックが呻《うめ》いて、

「お前の声も聞える。むらさきさんは？」

「部屋で寝てるけど」

「起きてこられると困る。まだむらさきさんに聞かせないほうがいい話も出てくるだろう。外で話そう」

「分かった。いま着替える」

「そのままの恰好でいいよ。なんか適当にフリースとか引っ掛けて」

「着替えさせろ。女扱いしろ」

「分かった。すまん。ごめん。反省した。謝る」

「罰として外で待たせる。煙草は？」

「珍しく持ってる。たしか――」彼はダッフルコートの外ポケットを探り、首をかしげながら内ポケットを探り、さらにジーンズのポケットを探って、やっと変形しきったキャメルのパッケージを取り出し、「ほら」

「ライターや携帯灰皿は？」

「どこにやったろう？」

私は吐息まじりに、「待ってて」

部屋に戻って、ずだ袋から自分の携帯灰皿とライターを取り出し玄関に戻ってドアの間から鋭夫くんに渡し、また部屋に戻って髪の毛をとかし、顔のそこかしこに不備がないかといちおう確かめ、バーバリー・チェックのブラウスにかつて岩倉《いわくら》氏からプレゼントされたカーディガンを重ね、同時にプレゼントされたジーンズにも挑戦してみたもののやっぱりお尻がきつくなっていたので諦めて最近気に入っているマキシ丈のスカートにし、赤い長靴下を履き、むらさきさんが通学用に買ってくれたホームスパンのコートを羽織り、それでもやっぱりずだ袋を背負い、ごめんねとチャックの頭を撫でて、外に出た。

鋭夫くんは手摺《てすり》に凭《もた》れて、煙草を喫っていた。「パーティにでも？」

「これが女子大生だ。ありがたく思え」

「犬は？」

「さっき散歩から帰ったばかりなの、鋭夫くんが来るまえにと思って。触りたかった？」

「いや、そういうことなら今日はいい」

「どこ行く？」

「ちょっと腹が減ってんだけど」

私は警戒心を露《あら》わに、「なに食べたいって？」

「蛸焼《たこやき》かな」

「よっしゃ！」

「あまり大きくなくて、とろとろしすぎてないやつ」

「男が細かいこと云うな」

商店街に、チェーン展開している蛸焼屋の店舗がある。そこを目指しての道々、尋ねた。「爛漫、どうなりそう？」

「ずっと鵜飼《うかい》さんの意見が優勢で、史朗が懸命に突っぱねてた形だったんだが、急転直下、史朗案を無視できない状況に」

「レコーディング・ユニット？」

彼はすっと私に肩を寄せてきて、「夏目愛の母親が、任意捜査に協力した。和気が夏目さんをストーキングしてきた形跡はないかと、彼女のパソコンが調べられたんだ。ところが予想外の結果。外付けハードディスクの中の大量のファイルを、パソコンがまともに認識しなかった。断片的な音声ファイルが、基本ソフトで立ち上がるだけ。ほぼギターと、歌、ときどきベース」

「それ」

「利夫としか思えない人間が『雨の日曜日』を歌っているファイルがあることに、警察官の一人が気付いた。ビートニクスに確認を求めてきた」

「ニッチの部屋から持ち出された――？」

当然と云わんばかりに、彼は頷きもせず、「今は俺の部屋。朝っぱらから警察署に利夫のパソコンを運んでいって、登録ＩＤを照らし合わせ、繋いで曲全体も再生して、あの部屋から盗まれた物だと立証したよ」

「夏目さん、大事に持ってたんだ」

「捨てるのがいちばん安全なのにな。先回りし過ぎ以外のオープンDの弱点は、利夫への執着だったってわけだ。ハードディスク自体は証拠品につき持ち出せないっていうんで、その場で中身をコピーさせてもらった。史朗は、これで爛漫に出来ることが無数にも増えたと興奮している。俺も協力できるところは協力するよ。とにかく利夫の声が返ってきた」鋭夫くんは私の手を上から握り、「取り返したよ。なんて強いバンドなんだろうな、爛漫は」

どんな言葉を返そうかと考えているうちに、ぱっと手を離されてしまった。頼んだわけじゃないから構いませんが。

「忘れないうちに」と彼はコートのポケットから、折り畳んだ紙の束を出し、「くれないが大学で頑張ってるようだから、こっちも部分的に約束を守ってみた」

「なに」

「見れば分かる」

受け取って、開いた。手書きの楽譜だった。「これ——」

「まだピアノだけ。楽譜って便利だな、頭のなかの音を直接書き写せる。それだけに、こんなに手が広がるかよって部分が多々生じているかも。チェックしてくれると助かる」

「協奏曲にするの」

「くれないに気に入ってもらえたなら」

私は立ち止まってそれを読みはじめたが、二枚めにも至らないうちに、音符が頭のなかで意味を成さなくなってしまった。こんな状況で冷静に読めるか。

「どうだろう」

「音符が汚いよ。タイトルは？」

彼はいつもの、本気か冗談かよく分からない調子で、「嫌じゃなければ、『くれないのために』」

私は彼の胸の辺りをぶった。

「なにすんだ」

「分かりにくいんだよ、いちいちお前のやることは」

俯いたまま、二度も三度も彼をぶった。古着屋のショウウィンドウにふたりの影が映る。それはまるでニッチと――。

蛸焼屋の店先で、鋭夫くんは真剣にメニューを睨みつけ、「普通のもいいが、このキムチ納豆というのも捨てがたい」

「悪いことは云わない。普通のにしとけ」

「間をとってピザ味はどうだろう」

「普通とそれとの間にイタリアが挟まるって、何時代のどこ帝国の地図なの。普通のにしとけ」

「あのですね」注文を待ちくたびれた店員が口を挟んできた。「いろいろ焼いてる立場でこう云うのはなんですけど、普通のがいちばん旨《うま》いっすよ」

鋭夫くんには聴き取りづらい声だったらしく、慌てて補聴器を付けている。「なに？」

「普通のがいちばん旨いっすよって提案なんですが」

「でもキムチ納豆も捨てがたい」

私が強引に割り込んで、「普通のを二人前。決定です」

「あーあ」

「早く決めないからだ。それより空が急に暗くなってきた。ここで食べる？　うちに持って帰って食べる？」

「こういうのは外で食べたほうが旨いんだ」

「公園とか行く？　ちっちゃい公園ならすぐ近くにある」

「いいね」

途中、自動販売機で飲み物を買い、冬枯れた雑草に被《おお》われた公園のベンチにふたり並んで、蛸焼を食べた。

「冬の蛸焼って、しみじみと旨いな」

「普通のにして良かったでしょ？」

「いや、挑戦者の俺としては、次はやっぱりキムチ納豆だ」

「あのチェーン店がない街でそんなこと云いはじめたら――」口癖で「刺すから」と云いかけ、そこで口籠《くちご》もった。またとうぶん口には出せない語彙《ごい》が生じてしまった。

でも鋭夫くんは無神経に、「どうする？」

「――嫌いになる」

仕方なく云ったこの一言が、あんがい効いた。彼は地面を見つめて、「気を付けるよ、今後は」

蛸焼を食べ終えて煙草を喫っていたら、周囲の枯れ草に、ベンチの座面に、私たちの頭や膝の上に、ぽつ、ぽつ、冷たい雨が落ちはじめた。最初は大した量ではなかったので、

「今日は何曜日？」

「日曜日」

と問答して面白がっていたが、そのうち雨粒が大きくなって、糸で繋いだ透明なビーズを天からざらざら落とされているような有様となり、私たちはひとまず公園の隅で野放図に枝と花とを広げている、山茶花《さざんか》の傍へと避難した。

この分厚い葉っぱを叩く雨音が、まるで盛大な喝采《かっさい》のようで、

「堪らん」と、鋭夫くんはまた補聴器を外した。

「鋭夫くん、私の声、聞える?」

「ん——あ、聞えてるよ、たぶん」

「こういうときのために、鋭夫くんも覚えといて」

私はまず自分を指差し、それから拇指《おやゆび》を立てた左手を、右手で軽く二度叩いた。

鋭夫くんを指差し、拳《こぶし》を握った両腕を、胸の前で交差させた。

「手話?」

「最近練習してるの。内緒話にも便利じゃない?」

「意味は」

「調べて」

私はまた自分を指して。

次に拇指を立てた左手を、右手で二度叩いて。

それから彼を指差して。

拳を握った両腕を、胸の前でぎゅっと交差させた。

私が
助ける
あなたを
愛している

爛漫たる爛漫　文庫版あとがき

〈クロニクル・アラウンド・ザ・クロック〉（以下、クロクロと略します）〉の第一部『爛漫《らんまん》たる爛漫』をお読みくださり、まことにありがとうございます。久方ぶりとなる文庫先行の出版につき、かつて少年少女向けの文庫を書き下ろしていた時代を思い返しつつ、当時の慣例どおり、あとがきを記させていただくことにしました。

〈クロクロ〉の構想は、目下、第三部までが明確にあり、立て続けに執筆、上梓《じょうし》していく手筈となっています。第一の事件、第二の事件――と変奏していくタイプの連作ではなく、前作をひっくり返していく大掛かりな物語ですので、ナンバリングどおりにお読みになるのが無難かと思います。「どこからでもお読みになれます」と間口を広げておくのがこういう商売の鉄則なんですが、「優しい嘘」がつけない体質なもので、どうもすみません。

さらに読者を驚かすようなことをのうのうと記してしまいますが、熱烈なお申入れを賜っていたにも拘《かか》わらず、ロック小説の執筆には、長いあいだまったく乗り気になれませんでした。

あまりにも難しいのです。音楽、とりわけロックを小説で表現するのは、きわめて困難にして成功例の少ない試みです。小説から音が出ないのは勿論《もちろん》ですが、あまっさえロックは「失語の音楽」です。

好例として、ザ・ビートルズの名盤『アビイ・ロード』、そのA面の最後を飾る「アイ・ウォント・ユー」を挙げておきましょう。詞は、たったこれだけです。「君が欲しい」「欲しくてたまらない」「気が変になるほど」「彼女は激しい」。これを繰り返しているだけ。

『ザ・ビートルズ』（通称「ホワイトアルバム」）に入っている「ホワイ・ドント・ウィー・ドゥー・イット・イン・ザ・ロード」に至っては、「路上でやっちゃおうか」「どうせ誰も見てないさ」のみ。なにをやるんだか知りませんが。

大好き！　悲しい！　悔しいぜ畜生！　誰か助けて！　腹いっぱい食いたい！

こうした身も蓋もない叫びがロックの本質です。長い詞、叙情的な詞、複雑怪奇な詞を持つ曲は無数にありますが、それらを削ぎ落としても平然と成立してしまうのが、ロックです。その魅力を小説に写し取る――。

気に入った叫びを転記したところで、ロックの格好良さはちっとも読者に伝わりません。いくら「美しい」を連呼しても美男美女を書き表せないのと同じです。

一計を案じる必要がありました。


『アビイ・ロード』のB面は、ほぼ全篇がメドレーになっています。もともとそう作曲されたものではなく、独立した一曲を成すほどではない断片――ジョン・レノンに云わせれば「ジャンク」――の寄せ集めを、メンバーとスタッフがテープ編集の技術を駆使し、壮大な楽曲にまとめ上げたものです。あれをそのまま演奏していたザ・ビートルズは、存在しません。

ここに、ロックのもうひとつの顔を見出《みいだ》すことができます。聴き手はバンドによる演奏を楽しんでいるつもりでも、それが録音と編集の魔法によって生じた幻に過ぎない場合が、たいへん多いのです。そもそもバンド自体が存在せず、たった一人による多重録音であったりもします。

リズムを録り、低音楽器を配し、ギターやピアノを乗せ、歌を入れ、必要に応じて更に音を足したり消したり――マルチトラック・レコーダーが発明されて以降の大衆音楽は、ほとんどがそういう、パッチワークを拵《こしら》えるような方法で制作されています。この流れを先導してきたのが、直情的な叫びの音楽であるロックだというのは、たいへん興味深い事実です。閑寂あってこその喧噪《けんそう》。闇あらばこその光。

もし〈クロクロ〉に、一般的なロックのイメージとは程遠い静かな呟きが散見されるとしたら、それは右のようなレコーディングのプロセスを模して書かれているからです。レコーダーを巻き戻しては断片を重ね、重ね、不要な音を削り――にも似た面倒な執筆作業によって、「小説でロックを表現する」という課題に応じんとしているものです。

珍しくも詳細な設計図を記し、それと睨み合いながら執筆しています。メモさえなしに一行目から書きはじめ、書き連ね、「終わった」と感じたらそこで幕、を常としている身にとって、これは目新しい体験です。

たまにギターやウクレレを逆様に構えて、すなわち左利きの状態で弾くのですが、それに近い感覚です。巧いかどうかは、また別の話。

†

作中、爛漫の曲として描いている「雨の日曜日」には、はっぴいえんどが一九七〇年に発表したデビューアルバム『はっぴいえんど』――ジャケットの絵柄からしばしば「ゆでめん」と称されます――所収の「12月の雨の日」のイメージを重ねています。

細野晴臣、大瀧詠一、松本隆、鈴木茂という奇蹟的なメンバーによるこの一打は、コンセプトこそ和製バッファロー・スプリングフィールドながら、米国ロックへの憧憬の産物には収まりきらない独自性を湛えていました。

文学青年特有の瑞々《みずみず》しさ、痛々しさを押し隠すこともなき松本の詞。6月でも9月でもなく「12月の」雨の日としたことから生じた詩情の化学変化には、目を瞠るべきものがあります。またジャズっぽい跳ねに満ちたドラミングはいま聴いても新鮮で、とりわけ鋭いシンバル・ワークは見事です。

松本がのちに日本を代表する作詞家へと大化けしたように、やはり作曲家として大成功する大瀧は、後年の作品群を予感させる、転調に満ちたメロディとコード進行を提供しています。本来バンド志向がまったくなかった彼の、照れたような歌唱によって分かりにくくなってはいますが、オーケストラ向けの編曲にさえ耐えうる雄大な曲想です。

一オクターヴ以上にわたる執拗《しつよう》な低音の下降、それを可能にするためのオン・コードの多用には、細野のアイデアも反映されていることでしょう。ドラムが右、リードギターが左、中央にベース、という癖のある定位が選ばれているのは、「この曲の肝は、流れ落ちていく低音である」との意識からだと思います。ドボドボした、あまり高級感のない、不気味さと紙一重のベースですが、他楽器との被《かぶ》りを巧みに避けて互いを際立《きわだ》たせる、こういう音作りが最も難しいのです。

ちなみにこの人のベース奏法はギターの指弾きを応用した独特なもので、いかなる教則本にも載っていません。とっ、とー、とっ、とー、という独特なリズム感は、はっぴいえんどサウンド最大の特徴です。アコースティックギターはほぼ細野が弾いていた、とも耳にします。「12月の雨の日」のおもに右側から聞える、見事なアルペジオやオブリガートもそうなのでしょう。

最年少、まだ十代だった鈴木のリードギターは、驚いたことに同時代のエリック・クラプトンに勝るとも劣りません。技術的にも、抽斗《ひきだし》の多さに於《お》いても、はや完成形のギタリストです。深くモジュレーションが掛かった音色なのは、ザ・ビートルズの「ホワイル・マイ・ギター・ジェントリー・ウィープス」に客演したクラプトンを意識してのことかと想像します——あちらのモジュレーションはクラプトンが意図したところではなく、「あとで勝手にテープを揺らして」味付けされたものだそうですが。

とまれここでの鈴木の演奏は、完璧なヴィブラート技術や音程感、ピッキングのコントロールと相俟《あいま》って、波間に浮かんでは消えるような美しい音像を織り成しています。当時の貧相な国産ギターや絃《げん》やエフェクターで、十代の若者がよくぞここまで——と思うたび胸が熱くなります。

もう一つ、この曲に欠かせない要素となっているのが、左側に一聴「変なタイミング」で入ってくる、歌舞伎《かぶき》の柝《き》を思わせるパーカッションです。なんの音なのでしょう？　高い周波数帯域が強調されているので金属音にも聞えますが、ラテン音楽で使われるクラベスというまさに拍子木か、ドラムスティックを叩き合わせた音に、たっぷりとエコーを掛けてあるだけのようにも思えます。本当は変なタイミングでもなんでもなく、1、2、3、4、5、6、7、8——と細かく数えたときの8拍めに入っていて、それがロックでは滅多に強調されないポイントなので不思議な感じがするだけです。聴き手をはっとさせる、計算尽くのトリックです。

はっぴいえんどの活動期間は一九七〇年から一九七二年、当時彼らが残したアルバムはわずか三枚です。決してラジオで頻繁にオン・エアされるような有名バンドではなく、多くのリスナーは、のちの細野のYMOでの活躍ぶりや、大瀧のヒットアルバムから遡るかたちで、若き日の彼らの肖像を発見したのです。

TY

廻旋する夏空　文庫版あとがき

〈クロニクル・アラウンド・ザ・クロック〉第二部『廻旋《かいせん》する夏空』をお届けしました。お楽しみいただけましたなら、幸甚《こうじん》です。

前回のあとがきでは執筆に至るまでの心境を中心に記しましたので、今回の付録では、執筆の舞台裏をなるべく具体的にご紹介したいと思います。

アウトラインプロセッサ、あるいはアウトライナーと呼ばれる、文書作成ソフトがあります。長文を執筆する際、必要な要素を列挙し、構成しておくためのソフトウェアです。

絵画でいえば、下絵のための道具です。〈クロクロ〉ではこれを初めて導入しました。以前はどうしていたか？　下絵を描いたことはありません。どんな長篇でも一行目から書きはじめ、最終行に至ったら終わり。計画はぜんぶ頭のなかで、メモもなし。人との約束はすぐ忘れるくせに文章の記憶力だけは無暗《むやみ》といいので、それで困ったことは一度もありません。

すなわち、開発者の思惑とはまったく違う使い方をするための、アウトラインプロセッサの導入でした。説明を試みます。

小説に必要な物語の軸が、三つあるとします。思いきり単純化して示します。

「Aがイをおこなうと」「Aにはロのことが起き」「結果Aはハとなる」

「Bがニをおこなうと」「Bにはホのことが起き」「結果Bはへとなる」

「Cがトをおこなうと」「Cにはチのことが起き」「結果Cはリとなる」

これを斜めに突っ切ります。起点はどこでも構いません。サイコロで決めてもいい程です。たとえば、こうなります。

「Aがイをおこなうと」「Bにはホのことが起き」「結果Cはリとなる」

これを基本的な執筆順とします。実際には、細かく枝分かれした筋書の上を突っ切っていますから、たいそう煩雑《はんざつ》なうえ、どこといってまともに繋がっていません。

そこまで書き終えたら、また下絵の上を、線が重ならないように突っ切ります。今度は結果側から突っ切ってみます。

「結果Aはハとなる」「Bにはホのことが起き」「Cがトをおこなうと」

またこの順で書きます。

交点である「Bにはホのことが起き」が重複しています。ここは二重に描きます。はじめ会話文のなかで示したとしたら、次は語り手の具体的な目撃として描くなど、別の技法を使います。逆に云えば、重複した描写に耐える重要なエピソードでなくては、交点たりえないということになります。この選定は、鶏《にわとり》が先か卵が先か、といったところです。

　そんなふうにして仮組みした、ぎくしゃくした小説を、今度は通常の執筆どおり、前から順に成形していきます。あらかじめ犯人が分かりきっていて読者が白けてしまう、なんてことが起きないよう、肝要な部分を避けた「予告」の技術を使ったり、似て非なるエピソードで代替したりもします。

「Aにはロのことが起き」「Bがニをおこなうと」などが余っています。これらは予備のカードです。流れを円滑にするために要所で差し出すこともありますし、使わない場合もあります。

　うまく説明できたとは思いませんが、とにかく奇《き》天《て》烈《れつ》な手順であったことはご理解いただけたかと思います。そんな調子で書いてきたのが、この〈クロクロ〉です。

　アウトラインプロセッサなど導入しないほうが、遥かにスピーディに執筆できたのは間違いありません。しかし敢《あ》えて奇矯《ききょう》な方式をとることによって得られたものも、たくさんありました。


　たとえば、頭のなかで物語を捏《こ》ねくりまわしているだけでは思い付かなかったであろう、大胆な省略。たとえば、場面の強制的な隣接によって生じる、思いも寄らなかった情感の現出。関連なさげな場面の連なりが、はっと夢のなかの言葉を思い返したときのような、名状しがたい感覚を呼び起こすことがあります。それは読者が「本来の物語」を探すうえでの、重要な手掛かりとなります。

　以前も記しましたように、音楽をレコーディングしていくプロセスから思い付いた書き方です。音楽なんて、空気の振動を利用したトリックに過ぎません。メロディは空中を漂っているものではなく、聴き手それぞれの頭のなかに生じるのです。音楽――それは、なんらかの記憶なのです。

　第三部のA面、すなわち前半までは、この書き方で進めるつもりです。

　B面については、また別なことを考えています。

†

今回は、作中に実在の曲名が登場します。RCサクセションの「多摩蘭坂《たまらんざか》」。一九八一年発表のアルバム『BLUE』に収録されています。

彼らが武道館公演を経て日本を代表するバンドへと飛翔する、まさにその瞬間を捉えたアルバムと云っていいでしょう。佳曲揃い、演奏も充実しており、それまで熱心にコンサートに通い詰めていたファンは大喜びした次第ですが、不思議と一曲もシングルカットされませんでした。

評判が悪かったということは、決してないと思います。ただレコード会社が期待していたほどの大きな反響は得られず、それまでの代表曲「雨あがりの夜空に」や「トランジスタ・ラジオ」を軸にした販売戦略が続行したわけです。

バンドが盛んに雑誌で取り上げられはじめた時期であり、とりわけ忌野《いまわの》の風体からグラムロックやパンクロックを想像し、単純な8ビートが繰り出されることを期待してレコード盤に針を落とした新しいリスナー層にとっては、多彩すぎるアルバムだったのかもしれません。

RCサクセションはもともと演奏力のあるフォークグループであり、作曲者としての忌野清志郎《きよしろう》はソウル・ミュージックの影響を強く受け、ときにはスティーヴィー・ワンダーばりの細やかなコード進行を駆使していましたから、『BLUE』でのプロフェッショナル然とした姿は、彼らの本性に近いものでした。

歌唱についても、結果の程はともかく、忌野は「ソウルからの影響」を公言していました。当時よく、そのステージングがミック・ジャガーを模しているという言説を目にしたものですが、違います。ジャガーも忌野も、共に黒人のソウルシンガーたちをお手本にしていたため、結果的に似てしまったものです。

相棒たる仲井戸麗市《なかいどれいいち》の、ふて腐れたようなギターの弾き方がキース・リチャーズを彷彿《ほうふつ》させたことも、彼らがローリング・ストーンズを模倣しているとの誤解を助長し、リスナーに歪《ゆが》んだ期待を広める一因となりました。しかし仲井戸は仲井戸で、RCに加入する以前のフォーク時代から、ずっとそんな調子だったのです。

改めて『BLUE』を聴き直して、彼らの演奏力の高さに啞然《あぜん》となりました。デジタル録音による細かな切り貼りや音程補正が不可能な時代だけに、演奏一つ一つが「このテイクに賭ける」気迫に満ち溢れています。

RCの、あまり語られない聴きどころを最後に指摘して今回は筆を擱《お》き、彼らが手の届かない燦然《さんぜん》たるスタアになってしまった頃の、嬉しくてどこかしら淋しい思い出に浸りたく思います。

バンドの始まりから終わりまで在籍し続けたメンバーは、忌野のほかにはベースの小林和生（リンコ・ワッショー）だけです。あまり演奏の場が得られなかった不遇の時代には、理論面で忌野をサポートすべく音楽大学に通っていたという、なんともベーシストらしい頼もしい男です。

フォークグループ時代はコントラバス一辺倒《いっぺんとう》、バンドが電気楽器を多用するようになってもエレキベースへの持ち替えを厭《いや》がり続けたという彼の、流麗な弓弾きが『BLUE』では堪能できます。「多摩蘭坂」の重厚な低音は、すべて弓弾きのコントラバスです。何本か重ねられています。クラシックに向き合った経験が活《い》かされたその正確な音程と美しい音色なくして、未《いま》だ「たまらん坂」を詣でるファンが跡を絶たないほどの名曲とはならなかったことでしょう。

アルバムの最後を飾る「あの娘のレター」は、往年のリズム&ブルースやソウルの要素が詰め込まれた曲調と、せつない詞が同居する、いかにも忌野らしい佳曲です。この要所要所にも小林のコントラバスが登場します。ゴオオオという弓弾き特有の音色をディストーションがかかったギターに見立てたような、痛快な演奏です。

リンコこそRCだった、と、中途加入ながら最後まで在籍していた仲井戸は、のちに語ります。お巫山戯《ふざけ》と真剣とが絶妙に入り交じったRCサクセションの風狂ぶりは、たしかに小林の生き方と相似形をなしているような気がします。忌野亡きあと、機材を売り払い音楽からは遠ざかってしまったそうです。

TY

読み解かれるD　文庫版あとがき

心掛けていることがあります。

常に「最新作が最高傑作」と胸を張っていられるよう、気を抜かない、手を抜かない。

結果的に発売日は離れてしまったものの、連載に近い状態での書下ろし、発表してしまった部分は修正不可能という条件下での、不安に満ちた執筆でしたが、なんとかポリシーを曲げずに最後の上梓を待てそうです。

もともと少女小説作家としてデビューしました。以後、さまざまな作風実験を重ね、幸運にも読者のご評価を賜ってきましたが、起点が少女小説であったという事実から目を背けることはできません。過去は変えられません。

推理小説も音楽小説も書いてきました。そういった分野で、先達の功績に表敬しつつ自分なりの方程式を確立するのは、なかなかに大変な作業でした。怪奇小説やSF小説への挑戦は、作家としての文法を広げてくれました。これは同時に、なまなかな着想や仕上がりでは納得してくれない読者層を育ててしまったことを意味します。

こうした書き手としての経歴を全肯定することから、〈クロニクル・アラウンド・ザ・クロック〉の作業は始まりました。初めは嫌々、そのうち得意になってしまった女性の一人称、巻を追うごとに物語が二転三転する仕掛け、作中作品への拘泥、これまでの自作からの引用――。

少なくとも、書き終えました。平易な言葉で、若々しい孤独と情熱を、まだ書けました。

幕切れの場面は、執筆の中盤、散歩をしているときなどに、フラッシュバックよろしく鮮やかに思い泛《うか》ぶことが多く、今回もまったくその通りでした。待てど暮らせどこの現象が訪れなくなったら、きっと引退の考えどきでしょう。

ようよう最後の四行に至ってから、はや三か月の日々が経過しています。どんな作品も書き上がった途端、憑き物が落ちたように執着を失ってしまうんですが、この〈クロクロ〉今以て心地好く読み返しています。もちろん、もどかしい想いはいずれ生じることでしょう。そしてそれがスピンオフを描きはじめるべきときなのだと思います——例えば、若き岩倉とむらさきの物語を。

とまれ人様から「お前はいかなる作家か」と問われたとき、本作は当分のあいだ恰好の名刺となってくれそうです。こういう者です。ええ、このように生きてきた職人です。

第一巻、第二巻、そして第三巻前半に於ける、たどたどしい回想のような形式を、その後半で一気に整理する変則的な構成は、最初から目論んでいたものです。しかし正直なところ、犯人を追い詰めるのには苦労しました。頭のなかで論理構築がなされていても、敵もさる者引っ掻くもの、なかなかおとなしく捕まるのを待っていてはくれません。自分同士でチェスをやっているような感覚であり、これは犯人の逃げ切りかなと覚悟した瞬間もありました。

赤羽根菊子と岡村五月（本名はこちら）は、設定上、視野狭窄に陥らざるをえないくれないの世界を、大いに広げてくれました。感謝。自分が創出したキャラクターと共に人生を歩むというのは、いったいどういった感覚なのか、ひとつ内実を披露しましょう。

読者とまったく同じです。自分の分身ではなく、もはや親友です。だからこそ、その言葉に耳を傾けるのは大変なのです。こちらが望んだとおりに喋ってはくれません。親友というより、我が儘な家族と称したほうが適切かもしれません。

彼女らが寄り添っていてくれたから、自分の少女時代は淋しくなかったというお手紙や、インターネット上の記述に、これまで幾度となく、ありがたく、涙を零してきました。往時のままではなく、凜々たる勇気をもって人生を突き進んでいる新しい彼女らを描いたのは、そういった読者へのお礼の気持ちからです。

カーテンコール。

ニッチこと新渡戸利夫。岩倉理。向田むらさき。板垣史朗。レオこと二宮獅子雄。福澤圭吾。樋口陽介。鵜飼マネージャー。武ノ内幹夫。和気泉。和気孟。岡村さつき。赤羽根菊子。野薊のアリ、カンコ、ポン。夏目愛。ブラインダッド・イワクラ……（中略）……そして新渡戸鋭夫と、向田くれない。

美術は中島梨絵、幻聴と執筆は津原泰水が担当いたしました。ご来場、まことにありがとうございます。〈クロニクル・アラウンド・ザ・クロック〉はこれにて終幕です。

なおロビーにて、繁華街のペットショップで売れ残ったボストンテリアを格安にて販売しております。ご観劇の記念に、冒険のお伴に、淋しい夜の話し相手や湯たんぽ代わりに、この機会にぜひお買い求めください。

†

第一巻のあとがきではぱっぴいえんどを、第二巻ではRCサクセションを取り上げて、その音の思い出を記し、ささやかな付録としました。締めに取り上げるバンドなり人物なりの選定には、大いに悩みました。

前二者と人脈が繋がっているバンドではバランスを欠きますし、あたかも宣伝活動のようでもありますし（ここでYMOは真っ先に候補から外れました。両方と繋がっています）、〈クロクロ〉の世界観とは無縁な人々や、ちょっと聴きかじっただけの人々を担ぎ出してみても、読者がしらけるばかりです。

少年のころそのハードロック時代に接して衝撃を受け、ひょんなことから現在は交流が生じているカルメン・マキにしようか、故郷広島市出身の原田真二と、同じく広島県は福山市出身の世良公則との、ライヴァル関係を語ろうか、広島といえば吉川晃司やユニコーンとも、同じコンテストに出ていたり中学の後輩が在籍していたりで無縁の人生ではなかった……などと考えあぐねてきました。

　というわけで村下孝蔵を取り上げます。ロックではない？　細かいことを云ってはいけません。そういう偏狭な精神こそよほどロックではない。アコースティックギターの弾き語りにバックバンド、という編成での演奏が基本の人でしたが、じつはインストゥルメンタル・ロックの雄ザ・ヴェンチャーズを師と仰ぐ、凄腕のギタリストでもあったのです。

　もっとも村下自身にロックを演っているという意識は皆無だったでしょうし、上手いギタリストも世には無数にいるわけで、彼を取り上げる本当の必然性は後述します。

　熊本、水俣の人です。のちに音楽を志して広島市に移りました。

　東京ではなく？　と若い人たちは不思議でしょう。しかし、岩国の米軍キャンプが近く、広島フォーク村という音楽集団を擁し、ラジオに独自の音楽チャートがあり、レコード店、ライヴハウス、楽器店の多い一九七〇年代の広島市は、多数のフォーク歌手、ブルースロック・バンド、ジャズコンボが犇《ひし》めく、ちょっとした音楽のメッカだったのです。

　一九八〇年、二十七歳にしてようようプロデビューを果たしてからも、「初恋」が大ヒットするまで——正確には、患った肝炎によって長距離移動が困難になるまで——村下は広島で地道にライヴ活動を続けていました。

　個人的な記憶を辿るならば、初めてその演奏に接したのは、彼がまだヤマハ楽器店の店員だった頃、店頭でのデモ演奏に於いてでした。村下は二十四、五歳です。

　エフェクターの紹介という名目ではありましたが、そのじつ店が、彼が日曜日の往来の前でその歌声を披露できるよう計らったのだと思います。紹介されていたのはローランド社初のエフェクター、ＣＥ－１です。彼は発売されたてのオベーションのアダマスを弾いていました。このボディ全体が新素材で出来た特殊なギターは、当時恐ろしく高価でした。たしか八十数万円の値札が付いていたと記憶しています。アンプに繋いで音を出せるアコースティックギター、今で云うところのエレアコがほとんど存在しない時代につき、店が貸し出したのかもしれません。

彼の流麗な3フィンガーピッキングにも、美しい歌声にも陶然となり、その場を一歩も動けなかったほどですが、合間に披露された「二人キャラバン」という芸には、さらに卒倒するほど驚きました。

彼が自力で編み出した一種のチェット・アトキンス奏法で、右の拇指に嵌めたサムピックでボブ・ボーグルのベースラインを、人差指でドン・ウィルソンのリズムギターを、そして中指と薬指では高音絃を用いてノーキー・エドワーズによるメロディを、同時に弾くという至芸です。のみならず最後にはメル・テイラーのドラムソロまで、ギターでそっくりに真似るのです。低音絃を二本重ねてまとめて押さえて、スナッピーの響きを再現していました。そのやり方を、はにかみながら観衆に親切に解説する姿にも、なにか心を打たれました。

優しげではあるけれどフォーク歌手にすら見えない、テディベアのようにもっさりとした風貌の人でした。店のスウェットシャツなんか着ていたら店員に見えてしまうのに、と残念に思ったものですが、じじつ当時の彼は一店員に過ぎませんでした。

言葉の訛りのせいで、自己紹介の名前はよく聞き取れませんでした。しかし自作曲の詞とメロディは憶えやすく、のちにラジオで流れているのを聞くや、あの曲だ、とすぐに分かりました。村下孝蔵という その名がまた見事に芸能人臭さを感じさせず、いかにもあの人らしいと独り笑いしました。

デビュー曲の「月あかり」とそのB面の「松山行フェリー」は、店員時代の彼が、すでに歌っていました。後者は「いちばん思い入れのある曲」と紹介され、きっと実体験を基にしているのだろうと想像しながら聴いたものです。

佳曲の多い人ですが、村下孝蔵から一曲と問われたならば、迷わず「松山行フェリー」と答えます。悲運の天才が、ただ自由に「作りたい曲」を作り、サウンド・プロダクションにも恵まれ、不朽の輝きに包まれた瞬間の、貴重な記録だからです。

もちろん「初恋」は美しい曲です。詞の完成度もたいへん高い。解析してみると、意外にもザ・ヴェンチャーズ得意のコード進行が流用されており、村下の茶目っ気を感じさせます。しかしもともとバラードだったものをキャッチーにするためテンポを上げたというこの曲は、いま聴くといささか忙《せわ》しない。当時流行りのディスコミュージックを意識したような音作りも、村下の歌唱だから辛うじて地に足が着いて聞えるのであって、ほかの歌手だったらどうだったろうかと思わずにいられません。

後年、同等のヒットを求めての曲作りを余儀なくされていた彼は、渾身の力作「ロマンスカー」を発表します。凝った曲なんですが、初めて耳にしたとき「これでは売れない」と嘆息しました。今も、派手なデジタル音やスネアドラムを押し出した伴奏に、強烈な違和感をおぼえます。時代の音と村下の正統的な歌唱が無理やりカクテルにされ、分離しています。

一九八〇年代から九〇年代の初頭にかけて、音楽制作の現場はデジタル化の怒濤に巻き込まれました。音質の基準はレコード盤ではなくCDとなり、ヴァイオリン属や管楽器、そしてベースはデジタル音源による代替が主流となり、ドラムに至っては人間が叩いているトラックが「生ドラム」として珍しがられるほどになります。歌謡曲ではオール自動演奏が当たり前、サザンオールスターズのアルバムでさえデジタル音だらけになりました。どうしても人間が弾かねばならなかったのはギター類くらいで、これはあまりに原理が素朴なためイレギュラーな発音が多く、パラメータ化が難しかったからだといいます。

やがてグランジの台頭などから、かつての歪んだ音質の利点や、生楽器とアナログ録音の情報量が見直され、アナログ／デジタル、ロウファイ／ハイファイが共存し、それぞれの得意なところを受け持つ時代が訪れます。時代後れと思われがちだった、フォーキーな、強い歌声の価値も再認識され、スピッツや山崎まさよしといった人々がチャートを賑わすようになります。新しいヒットには恵まれないものの、「初恋」が熱烈にカラオケで歌い継がれていた村下の、再評価の地盤が固まった時代であったとも云えます。呼応するかのように、村下もフォーキーな「同窓会」を発表しますが、翌一九九九年、脳内出血でとつぜん昏睡に陥り、急逝しました。享年四十六。

村下最大の不幸は、プロとしての活動期間がデジタル化の台頭とほぼ重なっていたこと――これがどうしても書きたかったことの一つです。ゆえにその前夜の「松山行フェリー」を、聴かれるべき作品の筆頭に挙げました。一九七〇年代に発達したアナログ録音技術の極致とも称すべき、しっとりとした音像のなか、すこし緊張しているかな？　という村下の声が初々しく響きます。伸びやかなファルセットを多用する展開部は、彼の独擅場《どくせんじょう》です。この歌声……とプロデューサーはさぞかし驚いたことでしょう。

生のドラムと、それにぴったり寄り添ったエレキベース、エレクトリックピアノ、ハモンドオルガン、ソリーナ・ストリングス（当時唯一、ヴァイオリン属を代替できた電子オルガン）、そしてパーカションは、スタジオミュージシャンによるものでしょう。海の物とも山の物ともつかない新人のレコーディングに、長々とスタジオを確保できたとは思えませんから、予《あらかじ》め緻密に編曲されていたと思われます。それにしても唖然とするほどの演奏力です。

アコースティックギターと間奏の短いエレキギターは、村下自身の演奏のように聞えます。各所に鏤《ちりば》められた見事なコーラスも、音域や歌いまわしから云って村下の多重録音ではないでしょうか、耳だけの判断につき確証はないのですが。

港に沈む夕陽がとても悲しく見えるのは
すべてを乗せた船が遠く消えるから

さきほど村下の歌唱を正統的と称しましたが、その詞もまた「唄の言葉」を決して逸脱することのないものでした。右のように具体的な詞をくっきりした発語で歌うのは、たいへん勇気のいることです。小説家らしくこうした詞の話にて、長ったらしい蛇足を締め括《くく》ります。

『爛漫《らんまん》たる爛漫』のあとがきに、ロックは「失語の音楽」であると記しました。これを文字通りに体現したかのような、通訳や翻訳を要する言葉を歌う一派がいます。英語を導入したり発音を歪めたり、あるいはナンセンス詩を歌う方法で、井上陽水など後者の達人です。

村下はこれらとは対極の姿勢を崩しませんでした。「そのまま通じる」詞を正面切って歌われたとき、人の心は否応《いやおう》なく物語へと連れ去られます。ただし、みな同じ世界へと旅立つわけではありません。行き先は個々の記憶のなかの一場面です。そこに夕陽はないかもしれないし、船もないかもしれません。

唄の言葉が原義を失い、普遍化していくプロセスがここにあります。失語の叙情と能弁の叙情の、行き着く先はあんがい同じだという気がします。真に系統の違う詞は、一九九〇年代にデジタル伴奏と共にヒットチャートを席巻した教条の唄、いわゆる「人生の応援歌」ではないでしょうか。そこに発された言葉は玉条よろしく勝手な解釈を許さず、その言葉のまま宙を漂って、情景に吸い込まれてくれません。

〈クロクロ〉の執筆に際しては、幾つかの歌詞をでっち上げる必要がありました。揺れ動いているバンドが達観したような教条の詞を歌うはずがありませんから、それ以外の複数の方法論のあいだを彷徨《さまよ》っている詞ばかりです。

既存の歌詞をもじるわけにもいかず、結果的に「津原泰水の言葉」に寄りすぎてしまった感もありますが、ゴーストライターが津原泰水ゆえ、ひとつご寛恕《かんじょ》ください。

ではまた、いつかどこかで。

TY

クロニクル・アラウンド・ザ・クロック　単行本版あとがき

　通常、文庫版あとがきというのは単行本からの文庫化の際に付されるものですが、この『クロニクル・アラウンド・ザ・クロック』は文庫としての分冊販売が先行したため、逆の順番となります。

　近年の流行たる書き下ろし文庫の一種として企画された本作には、一見若者向けのようでじつはそうでもないといった構造の分かりにくさがあり、販売形態も作風に合致していたとは云えず、小説作品としての出来映えが版元に与えた満足度に比して、店頭ではあまり芳しい成果を上げられませんでした。かつて書き下ろし文庫の少女小説作家として活動していた身ですから、どこか古巣に戻ったような心地でいたところ、突き付けられたのはもはや若かりし頃のようなステップは踏めないという、苦い現実であったとも申せます。中島梨絵さんという人気イラストレイターと組んでなお、書き下ろし文庫が当て込んでいる若年読者層と共感し合うには至れませんでした。

　音楽小説であり青春小説であり推理小説であり、編輯部からの多数のリクエストも消化した本作の出来映えには充実感をおぼえています。音の出ないメディアである小説によって音楽を感じさせねばならないという課題には、実際に作詞作曲をしてみて記すべき情報を取捨選択するという算段で応じました。余談ながら執筆時は架空の存在に過ぎなかったそれら楽曲の一部は、現在、録音物やライヴ演奏でのレパートリィと化しています。

　青春小説あるいは成長小説としての側面については、読んで感じていただけたものが凡てだと思っていますから語るべきことはありませんが、推理小説としての側面については注釈の必要があるかもしれません。推理小説がイコール、トリック小説やではないという常からの主張が、本作にははっきりと表出しており、とりわけハウダニット（どうやって?）に強いこだわりをお持ちの読者に於かれましては「どの辺が推理なんだ?」という違和感をおぼえられるかもしれません。推理小説としての本作を通底しているのは「なぜ?」という問掛けであり、すなわち犯罪幻想と現実社会との接点を描こうとしたものです。よって厳密には犯罪小説と称するべきなのかもしれません。

　ちなみに英語に推理小説という語彙は存在せず、日本でそう呼ばれている一連は、まさしく犯罪《クライム・》小説《ノヴエル》と類別されます。

「いつか一冊にまとめて読者に届けるべき」という有難いお申し出は、かねてより河出書房新社より賜っていました。いささか尚早とも云えるタイミングでそれが実現したのは、親のように感じてきた洋画家の金子國義さんや飼い犬の急逝で気落ちし、仕事が手につかずにいるさまを心配されたからのような気がします。栄養をうまく摂取できず、痩せこけて一時は歩行も困難となってのステッキ生活、爪まで変色してしきりに割れたものですが、今は根元に健康な色が覗いています。

　さて『爛漫たる爛漫』『廻旋する夏空』『読み解かれるD』の三冊を、まとめてゲラ刷りにしていただくと、長いあとがきを二段組みにして頁を節約したにもかかわらず、四百八十頁にまで及んでしまいました。これはさすがに分厚すぎると、かつての少女小説の不文律を意識した改行だらけの文章を、より一般的なものに改めましたこと、お伝えしておきます。ただしこのほうが話者の判断がつきやすく、読者によってはむしろ読み易く感じられるかと存じます。

　出版業界には、版元が変わる場合は本のデザインを変える慣習があります。このたびの装訂と本文レイアウトは、長年全幅の信頼を寄せてきた北見隆さんと松木美紀さんにお願いしました。北見さんが立体作品で装訂すると宣言されたときは「そんなにまでしていただかなくても」とすら思いましたが、すでに提出されているオブジェの写真と、それを使用した松木さんの作品を拝見するに、この上ない好判断がくだされたものだと頰が弛んでおります。たいへん恵まれた出版となりました。

文庫版の三冊を改めて通読した担当者からの提言に応じて、序文にあたる「Preludio」および幾つかの会話文を加筆し、個々の思惑やその後の軌跡を想像しやすくしました。執筆から時間が経っているからこそ、すなわち登場人物たちとの付合いが一定期間に及んでいるがこそ、可能だった作業です。文庫版を既読の皆さんが新しい発見をしてくださることを期待しています。「どこまで書くか?」は小説執筆に常に付き纏う問題であり、本作につきましては体裁に呼応しての二種類の解答があったと考えています。

本作を巡る万感の多くは、すでに文庫版のあとがきに記しました。少女小説時代の読者への敬意の表れとして、それらに「僕」「私」といった自らを示す主語は存在しません。往時、性別を明らかにすることを版元から禁じられていたがゆえ、已むなく編み出した文体です。このあとがきも、そう。

末筆となりましたが、実験をやり尽くしていたかのように錯覚していた存在に「小説でロックを表現する」という高いハードルを設けてくださった新潮文庫に、仕事を抜きに続刊を心待ちにして感想を書き送ってくださった各社担当に、内容をチェックしてくれた商業音楽の最先端にいる盟友ビアンコに、本作に新しい衣を与えてくださった河出書房新社に、深謝します。北見さんと松木さん、そして偏屈な作家を長きに亘り支えてくださってきた読者諸氏に、深謝します。執筆作業をずっと無言で見守ってくれた、尻尾の生えた相棒に改めて別れを告げて、今宵はそろそろ筆を擱かせていただきます。本作は犬小説でもあります。

ＴＹ

＊本書は新潮文庫として書き下ろされた「クロニクル・アラウンド・ザ・クロック」シリーズ全三冊を加筆修正の上、書き下ろし「Preludio」加えました。

［初出］
「Preludio」…………書き下ろし
「爛漫たる爛漫」……新潮文庫『爛漫たる爛漫』（二〇一二年一一月一日）
「廻旋する夏空」……新潮文庫『廻旋する夏空』（二〇一三年二月一日）
「読み解かれるD」……新潮文庫『読み解かれるD』（二〇一四年二月一日）
「Coda」…………新潮文庫『読み解かれるD』（二〇一四年二月一日）
「文庫版あとがき」……各新潮文庫収録
「単行本版あとがき」…書き下ろし

津原泰水（つはら・やすみ）

1964年広島市に生まれる。青山学院大学卒業。少女小説家“津原やすみ”としての活動を経て、97年に現名義で『妖都』を発表。幻想小説作家として本格的に活動を始める。2006年に刊行された『ブラバン』はベストセラーに。また09年『バレエ・メカニック』、11年『11』（第2回Twitter文学賞受賞）は、各種ランキングを席巻した。14年「五色の舟」（『11』収録）がSFマガジン「オールタイム・ベストＳＦ」2014年度版国内短篇部門で一位に、また同作は近藤ようこ氏により漫画化され、津原氏は第18回文化庁メディア芸術祭・マンガ部門大賞を受賞した。他の著書に『ペニス』『少年トレチア』『綺譚集』『赤い竪琴』『琉璃玉の耳輪』（尾崎翠＝原案）『音楽は何も与えてくれない』など多数。またシリーズ作品としては〈幽明志怪〉〈ルピナス探偵団〉〈クロニクル・アラウンド・ザ・クロック〉などがある。

クロニクル・アラウンド・ザ・クロック

2015年12月20日　初版印刷
2015年12月30日　初版発行

著　者　津原泰水
発行者　小野寺優
発行所　株式会社河出書房新社
　　　　東京都渋谷区千駄ヶ谷2-32-2
　　　　電話　03-3404-1201［営業］　03-3404-8611［編集］
　　　　http://www.kawade.co.jp/

組　版　KAWADE DTP WORKS
印　刷　株式会社亨有堂印刷所
製本所　小髙製本工業株式会社

Printed in Japan　ISBN978-4-309-02433-2

河出書房新社 津原泰水の本

TSUHARA YASUMI

11 eleven

ジャンルを超えた絶賛の声が続々。SF マガジン「オールタイム・ベスト SF」1 位を獲得した「五色の舟」収録。第 2 回 Twitter 文学賞受賞。(河出文庫)

琉璃玉の耳輪 原案=尾崎翠

3 人の娘を探して下さい。手掛かりは、琉璃玉の耳輪を嵌めています——女探偵のもとへ迷い込んだ、奇妙な依頼。幻の探偵小説がついに刊行！(河出文庫)

河出書房新社 金子國義の本

KANEKO KUNIYOSHI

美貌帖

天性の芸術家、金子國義最初で最後の自伝。きらびやかな幼少期から、澁澤龍彥、高橋睦郎、四谷シモン、コシノジュンコらとの交遊の日々がいま甦る！

文藝別冊　金子國義

画家・金子國義を総特集。宇野亞喜良×四谷シモン、津原泰水×金子修の豪華対談に加え、必読の論考・エッセイの数々を収録。監修＝津原泰水。